불을 지키는 사람

THE FIRE KEEPER

Copyright © 2019 by Liu Cixin
All rights reserved.

Korean translation copyright © 2025 by Influential, Inc.
Korean translation edition is published in agreement with Shanghai Guo Yue Cultural and
Creative Co., Ltd. (未来事務管理局 Future Affairs Administraion(FAA))
through Wuhan Loretta Media Agency Co., Ltd. & May Agency.

이 책의 한국어판 저작권은 로레타 미디어 에이전시와 메이 에이전시를 통해
저작권자와 독점 계약한 ㈜인플루엔셜에 있습니다.
저작권법에 의해 국내에서 보호를 받는 저작물이므로 무단 전재와 무단 복제를 금합니다.

불을 지키는 사람

류츠신 글 | 곽수진 그림 | 허유영 옮김

INFLUENTIAL
인플루엔셜

사샤는 이스턴섬에 서서 수평선 너머로 사라지는 범선을 보며 자신이 세계의 끝에 왔다는 것을 알았다. 사방을 둘러보니 세계의 동쪽 끝에 외롭게 떠 있는 이 섬은 망망대해에 비죽이 솟아오른 녹슨 쇳덩이처럼 생명의 기운이 조금도 느껴지지 않았다.

섬 안쪽으로 더 들어갔다. 며칠 동안 배를 타고 온 탓에 땅이 출렁거리는 것 같았다.

섬은 아주 작아 금세 한가운데 도착했다. 그곳에 작은 언덕이 불룩하게 솟아 있고 마치 그를 지켜보는 괴물의 눈동자처럼 검은 동굴이 있었다. 동굴 입구에 흩어진 검은 석탄을 보고 그곳이 탄광이라는 걸 알았다. 동굴 옆 평평한 곳에 돌로 쌓은 아궁이가 있고, 그 위에 커다란 쇠솥이 있었는데 난생처음 보는 거대한 솥이었다. 뒤집으면 지붕으로도 쓸 수 있을 정도였는데 사샤는 그렇게 큰 지붕도 본 적이 없었다.

사샤는 커다란 집을 본 적이 없었다. 집을 멀리 떠난 적이 없었기 때문이다. 어릴 적 리디나를 사랑하게 된 후로 세상 그 무엇도 사샤의 관심을 끌지 못했다. 그런 그가 리디나를 위해 세상의 끝으로 용감한 항해를 떠난 것이었다.

　아궁이 속에 불은 없었고 공기 중에 이상한 기름 냄새가 둥둥 떠다녔다. 솥에서 나는 냄새였다.

　끝이 보이지 않는 캄캄한 탄광 속에서 가물거리는 불꽃 하나가 보였다. 자세히 보니 천천히 올라오고 있는 석탄 수레의 횃불이었다. 수레가 가까워진 뒤에야 석탄 수레를 밀고 있는 한 사람이 보였다. 석탄이 가득 실린 수레가 낡은 나무 선로를 따라 삐걱삐걱 소리를 내며 밖으로 나왔다. 햇빛이 광부를 비추자 키가 큰 노인의 모습이 보였다. 노인은 석탄층에서 파낸 오래된 나뭇가지처럼 깡마르고 새까맸다.

　"좀 도와주겠나?" 노인이 말했다.

　사샤가 뒤에서 석탄 수레를 밀어 주었다. 수레가 솥 옆에 있는 석탄 더미 앞에서 멈췄다. 이 작은 탄광에서 캐낸 석탄은 전부 이 솥

을 데우는 데 쓰는 것 같았다.

　노인이 지친 얼굴로 수레바퀴에 기대어 앉아 턱까지 차오른 숨을 몰아쉬었다.

　"어르신을 찾아왔습니다." 사샤가 말했다. 그가 누군지 물어볼 필요가 없었다. 사샤가 찾던 사람이 틀림없었다. 이스턴섬에는 그 노인 외에 아무도 살지 않았으므로.

　"날 왜 찾아와? 한평생 고달픈 불지기를." 노인이 손을 내저었다.

　"불치병에 걸린 사람을 살려 주신다고 들었습니다."

　"살날도 얼마 안 남은 늙은이가 누굴 살리겠나." 불지기가 긴 한숨을 쉬었다.

　"땅에 사는 사람들은 모두 하늘에 자기 별을 가지고 있습니다. 별에 문제가 생겨 그 사람을 비춰 주지 못하면 사람은 병들게 되고, 별이 다시 빛나지 못해 오랫동안 어둑한 채로 있으면 결국 그 사람은 병으로 죽습니다."

　"그걸 누가 몰라?"

　"어르신께 모든 사람의 별 위치가 적힌 책이 있어서 아픈 사람의

별을 찾아 올라가 수리해 주신다고 들었습니다.

"네가 병이 난 게야?"

"사랑하는 여자친구가 불치병에 걸렸습니다. 어르신에게는 돈이 필요 없다는 걸 압니다. 그녀의 별을 수리해 주신다면 뭐든지 다 하겠습니다. 죽으라고 하시면 죽을 수도 있습니다. 제 부탁을 거절하신다면 이 자리에서 죽을 각오로 왔습니다. 어차피 리디나가 없으면 저도 살 수가 없으니까요."

"그게 사랑이냐?" 불지기 노인이 고개를 들어 청년을 보았다. 똑바로 그를 응시하는 노쇠한 눈빛에 비웃음이 섞여 있었지만 청년에게 흥미가 생긴 듯했다.

사샤가 말없이 노인 옆에 무릎을 꿇었다.

"죽지 말고, 내 일을 물려받아."

"네! 물려받겠습니다. 평생 이 섬에서 불을 지키며 살겠습니다!"

불지기가 그를 물끄러미 보다가 갑자기 고개를 저으며 웃음을 터뜨렸다.

"크크크, 지금까지 왔던 놈들도 다 그렇게 말했지. 하지만 별을 수리해 주고 나면 다 떠나 버렸어."

"절대로 도망치지 않겠습니다. 불지기가 되겠다고 맹세할게요!"

노인이 툭툭 털고 일어나 허리를 한 번 쭉 펴고 말했다. "해보자꾸나. 또 믿어 보는 수밖에. 내게도 달리 방도가 없으니."

노인과 사샤가 별을 수리하러 하늘에 올라갈 준비를 했다.

　　우선 초석과 유황, 숯을 섞어 화약을 만들어야 했다. 초석과 유황은 탄광에서 캘 수 있지만 섬에는 숯을 만들 나무가 없어서 고래 뼈로 대신했다. 고래 뼈를 태워 만든 숯은 냄새는 고약하지만 부드럽고 매끄러웠다.

　　섬을 둘러싸고 있는 해변에 고래 뼈가 많았다. 커다란 골격이 세계의 끝자락에 내려앉는 햇빛 아래 새하얗게 빛나고 있었다. 고래 뼈 사이로 부는 바닷바람은 묵직한 소리가 났다. 고래 골격 속에 들어가자 폐허가 된 백옥 궁전에 들어간 듯했다. 불지기의 움막도 고래 뼈로 기둥을 세운 뒤 검푸른 고래 가죽을 덮어 만든 것이었다.

　　화약을 만드는 과정은 오랜 시간이 걸렸다. 느릿느릿 굼뜨게 움직이는 불지기를 보며 사샤는 속이 타들어 갔다. 바다 멀리 육지에서 하루하루 병이 깊어지고 있을 리디나를 생각하며 불지기를 재촉

했다.

"빨리해 봤자 무슨 소용이 있어?" 불지기가 하늘을 가리키며 퉁명스럽게 말했다. "초승달이 뜨려면 아직 며칠 더 있어야 해. 초승달이 떠야 하늘에 올라갈 게 아니냐?"

사샤는 매일 밤 잠들기 전에 하늘을 올려다보며 초승달이 뜨기만을 기다렸다. 그게 리디나를 살릴 수 있는 유일한 방법이었다.

사흘 뒤 드디어 화약이 완성되어 커다란 고래 가죽 주머니가 가득 찼다.

이제 로켓을 만들 차례였다. 로켓의 몸체는 고래 이빨이었다. 곧은 이빨 하나를 통째로 써야 했다. 불지기와 사샤가 거대한 고래 골격에 들어가 곧게 뻗은 이빨 다섯 개를 골랐다. 이빨 하나가 사람 허벅지만큼 두껍고 뾰족한 끝부분이 위로 가도록 세워 놓으면 사샤의 키보다도 더 컸다. 불지기는 이빨 표면을 매끄럽게 갈아 놓은 뒤 고래 뼈를 얇게 저며내 로켓에 붙일 날개 열다섯 개를 만들었다. 날개로 고기를 자를 수도 있을 만큼 얇고 예리했다. 날개가 완성되자 고래 이빨 끝에 구멍을 내고 날개에 풀을 바른 뒤 구멍에 끼웠다. 풀은 굴을 돌로 찧어서 짜낸 것이었다. 바위와 배 밑바닥에 달라붙은 굴은 칼로 베어도 떨어지지 않을 만큼 접착력이 강하다. 마지막으로 고래 이빨 속에 화약을 채워 넣자 로켓이 완성되었다. 사샤가 시험 발사를 해 보지 않아도 되느냐고 묻자, 불지기는 그럴 필요 없다고 자신 있게 말했다.

 로켓을 만드는 동안에도 불지기는 자기 일을 조금도 게을리하지 않았다. 그의 일은 석탄을 캐고 고래를 잡고 고래기름을 뽑는 것이었다. 사샤는 곁에서 일을 도우며 불지기의 일이 정말 힘들다는 것을 알았다. 건장한 청년인 그에게도 매일 반복되는 그 일들이 몹시 고되고 버거웠다. 그 모든 일은 불을 피우기 위한 것이었다. 매일 새벽, 불지기는 세상 모른 채 깊이 잠들어 있는 사샤를 두고 혼자 불을 지피러 갔다. 사샤는 자정이 지나 밤이 제일 깊은 시간에 불지기가 돛단배를 저어 바다로 나가는 소리를 잠결에 한두 번 정도 들었다. 그가 바다에서 돌아올 때 태양은 이미 높이 솟아올라 있었다.

로켓이 완성되자 불지기는 사샤를 데리고 고래를 잡으러 갔다. 사샤는 고래 피리를 처음 보았다. 그런 게 있다는 얘기를 들어본 적은 있지만 실제로 보니 놀랄 만큼 거대했다. 고래 피리란 고래의 갈비뼈 하나로 만든 피리인데 사샤의 키보다 곱절은 더 긴 뼈가 구붓하게 휘어져 시위가 끊어진 커다란 활 같았다. 둘이 힘을 합쳐 고래 피리를 바닷가로 옮겼다.

　바다는 잔잔한 편이었다. 두 사람이 고래 피리를 들고 물이 허리 깊이까지 오는 바다로 들어갔다. 고래 피리가 대부분 물에 잠기고 불지기가 잡고 있는 부분만 물 위에 남았다.

　"내 뒤를 이으려면 고래 피리 부는 법을 배워야 해."

　불지기가 피리 끝에 입을 대고 불었다.

　"아무 소리도 안 나는데요." 사샤가 말했다.

"고래 피리 소리는 고래만 들을 수 있어. 사람에겐 들리지 않아."
불지기가 계속 피리를 불었다. 그의 손이 피리의 작은 구멍들 사이를 쉴 새 없이 오갔다. 그가 음악을 감상하듯 두 눈을 반쯤 감고 말했다.

"고래가 짝짓기 상대를 찾을 때 부르는 노래란다."

불지기가 오전 내내 피리를 불었지만 헛수고였다. 실망하고 돌아오려다가 마지막으로 한 번 더 부는데 멀리 바다와 하늘이 맞닿은 곳에서 흰 물보라가 일기 시작했다. 바다 위로 검은 고래 등이 떠오르더니 거대한 꼬리가 물 위로 솟구쳤다가 떨어지며 큰 파도를 일으켰다. 고래가 잔잔한 바다 위를 가르며 빠른 속도로 헤엄쳐 다가왔다.

"도망쳐!" 불지기가 소리쳤다. 사샤가 허겁지겁 달려 해변으로 올라왔을 때도 불지기는 물속에서 피리를 불다가 고래가 거의 코앞까지 왔을 때 고래 피리를 끌고 해변으로 몸을 피했다.

피리 소리를 따라 헤엄쳐 온 고래가 수심이 얕은 해변으로 올라오자 엄청난 마찰음이 들렸다. 고래의 육중한 몸이 본능적으로 해변을 향해 돌진하자 모래 섞인 파도가 미처 피하지 못한 불지기와 사

샤를 덮쳤다. 고래가 해변에서 고통스럽게 몸을 굴렸다. 바다에 사는 동물이 육지에 올라오면 제 몸무게를 지탱하지 못한 내장이 짓눌리며 치명상을 입는다. 고래가 토해 낸 검붉은 피가 해변을 붉게 물들이고 붉은 파도가 출렁였다. 얼마 못 가서 고래의 꿈틀거림이 멈추고 언덕 같은 몸이 마지막 경련과 함께 고요해졌다.

고래가 죽은 뒤 불지기는 도끼와 삽으로 두꺼운 가죽을 가르고 긴 칼을 넣어 그 속에 있는 새하얀 지방을 잘라 냈다. 기름 한 덩어리가 돼지 한 마리만큼 컸다. 고래의 거대한 몸집에 사샤는 놀라움을 금치 못했다. 동물의 몸을 잘라 내는 게 아니라 살과 뼈로 이루어진 산에서 광물을 캐내는 것 같았다. 그들은 커다란 기름 덩어리를 등에 지고 큰 솥 옆으로 옮겼다. 아궁이에 불이 활활 타오르고 솥 바닥이 벌겋게 달아올라 있었다. 그들은 아궁이 옆에 기대어 놓은 사다리를 타고 올라가 기름 덩어리를 솥에 던져 넣었다. 뜨거운 솥을 타고 미끄러져 들어간 고래기름이 지글지글 소리를 내며 얼음 조각처럼 녹아내리자 호박색 고래기름이 솥 바닥에 고였다.

불지기와 사샤가 움막에서 둘둘 말린 밧줄을 가지고 나왔다. 고

래 가죽을 꼬아 만들어 새끼손가락 정도로 가늘지만 아주 튼튼하고 탄성이 강했다. 사샤는 얼마나 긴 밧줄을 감아야 이렇게 큰 뭉치가 되는지 상상도 할 수가 없었다. 둘이 힘을 합쳐 들어도 꿈쩍도 하지 않아 밀어서 옮겨야 했다. 불지기가 고래기름 한 통을 밧줄 뭉치에 부으며 기름이 윤활 작용을 할 것이라고 말했다.

마침내 하늘에 올라갈 준비가 모두 끝났다.

밤이 되자 초승달이 떠올랐다. 가느다랗게 구부러진 달과 그 위에서 반짝이는 별 두 개가 은빛을 내며 환히 웃고 있는 얼굴 같았다. 불지기는 달이 차기 전에 서둘러 올라가야 한다며 걸음을 재촉했다.

고래 이빨 로켓 다섯 개와 밧줄 뭉치를 해변으로 옮겨다 놓고 돛단배 양쪽에 돌돌 말려 있는 돛과 돛대도 가져왔다. 불지기가 말했다. "달에 올라가면 이 돛을 노로 쓸 거다."

마지막으로 해변에 있던 두꺼운 책을 집어 들었다. 양가죽 표지에 오래된 휘장이 새겨져 있고 모서리마다 구리 장식이 덧대어져 있었다. 불지기는 준비한 것들을 모두 해변에 있는 커다란 닻 옆에 쌓았는데, 달을 붙잡아 두는 달닻이라고 했다.

그러고는 사샤에게 하늘에 올라가면 추우니 옷을 더 껴입으라고 했다.

초승달이 밤하늘에서 점점 움직여 적당한 위치에 다다르자 마침

내 두 사람이 하늘에 오를 시간이 왔다.

불지기는 긴 밧줄의 한쪽 끝을 고래 이빨 로켓의 꽁무니에 묶은 뒤 고래 뼈로 만든 간이 발사대에 세웠다. 그런 다음 손가락을 자로 삼아 달의 위치를 확인하며 로켓의 각도를 미세하게 조정한 뒤 긴 횃불로 로켓 끝에 불을 붙였다.

고래 이빨 로켓이 휘파람 소리를 내며 하늘로 솟구치자 로켓이 뿜어낸 불꽃이 바다 위에 금빛을 흩뿌렸다. 금세 밤하늘의 작은 점이 된 로켓 뒤로 희고 검은 줄 두 가닥이 매달려 날아갔다. 흰색 가닥은 연기이고, 가늘고 검은 가닥은 꽁무니에 묶인 밧줄이었다. 달을 향해 날아간 작은 빛점이 초승달의 뾰족한 끝부분을 살짝 스치고 지나간 뒤 빛은 사라지고 그 뒤에 매달린 검은 선이 휘어졌다. 화약이 다 소진된 로켓이 밧줄과 함께 바다로 떨어졌다. 포물선을 그리며 천천히 떨어지는 밧줄이 흩날리는 머리칼 같았다. 발사 실패였다.

두 번째 발사도 실패했다. 고래 이빨 로켓이 달에 부딪히며 남은 화약이 폭발하자 달에서 폭죽을 터뜨린 듯 눈부신 불꽃이 사방으

로 튀었다.

　세 번째는 성공이었다. 긴 밧줄을 매단 로켓이 초승달 중간을 정확히 지나간 뒤 떨어지며 밧줄을 달에 걸었다. 밤하늘에 거대한 올가미가 걸린 것 같았다. 불지기와 사샤가 재빨리 밧줄에서 손을 놓자 고래 이빨 로켓의 무게 때문에 달 너머 저편으로 밧줄이 길게 드리웠다. 밧줄 뭉치에 감긴 밧줄이 얼마 남지 않고 고래 이빨 로켓에 묶인 밧줄의 다른 쪽 끝이 땅으로 길게 늘어지자 두 사람은 얼른 밧줄의 양 끝을 잡아 달닻에 단단히 묶었다. 밤하늘에 걸린 밧줄이 점점 팽팽하게 당겨졌다. 닻에 묶인 밧줄이 바짝 당겨지며 찌걱찌걱 소리가 나고 고래기름이 흘러나왔다. 닻이 달에 끌려 조금 움직였지만 뾰족한 끝부분이 모래층 아래 단단한 땅에 박히자 달이 운행을 멈추고 고정되었다.

　불지기가 짧은 밧줄 세 가닥을 꺼내 그중 한 가닥은 돛과 돛대, 커다란 책을 넣은 짐꾸러미와 닻에 묶인 긴 밧줄의 한쪽 끝에 묶고, 또 한 가닥은 자기 허리에 둘둘 감은 뒤 어깨를 거쳐 가슴 앞에서 매듭을 지었다. 밧줄을 묶는 손놀림이 무척 능숙했다. 그는 나머지

한 가닥도 똑같은 방식으로 사샤의 몸에 묶어 준 뒤 자기 몸에 묶은 밧줄 끝을 긴 밧줄에 묶고, 짐꾸러미도 함께 묶었다.

불지기가 도끼를 꺼내 들고 말했다. "젊은 네가 먼저 올라가는 게 맞지만, 넌 처음이니까 내가 먼저 올라가서 끌어 올려 주마. 내가 하는 걸 잘 보고 따라 해!"

불지기가 도끼를 휘둘러 자신과 짐꾸러미가 묶인 긴 밧줄의 끝과 닻을 이어 묶은 매듭을 끊었다. 긴 밧줄의 한쪽 끝이 닻에서 튕겨 나가자 고정되어 있던 달이 풀리며 하늘에서 다시 움직이기 시작했다. 불지기가 도끼를 사샤에게 던져 주고는 짐꾸러미와 함께 달에 매달렸다. 사샤는 불지기가 더 빨리 올라갈 수 있도록 그가 타고 올라가는 긴 밧줄 끝을 잡고 지탱했다. 불지기와 짐꾸러미가 금세 밤하늘의 작고 검은 점이 되더니 마침내 달에 닿은 뒤 은빛 속으로 사라졌다. 달이 다시 멈춰 섰다. 불지기가 달에 밧줄을 묶어 붙잡아 둔 것이었다. 거대한 은빛 연이 떠 있는 듯 초승달과 땅 사이에 밧줄 한 가닥만 연결되어 있었다.

사샤는 자기 몸의 밧줄을 닻에 묶인 긴 밧줄에 묶어 놓고 불지

기가 달 위에서 준비를 마칠 수 있도록 잠시 기다렸다가 닻에 묶인 밧줄 매듭을 도끼로 힘껏 내리쳤다.

사샤가 밧줄에 매달린 채 달을 따라 바다 위로 끌려갔다. 집어삼킬 듯 달려드는 검푸른 물결 앞에서 눈앞이 아뜩해진 그는 고래 가죽 밧줄을 필사적으로 붙잡았다. 물보라가 단단한 물체가 된 듯 그의 얼굴과 몸을 세게 두들겼다. 파도와 사투를 벌이고 있을 때 그의 몸이 물 위로 둥실 떠올랐다. 불지기가 달 위에서 밧줄을 당겼던 것이다. 부서진 달빛 조각들이 넘실넘실 떠다니는 바다가 점점 발밑으로 희미하게 멀어졌다. 잠시 후 사샤는 이스턴섬 전체를 내려다볼 수 있었다. 밤이라 다행이지 낮이었다면 더 무서웠을 것이다. 달에 있는 불지기가 힘이 빠져 밧줄을 놓치지 않을까 겁이 났다. 문득 몸에 묶인 밧줄이 조금 느슨해진 걸 느끼며 하늘 높이 올라갈수록 사람의 체중이 가벼워진다고 했던 불지기의 말이 생각났다. 몸이 가벼워지자 스스로 밧줄을 잡고 위로 기어오르며 훨씬 빠른 속도로 올라갈 수 있었다.

달이 점점 커지며 시야를 가득 채웠다. 달 크기를 가늠해 보니 자신이 이스턴섬에 올 때 타고 온 범선만큼 큰 것 같았다. 한 점 온기도 없는 차디찬 은빛이 그의 몸을 휘감았다.

　마침내 사샤의 뻗은 손에 달의 표면이 닿았다. 은빛 나는 옥돌처럼 딱딱하고 매끄러울 거라고 상상했던 달이 의외로 아주 부드럽다는 사실에 놀랐다. 다시 생각해 보니 달이 딱딱하다면 차올랐다가 이지러지기를 계속 반복할 수 없을 것 같았다. 보드랍고 미끄러운 달 표면이 리디나의 살결을 떠올리게 했다. 그는 달의 표면을 자세히 살펴보며 광채가 나는 우윳빛 액체로 가득 차 있을 것 같다는 생각을 했다.

　초승달의 오목한 곡선 면 위로 기어 올라가자 은빛 배의 갑판에 올라온 것 같았다. 달의 표면이 그의 좌우에서 말려 올라가며 점점 가늘어지다가 뾰족한 모서리만 남았다.

　불지기는 고래 가죽 밧줄을 다시 둘둘 감고 있었다. 그의 몸이 은색 달빛과 대비되어 더 검고 마르게 보였다. 마치 달 위를 기어 다니는 한 마리 개미 같았다. 함께 갖고 올라온 짐꾸러미는 옆에 있었다. 사샤가 몸에 감긴 밧줄을 풀고 발을 내디디자 몸이 깃털처럼 가

벼워 한 발짝만 내디뎌도 아주 멀리 갈 수 있었다.

"여자친구 이름이 뭐라고 했지?" 불지기가 물으며 두꺼운 책을 펼쳤다. 사전처럼 사람의 이름을 찾을 수 있는데 산 사람과 죽은 사람의 이름이 모두 다 적혀 있었다. 색인을 따라 한참을 뒤적이다가 마침내 리디나의 이름이 적힌 페이지를 찾았다. 색인을 제외한 모든 페이지에 별자리가 빽빽하게 그려져 있어서 사샤는 하나도 알아볼 수가 없었지만 불지기는 한 번 휙 훑어보고는 그들이 가야 할 방향을 알았다.

두 사람은 가지고 올라온 돛을 펼쳐 돛대에 고정시켰다. 오목하게 휘어진 달의 한가운데 양쪽으로 노를 묶는 말뚝이 있어서 돛대를 거기에 고정하자 달의 노가 되었다. 누가 언제 만들어 놓은 말뚝인지 사샤는 알 수가 없었다.

불지기와 사샤가 달의 양쪽에서 노를 젓기 시작했다. 사샤의 예상과 달리 노를 젓기가 조금도 힘들지 않았다. 펄럭이는 두 개의 돛은 노가 아니라 날개에 더 가까웠다. 달이 날갯짓으로 천천히 방향을 바꾸고 리디나의 별이 있는 곳으로 날아가기 시작했다.

사샤는 그제야 주위를 둘러볼 여유가 생겼다. 수많은 별이 천천히 옆을 스쳐 지나갔다. 별은 제각각 크기가 달라서 수박만 한 별도 있지만 대부분은 사과만 했고, 모두 영롱한 은빛을 발산하고 있었다. 계속 깜박거리는 별도 있었다. 가까이에서 보면 별이 성글어 보이지만 먼 곳으로 시선을 옮기면 멀어질수록 별 무리들이 촘촘히 모여 각자의 형태는 희미해지고 부윰한 안개처럼 광활한 은하수가 펼쳐져 있었다. 하늘에 올라와 은하수 전체를 바라보니 수많은 별이 모여 만들어진 거대한 소용돌이였다. 지금 달이 그 은빛 소용돌이의 어깨 위를 날아가는 중이었다. 별들이 달 표면에 부딪히며 여름날 미풍에 흔들리는 풍경처럼 잘그락거리는 소리가 났다. 달에 부딪혀 튕겨 나간 별들은 달이 지나간 뒤 다시 원래의 자리로 둥실둥실 날아왔다. 불지기는 그 별들이 언제나 제 위치를 지키는 항성이라고 했다. 붉은 별 하나가 그들의 머리 위를 지나쳐 가자 불지기는 그것이 화성이라는 행성인데 수많은 별들 중에서 행성은 여덟 개밖에 되지 않는다고 했다.

두 시간 남짓 비행했을 때쯤 불지기가 노 젓기를 멈추고 책을 집어 들었다. 그가 찾아 놓은 페이지를 펼치고 별자리 모양과 주위의 별들을 대조하더니 다 왔다고 했다.

"리디나의 별은 어딨어요?" 사샤가 얼른 물었다.

불지기가 손가락으로 한쪽을 가리켰다. "저쯤에 있을 게다. 같은 이름들이 많지만, 빛이 어둑한 별을 찾으면 돼."

리디나라는 이름을 가진 별들 사이를 돌아다니다가 드디어 빛이 어두운 별을 찾았다. 주위의 별들은 은빛으로 반짝이고 있는데 그 별은 알아보기 힘들 만큼 어두웠다. 불지기가 사샤를 위로했다.

"너무 늦진 않았구나. 아직 살아 있어. 별에 묻은 먼지만 닦아 내면 된단다."

두 사람이 노를 저어 별에 다가가자 사샤가 팔을 뻗어 그 별을 붙잡았다. 과연 불지기의 말대로 사과만 한 별이 온통 먼지로 뒤덮여 있었다.

"하늘에 어떻게 먼지가 있어요?" 사샤가 물었다.

"가까이 있는 별이 부서질 때 쏟아진 게지."

"그럼 그 사람은 죽은 건가요?"

"그렇지. 비정상적인 죽음이었을 거야."

사샤는 정상적인 죽음이 무엇인지 묻고 있을 여유가 없었다. 불지기가 부드러운 스펀지와 작은 물병을 꺼내더니 스펀지에 물을 묻혀 사샤에게 건넸다. 사샤가 리디나의 별을 정성스럽게 닦았다. 스펀지가 지나가는 자리마다 환해지며 사샤의 얼굴을 은빛으로 비췄다. 이제 보니 정교하게 조각된 크리스털 눈꽃처럼 육각형 대칭 형태의 아름다운 별이었다.

사샤는 먼지를 다 닦은 뒤에도 꼼꼼히 닦고 또 닦았다. 리디나의 별이 그의 손에서 반짝이며 풍경 소리를 내고 있다는 사실이 꿈만 같았다. 불지기가 재촉하지 않았다면 차마 손에서 놓을 수 없었을 것이다.

"됐다. 깨끗해졌어. 이제 그만 놓아 줘."

사샤가 천천히 손을 펼치자 별이 청량한 소리를 내며 두둥실 떠올라 원래 있던 위치로 천천히 돌아갔다.

"걱정 마. 내일이면 네 여자친구 병도 싹 나을 게다." 불지기가 다시 노를 잡았다. "돌아가자. 할 일이 많아. 불 지피는 일을 놓치면 큰

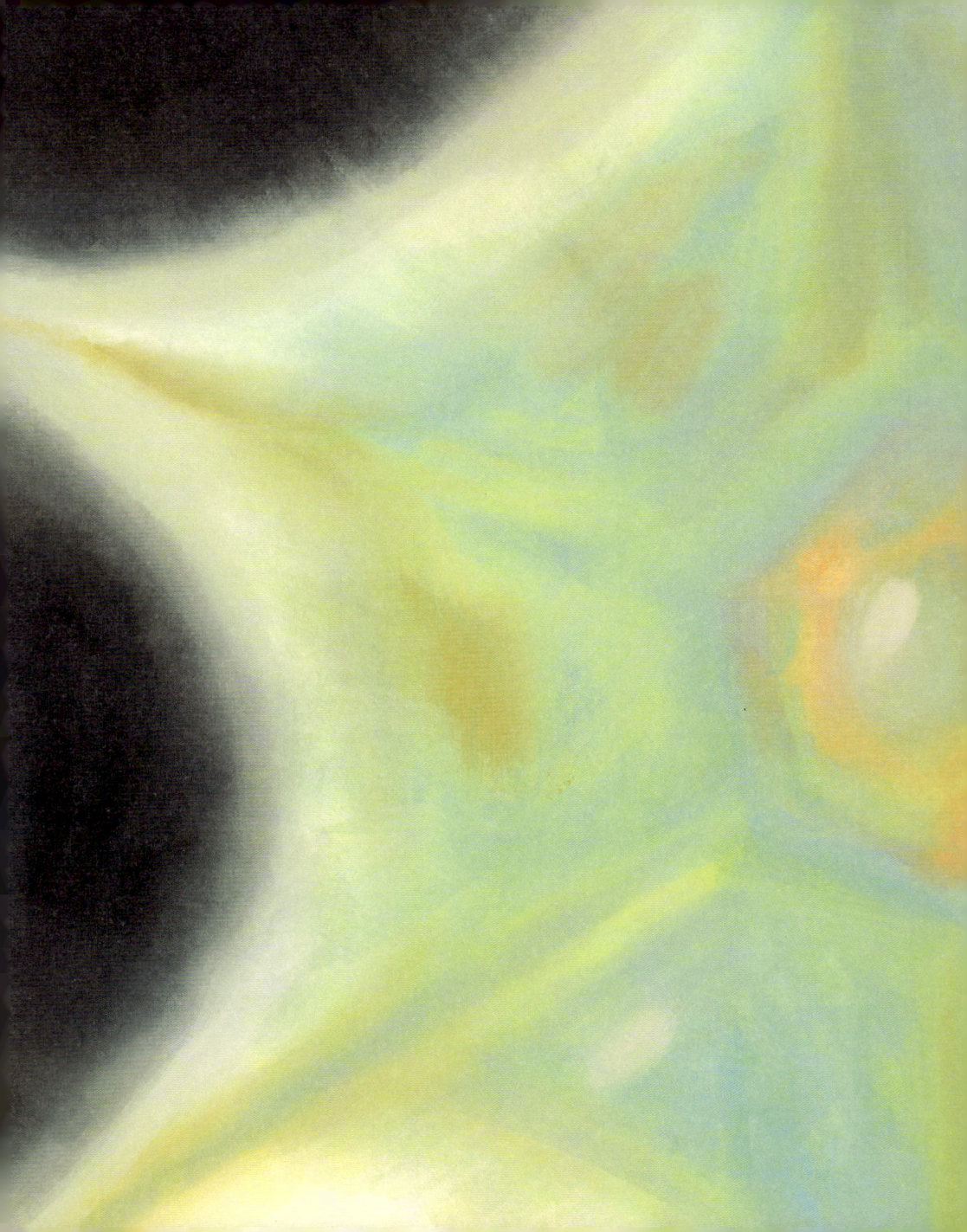

일이야."

돌아올 때는 달이 움직이는 방향과 같은 방향이기 때문에 훨씬 빠르고 수월했다. 노를 저을 필요도 없이 조금씩 방향만 조정했다.

"어두워진 별들을 다 이렇게 닦을 수 있어요?" 달 옆으로 지나가는 별들을 보며 사샤가 물었다.

"그건 아니야. 저 별 같은 건." 불지기가 옆을 지나가는 어두운 별을 가리켰다. 연기에 그을린 듯 누렇고 탁한 색이 돌고 바람 앞에 흔들리는 촛불처럼 힘없는 빛만 배어 나오고 있었다.

"주인이 늙은 거야." 불지기가 말했다.

"어르신의 별을 본 적이 있으세요?" 사샤가 두꺼운 책을 가리켰다.

불지기가 고개를 저었다. "아니. 볼 게 뭐 있다고? 지금쯤 저 별과 비슷하겠지."

두 사람이 휘황하게 빛나는 은하수를 말없이 보고 있다가 불지기가 갑자기 어딘가를 가리켰다. "저것 봐라!" 고개를 들어 보니 별 하나가 포물선을 그리며 날아가고 있었다. 유성이었다.

서재 마도 평범한 죽음이란다. 서던 사람들의 별은 유성이 돼서 땅에 떨어지기 전에 다 타 버려. 어쩌다 다 타지 못한 조각이 땅에 떨어져도 그냥 평범한 돌멩이일 뿐이야."

달이 이스턴섬 위로 돌아왔다. 불지기는 어떻게 내려갈 것인지 말해 주지 않았지만 사실 굳이 설명할 필요도 없이 간단했다.

우선 돛대와 밧줄 뭉치를 섬에 던지고 돛과 짧은 밧줄 두 개씩만 남긴 다음, 짧은 밧줄을 허리에 감고 양쪽 끝을 돛의 양 끝에 묶은

뒤 달에서 뛰어내리자 돛이 활짝 펼쳐지며 낙하산이 되었다. 두 사람이 밤하늘에서 빙빙 돌며 섬에 내려앉았다. 불지기는 이스턴섬의 해변에 정확히 착지했지만 사샤는 바다에 떨어졌다. 다행히 해변에서 멀지 않은 곳에 떨어져 불지기가 조각배를 타고 가 끌어 올려 주었다.

그 후 사샤는 바다 저편에서 리디나의 소식이 오기만을 기다렸다. 매일 불지기를 도와 고래를 잡고 석탄을 캐고 고래기름을 만들었지만 불지기는 불을 지피러 갈 때는 사샤를 데려가지 않았다.

하루하루 시간이 흐를수록 사샤는 점점 초조해졌다. 그들이 하늘에 올라가서 했던 일이 정말 효과가 있는지 의구심이 들기 시작하더니 리디나가 아직 살아 있긴 한 건지 걱정이 되었다. 점점 일하기도 싫어진 사샤는 날마다 우두커니 바다를 바라보며 수평선 위로 범선이 나타나길 기다렸다.

40일이 지난 뒤 드디어 이스턴섬 옆을 지나가는 범선의 선장이 사샤에게 편지를 전해 주었다. 그 편지가 작은 태양처럼 사샤의 세상을 환히 밝혀 주었다. 물론 리디나의 편지였다.

어느 날 갑자기 병이 씻은 듯이 나았고, 약해졌던 몸도 차츰 건강을 회복해 예전처럼 활력을 되찾았다면서 그가 돌아올 날만 간절히 기다리고 있다고 했다.

불지기가 녹슨 듯 붉은 바위에 지친 기색으로 앉아 있었다. 편지를 보지 않고도 그는 무슨 내용인지 알 수 있었다. 노인이 사샤에게 손짓을 했다.

"가거라. 어서 돌아가. 이렇게 될 줄 알고 있었어. 늘 그랬으니까."

사샤가 편지를 조심스럽게 접어 품에 넣었다. "그럴 순 없어요. 제가 불지기 일을 이어받겠다고 맹세했잖아요."

수염이 덥수룩한 선장이 사샤에게 슬그머니 속삭였다.

"무슨 바보 같은 소리야? 나도 자네 여자친구를 봤는데, 그런 여자를 놓치는 건 끔찍한 일이라고. 이런 데서 평생 죽도록 일만 하며 살고 싶어? 불지기가 얼마나 힘든 일인 줄 알아? 세상 누구도 하고 싶어 하지 않는 일이라고! 지금 내 배를 타고 돌아가도 저 늙은이가 자네를 어쩌지 못할 거야."

"그럴 순 없어요. 전 이미 맹세했어요." 사샤가 단호하게 말했다.

그는 혀를 차며 한숨을 내쉬는 선장을 돌려보낸 뒤 불지기와 함께 수평선 너머로 사라지는 범선을 바라보았다.

"하하하. 네가 안 떠날 줄 알았다. 그럴 줄 알고 힘들게 하늘에 올라간 거야." 불지기가 눈을 가늘게 뜨며 웃었다.

"약속을 어기고 싶지 않아요."

"아니, 아니. 이건 약속을 지키고 말고와는 상관없어." 불지기가 의미심장한 표정을 지었다. "넌 사랑이 뭔지 알기 때문이야."

"그럼 오늘 밤에는……."

"얘야, 오늘부터 불을 지피러 같이 가자꾸나."

그날 밤은 달이 뜨지 않았다. 희미한 별빛 아래에서 불지기와 사샤가 고래기름이 담긴 커다란 통 두 개를 조각배에 싣고 바다로 나갔다.

검푸른 바다 위로 흰 거품만 한 겹 한 겹 밀려왔다. 불지기가 고래기름을 적신 횃불에 불을 붙이자 주위가 조금 밝아졌다. 사샤는 그제야 배가 아주 빠른 속도로 나아가고 있다는 걸 알았다. 불지기가 책 한 권과 구리종을 꺼냈다. 책 표지는 하늘에 올라갈 때 가지고 갔던 책과 비슷하지만 아주 얇았다. 불지기가 두꺼운 표지를 펼치자 횃불에 비친 책장 위로 표 하나가 보였다.

"불을 지피는 시각은 1년 365일 모두 달라. 나는 다 외우고 있지만 넌 이 표를 찾아봐야 할 게다. 물론 나중에는 외울 수 있겠지. 매일 그 시각에 정확히 불을 붙여야 해. 조금도 이르거나 늦으면 안 돼. 그랬다간 계절이 헝클어진단다." 불지기가 책과 구리종을 가리키며

말했다.

한 시간 남짓 기다린 뒤 불지기가 돛을 내려 배를 세웠다. 물결이 쉬지 않고 출렁거렸다.

"바로 저기가 해가 뜨는 곳이다." 불지기가 저만치 앞에 있는 수면을 가리켰다.

"저기서 이제 해가 뜨나요?" 사샤가 긴장한 목소리로 물었다.

"곧. 해가 뜨는 순간에 정확히 맞출 필요는 없어. 중요한 건 불을 붙이는 시각이지."

사샤가 해가 뜨는 곳의 수면을 응시했다. 잠시 후 물보라가 일기 시작하더니 큰 물방울 하나가 수면 위로 솟구쳤다. 고래가 몸을 뒤집으며 튕겨 올린 물방울인가 했지만 물방울이 날아가지 않았다. 물방울이 작은 언덕처럼 점점 솟아오르더니 요란한 소리와 함께 펑 터진 뒤 바닷물이 흩어진 자리에 작고 검은 섬이 나타났다.

갑자기 나타난 섬에 바닷물이 출렁이며 그들이 탄 배가 뒤로 밀려나자 불지기가 서둘러 노를 저어 섬을 향해 다가갔다. 사샤는 놀라서 노를 젓는 것도 잊은 채 섬을 뚫어져라 보기만 했다. 섬이 너무 어두워서 형체가 자세히 보이지 않았지만 그가 지금까지 보았던 모든 것 중 제일 어두운 물체였다. 빛을 빨아들이는 검은 스펀지처럼 그 위를 비추는 횃불의 불빛까지 전부 집어삼켰다. 그 섬에 비하면 검푸른 수면과 밤하늘은 오히려 밝아 보였다.

리하기 시작했다. 고객이 원하는 핵심요소는 두 가지 큰 맥락의 요건이었다. 제조공장 설비에서 발생하는 모든 데이터의 수집 및 체계적인 관리 체계를 구축하는 것과 설비 상태의 실시간 모니터링과 분석이 가능한 시스템 구축이었다.

"서 팀장. 우리가 지금까지 준비했던 핵심이 이 분야이니 기술적으로 충분히 가능한 부분이죠?"

내 질문에 서민우 팀장은 강하게 고개를 끄덕였다.

"넵투와 넵포머가 정확히 그 부분을 타깃으로 설계되고 개발된 제품입니다. 실제 데이터 연결과 분석 성능에서 충분히 경쟁력이 있다고 자신합니다. 안정적인 시연이 될 수 있도록 바로 준비하겠습니다."

드디어 제안 당일이 왔다. 아침 일찍 나는 깔끔한 정장을 챙겨 입었다. 영업팀장 이준혁은 긴장된 듯 팽팽하게 넥타이를 매고, 기술팀장 서민우는 깔끔한 차림에 노트북 가방을 어깨에 걸쳤다. 우리가 타고 간 차 안의 긴장된 분위기는 더운 날씨에 불구하고 공기마저 얼려 버릴 것 같았다.

"오늘은 정말 중요합니다. 이번 제안이 회사의 생사를 좌우할 수 있을 만큼 큰 일이에요. 대기업이라고 너무 긴장하지 말고 평소처럼만 합시다. 사실 저도 많이 긴장됩니다."

내 말을 듣자 이준혁 팀장이 살짝 떨리는 목소리로 웃으며 말했다.

"네, 사장님. 걱정 마십시오. 제가 고객님들 앞에선 또 얼마나 잘하는데요."

서민우 팀장은 아무 말 없이 미소만 지었다.

마침내 JS전자 본사 회의실에 도착했다. 대기업 본사의 압도적인 분위기에 우리 셋은 무의식적으로 숨을 크게 들이마셨다. 고객사의 담당자들과 임원들은 이미 자리에 앉아 우리를 기다리고 있었다. 간단한 인사를 나

눈 후 내가 먼저 고객들에게 우리의 회사와 제품에 대한 소개를 시작했다.

"저희는 제조현장에서 발생하는 데이터를 가장 잘 이해하는 회사입니다. 직접 개발한 분석 제품인 '넵투'와 데이터 수집 제품 '넵포머'를 통해 고객사 제조현장의 데이터를 실시간으로 수집하고 분석하여 제조 공정의 효율성을 극대화할 수 있습니다. 저희가 가지고 있는 기술이 JS전자의 제조 경쟁력 향상에 실질적으로 도움이 될 것이라 확신합니다."

다음은 기술팀장 서민우의 순서였다. 그가 미리 준비한 기술적인 내용을 하나씩 꼼꼼하게 설명해 나갔다. 그는 자신감 넘치면서도 침착하게 고객들이 원하는 두 가지 큰 틀의 요구 사항에 대해 구체적으로 설명하고 중간중간 질문에 대한 답을 자신 있게 해 나갔다. 하나하나 자세히 설명할 때는 고객들의 눈빛이 점점 더 진지해졌다. 마지막으로 영업팀장 이준혁이 상기된 얼굴로 고객들에게 제안 조건과 예상 일정을 명확히 설명하고 제안을 마쳤다. 제안 발표가 끝난 후, 고객사의 담당 임원이 나를 바라보며 말했다.

"일단 오늘 준비된 내용은 충분히 이해했고, 기술력도 상당히 흥미롭습니다. 내부 검토를 충분히 거친 후 연락을 드리겠습니다."

우리는 정중히 인사를 한 후 회의실을 나왔다. 밖으로 나오자, 무더운 여름 바람이 나를 덮쳤다. 그러나 이 순간만큼은 그 바람조차 시원하게 느껴졌다. 회사로 돌아오는 차 안에서 이준혁이 조심스레 입을 열었다.

"사장님, 이번엔 정말… 될 것 같습니다."

서민우 역시 조용히 고개를 끄덕이며 긍정했다. 나는 그런 직원들의 모습을 보며 내심 안도의 숨을 내쉬었다.

"지금까지 우리가 버틴 5년의 시간이 헛되지 않을 겁니다. 적어도 우리를 이해하는 고객이 생겼고, 어쩌면 우리 제품이 팔릴 수도 있는 거니까 값진 시간이었습니다."

회사는 여전히 위태롭고, 하루하루가 전쟁 같았지만, 그때 그 순간만큼은 할 수 있다는 희망이 조금씩 느껴졌다. 넵투와 넵포머는 그렇게 간절함 속에서 첫 고객의 문을 두드렸다. 이 제안이 어떤 결과로 돌아올지는 아직 모르지만, 이제 시작이었다. 우리가 꿈꾸던 회사의 미래를 만들어 나가는 일이 비로소 시작된 것이다.

아침 일찍 출근한 나는 노트북을 켜자마자 메일함부터 열었다. JS전자의 메일을 확인하기 위해서였다. 며칠 전, 기술팀장과 영업팀장과 함께 JS전자에 직접 찾아가 넵투와 넵포머의 제안을 성공적으로 마친 후라서 메일에 대한 기대감이 훨씬 높았다. 처음 제안이 끝났을 때만 해도 기분이 좋았다. 정말 잘 끝났다는 생각이 들었기 때문이다. 영업팀장 이준혁은 긴장이 풀렸는지 회사로 돌아오는 길 내내 장난스럽게 말했다.

"사장님, 저 오늘 좀 잘한 거 같지 않으세요? 아마 그 고객사 사람들 지금쯤 계약서 준비하고 있을 겁니다."

그때의 농담 섞인 확신이 나에게도 기분 좋게 전해졌다. 서민우 팀장도 평소와 달리 크게 미소 지으며, 조용히 만족스러워하는 눈치였다. 그렇게 오랜만에 회사에 웃음소리가 돌아왔다. 하루하루가 힘들었기에 이번 제안은 간절했고, 좋은 결과가 나올 거라는 기대감이 모두에게 강하게 자리 잡았다. 하지만 하루가 지나고, 이틀이 지나고, 그렇게 일주일이 지났지만 여전히 고객사로부터 어떠한 응답도 없었다. 예상했던 고객의 답변 날짜가 조금씩 지나가기 시작하자 나도 모르게 초조해졌다. 아침마다 메일을 열 때의 기대감은 점점 불안함으로 변하기 시작했다.

초조해진 나는 결국 자리에서 일어나 영업팀이 있는 자리로 향했다.

"이 팀장, JS전자에서 아직 연락 없어요?"

이준혁 팀장은 내 얼굴을 보자마자 살짝 긴장한 듯 몸을 일으켰다.

"아, 네. 아직 없습니다. 오늘 아침에도 제가 담당자에게 안부 문자를 보내 봤는데, 아직까지 답이 없습니다. 내부 논의가 좀 길어지는 거겠죠?"

그의 말을 듣자 마음이 조금 더 무거워졌다.

"알겠습니다. 혹시라도 연락 오면 바로 알려 주세요."

그렇게 말하고 돌아서는데도 마음은 가볍지 않았다. 불안감은 걷잡을 수 없이 커졌다. 혼자 사무실로 돌아와 다시 노트북을 바라보며 깊은 숨을 내쉬었다. '제발, 지금 이 불안을 두려움이 삼키지 못하도록 나에게 용기를 주십시오.' 누구라도 괜찮으니 갈망하고 싶었다. 혹시 우리가 지나치게 상황을 낙관적으로 본 건 아닐까? 고객사는 사실 다른 회사와도 접촉하고 있는 건 아닐까? 처음에는 작았던 불안이 점점 커지면서, 가만히 앉아 있어도 숨이 답답하게 느껴졌다. 언제나 그렇듯, 이런 작은 기다림들은 사장인 나에게 극심한 스트레스로 다가왔다. 얼마 전 서 팀장의 자신감 넘치던 표정이 갑자기 머릿속에 떠올랐다. 나는 다시 자리에서 일어나 무작정 개발팀 쪽으로 발걸음을 옮겼다.

"서 팀장님, JS전자에서 기술적으로 뭔가 추가 문의 온 거 없었어요?"

서민우 팀장은 깜짝 놀란 듯 나를 쳐다보았다가 다시 침착한 목소리로 답했다.

"네, 사장님. 추가 문의는 없었습니다. 기술적으로 궁금한 부분은 그 자리에서 충분히 설명했다고 생각했는데, 아직 아무런 연락이 없으니 저희도 점점 긴장이 되긴 합니다."

평소 냉정한 그조차도 긴장한 모습을 보이자 나는 더 불안해졌다. 그를 안심시키듯 말을 덧붙였다.

"맞아요, 충분히 잘 설명했죠. 그래도 만약 작은 질문이라도 문의할지 모르니 잘 준비해 둡시다."

자리로 돌아온 후에도 초조함은 쉽게 사라지지 않았다. 혼자 사무실에 앉아, 고객사 담당 관리자의 전화번호를 여러 번 열어 봤지만, 차마 통화 버튼을 누르지 못했다. 괜히 재촉했다가 부정적인 결과가 나올까 두려웠다. 그렇게 몇 시간이 더 흘러도 메일함은 여전히 조용했다. 무기력하게 창밖을 바라보며 혼자 작게 한숨을 쉬었다. 다른 일들은 손에 잡히지도 않았다. 사장은 결과에 일희일비하지 않아야 한다는 것을 머리로는 백번 이해를 하지만 내 마음은 그리 간단하지 않았다. 작은 희망의 소식에도 크게 기뻐하고, 작은 문제 하나에도 깊은 우울감에 빠지는 나 자신이 한심하기조차 했다. 작은 일에도 크게 흔들리는 리더는 직원들에게 신뢰를 주기 어렵다는 걸 나는 잘 알고 있었다. 하지만 그걸 잘 알면서도 감정의 기복을 온전히 통제하지 못하는 내 모습이 너무나 답답했다.

'이제 정말 회사 구조조정을 준비해야 하나.'

"사장님, 커피 한잔하세요."

기획팀장이 조심스럽게 다가와 내 앞에 커피를 놓았다. 그는 내가 불안해하는 모습을 잘 알고 있었던 것 같았다.

"고맙습니다. 팀장님."

"너무 걱정 마세요. 고객사가 내부적으로 논의가 많다 보니 응답이 늦어질 수도 있는 거잖아요. 긍정적으로 생각하면 좋겠습니다."

기획팀장의 말을 들었지만 현실에서의 불안이 다시 내 마음을 두려움으로 뒤덮는 걸 막지는 못했다. 혼자 사무실에 남아 지난 기억들을 더듬으며 나는 중얼거렸다.

'어쩌면 이런 불안과 기다림이 사업을 하는 사람에게는 피할 수 없는 숙명일지도 모르겠다.'

회사 창업 후 5년째 되던 그 가을, 일기장에 적었던 말이 생각났다.

[조증과 우울증 사이에서 외줄 타기를 하듯 한쪽으로 기울지 않고 균형을 잡는 것이 참 어렵다. 나는 AI가 아니라 인간이기 때문이다.]

그때의 나나 지금의 나 달라진 건 없었다. 그저 감정을 숨기는 연기가 조금 더 능숙해졌을 뿐이다. 그래도 나는 불안에 잠식되지 않으려 애썼다. 좋은 일들은 작더라도 자주 만들고, 나쁜 일은 가능한 작게 만드는 습관을 꾸준히 키워 왔지만, 이런 기다림과 초조함에 취약한 내 자신이 한심했다. 벽에 걸린 시계를 바라보며 나는 다시 메일함을 확인했다. 새로운 메일은 없었다. 어쩌면 앞으로도 이런 감정과 계속 싸워 가며 사업을 해야 한다는 생각에 가슴이 답답했다. 하지만 지금 내가 할 수 있는 건 기다리는 것뿐이었다. 그 기다림이 주는 고통을 견디는 것도 사장으로서의 내 역할이었다. 나는 천천히 숨을 들이쉬며 다시 한번 마음을 다 잡았다. 그래, 답이 늦어질 뿐이지 실패한 건 아니다. 이번 기회를 놓친다 해도 다음을 기약하면 된다. 지금까지 수없이 그래 왔듯이 말이다. 하지만 메일함을 닫고 나오는 손가락 끝의 무거운 떨림까지는 숨길 수가 없었다. 나는 결국, 오늘도 초조함 속에서 그저 버텨 내고 있었다.

그렇게 며칠이 지난 어느 날 아침. 메일함을 열기 전 나는 잠시 눈을 감고 긴 호흡을 했다. JS전자로부터 답을 기다린 지 어느덧 열흘째 되는 날이다. 처음 예정된 날짜가 하루이틀 지나갈 때까지만 해도 '조금 늦어지겠거니' 하고 넘겼지만, 닷새가 지나고 일주일이 지나자, 더 이상 직원들에게 티 내지 않고 불안을 감추는 것도 한계였다. 그 기간 동안 나는 매일 밤 잠을 이루지 못했다. 새벽이면 머릿속으로 시나리오를 반복해서 그려 봤다. '이 계약이 성사되지 않는다면 그다음은 무엇일까?' 지금 자금으로는 한 달 정도도 더 버틸 수 없었다. 겨우 한 달을 그렇게 버티더라도 새로운 고객을 다시 찾을 수 있을지 장담하기 어려웠다. 무리하게 투입된 개발 비용은 이미 임계점을 넘었고, 지금 당장 유의미한 계약을 따내지 못한다면 더 이상 버틸 여력이 없었다.

마지막으로 메일함을 확인한 것이 채 한 시간도 지나지 않았지만 나는 무의식적으로 다시 메일을 확인했다. 새로운 메일이 도착해 있었다. 제목이 눈에 확 들어왔다.

[JS전자 프로젝트 관련 진행의 건]

숨이 멎는 듯했다. 긴장된 손가락으로 할 수 있는 모든 집중을 해서 신중하게 메일을 열었다. 그 짧은 시간이 마치 긴 영화처럼 느껴졌다.

[안녕하세요, 코어테크 담당자님. 내부 논의가 길어져서 답변이 늦어진 점 양해 부탁드립니다. 저희 JS전자는 내부 회의 결과 귀사를 우선 협상대상자로 최종 결정하였습니다. 계약과 관련한 협상 등의 절차를 진행하고자 하오니, 빠른 시일 내에 만나 뵙고자 합니다. 감사합니다.]

눈을 여러 번 의심했다. 다시 읽어도, 몇 번을 반복해서 읽어도 '계약과 관련한 협상'이라는 문구는 변하지 않았다. 나는 책상에 털썩 기대어 앉았다. 마치 4년 동안이나 가슴을 짓눌러 온 큰 돌덩이가 한순간에 녹아 사라진 것처럼 온몸에 힘이 빠졌다. 순간 눈가가 뜨거워졌다. 그동안의 기억들이 주마등처럼 지나갔다. 제품 개발을 시작한 지 벌써 4년. 처음 개발팀장 서민우를 어렵게 설득하던 순간부터, 직원들에게 계속되는 야근을 부탁하며 미안함에 마음 졸이던 순간들, 그리고 예상보다 커지는 비용에 날마다 숫자 앞에서 절망하던 밤과 돈을 더 빌리러 다녀야 하는 처절함. 그리고 이 계약이 성사되지 않으면 더는 버틸 힘이 없을지도 모른다는 초조한 기다림까지. 잠시 후, 나는 정신을 차리고 사무실 밖으로 달려 나갔다. 영업팀장 이준혁이 급하게 무언가를 정리하고 있었다.

"이 팀장! 됐어요! JS전자에서 우리를 우선협상 대상자로 선정했어요!"

이준혁은 손에 들고 있던 서류를 떨어뜨리며 어리둥절한 표정으로 나를 쳐다봤다.

"사장님… 정말입니까? 확실한 거죠?"

"정말이에요. 방금 메일 확인했습니다.!"

그 순간 그의 얼굴이 밝게 빛났다. 그는 큰 소리로 환호했다.

"와! 드디어…! 다행이다, 정말 다행입니다. 사장님, 진짜 걱정했거든요. 솔직히 며칠 동안 밥도 잘 못 먹었어요."

그 말에 나 역시 웃음이 터졌다. 기술팀장 서민우가 영문을 모른 채 놀란 얼굴로 다가왔다.

"무슨 일입니까? 고객사에서 연락 왔어요?"

나는 흥분된 목소리로 대답했다.

"네, 우선협상대상자라는 연락 왔습니다!"

평소 냉정하던 서민우의 눈도 흔들렸다. 그는 몇 초간 말없이 나를 바라보더니 크게 숨을 내쉬었다.

"정말 다행입니다. 시간이 늘어지면서 솔직히 좀 비관적으로 생각했는데… 하아, 이거 참 말로 표현이 안 됩니다."

회사 내부가 이내 떠들썩해졌다. 직원들 모두가 자리에서 일어나며 서로를 격려하고 박수를 쳤다. 잠시 후 경영지원팀장도 소식을 듣고 왔다.

"사장님, 진짜예요? 진짜 계약된 거죠?"

"맞아요. 우리가 해냈어요. 이제 숨을 좀 쉴 수 있을 것 같습니다."

모두들 밝은 얼굴로 한동안 기쁨을 나누고 있을 때, 나는 갑자기 가슴이 뜨거워졌다. 이 순간을 얼마나 기다렸던가. 수많은 고통스러운 밤이 이 순간 하나로 보상받는 기분이었다. 나는 직원들에게 다시 한번 크게 말했다.

"여러분, 고맙습니다. 지난 4년 동안 얼마나 힘들었는지 잘 알고 있습니다. 이번 결과가 없었다면 아마 우리가 이렇게 웃는 일도 없었겠죠. 정말 고생 많으셨습니다. 다시 한번 진심으로 고맙습니다! 곧 본계약 체결을 성공적으로 잘 마무리하겠습니다."

직원들의 함성과 박수 소리가 한참 동안 사무실 안을 가득 메웠다. 마음이 한없이 가벼워졌다.

잠시 후, 나는 팀장들을 조용히 불러 모았다. 조금은 차분해진 목소리로 그들을 향해 말했다.

"여러분, 오늘의 기쁨은 충분히 즐겨도 좋지만, 이번 계약건은 이제 막 시작입니다. 본계약을 마무리하는 것에 문제가 없겠지만 아직 최종적으로 계약서에 도장 찍을 때까지 방심하면 안 됩니다. 이 팀장님은 고객 커뮤니케이션과 관계 관리를 맡아 주시고, 서 팀장님은 기술 구현과 품질 문제 없이 잘 마무리될 수 있도록 신경 써 주시기 바랍니다. 지원팀장님은 협상이 잘 진행될 수 있도록 최대한 관심을 가지고 지원을 해 주시고요."

서민우 팀장이 굳건한 얼굴로 말했다.

"끝까지 책임지고 요구 기능들 잘 파악하고 준비하여 제대로 마무리하겠습니다. 사장님."

이준혁 팀장도 떨리는 목소리로 각오를 밝혔다.

"믿어 주셔서 감사합니다. 마지막까지 책임지고 계약 잘 마무리하겠습니다."

팀장들의 든든한 목소리를 듣고 나니 마음이 놓였다. 이들이 있어 정말 다행이라는 생각이 들었다. 자리에 돌아와 혼자 파묻히듯 의자에 앉았다. 문득 눈앞 모니터에 아직 열려 있는 JS전자의 메일이 선명하게 보였다. 화면 속의 글자들이 생생히 살아 숨 쉬는 듯했다. 나는 혼자 중얼거렸다.

"그래, 아직 늦지 않았어. 이제부터 이번 계약을 계기로 반전을 이뤄 내야 해."

나는 이 계약이 단순히 첫 번째 계약으로 끝나지 않기를, 이 계약을 통해 우리가 꿈꾸던 제조업 디지털 전환이 현실이 되고 우리의 미래가 더 밝아지기를 간절히 소망했다. 그동안의 모든 초조함과 불안이 비로소 조금씩 희망으로 바뀌고 있었다. 이것이 끝이 아니라 또 다른 시작이 되어야 했다. 오늘의 이 첫 고객이 우리의 마지막 고객이 아니라, 앞으로 다가올 수많은 고객의 시작점이 되어야만 했다. 나는 자리에서 천천히 일어나 창밖을 바라봤다. 그토록 기다렸던 오늘, 드디어 우리 회사에 우리가 개발한 제품을 선택한 진짜 고객이 생겼다. 지금 이 순간만큼은 그동안의 힘들었던 모든 날들이 전혀 아깝지 않았다.

여러 우여곡절이 있었지만 다행히 우리는 JS전자와 무사히 계약까지 마무리를 하였다. 하지만 계약 성사의 기쁨은 오래가지 않았다. 며칠 후 고객과의 첫 번째 본격적인 구축 미팅이 진행되었고, 예상과 달리 미팅이 시작된 지 얼마 되지 않아 분위기가 심상치 않아졌다. JS전자의 생산기술팀은 처음 제안 요청할 때와 달리 새로운 요구 사항들을 추가로 언급하기 시작했다.

처음에는 큰 문제가 아니라고 생각했지만 미팅이 진행될수록 우리가 생각했던 것보다 더 복잡한 문제들이 속속 드러나고 있었다. 미팅 중 생산기획팀의 프로젝트 담당자가 무심하게 던진 한마디가 그 시작이었다.

"그런데 이번에 구축하는 제품이 기존 논의 된 설비뿐만 아니라, 새로운 도입되는 설비들도 다 포함해서 관리 가능하신 거죠?"

이준혁 팀장이 잠깐 당황한 듯 나를 쳐다봤다. 나는 급히 개발팀장 서민우를 바라보았다. 서 팀장 역시 심각한 표정이었다.

"그 부분은 저희가 처음에 얘기했던 범위를 조금 벗어나 있는 것 같은데, 일단 확인이 좀 필요할 것 같습니다."

서민우 팀장이 신중하게 말을 꺼냈다. 하지만 고객 측 담당자는 가볍게 웃으며 말했다.

"아, 그렇습니까? 전 당연히 포함된다고 생각하고 있었는데요. 이미 내부에서는 그렇게 정리가 되어 있었던 것 같아서요."

결국 그 미팅은 확실한 결론 없이 종료되었고, 회사로 돌아오는 차 안에서 모두 침묵할 수밖에 없었다. 그날 오후, 긴급회의를 소집했다. 회의실 공기는 무거웠다. 서민우 팀장이 먼저 입을 열었다.

"지금 고객이 추가한 요구 사항은 처음 우리가 제안했던 범위에서 상당히 벗어납니다. 이런 규모라면 절대 기존 일정 내에 구현하지 못합니다. 범위에 대해서 JS전자 측과 다시 얘기를 해 봐야 합니다."

그러자 이준혁 팀장이 억울한 표정으로 즉각 반발했다.

"아니, 서 팀장님. 고객과 사전에 요구 사항 협의를 기술적으로 면밀히 해 주셨어야죠. 전 당연히 서 팀장님이 그 정도까지는 확인했을 거라고 믿고 있었는데요. 그건 개발팀에서 책임지고 확인해야 하는 부분 아닌가요?"

서민우의 표정이 굳었다.

"이 팀장님, 요구 사항 정리는 영업팀과 고객 사이에서 명확히 이루어져야 하는 겁니다. 지금 와서 그런 식으로 책임을 돌리시면 안 되죠. 어떻게 영업이 그렇게 무책임하게…."

이준혁 팀장 역시 얼굴이 붉어지기 시작했다.

"책임을 돌리는 게 아니라 처음부터 기술팀에서 함께했으니 그 정도는 파악하셨을 거라고 당연히 생각한 겁니다. 그게 당연한 거 아닌가요?"

"지금 그걸 당연히라고 하시면 어떡합니까! 영업에서 제대로 된 고객의 요구 사항을 기술팀에 전달하지 않으면 우리는 뭐를 근거로 판단을 합니까!"

두 사람의 언성이 점점 높아졌다. 평소 온화한 이준혁 팀장과 냉정한 서민우 팀장이 이렇게까지 부딪히는 일은 흔치 않았다. 내가 급히 두 사람을 진정시켰다.

"잠시만요, 두 분 다 진정하고 들어 보세요. 지금은 서로 잘잘못을 따질 때가 아닙니다. 이 문제를 빨리 해결하지 않으면 우리가 어렵게 얻어 낸 이 기회가 시작도 하기 전에 위태로워질 수 있습니다. 지금 서로 탓을 한다고 해서 문제가 해결되는 것도 아니잖습니까. 조금씩만 양보하고 해결 방법을 함께 찾아봅시다. 문제를 고민하는 게 아니라, 해결책에 대해서 논의해야 하는 시점입니다."

그러나 이미 감정이 격앙된 두 사람에게 내 설득은 잘 들리지 않는 듯했다. 잠시 침묵 후, 서민우 팀장이 다시 입을 열었다.

"알겠습니다. 지금 이건 분명히 정리해야 합니다. 요구 사항의 범위가 확실히 정해지지 않으면 우리는 절대 납기일을 맞추지 못합니다. 인력을 무작정 늘린다고 해결되는 문제도 아닙니다. 하지만 지금 상황에서 분명한 점은 기존 계획보다 추가 인력이 더 필요하다는 겁니다."

서민우의 말을 들으며 나는 다시 가슴이 무거워졌다. 추가 인력 투입이 필요하다는 건 결국 비용 증가를 의미했다. 이미 회사의 재정 상태는 팍팍한 상태였고, 추가로 들어가는 비용은 고스란히 회사 전체에 부담으로 돌아올 것이 뻔했다. 내 표정을 살핀 듯, 서민우 팀장이 덧붙였다.

"죄송합니다, 사장님. 하지만 솔직히 말씀드려야만 하는 입장을 이해해 주세요. 기존 인력과 예산으로는 절대 안 됩니다. 지금 상태로는 납기일을 맞출 수 없습니다. 향후에 더 큰 문제가 될 수 있습니다."

이준혁 팀장 역시 힘없는 목소리로 말했다.

"저 역시도 예상하지 못한 추가 요구 사항이라 매우 난감합니다. 고객과 다시 협상을 해야겠지만, 쉽지는 않을 것 같습니다. 고객 측에서는 이미 이 정도는 당연하다고 생각하는 것 같으니까요."

한숨이 저절로 나왔다. 결국 나는 두 사람의 의견을 다시 한번 듣고 정리해야 했다.

"좋습니다. 일단 두 분 모두 감정을 추스르시고, 서로 탓하지 말고 협력해서 해결책을 찾는 데 집중합시다. 오늘은 여기까지만 하고, 내일 다시 모여서 각 팀에서 준비한 구체적인 계획을 바탕으로 다시 논의합시다. 저도 저 나름대로 고민해 보겠습니다. 괜찮겠죠?"

서민우와 이준혁이 서로 어색하게 눈을 마주치며 고개를 끄덕였다. 회의실을 나오는 나의 마음은 무거웠다. 성공적으로 계약을 이뤄 내 첫 고객을 얻을 것이라는 기쁨은 이미 먼 과거처럼 느껴졌고, 지금 당장 눈앞에 닥친 이 문제가 해결되지 않으면 회사는 다시 큰 위험에 처할 수도 있다는 두려움이 밀려왔다. 나는 다시 한번 책임감과 부담감을 뼈저리게 느꼈다. 언제나 사업은 끝없는 문제와 도전의 연속이라는 것을 상기하게 되었다. 우리 회사가 첫 계약을 했다고 기뻐한 것도 잠시, 다시 어두운 터널 속으로 들어선 기분이었다. 내일 다시 열릴 회의에서 이 난제를 반드시 해결해야 했다. 그렇지 않으면 우리가 지금까지 이루어 낸 모든 것이 다시 무너질 수도 있었다. 무거운 마음으로 자리에 돌아와 앉으니 긴 한숨만이 조용히 흘러나왔다.

회의실을 나온 후, 내 발걸음은 어느 때보다 무거웠다. 사무실로 돌아가는 복도는 길지 않았지만, 그 짧은 순간에도 머릿속에 수많은 걱정이 가득 들어찼다. 지난 미팅에서 봤던 개발팀장 서민우와 영업팀장 이준혁의 언쟁이 자꾸 머릿속에 맴돌았다. 두 사람은 평소 업무 스타일이 다르지만 인간적인 관계는 좋았고, 평소에도 자주 서로를 존중하는 편이었다. 그런 두 사람이 고객의 요구 사항 문제를 놓고 서로의 책임을 언급하며 언성을 높인 것은 매우 이례적이었다. 단순히 두 사람의 갈등만이 문제가 아니었다. 더 깊은 곳에 자리 잡은 우리 회사의 커뮤니케이션 문제가 이런 상황에서 명확히 드러난 것이다. 창업 후 지금까지, 회사의 성장을 위해 수도 없이 많은 문제들을 해결하며 왔지만 내부 커뮤니케이션 문제만큼은 언제나 쉽지 않았다. 작은 스타트업일 때는 직원 수도 적고 업무도 명확히 구분되지 않아 자연스럽게 소통이 되었지만, 회사가 점점 커지면서 팀 간, 개인 간 소통의 부재는 점점 더 큰 문제로 자리 잡기 시작했다. 문제를 미뤄온 것이 손쓸 수 없을 정도로 점점 커져 버렸지만 어찌할 방법이 없었다.

이번 프로젝트는 회사 사활이 걸린 중요한 계약이었다. JS전자와의 계약은 단지 큰 고객사 하나를 얻었다는 것을 넘어, 우리가 수년 동안 쏟아부은 비용과 시간, 노력의 결실을 얻는 첫 번째 사례가 될 터였다. 그러나 지금과 같이 내부 소통이 원활하지 못한 상태라면, 이 프로젝트가 시작부터 난관에 부딪힐 것이 분명했다. 어쩌면 시작도 못 할 수도 있다.

사소한 소통의 부족으로 발생한 문제가 결과적으로 큰 프로젝트 실패를 불러오는 사례는 동종 업계에서도 종종 일어나는 일이었다. 고객의 요구 사항을 처음부터 명확히 분석하지 못하면 프로젝트 범위가 계속 확대되고, 결국 일정 관리가 제대로 이루어지지 않아 납기일을 맞추지 못하거나, 최악의 경우 프로젝트 자체가 좌초될 수 있었다. 그렇게 되면 결국 제품 자체에 대한 신뢰도 흔들리고, 처음 계획보다 몇 배의 비용이 추가될 것이 뻔했다. 비용적인 타격은 물론이고, 장기적으로 회사 전체의 신뢰가 훼손될 가능성도 배제할 수 없었다. 가장 심각한 것은 바로 신뢰의 문제였다. 우리 회사가 공급하는 제품은 신뢰성이 무엇보다 중요하다. 고객이 우리를 선택하는 이유는 결국 제품의 기술뿐 아니라 그 제품을 제공하는 회사에 대한 신뢰 때문이었다. 그러나 내부에서조차 명확히 소통하지 못해 프로젝트의 목표가 흔들리고, 일정을 준수하지 못하거나 품질에 문제가 생긴다면 고객은 다시는 우리를 신뢰하지 않을 것이다. 프로젝트가 시작되기 전에는 많은 토론을 하게 된다. 이때 고객, 회사 그리고 회사 내부의 커뮤니케이션을 얼마나 잘하느냐가 고객에게 신뢰를 표현할 수 있는 유일한 방법이다. 나는 다시 한번 깊은 고민에 빠졌다. '어디서부터 잘못된 걸까?'

기술팀은 개발 과정의 현실적인 어려움과 일어날 수 있는 다양한 변수를 제대로 영업팀에 전달하지 못했고, 영업팀은 고객의 요구 사항을 완벽하게 파악하지 못하고 기술팀에게 전달했다. 그 과정에서 서로는 당연히 상대가 문제를 파악했을 거라고 생각했다. 각자가 본인의 영역에서 최선을 다했지만, 그것이 서로 연결되지 못한 채 제각각 존재했던 것이다. 결국 이 문제는 시스템의 문제였다. 누구 한 명의 잘못으로 돌릴 수 없는, 조직 내 커뮤니케이션 시스템 전체의 문제였다. 나는 다시금 조직 내 커뮤니케이션 시스템의 중요성을 깨달으며, 그것을 진작 개선하지 못한 나 자신에게 자책감이 들었다. '이 문제를 빨리 해결하지 못하면 이번 계약뿐 아니라 앞으로의 회사 성장에도 큰 문제가 생기겠구나.'

그동안 나는 회사의 매출 성장, 기술 개발 등 외적인 성장에만 집중한 나머지 내부 소통과 조직의 내부 시스템에 대한 관리는 소홀히 했다. 조직 규모가 커지면 커질수록 가장 먼저 신경 써야 했던 것을 방치했던 나의 실책이었다. 어쩌면 외형적인 성장보다 내적인 강인함을 우선시했어야 했다. 나는 사무실 안을 천천히 둘러보았다. 각자의 자리에서 열심히 일하고 있는 직원들의 모습이 눈에 들어왔다. 모두가 최선을 다하고 있었지만, 서로 간의 정보와 필요한 의사결정 공유가 제대로 이뤄지지 않으면 그 노력들은 결국 제대로 된 결실을 맺지 못할 가능성이 높다. 이것이 계속 반복된다면 결국 직원들은 지치고 힘들어질 것이며, 결과는 더 나빠져 일한 노력에 비해 어떠한 효과도 느끼지 못하게 될 것이다. 그것이 가장 큰 걱정이었다.

잠시 후 기획팀장이 걱정스러운 얼굴로 내게 다가와 말했다.

"사장님, 안색이 좋아 보이지 않는데 괜찮으세요?"

나는 애써 태연한 척 답했다.

"괜찮아요. 다만 이제는 내부 소통에 대해 깊이 고민하고 빠르게 해결책을 마련해야 할 때가 온 것 같습니다."

기획팀장이 고개를 끄덕이며 공감했다.

"저도 그렇게 생각합니다. 사실 이번 제안서를 작성하면서 기획팀도 많이 어려웠습니다. 영업팀에서는 고객의 요구 사항을 제대로 정리해 주지 못했고, 기술팀에서는 추가 개발을 부담스러워하며 적극적인 협조가 어렵다고 했고요. 결국 기획팀이 양쪽 사이에서 힘들게 조율할 수밖에 없었어요. 저는 팀장이니 서로 상황을 이해 하지만, 팀원들은 정말 회의하기 힘들다고 많이 느끼는 것 같습니다."

나는 그의 말을 듣고 다시 한번 마음이 무거워졌다. 기획팀장이 잠시 망설이다 말을 이어 갔다.

"사장님, 그래서 말인데, 각 팀 간 요구 사항을 더 명확히 관리할 수 있는 '통합 커뮤니케이션 프로세스'를 도입하면 어떨까요? 프로젝트의 전 과정에서 각 팀이 참여하는 정기 미팅과 주간 보고를 의무화해서 고객의 요구 사항 변경이나 내부 일정 문제가 발생했을 때 모든 팀이 즉각적으로 인지하고 대응할 수 있게 말이죠. 처음에는 다소 번거롭겠지만, 명확한 업무 프로세스를 구축하면 내부 갈등과 오해도 크게 줄어들 거라 생각합니다."

기획팀장의 제안은 현실적이고 명확했다. 지금까지 우리가 막연하게 문제라고 인식했던 소통 부족을 시스템으로 보완할 수 있는 방안이었다. 새로운 시스템이 아무리 좋아도 조직에서 직원들이 활용하지 않으면 아무 의미가 없다는 것을 안다. 생각보다 새로운 시스템에 대한 직원들의 저항은 클 것이다. 변화에 대한 불편함이기 때문이다. 나 역시 그랬었다. 기획팀에서 총대를 메고 해 보겠다고 하니 나는 그의 말을 받아들였다.

"좋습니다. 처음에는 쉽지 않겠지만 지금 이 상황에서 더 나빠질 수도 없죠. 팀장님이 한번 자세히 방안을 만들어 주시면 신중하게 검토해 보도록 하겠습니다."

기획팀장의 얼굴에 다시 미소가 번졌다.

"네, 알겠습니다. 사장님."

그가 자리로 돌아가는 뒷모습을 보며 나는 다시 해결해야 할 이번 계약 문제를 생각했다. 쉽지는 않겠지만, 반드시 해결할 수 있을 것이다. 무조건 해결해야만 한다. 그리고 동시에 우리가 조직을 더 강하게 만드는 계기로 활용해야 한다고 다짐했다.

그렇게 5년 전 우리가 야심 차게 개발하고 준비한 넵투와 넵포머가 어렵게 JS전자라는 대기업에 도입이 되었다. 그리고 그 계약을 계기로 지금까지 많은 고객들을 유치할 수 있었다. 그런 의미에서 JS전자의 계약은 회사의 큰 터닝 포인터임에 분명했다.

투자

창업 후 몇 년 동안 나는 투자 유치에 대해 제대로 이해하지 못했다. 아니, 정확히 말하자면 그 중요성을 인지하지 못했던 것 같다. 회사 초창기 때는 하루하루 살아남는 게 중요했다. 직원들의 급여와 사무실 임대료를 해결하는 것이 직면해 있는 가장 큰 과제였다. '투자'라는 것은 마치 영화 속 다른 세계의 얘기 같았다. 현실적으로 나에게 가장 중요한 건 매출을 올려 회사가 생존하는 일이었다. 그렇게 몇 년이 지나고 회사가 조금씩 성장하기 시작하면서, 회사의 가치 있는 성장에 대해 고민을 하게 되었다. 매출이 조금씩 오르고 직원도 늘어나니 회사의 운영 자금이 예전보다 훨씬 더 중요한 문제가 되었다. 회사가 성장하면 할수록 더 큰 자금이 필요했고, 과거 작은 회사일 때처럼 돈을 빌리러 은행을 돌아다니는 것만으로 해결할 수 있는 수준이 아니었다. 또한 영업 활동을 통한 매출만으로 회사의 성장을 계속 이끌어 가는 것이 한계가 있다는 것도 조금씩 깨달았다. 회사의 자금 흐름을 검토하던 중 경영지원팀장의 미팅 요청이 있었다.

"사장님, 아무래도 이번 분기의 자금 상황이 생각보다 많이 안 좋습니다. 뿐만 아니라 우리가 준비하고 있는 신규 개발을 시작하려면 자금 투자가 필요한데 이제는 투자유치를 진지하게 검토해야 할 때인 것 같습니다."

처음으로 '투자유치'라는 말이 현실적으로 내 귀에 들어왔다. 나는 고민 끝에 개발팀장 서민우와 최근 기획팀장으로 승진한 김윤서를 회의실로 불러 투자에 대해 함께 논의하기 시작했다. 서민우 팀장은 투자유치의 필요성에 대해 현실적인 의견을 내놓았다.

"사장님, 솔직히 말씀드리자면, 지금 우리 회사가 성장할 수 있는 기술력을 갖췄음에도 불구하고 매번 자금 문제로 우수한 개발 인력 충원에 충분히 투자하지 않아 일정이 지연되기도 하고 시장 확대를 할 수 있는 기회를 놓치고 있습니다. 프로젝트를 제대로 추진하려면 우수한 인력 확보와 연구개발에 더 많은 투자가 필수입니다. 아시겠지만 아직 우리 제품만으로는 예측 가능하고 안정적인 매출을 일으킬 수 없기 때문에 영업 매출만으로는 그런 문제를 해결하는 데 한계가 있습니다."

김윤서 팀장도 그의 말에 공감하면서 덧붙였다.

"맞습니다. 현재 프로젝트를 완성하기 위해서도 자금이 필수적이지만, 앞으로 우리가 시장에서 더 크게 도약하려면 더욱 장기적인 투자 계획이 필요 하다고 생각합니다. 그런 측면에서 투자유치를 통해서 우리 비전과 목표를 공유할 파트너를 확보하는 것도 매우 중요한 일인 것 같아요."

나는 두 팀장의 말을 듣고 천천히 고개를 끄덕였다. 이 회사의 대표로서 투자유치가 중요한 일이라는 것을 모르지는 않았다. 하지만 자꾸 머뭇거리게 되는 이유가 있었다.

"두 분의 의견은 저도 전적으로 동의합니다만, 막상 투자라는 게 그렇게 쉬운 일인가 싶네요. 투자유치를 위해서는 많은 노력과 시간을 들여야 하고 그 기간 동안 영업 확대와 기술 향상에 그만큼의 누수가 생길 수도 있어요. 또 투자자들이 우리가 가진 가능성을 과연 얼마나 높게 평가할지 등 우리가 아직까지 큰 투자금을 받아 본 경험이 없어서 솔직히 자신 있다고는 말을 못 하겠어요."

내가 그렇게 속마음을 털어놓자 서민우 팀장이 진지한 표정으로 대답했다.

"쉽지 않다는 것은 저희도 알고 있습니다. 하지만 사장님, 지금 우리 회사는 분명 좋은 기술력과 뛰어난 제품을 가지고 있습니다. 특히 넵투와 넵포머는 이미 시장에서 인정받기 시작했습니다. 더 확장하려면 투자유치를 통해서 자금을 확보하고, R&D를 제대로 진행해야 합니다. 시장을 확대하고 있고 분명히 잠재력이 있으니, 어쩌면 투자자들이 우리를 찾고 있을 수도 있습니다. 분명히 잘됩니다."

김윤서 팀장도 개발팀장의 의견에 힘을 실었다.

"저도 그렇게 생각해요. 분명 어려움이 있겠지만, 우리가 잘 준비하고 전략적으로 접근하면 투자유치는 충분히 가능합니다. 그리고 우리가 지금 투자유치를 해야 하는 이유는 단지 자금 때문만은 아니라고 생각합니다. 회사의 미래를 함께 만들어 갈 직원들에게 회사의 성장 가능성에 대한 자부심을 투자유치 성공을 통해서 얻을 수 있게 하는 것도 분명 중요한 부분입니다."

맞는 얘기다 투자유치가 단지 자금을 확보하는 행위가 아니라, 회사의 장기적인 비전을 실현할 동반자를 찾고, 직원들에게 인정을 받는 회사라는 자부심을 느끼게 하는 것도 아주 중요하다는 것을 알고 있다. 하지만 투자자들에게 우리 회사가 가진 비전과 제품의 가치를 제대로 전달할 수 있을지, 그들이 우리를 인정하고 투자 결정을 내릴지에 대한 막연한 두려움이 계속 남아 있었다. 실제로 투자를 성공적으로 유치하기 위해서는 수많은 설득과 분석, 그리고 전략이 필요할 것이고, 그 과정에서 많은 실패를 마주할 가능성도 크다는 것을 알고 있다. 그래서 두렵고 결단을 내리기가 쉽지 않다.

투자유치는 단순히 회사 성장에 관한 문제만은 아니었다. 나 자신에게도 큰 도전이 될 것이다. 그동안의 경영 방식에서 벗어나 더 큰 그림을 그리고 비전을 달성하기 위해서 투자자와 함께 설득하고 논의하는 과정은, 나를 한 단계 더 성장시킬 중요한 기회가 될 수도 있지만, 동시에 불확실성이 큰 부담이기도 했다. 그렇게 나는 며칠 동안을 고민하다가 결심을 굳혔다.

"좋습니다. 우리가 더 크게 성장하고 다음 단계로 나아가기 위해서 지금 투자유치는 필수적이라고 생각합니다. 다만, 지금부터 준비를 제대로 해야 합니다. 우리 회사의 가치를 확실히 전달할 수 있는 전략적인 접근이 필요해요. 서 팀장님, 김 팀장님. 두 분 모두 바쁘시겠지만 투자유치 활동에 힘을 모아 주시기 바랍니다. 저와 경영지원팀장도 할 수 있는 모든 역량을 동원하겠습니다."

"네, 알겠습니다. 사장님. 저희가 함께 힘을 모으겠습니다."

서민우 팀장의 목소리에 힘이 들어갔다. 김윤서 팀장도 밝은 표정으로 말을 이었다.

"투자자들에게 우리 회사를 명확히 알릴 수 있도록 IR(Investor Relations) 등 필요한 자료들 준비를 먼저 시작하겠습니다."

"네. 저도 지금부터 경영지원팀장과 우리 회사의 자금, 영업, 기술 등 현 상황을 미리 분석해 보겠습니다. 우리의 현 상황을 알고 분석하는 것. 이게 투자유치 활동의 시작이겠지요."

반드시 가야 할 길이라는 것만큼은 함께 공감을 한 것은 정말 다행이다. 두 팀장이 힘을 모아 준다는 것은 분명 큰 힘이 될 것이다. 지금부터 시작될 그 여정이 성공이든 실패든, 우리가 가야 할 길임을 분명히 나는 알고 있었다. 결국 기업의 성장이란, 어려움 속에서도 끊임없이 나아가는 과정일 테니까. 그렇게 결심하며 이제 우리 앞에 놓인 투자유치라는 도전을 마주할 준비를 시작했다.

화요일 오후 2시. 기획팀장 김윤서, 개발팀장 서민우와 함께 IR 자료 준비를 위한 논의를 시작했다. 나는 미리 준비한 노트북을 함께 보면서 운을 뗐다.

"이번 IR 자료는 우리가 어떤 회사인지, 시장에서 어떤 가능성을 가지고 있는지 명확히 전달할 수 있어야 합니다. 넵투와 넵포머 그리고 앞으로 우리의 중심이 될 AI 기술까지 분명하게 보여 줘야 합니다."

기획팀장 김윤서가 자신감 가득한 목소리로 말을 받았다.

"네, 사장님. 저희 기획팀에서 시장성과 비전에 대한 자료는 이미 어느 정도 초안을 잡았습니다. 지금 시장에서 제조업의 디지털 전환 속도가 빠르게 진행되고 있고, 넵투와 넵포머가 이미 시장에서 검증된 만큼, 이 두 제품의 안정성과 시장성을 강조하면 충분히 좋은 반응을 얻을 수 있을 거라 생각합니다."

서민우 팀장이 천천히 고개를 끄덕였다. 그는 잠시 뜸을 들이다가 신중하게 말했다.

"하지만 사장님, 우리가 지금 IR 자료를 만들 때 강조해야 할 부분은 결국 AI 제품인 '위도'입니다. 넵투와 넵포머는 이제 기본적인 제조 현장 디지털 전환을 위한 제품입니다. 하지만 투자자들이 원하는 건 단지 현재의 시장성을 넘어 장기적인 성장성일 겁니다. 결국 우리가 그리는 기술적 비전이 이 IR 자료의 핵심이 되어야 합니다."

나는 그의 말에 깊이 공감했다.

"좋습니다. 그럼 AI 제품인 '위도'가 앞으로 우리가 나아갈 핵심 기술임을 명확히 해야겠군요. 지금까지 우리가 가진 기술 역량이 시장의 다른 회사들과 어떤 차별성을 가지고 있는지도 분명하게 제시해야 합니다."

김윤서가 노트북을 열고 슬라이드를 보여 주며 말했다.

"그래서 기술적 차별성을 다음과 같이 정리했습니다. 첫째, 넵투는 MES(manufacturing execution system), SPC(Statistical Process Control), EMS(Energy Management System) 등 제조 현장에서 사용하는 소프트웨어 등과 유연하게 연결하여 실시간으로 데이터를 수집하고 분석할 수 있습니다. 둘째, 넵포머는 어떤 설비나 시스템과도 연결할 수 있는 높은 호환성과 실시간 데이터 수집 능력을 가지고 있습니다. 이 두 가지가 위도의 기반이 될 수 있습니다. 결국 위도는 여기서 더 나아가 AI 기반의 이상 감지 및 품질 예측이 가능한 자율제조 시스템으로 발전할 겁니다."

나는 만족스럽게 고개를 끄덕였다. 하지만 서민우 팀장의 표정은 여전히 신중했다.

"사실 우리가 AI를 내세운다는 건 장기적으로 매우 바람직한 전략입니다만, 기술적 난이도가 만만치 않습니다. 솔직히 말씀드리면 현재 기술팀 인력과 역량만으로 우리가 그리고 있는 수준의 완전한 자율제조는 현실적으로 아직 시간이 많이 필요합니다."

나는 그의 우려를 충분히 이해했다. AI 제품 개발은 생각보다 시간이 오래 걸릴 수 있었고, 투자자들에게 너무 낙관적인 그림만 보여 주는 것도 위험했다.

"서 팀장님 말이 맞아요. 투자자들에게 지금 우리가 할 수 있는 것을 보여 주는 것도 중요하지만, 앞으로 가야 할 기술적 목표를 현실적이면서도 매력적으로 제시하는 게 필요합니다. 투자자들이 원하는 건 꿈만 같은 얘기가 아니라 현실 가능한 비전일 테니까요."

서민우 팀장이 다시 말을 받았다.

"그래서 저는 우리가 할 수 있는 현실적인 로드맵을 단계별로 명확히 제시하는 게 중요하다고 생각합니다. 우선 위도의 1단계는 현재 넵투와 넵포머 기반의 데이터 수집 및 실시간 이상 감지 시스템을 완벽하게 구현하는 겁니다. 그리고 2단계는 지금보다 고도화된 AI 품질 예측과 제한적인 제어가 가능한 모델로 발전시키고, 최종 3단계에 이르러서 완전한 AI 기반의 자율제조로 나아가는 것으로 로드맵을 명확하게 제시하는 거죠."

기획팀장 김윤서도 고개를 끄덕이며 적극적으로 의견을 보탰다.

"맞아요. 투자자들에게 가장 설득력 있는 것은 우리가 제시하는 현실적이고 달성 가능한 단계적 비전입니다. 동시에 각 단계가 이루어질 때마다 얻을 수 있는 시장 점유율과 매출 증대 가능성을 분명히 제시해서 투자자들에게 명확한 확신을 줄 수 있어야 합니다."

나는 두 팀장의 이야기를 들으면서 말을 받았다.

"두 분 말씀이 정확합니다. 우리가 이번 IR 자료를 준비하면서 가장 중요하게 생각해야 할 것은 명확성입니다. 현실 가능한 기술력과 명확한 비전, 그리고 단계적 로드맵을 구체적으로 제시해서 투자자들이 신뢰할 수 있는 자료를 만들어야 합니다. 꿈만 크고 실현 가능성이 낮은 그림은 절대 보여 줘선 안 됩니다."

서민우 팀장이 한숨을 돌리며 작은 미소를 지었다.

"정확히 그겁니다. 솔직히 요즘 AI가 유행이라 모든 기업이 AI라는 키워드를 남발하는데, 실제로 제대로 된 결과물을 내놓는 회사는 많지 않아요. 우리가 현실 가능한 수준의 AI 비전을 제대로 만들어 간다면 분명히 투자자들도 그 진정성을 제대로 볼 겁니다."

김윤서 팀장이 밝게 웃으며 말을 덧붙였다.

"알겠습니다. 그럼 우리 기획팀에서 IR 자료를 다시 한번 정리하겠습니다. 현실적인 기술 로드맵을 명확히 담아서요. 서 팀장님, 기술적인 부분에서 상세한 리뷰 부탁드릴게요."

서민우 팀장이 힘있게 고개를 끄덕였다.

"알겠습니다. 기술적인 부분은 제가 철저히 챙기겠습니다."

언제나 이 둘은 명확하다. 그래서 내 두려움을 줄여 줄 뿐만 아니라 두려움을 이겨 낼 용기를 만들어 준다.

"좋습니다. 우리 회사가 가야 할 AI 기반 자율제조라는 비전을 분명하게 보여 줍시다. 그리고 시장에서 가장 현실적이고 믿을 수 있는 기업으로 자리 잡는 겁니다."

회의실을 나서면서 나는 마음속으로 다시 한번 우리의 목표를 되새겼다. 이번 IR 자료는 투자자들 앞에서 단지 자금을 유치하기 위한 수단이 아니라, 우리 회사가 가진 기술적 가치를 명확히 하고, 앞으로의 비전을 더 분명하게 만드는 중요한 과정이었다.

이제 우리는 현실 가능한 AI 비전과 명확한 기술적 방향을 통해 우리의 가능성을 입증할 것이다. 그 확신이 나의 발걸음을 더욱 힘차게 만들었다.

화요일 오후 네 시. IR 자료의 최종 기술 방향 발표를 위해 회의실에 들어섰다. 서로의 얼굴에서 긴장감이 살짝 감돌고 있었다. 경영지원팀장 최영진, 기획팀장 김윤서, 개발팀장 서민우 모두 진지한 표정으로 자리에 앉아 있었다. 나는 가벼운 미소를 지으며 그들에게 인사를 건넸다.

"바쁜데 다들 모여 줘서 고마워요. 오늘 제가 설명할 기술 자료는, 우리 회사가 투자유치를 위해 준비하는 IR 자료의 핵심이라고 할 수 있습니다. 우리 회사가 지금까지 해 온 일과 앞으로 나아갈 방향을 명확하게 정리했으니까 발표가 끝난 후 여러분들의 다양한 의견을 주시기 바랍니다."

모두들 진지하게 고개를 끄덕였다. 노트북을 열어 우리가 가야 할 기술 방향을 정리한 첫 번째 슬라이드를 띄워 보였다.

[1. AI 자율제조 전환을 위한 필요 사항
2. 넵투 넵포머의 경쟁력과 현재 시장 강점
3. AI 자율제조의 핵심, '위도(Wido)'의 개발과 비전]

나는 목소리에 힘을 주어 먼저 첫 번째 'AI 자율제조 전환을 위한 필요 사항'을 설명하기 시작했다.

"현재 제조기업들은 기업의 경쟁력을 위해서라도 단순한 디지털 전환을 넘어서 완전한 AI 기반 자율제조 체제로 나아가야 합니다. 하지만 대기업을 제외하고 제조 현장에서는 아직 이 자율제조를 이루기 위한 기반조차 부족한 게 사실입니다. 그래서 우리가 정립해야 할 첫 번째 기술 방향은 '제조기업의 AI 자율제조 전환을 위한 필요 사항을 분석하는 것'입니다. 구체적으로는 다음 세 가지가 반드시 필요합니다."

화면에 AI 자율제조를 위한 제조기업의 세 가지 핵심 요소를 차례로 보여 주며 설명했다.

"첫째, 제조 현장의 모든 데이터를 실시간으로 수집하고 분석할 수 있는 데이터 관리 체계. 둘째, 설비와 공정의 상태를 즉각적이고 정확하게 진단할 수 있는 실시간 모니터링 및 분석 시스템. 그리고 마지막으로 위 두 가지를 유기적으로 연계해서 실현할 수 있는 AI 기반의 자율제조 솔루션입니다."

나는 잠시 말을 끊고 최영진팀장을 바라보며 말을 이었다.

"경영지원팀장님도 아시겠지만, 많은 제조기업들이 아직도 데이터 수집조차 제대로 못 하고 있는 게 현실입니다. AI 자율제조는 궁극적으로 생산성을 높이고 비용을 절감할 수 있지만, 그걸 이루기 위한 기반 구축부터가 매우 시급한 과제입니다. 우리의 기술 방향은 여기서부터 시작이 되어야 합니다."

최영진 팀장은 진지하게 고개를 끄덕였다. 그는 지금 발표되는 기술적 내용과 회사의 재무적 가치를 연결지으며 집중하고 있을 것이다. 다음 슬라이드에서 '넵투와 넵포머의 경쟁력과 현재 시장에서의 강점'인 두 번째 설명을 이어 갔다. 나는 넵투와 넵포머의 개념과 기능이 명확히 정리된 차트를 보여 주며 말했다.

"현재 우리 회사는 제조기업들의 디지털 전환을 위해 '넵투'와 '넵포머'라는 두 가지 제품을 성공적으로 공급하고 있습니다. 넵투는 MES, SPC, EMS 등 회사에서 활용하고 있는 소프트웨어들의 데이터와 넵포머에서 수집한 데이터를 통합하여 분석하며, 현장의 모든 공정 데이터를 실시간으로 관리하고 있습니다. 이 제품의 가장 큰 강점은 제조 공정에서의 효율성, 품질, 생산성을 극대화할 수 있는 KPI(Key Performance Indicator) 관리 능력입니다."

나는 계속해서 강조했다.

"넵포머는 현장의 다양한 설비와 쉽게 연결될 수 있는 높은 호환성을 가진 데이터 수집에 가장 신뢰 있는 임베디드 제품입니다. 다양한 통신 방식 지원과 함께 온도, 습도, 압력, 진동 등의 센서 데이터를 실시간으로 정확하게 수집할 수 있죠. 이것이 바로 우리의 핵심 경쟁력입니다."

개발팀장 서민우는 내 말에 동의하는 듯 굳건하게 고개를 끄덕였다. 나는 이어서 기획팀장 김윤서를 바라보며 말했다.

"기획팀장님, 이런 명확한 강점이 현재 우리가 제조기업 고객들을 확보하고 있는 가장 큰 이유입니다. 이 부분을 IR 자료에서 투자자들에게 분명히 전달해야 합니다."

김윤서가 이미 알고 있다는 듯이 화답했다.

"네, 사장님. 이 강점은 이미 충분히 강조되고 있습니다만 더 보완할 부분은 정리해 보도록 하겠습니다."

마지막으로 화면에는 위도의 개념도가 나타났다. 나는 숨을 한 번 고른 뒤 세 번째 기술 방향인 'AI 자율제조의 핵심, '위도(Wido)'의 개발과 비전'의 설명을 이어 갔다.

"마지막으로 우리가 가장 강조하고자 하는 건 바로 미래 가치인 AI 제품인 '위도'입니다. AI는 모든 제조업이 활용해야 할 매우 중요한 기술입니다. 앞으로 제조업에서의 AI 도입은 더욱 가속화될 것입니다. 지금까지 우리 회사가 넵투와 넵포머로 디지털 전환을 위한 기반을 구축했다면, 위도는 AI 자율제조를 가능하게 만드는 핵심입니다."

서민우 팀장이 관심을 가지고 화면을 응시했다. 나는 그의 시선을 따라 화면을 가리키며 말을 이었다.

"위도는 두 가지 주요 기능을 통해 AI 기반의 자율제조를 현실화합니다. 하나는 실시간 이상 감지(Anomaly Detection)입니다. 설비에서 발생하는 온도, 압력, 진동 등 데이터를 모니터링하며 즉각적으로 이상을 감지하고 경고합니다. 또 하나는 AI 기반의 품질 예측(Quality Prediction)입니다. 공정 데이터를 AI로 분석하여 완제품의 품질을 예측하고, 불량률을 사전에 최소화하는 것입니다. 지금 시장에서 많이 진행이 되고 있지만 AI 활용 영역 판단과 실시간 분석 적용의 명확한 흐름으로 사람의 손이 가지 않고 AI 시스템으로 한 번에 진행이 되어야 합니다."

잠시 침묵이 흐르고 최영진 팀장이 질문했다.

"사장님, 투자자들은 현실적인 구현 가능성에 대해 많은 질문을 할 텐데, 이 부분의 로드맵은 어떻게 제시할 계획인가요?"

"좋은 질문입니다. 그래서 우리는 세 단계 로드맵을 제시합니다. 첫 번째 단계는 지금 우리가 이미 완성 단계에 있는 데이터 수집 및 실시간 모니터링 기능을 시장에서 더욱 안정화시키고 확대해 나가야 합니다. 두 번째 단계로 고급 AI 분석 모델을 적용하여 품질 예측과 제한적 제어를 구현하고, 최종적으로는 완전 자율제조 시스템을 갖춘 '위도'로 적용하여 확대, 발전시키는 것입니다."

서민우 팀장이 확신 있는 목소리로 말을 보탰다.

"네. 사장님. 지금 저희 개발팀은 현재 첫 번째 단계를 거의 완성했으며, 두 번째 단계 기술 개발도 이미 착수된 상태입니다. 로드맵은 현실적이며 명확합니다."

김윤서 팀장도 자신감을 더하며 말을 이었다.

"과거보다는 좀 더 현실적이고 구체적인 로드맵이라 투자자들에게 신뢰를 얻을 수 있을 거라 생각합니다. 기술의 발전과 시장 진입 시점도 매우 설득력 있게 전달될 수 있을 겁니다."

나는 그들의 말을 들으며 큰 안도감을 느꼈다.

"좋습니다. 이 IR 자료의 기술 부분으로 우리는 분명 투자자들에게 회사의 기술력과 가능성을 정확히 보여 줄 수 있을 겁니다. 투자자들에게 우리 회사가 지금까지 얼마나 많은 준비를 했고, 또 앞으로 어떤 방향으로 나아갈지 분명히 전달될 수 있도록 각자 준비 부탁드립니다."

발표가 끝나고 회의실을 나서는 순간, 나는 우리가 만들어 낸 이 자료가 단지 투자유치를 위한 수단만이 아니라 우리 회사의 분명한 비전과 기술적 가치를 명확하게 정립하는 중요한 기회가 될 수 있기를 진심으로 바랐다. '지금부터가 진짜 시작이다.'

좌절

그렇게 투자유치를 위한 철저한 준비를 한 후 결전의 날들이 찾아왔다. 회사의 운명을 바꿀 수도 있는 IR 발표가 본격적으로 시작되었다. 우리는 그동안 치열하게 고민하고 분석하면서 만든 IR 자료를 기반으로 투자자들에게 우리의 모든 걸 보여 줘야 했다. 첫 번째 발표 날, 나는 혼자 투자사를 찾아갔다. 문을 열고 들어서는 순간, 나를 맞이한 무거운 공기 때문에 가슴이 뛰었다. 하지만 더 이상 긴장할 여유도 없었다. 나는 준비해 온 자료를 펴며 차분히 말문을 열었다.

"저희 코어테크는 제조업이 AI 자율제조로 진입하기 위해 필요한 기술적 기반을 보유하고 있습니다. 저희의 주력 제품인 넵투와 넵포머는 이미 시장에서 인정받고 있으며, 이 두 가지 제품을 통해 실시간으로 데이터를 정확하게 수집, 분석하고 제조 현장의 경쟁력 향상에 큰 기여를 하고 있습니다."

나는 숨도 쉬지 않고 이어 나갔다.

"지금 제조업은 기존 방식에서 벗어나 AI 중심의 자율제조로 전환되고 있습니다. 이 과정에서 저희 코어테크는 필수적인 제품을 제공하여 이미 많은 고객을 확보했고, 확장 가능한 시장에서 충분한 경쟁력을 갖추고 있습니다. 저희는 확실한 비즈니스 모델과 전략을 가지고 있으며, 지금 투자하시면 앞으로 3년 이내에 명확한 매출 성장과 시장 점유율 상승을 확인할 수 있을 것입니다."

발표가 끝나고 긴장된 마음으로 투자자들의 질문에 대답했다. 날카로운 질문이 많았지만 다행히 모두 예상한 질문들이었다. 나는 자신감 있게 모든 질문에 대응했다. 후회 없이 발표를 잘 끝냈기 때문에 성공적인 투자가 될 것이라는 기대도 함께하게 되었다. 그러나 며칠 후 돌아온 대답은 냉정했다.

[검토 결과, 이번 투자 건은 저희가 함께하지 못할 것 같습니다. 귀사의 건승을 기원합니다.]

아쉽지만 단지 한 번의 실패라 생각했다. 하지만 두 번, 세 번, 네 번 같은 거절이 반복되었고 내 자신감은 조금씩 흔들리기 시작했다. 다섯 번째 발표 때는 투자자들이 우리 회사를 직접 방문해서 진행됐다. 경영지원팀장 최영진과 기획팀장 김윤서, 개발팀장 서민우까지 모두 함께 자리했다. 팀장들의 든든한 존재가 내게 힘이 되었고, 나는 더 열정적으로 우리 회사의 비전을 설명했다. 발표 후 최영진 팀장은 투자자들에게 우리 회사의 재무 구조와 안정적인 성장성을 강조했고, 김윤서 팀장은 전략적 시장 확장 방안을 명확히 제시했다. 서민우 팀장은 기술적인 질문에 명확하고 차분하게 대응했다. 발표가 끝나고 투자자들이 나가자, 네 사람은 서로를 격려했다. 이번엔 될 수 있을 거라는 조심스러운 기대감이 있었다. 하지만 결과는 또다시 실망스러웠다. 여섯 번째, 일곱 번째 발표 역시 다르지 않았다. 점점 반복되는 실패 속에 회사의 공기는 점점 무거워져 갔다. 여덟 번째 발표가 끝나고 나서 경영지원팀장이 지친 표정으로 내게 다가와 말했다.

"사장님, 우리의 뭐가 잘못된 걸까요? 투자자들이 우리를 신뢰하지 않는 이유가 뭘까요?"

"우리 기술이 부족한 걸까요, 아니면 우리가 뭔가 잘못 제시한 걸까요?" 기획팀장 김윤서의 얼굴에도 짙은 피로감이 묻어나 있었다. 그녀의 질문에 나도 쉽게 대답을 할 수 없었다. 이미 우리가 할 수 있는 건 다 했다고 생각했기 때문이다. 실망할 시간도 없이 아홉 번째 IR 발표날이 돌아왔고 우리는 역시 할 수 있는 모든 힘을 쏟아부었다. 밤을 꼬박 세워 발표 자료를 다시 검토하고 발표 연습을 반복했다. 회사의 가치를 투자자들에게 전달하기 위해 혼신의 힘을 다했다. 하지만 결과는 또다시 거절이었다. 열 번째 발표가 다가왔을 땐 이미 회사 내부 분위기는 깊은 좌절감과 피로감으로 가득했다. 누구도 입 밖에 내지는 않았지만, 이번에도 실패할지 모른다는 불안이 모두를 사로잡고 있었다. 열 번째 발표는 투자사에서 진행되었다. 발표장에 들어서는 발걸음이 처음과는 달리 무거웠다. 하지만 나는 다시 한번 심호흡을 하고 남아 있는 힘을 모두 짜내서 열정적으로 우리에 대해서 피력했다. 발표를 마치고 자리에 앉으니 온몸에 힘이 빠졌다. 투자사 관계자의 마지막 질문이 내 귀에 무겁게 내려앉았다.

"좋은 내용이었고 잘 들었습니다. 다만, AI 기반 제품이 실제 시장에서 현실적으로 얼마나 빠르게 실현 가능할지 그 부분이 고민됩니다."

'저게 질문이야? 미래를 명확히 알고 있다면 내가 투자를 받으려고 이 자리에 있겠는가?' 어색한 질문에도 최선을 다해 답했지만, 이미 경험상 느낌이 좋지 않았다. 돌아오는 길은 어느 때보다 길었다. 며칠 뒤 역시 투자사의 답변은 같았다.

[신중히 검토했지만, 이번 투자 건은 함께하지 못할 것 같습니다. 다시 한번 죄송한 말씀을 드립니다]

열 번의 발표. 열 번의 거절. 책상에서 멍하니 노트북 모니터만 쳐다봤다. 더 이상 무엇을 해야 할지 전혀 떠오르지 않아 머릿속이 하얘졌다. 최영진 팀장은 창밖을 바라보며 고개를 숙였고, 기획팀장은 자신의 자리에서 깊은 한숨을 내쉬고 있을 것이다. 서민우 팀장도 말없이 자리에서 다른 일을 하고 있지만 표정은 깊이 굳어 있었다. 우리 모두는 힘들었고, 이제는 더 이상 무엇을 해야 할지 방향을 잃어 버린 것만 같았다. 우리 회사의 가치가 정말 투자 받기에는 부족한 것인지, 우리의 비전이 투자자들에게는 그저 말뿐인 허황된 것으로 보인 것인지, 이제는 아무도 확신하지 못했다. 우리가 생각하는 이 회사는 어쩌면 내가 생각했던 것보다 더 부족한 것일지도 모른다는 자책감이 몰려왔다. 그 순간, 긴 침묵 속에서 최영진 팀장이 알아듣지 못할 정도의 작은 목소리로 조심스럽게 말했다.

"다시 할 수 있을까요, 대표님?"

그 말에 쉽게 대답하지 못했다. 지금의 나에겐 그럴 힘조차 없었다. 우리는 실패했고, 그 실패 앞에서 다시 일어설 용기가 지금은 보이지 않았다. 그렇게 우리는 깊은 좌절과 패배감 속에 투자유치 활동을 마무리했다.

창업 초기, 혼자 투자유치 활동을 했던 기억이 떠오른다. 그 시절은 말 그대로 처절했다. 회사의 기술 개발을 위해 필요한 자금을 마련하려고 퇴근 후에도 매일 새벽까지 투자 자료를 만들었고 투자자들을 만나며 비전을 설명하고 그 비전을 이룰 수 있는 전략과 자신감을 설득했다. 부족한 부분을 채우려고 영업부터 재무, 회계, 기술 개발, 심지어 마케팅과 최신 트렌드까지 닥치는 대로 공부했다. '이러다 진짜 박사 되겠네.' 농담처럼 중얼거렸던 그 말은 어느 순간 현실이 되어 있었다. 정말로 박사과정을 밟고 있었던 것이다. 언제나 인생은 의도와 다르게 흘러가곤 한다. 회사의 생존을 위한 투자가 어느 순간 내 인생의 중요한 이정표 중 하나가 되어 있었다. 그때는 정말 힘들었다. 대표가 된다는 것이 이토록 어렵고 외로운 길인지 전혀 몰랐던 때였다.

그로부터 적지 않은 시간이 흘러 다시 투자유치를 본격적으로 해야 하는 시점이 왔고 열심히 했지만 매번 실패의 결과를 받아들여야 했다. 명확한 투자 필요성과 유치의 자신감이 과거와 달랐기에 투자의 문을 두드렸는데 거듭된 실패가 더욱 아쉬웠고 과거보다 훨씬 힘들게 했다.

그렇게 예정된 IR 발표들이 모두 끝난 후 어느 날 또 다른 투자자의 IR 발표 요청이 들어왔다. 하지만 이번에는 무작정 달려가서 하겠다는 답변을 주지 않고 곰곰이 생각을 해 보았다. 실패를 하는 기간 동안 몸도 피곤했고 자신감도 바닥을 치고 있었기 때문이다. '내가 지금 투자를 받을 특별한 이유가 있나? 지금 이 순간에 투자를 위해 이렇게 많은 에너지를 소비해야 하는 이유가 있는 건가? 아니지. 이 고민은 벌써 많이 했어. 그러니 지금은 다시 한번 투자유치 발표 준비에 집중해야 해. 아니야, 지금 이 시간에 고객 한 명을 더 만나야 하는 게 나을 듯한데. 또 했다가 잘 안된다면… 자신감이 바닥으로 떨어질 거야.'

정리되지 않은 질문들이 마음속에 맴돌며 나를 뒤흔들었다. 회사가 당장 현금이 고갈된 것도 아니고, 회사 운영이 극단적으로 어렵지도 않은데 굳이 투자유치를 위해 지금 이 순간 모든 에너지를 써야 하는지, 그리고 언제까지 힘을 분산시켜야 하는지 다시금 의문이 들었다. 오랜 고민 끝에 결국 올해는 적극적인 투자유치 활동은 더 이상 하지 않아야겠다고 생각했다. 내 시간을 다른 사업적인 일들에 더 집중하기로 하고, 내가 직접 발표나 미팅을 하지 않는 범위에서 경영지원팀장이 소극적 투자유치 활동만 하기로 결정했다. 하지만 결정 후에도 내 안의 또 다른 생각들이 머릿속을 떠나지 않았다. '회사의 자금 부족 상황이 생길 수도 있고, 갑자기 새로운 사업 기회가 나타날 수도 있고, 무엇보다 CEO(Chief Executive Officer)가 해야 할 중요한 일 중 하나가 투자유치 아닌가?' 이런 생각들로 나는 며칠을 제대로 잘 수가 없었다. 투자를 더 이상 진행하지 않기로 결정한 일이 잘 한 건지, 아니면 정리되지 않은 불안한 감정들을 내세워 너무 쉽게 결정을 내려 버린 건 아닌지 확신이 서지 않았다. 하지만 직원들에게 투자유치 활동을 올해는 더 이상 직접 뛰어들지 않겠다고 말했기 때문에 돌이킬 수 없었다.

여러 생각으로 머리가 아플 때면 자주 걸었던 집 앞 경의선 숲길을 또 걸었다. 홀가분함이 느껴졌다. '왜 이렇게 개운하지. 실패만 경험하다가 도전 자체를 포기한 결정을 했는데…?' 어제까지의 무거웠던 걱정이 사라지고 이렇게 홀가분해지는 게 신기했다. 결정이 주는 또 다른 힘이라고 생각했다. 고민을 끝내고 결정을 내렸기 때문에 더 이상 머리를 아프게 할 필요가 없어졌다. 때로는 너무 깊게 고민하지 않는 것도 현명한 선택일 수 있음을 새삼 깨달았다.

투자를 성공적으로 이끌어 내는 게 정말 어렵다는 걸 안다. 과거 회사를 세울 때도, 첫 제품을 준비할 때도 투자유치가 절실했고, 어설프지만 열심히 노력했다. 절박한 마음이었지만 현실을 제대로 보지도, 구체적인 미래 청사진도 없었다. 또 이성적이지 못한 태도로 투자자와 미팅도 많이 임했지만 모두 실패했다. 결국 투자자들은 절박함에 흔들리는 기업에 쉽게 마음을 주지 않았다. 나라도 그랬을 것이다.

"대표님! 올해 투자유치는 잘되어 가나요?"

회사의 주주들 중엔 가끔 이런 관심을 아무렇지도 않게 쉽게 생각하는 사람들이 있다. 그럴 때마다 나는 애써 웃지만 속으로는 깊은 한숨을 내쉰다. 그들은 투자유치가 얼마나 어렵고 힘든지 모를 것이다. 그저 사장이라면 쉽게 해낼 수 있다고 생각할 뿐이다. 그게 나는 언제나 두렵다. 쉽게 할 수 있는 일을 못하는 사장이 될 수는 없는 일이었다. 올해 투자를 진행하지 않겠다고 했지만, 내 마음 한구석에 자리한 불안은 완전히 사라지지 않았다. 결국 언젠가는 다시 투자유치를 해야 한다는 사실을 잘 알고 있기 때문이다.

얼마 전 경영기획팀의 젊은 팀원들과 회사의 미래를 함께 정리해 보는 시간을 가졌다. 사업의 본질을 놓치지 않으면서 새로운 융합 서비스도 함께 찾아보았다. 젊은 직원들도 투자와 관련된 부분에 관심을 가져야 한다는 얘기도 했다. 결국 이들도 시간이 지나면 회사의 IR 자료를 정리하게 될 것이고, 나보다 더 잘 준비할 수 있을 것이다. 훨씬 더 건강한 시각으로 기업의 가치를 진정성 있게 담아낼 것이다. 나처럼 십 년 이상 회사 운영을 해 온 사장은 투자를 유치하기 위해 비즈니스 전략과 노하우, 기술 등을 주로 생각한다. 하지만 회사의 미래를 진심으로 고민하는 젊은 기획팀원들은 다르다. 그들에게는 우리 회사의 서비스 가치와 비전을 투자자들에게 인정받는 것이 가장 중요한 부분이 될 것이다. 그들이 만드는 IR자료는 아마 지금까지 내가 만든 어떤 자료보다도 진실되고 설득력 있게 나올 것이다.

늦은 밤에 퇴근하여 잠든 아들의 얼굴을 바라보았다. 나에게 창업의 중요한 목표 중 하나는 분명 가족과 시간을 더 많이 보내기 위함이었는데, 실적이 오르지 않는 회사의 사장이라는 현실 속에서 점점 더 가족과 멀어지고 있었다. 아들의 잠든 얼굴을 보며 당분간 지키기 힘든 다짐을 또 하게 된다. '실적도, 투자도 중요하지만, 가족과 보내는 시간만큼은 절대 포기하지 말아야지.'

사업을 하면서 모든 것을 완벽히 지키기는 어렵겠지만, 적어도 내가 가졌던 최소한의 약속만큼은 지키고 싶었다. 어쩌면 투자유치를 올해 하지 않기로 내려놓기로 한 결정도, 조금이나마 가족과의 약속을 지킬 수 있는 첫걸음이 될지도 모른다는 기대가 있었는지도 모르겠다. 나는 다시 한번 간절히 마음속으로 다짐했다. '더 열심히 지켜야겠다. 간절하게.'

본격적인 투자유치를 시작하고 성공 시키기 위해 나는 모든 걸 걸었었다. 계획과 전략, 기술자료와 발표문, 설득력 있는 숫자와 스토리들을 철저히 준비했다. 책상엔 하루도 빠짐없이 쓴 메모와 스케치가 쌓였고, 눈과 손은 매일 밤새도록 파워포인트 슬라이드를 붙잡고 있었다. 결과는, 열 번의 실패! 그 이후 나는 투자 활동은 뒤로하고 정말 아무 일도 일어나지 않을 것 같은 평온 속으로 스스로를 밀어넣었다. 당분간 그렇게 본연의 일에만 집중하고 싶어서였다.

그날도 평범한 수요일이었다. 아침에 사무실에 들어서며 느끼는 공기와 습관처럼 커피를 한 모금 마신 뒤 자리에 앉는 일상. 언제나 그렇듯이 오전 미팅 준비를 하고 있었다. 최영진 경영지원팀장 조용히 내 방문을 두드렸다.

"사장님, 혹시 지난달에 우리가 간단히 자료 전달만 했던 'LP투자회사' 기억나세요?"

당연히 알고 있다. 기분이 나쁠 정도로 관심이 없었던 그 무표정한 투자사다. 예의 없는.

"네, 이름은 기억이 납니다. 왜요?"

"그쪽에서 IR 발표를 요청하네요. 한 번 더 만나고 싶다고 합니다. 큰 노력이 들지 않으니 가볍게 한번 가 보는 것도 나쁘지 않을 것 같습니다."

그 말을 들었을 때, 망설였지만 회사로 찾아온다고 하니 별생각 없이 고개를 끄덕였다.

"그래요, 그럼 일정만 조율해 주세요."

더이상 희망과 기대를 가지지 않아 가슴은 뛰지 않았다. 어떤 감정도 흥분도 없었다. 그저 업무 중 하나를 수행한다는 생각이었다. 직접 찾아온다고 하니 특별히 시간에 방해가 되지 않을 거라는 생각도 들었다. 어쩌면 그 무감각이야말로 지금의 나에게 필요했던 거였는지도 모르겠다. 예정된 IR 발표 전날 밤, 나는 발표 자료를 다시 보지 않았다. 대신 아이와 저녁을 먹고, 책을 읽다 조용히 잠들었다. 처음이었다. 투자자 발표를 앞두고도 '그냥, 괜찮다'고 마음을 다독일 수 있었던 밤이 어색하지 않았다.

다음 날, 조용히 회사로 찾아온 투자자들 앞에 나는 예전처럼 조급해하지 않았다. 자료는 이미 여러 번 준비된 대로 꺼냈고, 설명은 미사 어구나 과도한 자신감을 제거하고 담백하게 진행했다.

"넵투와 넵포머는 제조기업이 디지털 전환을 실현할 수 있는 가장 현실적인 시작점입니다. 그리고 우리가 개발 중인 AI 자율제조 제품 '위도'는 그 시작을 위한 것입니다. 그래서 우리는 보다 완벽한 개발을 위한 재투자와 시장의 추가 확대를 위한 재투자가 필요합니다."

이제는 정제된 문장이나 눈에 띄는 그래프보다, 그 안에서 묻어나는 우리 팀의 진심과 실력이 더 중요하다는 걸 알게 됐다. 기획팀장 김윤서가 전략적인 로드맵을 설명하고, 개발팀장 서민우가 현실적인 구현 방안과 기술적 깊이를 군더더기 없이 차분히 풀어냈다. 그리고 경영지원팀장 최영진이 여유 있는 톤으로 말을 마무리했다.

"지금 우리 회사는 무리하지 않습니다. 현실을 직시하며, 가능성과 실행력 사이에서 균형을 잡을 수 있는 조직입니다."

그날은 별다른 기대 없이 발표를 마쳤고, 특별히 기대도 하지 않았다. 다음 날, 평소처럼 커피를 마시고 있던 나에게 최영진 팀장이 조심스럽게 말했다.

"사장님… 투자 제안서가 도착했습니다. 그쪽에서 투자에 대한 추가 논의를 시작하자고 합니다."

한동안 나는 아무 말도 하지 못했다. 묘하게 낯선 이 감정이 무엇인지 알기까지 시간이 걸렸다. 기쁨? 아니었다. 안도? 그것도 아니었다. 그저… 뭔가 좀 이상한. '이게 뭐지' 하는 당혹스러운 감정들이었다.

언제나 '간절히 바랄수록 멀어지는 것이 있다'고 생각을 한다. 그게 지금 바로 이런 투자였는지도 모르겠다. 목을 매고 쫓아다녔던 1년간은 실패만 반복됐고, 내려놓고 관찰하자 어느 날 문득 찾아왔다. 치열하게 준비하되, 그 결과에 조급해하지 않는 태도. 그게 어쩌면 리더가 견뎌야 할 무게이자, 버텨야만 얻을 수 있는 가장 중요한 무기일지도 모른다는 것을 나는 이제 안다.

사무실 창밖에서 불어오는 봄바람을 느끼며 지난 시간들을 생각해 보았다. 새벽까지 고민해서 겨우 작성해 나갔던 IR 문서, 파워포인트 수백 장들. 서점에 처박혀 책을 읽으면서 메모하던 수첩 위의 낙서들, 도서관에서 들여다 본 수많은 책들. 그 모든 것들이 '그냥 흘러간 시간'이 아니었다는 걸 지금에서야 나는 안다. 그리고 그날 밤, 나는 일기장에 이렇게 적었다.

> [가장 간절했던 순간에는 실패했고, 가장 편안했던 순간에 선택받았다. 간절함과 여유, 그 사이를 걸어야 하는 게 사장의 길이라면 나는, 오늘도 다시 걸어갈 준비가 되어 있다.]

늦은 봄, 비가 오락가락했던 금요일 저녁. 투자유치의 성공을 축하하자며, 개발팀장 서민우와 기획팀장 김윤서가 조용한 일식집으로 나를 초대했다. 김윤서 팀장이 조심스레 물었다.

"사장님. 왜 창업을 하셨어요? 특별한 이유가 있나요?"

그 질문에 술잔을 들던 손이 멈췄다. 술기운이 오르기 시작한 얼굴에선 어느새 감정이 실리기 시작했다. 나는 잔을 살짝 내려놓고, 말없이 벽에 걸린 그림을 잠시 바라보다가, 고개를 돌려 두 팀장을 바라봤다.

"아시겠지만 10년쯤 됐어요. 창업한 지… 벌써 그렇게 됐네요."

말문을 연 나는 자연스럽게 그 혼란했던 과거로 걸어 들어갔다. 그 누구에게도 쉽게 꺼내지 않던, 혼자 품고만 있던 이야기들이 술기운에 기대어 입을 열었다.

"그땐 무슨 대단한 목표가 있었던 것도 아니었어요. 세상을 바꾸겠다는 꿈도 없었고, 거창한 계획도 없었죠. 그냥… 내 삶을 내 방식대로 살아 보고 싶다는 생각 하나였어요. 조금 더 자유롭고, 조금 더 내 뜻대로. 그게 창업의 시작이었어요."

김윤서 팀장은 조용히 고개를 끄덕였고, 서민우 팀장은 익숙한 듯한 표정으로 고개를 숙였다. 그도 내 초창기 시절을 알고 있었기에, 말없이 잔을 채워 주었다.

"근데 말이 쉽지. 진짜 힘들더라고요. 잠도 제대로 못 자고, 돈 걱정에 고객과의 식사 자리도 가능하면 점심약속으로 유도했어요. 가끔 이뤄진 저녁 자리는 그저 눈치 게임이었어요. '이 한 끼가 얼마나 갈까' 생각에 사업에 대해서는 언제, 어떻게 말을 꺼내야 할지 등으로 머릿속이 복잡해서 밥을 제대로 먹은 적이 없었으니 말이죠."

나는 잠시 웃었다. 당시의 나를 떠올리면 지금도 가슴 한구석이 뻐근해진다.

"이상하게 그때는 '참 젊은데 대단하네요' 하는 고객의 말 한마디도 있는 그대로 듣지 못했어요. 그들이 내가 곧 사업을 포기할 것처럼 생각한다고 느꼈어요. 그렇게 자존감은 점점 바닥을 치기를 반복했죠. 한강에 가서 하루 종일 책만 읽던 날도 많았어요. 책을 읽으면 뭔가 채워질 줄 알았는데, 오히려 그때만큼 책이 싫었던 적도 없었어요. 다른 창업가들은 네트워크도 있고, 좋은 학교, 배경, 기술이 있지만 나는 그냥… 아무것도 없이 시작했거든요."

김윤서 팀장이 조용히 입을 열었다.

"그래도 지금은, 우리가 대표님이 만든 이 회사에서 함께하고 있잖아요."

나는 그녀를 바라보며 고개를 끄덕였다.

"맞아요. 그게 참… 감사한 일이에요. 혼자였던 그 시절을 지나, 지금은 여러분이 있고, 팀이 있고, 우리가 만든 제품들이 세상에서 인정받고 있고… 그게 얼마나 고마운 일인지 몰라요."

서민우 팀장이 잔을 들며 나직하게 말했다.

"사장님이 버텨 주셔서 우리가 지금 이렇게 있는 겁니다. 그 말, 제가 꼭 드리고 싶었어요."

나는 말없이 고개를 숙였다. 말보다 더 큰 감정이 올라오는 순간이었다. 울컥할 것 같은 감정을 누르며 잔을 들었다. 술은 사람을 여리게 만든다. 그 술에 나를 알아주는 사람의 말 몇 마디가 겹쳐지면 눈물을 만들게도 하는 모양이다.

"고맙습니다. 진심으로. 이제 우리가 만든 위도, 제대로 완성해 봅시다. 넵투와 넵포머는 이미 시장에서 자리를 잡았습니다. AI 자율제조의 시대는 반드시 올 겁니다. 우리가 그 중심에 서자고요. 이젠 기술도, 시장도, 사람도 있어요. 이번 투자로 진짜 우리가 가려던 길을 제대로 열 수 있을 거예요."

그 순간, 문이 열리며 영업본부장이 헐레벌떡 들어섰다.

"대표님! 죄송합니다. 늦었습니다. 영업회의가 길어져서…."

나는 웃으며 그를 맞았다.

"괜찮아요. 우리 모두가 긴 시간 잘 버텨 오고 있고 이제 진짜 제대로 한번 가 보자고 이야기하고 있었어요."

자리는 빠르게 정리됐다. 술잔은 비워지고, 회전초밥은 쌓여 가는 접시만 남게 되고, 조용히 흐르던 음악은 어느새 자리의 끝을 알리고 있었다. 밖으로 나서며, 나는 한 줄기 시원한 바람을 맞았다. 그 바람 속에서, 창업 초기의 나를 떠올렸다. 불안과 외로움 속에서도 버티며 여기를 걸어온 마음속 그때의 또 다른 어린 나를. '그때 너, 수고했다. 고맙다. 그리고 이젠 괜찮다. 이제, 우리 함께 더 멀리 가자.' 나는 그렇게 생각하며 사무실로 다시 돌아왔다.

확장

용산 한복판, 높은 빌딩 너머로 흐르는 한강이 건물 유리창을 흐르고 있었다. 국내 에너지 제조 산업을 대표하는 기업인 한빛반도체의 본사 21층. 대형 창문 너머로 봄빛에 물든 남산과 한강이 함께 보이는 대회의실에 두 기업의 핵심 리더들이 마주 앉아 있었다. 얼마 전 우리는 이 기업에 제품을 공급하는 계약을 성공적으로 체결했다. 그리고 오늘은 단순히 제품 공급 계약을 넘어 양사가 서로 시너지를 낼 수 있는 파트너가 되자는 취지의 협약식이 있는 날이다. 나와 기획팀장 김윤서, 개발팀장 서민우, 영업본부장 강태우 그리고 얼마전 승진한 CFO(Chief Financial

Officer) 최영진이 함께 앉아 있다. 우리 모두 표정은 침착했지만, 이 자리에 담긴 무게는 누구보다 잘 알고 있었다. 오늘은 이 큰 회사에 코어테크가 어디까지 왔는지, 어디로 갈 것인지를 자세히 보여 주는 자리이기도 하다.

"그럼, 코어테크 쪽 발표 부탁드립니다."

한빛반도체 전략기획실장의 안내에 따라 한빛반도체 프로젝트 계약을 할 때 직접 제안 발표를 담당했던 김윤서 팀장이 조용히 일어나 발표 위치로 걸어갔다. 나는 그 뒷모습을 보며 우리가 만든 것, 우리가 걸어온 길 그리고 우리가 만들어 갈 미래에 대해서 다시 한번 되새겼다.

"안녕하십니까, 코어테크 기획팀장 김윤서입니다. 오늘 이 뜻깊은 협약 체결을 앞두고 저희 회사 소개를 드릴 수 있는 기회를 주셔서 진심으로 감사드립니다."

스크린에 코어테크의 로고와 함께 '10년의 기술, 미래로 향하다'라는 문구가 떠올랐다.

"코어테크는 2015년에 설립되어 올해로 정확히 **10년 차**를 맞이한 데이터 활용 전문 IT 기업입니다. 처음에는 글로벌 제품을 국내에 유통하는 작은 회사로 시작했지만, 곧장 방향을 전환하여 자체 기술 개발에 도전했고, 지금은 제조 산업의 디지털 전환, 즉 DX 분야에서 전문 제품을 공급하는 회사로 성장했습니다."

김윤서 팀장은 또렷한 눈빛으로 고객사 측을 바라보며 말을 이어 갔다.

"저희는 제조기업의 자체 경쟁력을 높이는 것을 존재 이유로 삼고 있습니다. 단순히 시스템을 설치하고 끝내는 것이 아니라, 데이터 기반의 운영 최적화, 그리고 AI 기반의 자율제조 시스템 구축이라는 미래형 공장으로의 전환을 고객들과 함께 만들어 가고 있습니다."

스크린에는 코어테크의 제품들이 등장했다.

"이를 위해 저희는 크게 세 가지 핵심 제품을 제공하고 있습니다."

그녀는 손짓으로 슬라이드를 넘기며 이어갔다.

"현재 저희는 국내 중견 및 대기업 포함 20곳 이상의 제조사와 함께 프로젝트를 수행했으며, 평균 불량률 15% 감소, 설비 이상 탐지 반응속도 3배 개선이라는 실질적 결과를 보이고 있습니다. 그리고 최근, 베트남에 위치한 주요 글로벌 전자부품 공장에서도 저희 제품을 소개하여 정식 소개와 테스트를 마치고, 지속 협력으로 이어지고 있다는 좋은 소식도 전해드릴 수 있게 되었습니다."

그 말에 한빛반도체 임원들 사이에서 메모하는 손길이 분주해졌고, 누군가 손을 들었다.

"해외에서도 좋은 신호가 있다는 건 굉장히 인상 깊네요. 그럼 현재 조직 규모는 어떻게 되고, 어떤 구조로 운영되고 있습니까?"

기획팀장은 준비된 슬라이드를 띄웠다. 단순한 조직도와 함께 부서별 핵심 기능이 정리되어 있었다.

"현재 코어테크는 총 70여 명의 전문 인력으로 구성되어 있으며, 6개 주요 부서 중심으로 운영되고 있습니다. 각 부서는 독립적으로 전문성을 가지고 있으면서도 한 프로젝트를 중심으로 팀 단위 협업이 원활하게 이뤄지는 구조로 운영되고 있습니다. 해외사업팀은 현재 해외 고객이 생기고, 해외 수요가 늘어날 것을 감안하여 올해 새롭게 신설되었으며 내년까지 빠른 성장을 만들어 갈 것으로 보입니다."

그녀는 마지막으로 로드맵 슬라이드를 띄웠다. 스크린 상단에 굵직하게 적혀 있는 문구가 나타났다.

[IPO 목표: 2027년. 3 내 상장 - 그 이후, 글로벌 제조 DX 리더로 성장]

"저희는 2027년을 목표로 IPO를 준비하고 있으며, 이를 통해 보다 체계적이고 안정적인 성장 기반을 마련하고, 나아가 글로벌 제조 시장에서 DX 솔루션 전문기업으로서 지속 가능한 확장을 실현하고자 합니다. 오늘 이 파트너십이 단순한 공급 계약으로 끝나는 것이 아니라 서로가 함께 미래를 만들어 가는 협력의 출발점이 되기를 진심으로 바랍니다. 감사합니다."

김윤서 팀장은 고개를 숙였다. 조용한 회의실에 조심스럽고 무거운 박수가 울렸다. 나는 자리에 앉은 김윤서 팀장을 향해 고개를 살짝 끄덕였다. 그 옆에서 서민우 팀장은 말없이 안경을 고쳐 쓰며 자료를 정리했고, CFO 최영진은 노트에 무언가를 적고 있었다. 옆에 앉아 있던 영업본부장 강태우 상무가 고개를 돌려 내게 조용히 말했다.

"대표님, 오늘… 꽤 괜찮게 풀렸습니다."

나는 천천히 숨을 내쉬며 대답했다.

"그래요. 이제, 진짜로 이 큰 회사와 함께 걸어야 할 시간이 왔네요."

대기업과의 우리 제품의 도입 계약뿐만 아니라 공동 기술 개발과 시장 확대라는 슬로건으로 하는 협약식을 성공적으로 마쳤다. 아무도 보지 않던 우리 회사를 큰 기업이 알아주기 시작한 중요한 시작이다. 창밖으로 보이는 흘러가는 한강처럼, 우리는 앞으로 더 멀리, 더 깊이 흘러가게 될 것이다.

요즘 들어 몸이 무겁다. 몸에서 느끼는 피로보다 마음의 무게가 훨씬 더 크다. 한 터널을 겨우 지나면 또 다른 긴 터널이 나타난다. 그리고 그 산은 언제나, 내가 올라야 할 산이다. 얼마 전, 반도체 회사 '제이투'와 계약이 성사됐다. 넵투와 넵포머를 통해 공장 설비의 데이터 수집 및 수집 체계, 그리고 MES 구축을 제안한 결과였다. 쉽지 않은 싸움이었지만 결국 얻어 냈다. 그것만으로도 감사한 성과였다. 그런데 계약이 성공적으로 체결된 지 얼마 지나지 않아 기획조정실장이 나를 불렀다.

"대표님, 혹시 한 군데 더 소개해 드려도 괜찮을까요? 우리 협력사인데… 꽤 까다롭긴 합니다."

나는 바로 고개를 끄덕였다.

"정말 감사합니다. 기꺼이 도전하겠습니다."

그렇게 연결된 회사는 전자 부품을 생산하는 중견 제조 기업 '우리윈'이었다. 국내에도 공장이 있었지만, 핵심 생산거점은 베트남 하노이 인근에 있는 현지 공장이었다. 며칠 뒤, 영업본부장, 기획팀장, 개발팀장이 한국에 있는 본사 제안 미팅을 다녀와서 회의실에서 브리핑을 했다.

"대표님, 일단 관심은 꽤 높습니다. 한국 본사에서는 넵투와 넵포머의 구조를 괜찮게 봤고, 공장 데이터 수집과 MES 기반 자동화에 대한 니즈가 분명해요. 그리고 제이투에서 우리를 아주 훌륭하게 소개를 해 준 부분도 대단히 긍정적입니다."

"베트남 공장에서 최종 프레젠테이션을 하기로 했습니다. 경쟁사는… XDX입니다."

순간, 회의실 안이 잠깐 조용해졌다. XDX. 업계 1위. 제품 규모, 인력, 레퍼런스, 다방면에서 우리가 상대하기 버거운 존재였다.

"네, XDX가 가장 강력한 경쟁 상대입니다."

기획팀장 김윤서가 조용히 입을 열었다. 나는 작게 한숨을 쉬었다. 이번엔 확실히, 만만치 않은 싸움이었다.

"하기로 했으니, 기획팀, 개발팀, 영업본부 각자가 지금부터 꼼꼼히 준비해서 해외 사업의 향후 방향을 타진할 수 있는 중요한 계기가 될 수 있도록 잘 진행 부탁드립니다. 저도 할 수 있는 부분은 다 하도록 하겠습니다."

제안서를 준비하기 위한 TFT(Task Force Team)가 구성되고, 매일 늦은 밤까지 아이디어가 오갔다. 개발팀장은 기술 리스크와 범위 산정을 두고 예민해졌고, 기획팀은 요구 사항이 정리되지 않은 상태에서 견적을 뽑아 달라는 요청에 머리를 싸맸다.

"기능 요건이 정확하지 않은데 어떻게 숫자를 만들죠?"

기획팀장이 힘겹게 웃으며 말하면, 개발팀장은 단호하게 받았다.

"이런 식이면 손해 보고 들어가는 겁니다."

나는 그 두 사람 사이에서 균형을 잡으며 어느 쪽도 무너지지 않게 중재를 해야 했다.

"이번엔 정확한 수치뿐만 아니라 방향성을 보여 줘야 합니다. 이 공장과 일하면 우리가 어떤 그림을 그릴 수 있는지, 명확하게 그걸 보여 줘야 해요."

출국 전날 밤. 나는 회사 회의실에 혼자 앉아 완성된 제안서를 마지막으로 훑어보고 있었다. 넵투와 넵포머의 기술 설명, 데이터 수집 방식 그리고 무엇보다 우리가 이 프로젝트를 통해 고객의 공장을 'AI 기반 자율 제조'로 발전시킬 수 있다는 가능성을 중심으로 정리된 문서였다. 그리고 베트남으로 가는 길은 기획팀장, 개발팀장, 영업본부장 등 나를 포함한 총 4명으로 팀이 꾸려졌다. 그렇게 우리는 고객이 있는 베트남 하노이로 향했다. 하노이 공항을 빠져나와 공장까지 이동하는 동안, 창밖으로 흐르는 베트남의 풍경이 낯설지 않았다. 10년 전, 해외 출장을 처음 나왔을 때의 불안한 감정이 다시 떠올랐다. 그때는 나와 서민우 팀장뿐이었다. 하지만 지금은 팀이 있고 '내가 앞에 서야 한다'는 책임은 우리 팀 모두가 더 강해졌다. 그리고 이 공장. 이 기회. 이 한 번의 발표. 쉽지 않겠다는 것도 우리는 이미 잘 알고 있다.

프레젠테이션이 있는 당일. 우리는 공장 회의실에서 준비한 자료를 꺼냈다. 고객사 임원들이 빽빽하게 앉아 있었다. 나는 먼저 회사와 제품의 구조를 설명하고, 기획팀장은 현장 데이터를 기반으로 한 생산 효율 개선 사례를 소개했고, 개발팀장은 실질적인 시스템 아키텍처와 확장 방안 그리고 영업본부장은 구축 일정과 ROI(투자 대비 효율)를 설명했다. 질문은 예리했고 고객사는 경쟁사와의 차별성을 여러 차례 강조해서 물었다.

"XDX는 이미 자율제어 알고리즘까지 들어갑니다. 귀사는 어느 수준까지 제공 가능한가요?"

나는 고개를 들고, 정직하게 답했다.

"우리는 자율제어까지는 아직 지원을 하지 못합니다. 하지만, 현장의 데이터를 가장 정직하게 수집하고, 실시간으로 분석하며 AI 기반의 '예측과 판단'을 고객이 직접 다룰 수 있도록 만드는 것을 목표로 합니다. 자율제어 전에 데이터 수집과 분석의 기반이 더 중요하다는 것을 우리는 경험으로 알고 있습니다."

그때 짧고 강한 현지 법인장의 단도직입적인 한마디가 들렸다.

"All machines. Data must be collected. No exceptions."

모든 설비에서 데이터를 수집해야 한다는 것. 예외는 없다는 단호한 조건. 순간 회의실 공기가 달라졌다. 서민우 팀장이 조심스럽게 손을 들어 말했다.

"현장의 모든 설비가 데이터 수집 대상이 되어야 한다는 건 저희도 이해합니다. 하지만 문제는, 귀사의 공장 내에는 이미 노후화된 설비가 상당히 많습니다. 그 설비들은 기본적으로 데이터 인터페이스가 없기 때문에 센서를 추가 설치하거나 별도의 디바이스 개발이 필요합니다."

통역이 이어지고, 고객 측 담당자가 다시 되물었다.

"그럼 그 모든 장비에 센서를 붙이면 끝인가요?"

"단순히 센서를 부착하는 것만으로 끝나지 않습니다."

이번엔 내가 직접 설명에 나섰다.

"센서를 붙인다고 해도, 어떤 데이터를 어떤 방식으로 수집할 것인지 정의하고, 그 신호를 정확히 해석할 수 있도록 시스템에 연결해야 합니다. 또, 전원 문제, 배선 문제, 유지관리까지 고려하면 상당한 시간과 비용이 소요될 수 있습니다."

고객사 측의 본사 담당자는 고개를 끄덕이며 말했다.

"우리도 그걸 알고 있습니다. 하지만 경쟁사에서는 '가능하다'고 말했습니다."

그 순간, 영업본부장 강태우가 조용히 말을 이었다.

"그렇다면 저희는 이렇게 말씀드리겠습니다. 가능합니다. 하지만 현실적으로 합리적인 조율이 필요합니다. 모든 설비에 대해 일괄 적용하려면 기간은 기본 6개월 이상, 예산은 귀사 내부 기준을 훌쩍 넘을 수 있습니다."

현장에 약간의 정적이 흘렀고 나는 정면을 바라보며 다시 말했다.

"우리는 우리의 기술이 불가능하다고 말하지 않습니다. 다만, 고객의 설비 구조와 예산, 목표 일정 안에서 현실적으로 최적의 조합을 만들어야 한다고 생각합니다. 데이터 수집이 '완벽'해야 한다면, 그만큼 투자와 시간이 필요합니다. 그리고 그 결정은… 귀사에서 내려 주셔야 합니다."

고객사 측의 고위 임원이 팔짱을 낀 채 조용히 말했다.

"Yes, I agree. We must review both cost and time. Let's consider the options."

'고민해 보자.' 그것은 다름 아닌 '판단을 보류하겠다'는 뜻이었다. 프레젠테이션은 그 상태로 마무리되었다. 우리는 최대한 진실하게 말했고, 고객사는 그것을 신중하게 받아들였다. 그 순간, 경쟁사와의 차이가 어쩌면 이 '정직함'에 있을지도 모른다는 생각이 스쳐 지나갔다. 돌아오는 비행기 안에서 다들 말이 없었다. 결과는 불확실했고, 고객의 반응은 나쁘지 않았지만 '가능성'이라는 이름은 언제나 양날의 검이다. 기획팀장은 노트북을 덮으며 한숨을 쉬었고, 개발팀장은 팔짱을 낀 채 창밖을 응시했다. 영업본부장은 조용히 생각을 하다가 나에게 물었다.

"대표님, 너무 솔직했던 건 아닐까요?"

나는 고개를 저었다.

"우리는 포장을 안 했을 뿐이에요. 진짜 필요한 걸 현실적인 언어로 설명했어요. 그게 우리가 갈 수 있는 길이라면 그 길로 가야죠. 아니 그 길로 가야 합니다. 그래야 정말 잘할 수 있습니다."

그리고 작게 덧붙였다.

"거짓으로 얻는 고객은 오래 못 갑니다. 우리는 오래 가야 하니까요."

비행기는 구름 위를 지나고 있었다. 결과는 어찌 될지 모르겠지만 나는 마음속으로 다시 한번 다짐했다. '이 일이 되든 안 되든 우리는 제대로 했고 그게 우리가 계속 가야 할 방식이다.'

직원

베트남 출장을 다녀온 뒤, 며칠 만에 사무실에 다시 앉았다. 눈앞의 노트북에서 그새 또 보고 검토해야 할 보고서와 회의자료들로 보며 나도 모르게 한숨 섞인 웃음이 절로 나왔다. 출장 동안 틈틈이 정리했던 메모들, 고객사 대응 결과, 다음 단계 검토 사항들 등 모든 게 산처럼 쌓여 있지만, 정작 머릿속을 채우고 있는 건 다른 생각이었다. '나는 이 사업을 얼마나 간절하게 보고 있는가, 그리고 직원들은 과연 이걸 어떻게 받아들이고 있을까?'

베트남 진출은 분명 내가 먼저, 스스로의 판단으로 시작한 프로젝트였다. 어떤 누군가의 지시가 있었던 것도 아니고 강요한 것도 아니었다. 지난 몇 년간 한국의 제조 산업이 빠르게 변화하고 있다는 걸 피부로 느꼈다. 아직도 대부분의 많은 공장이 한국에 자리 잡고 있었지만, 그 변화는 빠르게 변하고 있었다. 인건비 상승, 에너지 비용, 환경 규제, 고령화된 생산 인력. 한국에서 제조 공장을 유지하는 일이 점점 제조 기업들에 힘들어지고 있었다. 그래서 많은 중견·대기업 제조사들이 베트남, 인도, 태국, 멕시코 등지로 공장을 이전하거나, 해외 생산기지를 이중화하는 구조로 전략을 바꾸고 있었다. 그 변화의 한가운데에 베트남이 있었다. 한국 보다 낮은 인건비와 수많은 노동력, 한국과 비슷한 나라 문화 그리고 무엇보다 한국 제조사들이 이미 다수 진출해 있다는 점이 베트남이 주목받고 있는 이유이다. 베트남도 리스크가 없는 것은 아니지만, 지금 이 순간 베트남은 우리 제조 기업들에게 괜찮은 투자처는 분명하다. 그래서 베트남을 시작으로 하는 해외 사업을 진지하게 생각을 하고 결정을 내렸다.

'우리가 고객을 따라가지 않으면, 고객은 더 이상 우리를 찾지 않을 것이다. 제조업을 타깃으로 하는 우리 회사가 한국에만 머무는 게 오히려 이상하고, 고집한다면 그것은 곧 도태라는 뜻이다.'

그러니까, 베트남은 선택이 아니었다. 필연이었고, 생존이자 성장의 전략이었다. 나는 그렇게 베트남을 수없이 들여다봤다. 시장 보고서를 읽고, 진출한 국내 기업들을 분석하고, 현지 공장의 설비 구조, 산업망, IT 인프라까지 연구했다. 매일 밤늦게까지 관련 포럼 영상과 논문을 찾아서 보며 '우리가 들어갈 수 있는 틈'과 '이들이 절실히 원하는 기술'을 찾았다. 그리고 기회가 왔을 때 나는 망설이지 않았다. 준비된 정보를 기반으로 그 판단에 따라 팀을 꾸리고 고객사를 발굴하고 제안을 준비했다.

하지만 이 모든 과정에서 가장 고생은 직원들이 한다는 것을 나는 알고 있다. 영업본부는 한국 본사와 수십 차례 미팅을 반복하며 요건을 분석하고 불확실한 고객의 답변 속에서 말의 숨은 의미까지 해석하며 대화를 이어 가야 했을 것이다. 한 번의 미팅을 잡기 위해 수십 통의 메일과 전화가 오갔고, 거절과 보류의 애매한 언어들 속에서도 가능성을 붙들며 버텨 냈을 것이다. 개발팀은 한 걸음 떨어져 있으면서도 고객의 요구 사항에 대한 지금 우리의 가능성을 타진하고, 계약이 성사되면 실행이 가능한지에 대한 끝없는 내부 검토를 해 왔을 것이다. 그들의 피로와 긴장이 눈에 보였다. 말을 하지 않아도 알 수 있었다. 이 프로젝트가 성사되면 그들은 곧 낯선 베트남 공장 안에서 수개월을 보내야 할지도 모른다. 가족과 떨어져 지내고, 언어도 문화도 다른 곳에서 야근과 싸우며 고객의 눈치를 보게 될지도 모를 일이다. 기획팀은 늘 그렇듯 조용한 전쟁을 치렀다. 영업팀과 개발팀 사이에서 요건을 정리하고, 상반된 입장과 언어를 풀어내어 신뢰받는 문장으로 변환해 제안서를 완성하는 작업을 했을 것이다. 단어 하나, 문장 하나에 담긴 뉘앙스를 고민하며 밤늦게까지 불이 꺼지지 않았던 회의실. 그 고요한 야근의 공기 속에서 그들은 치열하게 싸우고 있었을 것이다.

그러면서 나는 문득 이런 생각이 들었다. '나는 왜 이렇게까지 이 일에 몰입하고 있을까? 그리고 직원들은 얼마나 나와 같은 온도로 이 일을 바라보고 있을까?' 정답은 이미 알고 있다. 나와 직원이 같을 수는 없다. 사장이 보는 것과 직원이 보는 건, 본질적으로 다르다. 나는 고객사의 장기 전략과 산업의 흐름을 파악하기 위해 노력하고 그 기반에 회사의 존속 가능성과 미래 성장의 가능성을 우선 본다. 그러나 직원들은 급하게 처리해야 할 일정과 피로, 책임과 리스크를 더 중요하게 생각하는 경우가 많다. 이를 탓할 수는 없는 일이다. 나는 회사를 살아 움직이게 해야 하는 사람이고, 직원들은 그 안에서 자신의 역할을 충실히 해내야 하는 사람들이기 때문이다. 어쩌면 이건 역할의 차이이자 자연스러운 거리감일지도 모른다. 나는 이 차이를 아쉬워하지 않기로 했다. 예전 같았으면 '왜 나만 이렇게 간절할까' 하고 속으로 억울해했을지도 모른다. 하지만 그 차이를 인정하고, 이해하는 것이 리더의 일이라는 것을 지금은 알고 있다. 동일한 시선이 아니라, 공존 가능한 거리에서 서로를 지켜보며 함께 가는 것이 진짜 팀이라는 것을 이해하고 있다. 또 요즘은 가끔 이런 상상을 한다.

'이 프로젝트가 성공적으로 마무리된 후에 그들이 이 시간을 돌아보며 의미 있었다고 느끼는 부분이 있을까?' 그 질문 하나가 나를 움직이게 한다. 나는 회사를 먼저 생각한다. 그건 내 일이기 때문이다. 직원들은 자신의 역할과 삶을 먼저 생각한다. 그건 그들의 삶이기 때문이다. 이제는 그것이 조직이 어긋나는 게 아니라 건강하게 작동해 나가는 방식이라는 걸 이해한다.

사무실 창밖으로 늦은 오후의 햇살이 길게 뻗었다. 오늘도 각자의 자리에서 누군가는 견디고, 누군가는 싸우고, 누군가는 조용히 정리하고 있을 것이다. '그들이 나처럼 간절하지 않아도 괜찮다. 그걸 원하는 건 맞지 않다. 단지 내가 그들의 입장에서 이해하면 된다. 그리고 내가 그들의 간절함을 책임지면 된다. 그게 사장의 자리라는 걸 이제야 조금 알 것 같다.'

베트남에서 돌아온 뒤, 나는 며칠을 멍하니 보냈다. 머릿속에서 계속 정리가 안 되는 무언가를 붙잡고 있었다. 이번 해외 프로젝트는 회사의 발전에 많은 영향을 미칠 수 있는 큰 도전이라고 생각했기에 내겐 절박함이 있었다. 팀원들에게도 그만큼 절박함이 있었을까? 회의에서 종종 마주친 피곤한 얼굴들, "이 일정은 너무 촉박한 것 같습니다."라는 항상 들리는 얘기들. 야근 끝에 올라온 보고서 속 묘한 생략들… 직원들의 입장을 이해하지 못하는 건 아니다. 그렇지만 내 입장도 분명히 있다. 나는 왜 이 프로젝트를 밀어붙였는지, 어떻게 여기에 이르렀는지를 누구보다 잘 안다.

나는 처음부터 사장이 될 거라는 생각은 전혀 하지 않았다. 기계공학을 전공하고, IT 중소 기업에서 외산 제품을 도입해 파는 영업사원이었다. 첫 회사에서의 생활은 늘 불안했고, 업무 강도는 강했으며, 성과는 언제나 숫자로 재단되었다. 그래도 버텼다. 그럴 수밖에 없었다. 내가 할 수 있는 것 중에 버티는 것이 가장 쉬운 일이었다. 고객의 한숨 뒤에 숨겨진 니즈를 읽는 법을 익히고 배웠다. 그렇게 차곡차곡 쌓아 올리고 버틴 경험이 나의 바탕이 되었다. 하지만 직원들은 내 과거를 모른다. 알 필요가 없다. 그들은 지금, 자신의 자리에서 자신의 삶을 걸고 살아가고 있다. 내가 과거에 회사를 어떻게 시작했고, 어떤 희생을 했으며 무엇을 포기하고 여기까지 왔는지를 공감해달라고 얘기할 수는 없다. 이건 어느새 내가 뼈저리게 깨달은 진실이다. 꼰대와 좋은 선배의 차이는 종이 한 장 차이지만, 안타깝게도 나는 그 차이를 잘 알지 못하기 때문이다. 한번은 이런 일이 있었다. 창업 초기부터 함께한 한 기술팀 중간관리자가 불쑥 면담을 요청했다.

"대표님, 그만두겠습니다."

나는 어안이 벙벙했다. 가장 신뢰하던 직원 중 한 명이었고, 업무 성과도 좋았으며, 불만을 한 번도 드러낸 적이 없던 친구였다.

"왜? 이유가 뭔가요?"

"더 이상 이곳에서 제가 성장할 수 있을 것 같지 않아요. 배울 것도 찾기 어렵고, 배울 사람도 없습니다. 무엇보다 저에게 관심을 가져 주는 사람이 더 이상 없어요."

나는 그 말을 듣고 며칠 동안 제대로 잠을 못 잤다. 나는 그를 믿고 기다려 줬다고 생각했는데, 그는 '방치'되고 있다고 느낀 것이다. 스스로 판단하고 성장하길 바라며 최대한 개입하지 않았던 내 리더십이 결국 그에게는 '아무도 돌봐주지 않는다'는 무책임함으로 느껴졌던 거다. 그 일 이후로 나는 조직을 다루는 방식을 바꿨다. 하루에도 몇 번씩 확인하고, 회의를 만들고, 지시하고, 체크했다. 하나라도 놓치지 않고 관심을 가지기 위함이었다. 그런 방법은 결과적으로 나에게 편했다. 일의 속도는 빨라졌고, 문제도 빨리 발견됐다. 그런데⋯ 직원들이 더 이상 고민하지 않았다. 스스로 판단하지 않았고, 무언가 잘못돼도 내 눈치를 보며 책임을 회피하려 했다. 그렇게 그렇게도 원했고 만들고 싶었던 '스스로 움직이는 조직'은 사라지고 말았다.

그때부터 고민하기 시작했다. '정말 직원들이 문제일까? 아니면 내가 그들의 시선을 이해하지 못하고 있는 걸까?'

직원들과 내가 마주하는 풍경은 본질적으로 다르다. 나는 회사를 멀리서 보려고 노력한다. 가끔은 회사에서 떨어져 바라보기도 한다. 하지만 직원들은 당장의 일, 눈앞의 팀과 작업과 마감과 일상만을 보는 경우가 많다. 나는 '3년 후의 생존'을 고민하고, 그들은 '이번 주의 퇴근 시간'을 고민할 수 있다. 그리고 그 차이를 누가 잘못했다 말할 수는 없다. 나는 사장이기 때문에 그런 차이를 인정하고 그 틈을 메우는 사람이다. 강제로 비슷하게 만들려는 순간 서로가 고통을 느낀다. 누군가는 억울해지고 누군가는 지쳐 떠나게 된다. 그래서 나는 요즘 직원들의 입장을 인정하고 단지 그들과의 '거리'를 좁히려 노력할 뿐이다.

그렇게 배운 가장 단순하면서도 강력한 원칙 하나는 '그들과 같은 마음이 아니어도 괜찮다'는 것이다. 직원들에게 책임을 묻는 대신 '요즘 어때요?' 하고 가볍게 묻는다. 일이 잘 안되면 '왜 못 했냐'고 다그치기보다 '무엇이 어디에서 왜 막혔는지'를 함께 들여다본다. 이런 작은 변화들이 어쩌면 내가 꿈꾸던 조직의 시작일지 모른다.

사장은 늘 외롭다. 정답을 안다고 확신할 수 없고, 실패했을 때는 책임을 오롯이 짊어진다. 그래서 자주 상처받고 쉽게 지치고 가끔은 깊은 무력감에 빠진다. 하지만 그런 시간 속에서도 내가 해야 할 일은 분명하다. 직원들과 나 사이의 다름을 이해하고, 그럼에도 함께 걸어갈 수 있는 길을 찾는 것. 그게 리더다. 그게 내가 지금도 이 자리를 지키는 이유다. 오늘도 나는 다시, 직원들과 눈을 맞추며 묻는다. "지금, 괜찮아요?" 그 물음 하나가 어쩌면 우리 회사의 미래를 가장 건강하게 바꾸고 있을지도 모른다.

네오인더스트리 제안이 탈락했다는 소식을 들은 건 금요일 아침이었다. 기획팀장이 메일로 보고를 했다. '아 역시 어려웠었구나.' 실적이 저조한 상태여서 내심 기대하고 있었다. 누군가에게 말하진 않았지만, 매출이 급감한 지금 우리 회사에서 제안까지 들어가는 사업은 가능성 있는 기회였다. 또한 최근 영업 1팀장의 실적이 좋지 않아 이 프로젝트라도 수주되어야 한다고 생각했다. 그래야 그의 분위기도 살아나고, 조직의 추스름도 가능해질 테니까. 그런데 탈락이라니. 점심시간도 제대로 넘기지 못한 그날 오후, 개발팀장이 내 방을 두드렸다.

"사장님, 한 가지 말씀드릴 게 있습니다."

언제나 '드릴 말씀이 있습니다'는 나에게 공포와 스트레스로 다가오는 말이다.

"네, 말씀하세요."

"개발팀에서 퇴사 희망자가 있습니다."

가슴이 철렁했다. '누구지…?'

"누굽니까?"

"서건우 책임입니다."

그 순간, 아주 순간. '그나마 다행이다'라는 생각이 스쳤다. 그리고 그 생각이 든 내 자신이 조금 한심하다는 생각도 들었다. 서건우 책임. 내가 직접 채용 개발 부서의 직원을 면접 보지 않기 때문에 서 책임에 대해서는 잘 모른다. 입사 후에도 개인적으로 많은 얘기를 나눠 본 적이 없어서 잘 알 수 있는 기회가 없었다. 하지만 그의 존재는 회사 안에서 늘 말이 많았다.

"개발 능력은 타고났습니다. 기술력은 있어요. 다만… 타 부서와 다른 개발자들과 협업이 잘 안되는 경향이 있습니다."

개발팀장의 평가는 늘 진지했다. 기술에 대한 칭찬과 사랑과의 관계에 대한 우려가 섞여 있었다.

이번에는 기획팀장이 강조해서 얘기했다.

"협조 요청에 언제나 응답이 없습니다. 메일은 잘 읽지 않고, 공동 프로젝트 일에는 절대 협조하지 않는 분이에요."

영업팀장은 더 노골적이었다.

"말이 안 통합니다. 팀이라는 개념 자체가 없는 것 같아요. 함께 해야 할 일이 생기면 그 프로젝트는 진행이 안 됩니다. 오히려 내부에서 의사결정이 미뤄져서 외부 일 진행에 큰 문제를 일으키는 경우가 많습니다. 언제나 문제가 됩니다."

나는 그때마다 최소한의 방어를 하며 반복해서 말했다.

"그래도 개발에 능력이 있는 분이니 함께 노력해서 조금씩 좀 더 이해해 보시죠. 시간이 좀 지나면 바뀔 수도 있지 않겠습니까?"

그리고는 서건우 책임이 달라지기를 늘 기대했다. 기술력뿐만 아니라 다른 사람들과 관계 기술이 조금만 좋아진다면 정말 좋은 인재가 될 수 있겠다고 언제나 생각했다. 하지만 끝내 그런 나의 소망은 이루어지지 않았다. '개발은 잘한다'는 것은 이 시대 개발자에게 필수 조건이다. 하지만 세상사 언제나 그렇듯이 혼자서는 아무것도 완성되지 않는다. 한 명이 작성한 코드가 제품이 되지 않고, 능력 있는 개발자 한 명이 회사를 살리지도 않는다. 함께 일해야 완성이 된다는 것을 경험으로 알고 있다. 서건우 책임의 퇴사는 그래서 안타깝기도 하고 불필요한 조직 내 갈등이 줄어든다는 점에서는 다행스럽기도 한 복잡한 마음을 가지게 했다.

직원이 퇴사를 한다는 것을 듣는 것은 언제나 불편하다. 나는 아직도 직원이 회사를 떠나는 일에 익숙하지 않다. 그것이 의도된 교체든, 스스로 선택한 이별이든. 하지만 어쩌면, 지금 이 상황에서는 '그나마 다행'이라는 얄팍한 안도감도 하나의 솔직한 감정일지 모른다. 나는 서건우 책임이 회사를 나가고 난 뒤, 며칠 동안 개발팀장의 표정을 유심히 살폈다. 복잡한 감정이 섞여 있었다. 그러던 어느 날 개발팀장이 말했다.

"사실… 조금 마음이 놓이는 부분도 있는 게 사실입니다. 남아 있는 팀원들에게도 더 좋은 분위기가 만들어질 수 있는 계기도 될 거 같고요. 뭔가 좀 복잡한 감정입니다."

나는 고개를 천천히 끄덕였다. 회사라는 조직은 사람으로 이뤄진다. 그리고 사람 사이의 보이지 않는 흐름이 회사를 움직인다. 기술도 중요하고, 실적도 중요하지만 그보다 더 중요한 건 '함께 일할 수 있는 사람'이다. 언제나 사람이다. '사람을 보는 눈을 더 키워야겠다. 기술보다 중요한 건, 언제나 사람 사이의 관계였다는 걸 잊지 말자.'

회의가 끝나고 회의실이 조용해졌을 무렵 문을 두드리는 소리가 들렸다. 어딘가 머뭇거림이 섞인 그 소리에 나는 바로 고개를 들었다. 문 앞에는 이준혁 영업팀장이 서 있었다. 단정한 인상의 그였지만 오늘은 뭔가 달랐다. 인사 없이 조용히 선 그의 얼굴에는 말하지 못한 복잡한 감정이 흐르고 있었다.

"이 팀장님? 들어오세요."

나는 천천히 그를 맞이했다. 그는 조심스럽게 회의 테이블 앞에 앉았다. 눈빛은 무거웠고 자세는 단단했지만 불안함을 느낄 수 있었다. 마치 오래도록 준비한 이야기를 꺼낼 준비를 마친 사람 같았다.

"사장님, 시간 내주셔서 감사합니다. 영업본부장님을 통하지 않고 찾아오게 된 점 죄송합니다."

그 말 속에서 뭔가 불안함을 감지할 수 있었다. 아마도 이 미팅은 단순한 보고가 아니라 이준혁 팀장이 무언가 불편한 이야기를 꺼내러 온 것임을 짐작했다. 조직의 공식 루트를 생략하고 사장을 직접 찾는 건 그만큼 절박한 얘기를 하거나 결단을 내리기 위함일 것이다.

"요즘 제가 너무 못하고 있는 것 같습니다."

그의 목소리는 담담했지만, 나는 그 안에 담긴 스스로에 대한 실망과 자책을 읽을 수 있었다.

"자신감도 많이 떨어졌습니다. 요즘 왜 이렇게 영업이 버거운지 잘 모르겠습니다. 고객은 더 똑똑해졌고 제품은 더 복잡해졌는데, 저는 아직도 예전처럼만 움직이며 영업을 하려고 하는 것만 같습니다."

나는 고개를 천천히 끄덕이며 그의 말을 받아들였다. 그가 이야기하는 현재의 어려움은 단지 숫자나 실적의 문제가 아니었다. 그것은 방향을 잃은 사람의 내면에서 자라난 깊은 회의감이었다.

그가 계속해서 어려운 얘기들을 했다.

"사장님. 혹시 넵투 처음 제안하러 다녔을 때 기억나십니까?"

그 말에 나는 피식, 짧은 미소를 지었다. 잊을 수가 없지 않은가. 그 절박한 순간들을. 그땐 정말, 무모하리만치 달리고 또 달렸다. 지방 공장부터 수도권 산업단지까지 개발팀장 그리고 영업팀장과 함께 새벽같이 출발해 하루에 세 군데씩 고객을 만났고 저녁이면 숙소 대신 공장 근처 편의점 주차장에서 컵라면을 함께 먹던 기억을 어찌 잊겠는가. 나는 그가 프린트물을 들고 식은땀을 흘리면서도 입을 굳게 다물고 있었던 밤들을 기억한다. 제안서 수정을 열 번 넘게 했던 날도, 개발팀 회의실에 밤늦게까지 남아서 기술 검토를 같이 봐주던 장면도 생생하다. 그는 항상 실적을 위해 분주하게 움직였다. 누구보다 성실했고, 말보다 행동으로 실력을 증명했던 사람이었다. 그리고 불평이 없는 자신의 일에 진심인 사람이었다.

"그땐 그냥 무조건 해내야 한다는 생각뿐이었습니다. 근데 지금은 영업에 자신감도 많이 떨어지고 쓸데없는 걱정은 점점 더 쌓여만 가고 있고, 회사와 팀에 민폐만 끼치는 것 같고 제가 회사를 계속 다녀야 할지도 잘 모르겠습니다."

그 말은 내게 사실상 '작별을 준비하고 있다'는 신호였다. 나는 그걸 직감했다. 그래서 더 조심스럽게 말을 골랐다.

"요즘 고객 미팅하면서 어떤 생각이 가장 많이 드세요?"

내 질문에 그는 잠시 생각을 하다가 깊은 숨과 함께 말했다.

"고객이 저보다 제품을 더 잘 아는 것 같다는 생각이 듭니다. 고객이 알고 있는 디테일을 따라가지 못하고 있다는 두려움이 큽니다. 뒷북을 치는 느낌이 반복되고요."

나는 이준혁의 말을 곱씹었다. 그리고 그에게 진심으로 말했다.

"맞아요. 요즘 고객은 5년 전 우리가 JS전자를 처음 계약할 때보다 훨씬 잘 준비되어 있습니다. 기술적 이해도도 높고 선택 기준도 훨씬 까다로워졌습니다. 그만큼 빠르게 발전하고 있는 기술에 대해서 고객들도 대처를 하고 있다는 것입니다. 그런데 우리 영업팀은 그만큼 변했을까요?"

내 말이 다소 직설적이었을지도 모르지만, 그건 사실이었다.

"예전 방식으로, 예전 이야기로, 예전 열정으로만은 부족합니다. 이제는 제품의 기능만이 아니라, 그 제품이 고객의 미래에 어떤 영향을 줄 수 있는지를 설명해야 합니다. 영업 팀장은 단순히 매출을 올리는 사람이 아니라, 고객에게 방향을 제시하는 사람이 지금의 시대에 맞습니다."

나는 조심스럽지만 하고자 하는 말을 하는 게 낫겠다고 생각하고 말을 이어갔다.

"팀장님뿐 아니라 다른 팀장들도 그걸 잘 못하고 있어요. 솔직히 말하면, 제품과 시장이 변하는 속도를 따라잡지 못하고 있는 게 현실입니다. 공부도 부족하고, 전략도 과거의 틀에 묶여 있는 경우도 많습니다."

이 말을 하면서 나는 가슴 한 켠이 시려 왔다. 그는 그런 현실을 누구보다 진지하게 받아들였을 사람이다. 그래서 지금 이 자리까지 힘들게 왔을 것이다. 나는 그를 탓하고 싶은 게 아니었다. 그는 예전보다 실적이 좋지 않고, 리더십도 약해졌다. 무엇보다 영업본부장은 그의 능력을 이제 인정하지 않는다. 그래서 붙잡고 함께 더 해 보자고 얘기를 하고 싶지만 입밖으로 나오지 않았다. 나는 계속해서 말을 이어 나갔다.

"사람은 누구나 그런 시기를 겪습니다. 중요한 건, 지금처럼 힘들어도 포기하지 않고 계속 가는가예요. 시간이 걸릴 뿐입니다. 조금 더 부지런히,

조금 더 깊이만 들어가면 됩니다. 그 과정 속에서 변화에 항상 민감하게 준비를 하고 있어야 합니다. 지금 팀장님이 힘들어하는 건, 결국 스스로가 풀어야 해요. 누구도 도움을 주지 않습니다. 스스로 움직여야 합니다."

그는 말없이 고개를 숙였다. 그리고 잠시 후, 조용히 말했다.

"그래도, 고맙습니다. 제가 놓치고 있던 걸 다시 보게 되었습니다."

나는 자리에서 일어나 그의 어깨를 톡톡 두드렸다.

"다시 하면 됩니다. 그게 이 팀장이니까요."

그는 조용히 고개를 끄덕였다. 그러나 문을 나서는 그의 뒷모습이 묘하게 멀게 느껴졌다. 그 등에는 이미 '다짐'과 '정리'가 동시에 묻어 있었다. 지금 이 면담은 아마 그가 회사를 떠나기 전에 마지막으로 보여 주는 예의였을지도 모른다. 그래서 내 얘기는 귀에 들어오지 않았을 수도 있다. 책상 위, 오래된 사진 하나가 눈에 들어왔다. 넵투 첫 수주 때 JS전자 근처의 호프집에서 찍었던 사진이다. 그때 우리는 진심이었다. 그는 야전 전사처럼 모든 상황에 적응하고, 회사의 가장 앞줄에서 몸으로 일하던 사람이었다. 그런 그가 지금은 조용히 사라지려 한다. 나는 사장으로서 할 수 있는 모든 말을 했다. 하지만 알고 있다. 때로는 붙잡는 말보다 헤어지는 말이 필요한 순간이 있다는 걸. 이준혁 팀장은 아마도 떠날 것이다. 나는 그걸 알 수 있다. 지금의 이 고요함이 무엇보다 깊은 이별의 징후라는 것을 안타깝게도 나는 인지하고 있다. 개발팀 직원이 퇴사한지 얼마 되지도 않아 이렇게 하나의 인연이 또 마무리되어 간다. 참 서글프다.

"사장님은 어떻게 창업하게 되셨어요? 그때 용기를 낸 이유가 뭐였어요?"

자주 듣는 이런 질문에는 멋지고 결정적인 스토리를 기대하는 경우가 많다. 어떤 극적인 순간이나 위대한 꿈, 혹은 영화처럼 울컥한 이야기. 하지만 나에게 그런 대단한 이야기는 없다. 나는 지방 4년제 대학을 평범하게 졸업한 그저 그런 배경을 가진 사람이었다. 서울에 처음 올라왔을 때, 작은 IT 중소기업의 영업사원이었다. 첫 출근날엔 지하철을 반대 방향으로 타고 회사 앞 건물 이름도 제대로 못 알아봐서 30분씩 지각도 한 부족한 영업 사원이었다. 그렇게 낯선 도시에서 낯선 사람들을 만나 익숙하지 않은 말투와 폼으로 제품을 설명하고, 고객 눈치를 보면서 미팅을 진행했고 그렇다고 계약을 척척 잘하지도 못했다. 하지만 버텼다. 매일 쫓기듯 살았지만, 그 안에서 나도 모르게 조금씩 성장하고 있었다.

처음 직장 생활을 시작한 그 회사는 외국에서 개발된 IT 제품을 들여와 국내 고객사에 공급하고, 필요한 추가 개발을 진행해 주는 일을 하는 회사였다. 개발회사도 유통회사도 아닌 그 중간 정도의 일을 하는 IT회사였다. 나는 그런 제품을 파는 영업사원이었다. 그 일을 몇 년 하다 보니 자연스럽게 고객의 요구, 기술팀의 고충, 비즈니스의 흐름도 알게 되었다. 그리고 어느 날, '이제는 직접 해 봐도 그냥저냥 할 수 있을 것 같은데…' 하는 생각이 들었고 그게 내 창업의 시작이었다. 그렇게 회사 다니다 모은 약간의 돈, 퇴직금 그리고 무서운 은행 대출을 받아 처음 사무실을 차렸다. 고작 6평짜리 원룸 오피스. 창문도 작고, 겨울에는 난방이 안 돼서 패딩 입고 컴퓨터를 켜야 했다. 그 작은 공간에서 나는 다시 영업사원이 되었고, 동시에 처음으로 대표가 되었다. 전화도 직접 대응하고 납품도 직접 하러 가고 계약서도 직접 쓰고 회사 소개서도 직접 디자인했다. 고객을 만나기 위해 한 시간씩 대기하는 건 기본이고, 그 몇 분 동안의 소중한 미팅을 위해 하루 전체를 소모하던 시기였다. 심지어 일주일에 한 번의 고객 미팅을 못 잡은 날들도 있었다. 무엇보다 가장 힘들었던 건, 그런 초라한 내 모습에 대한 자괴감들이었다.

지금 나는 코어테크의 사장이다. 10년 전에는 모든 일을 하는 혼자였지만 이제 직원이 70명이 넘는 회사의 사장이다. 작지도 크지도 않은 그런 회사다. 회사를 만들고 성장시키는 모든 행위는 모든 사람이 함께한다는 걸 안다. 혼자의 힘에는 분명한 한계가 있었다. 그래서 언제나 '조직'이라는 시스템을 만들고, 함께 일할 수 있는 나름의 기준을 만들고, 책임을 나누는 구조를 만들려고 했다. 그 결과가 지금의 회사이다.

나는 여전히 부족하다. 기획과 기술은 전문가가 아니고, 영업만큼은 잘한다고 믿고 있지만 그것도 언제나 부족하다. 그럼에도 나는 회사의 중간 목표를 향해 오늘도 달린다. 내가 잘할 수 있는 걸 고민하고, 내가 못하는 건 팀에게 솔직히 말한다. 그게 지금의 내 방식이다. 그래서 언제나 내가 잘할 수 있는 것에 집중하고 행하려고 한다. 멈추지 않고 열심히 하려고 한다.

나는 한 아이의 아빠이고 사랑하는 아내의 남편이기도 하다. 요즘은 가족과 얼굴을 마주하는 시간이 점점 줄어들고 있어서 가끔은 마음이 무거울 때도 많다.

"아빠, 주말엔 같이 놀 수 있어?"

이 질문을 들을 때마다 '이번 주도 안 되겠구나….' 하는 미안함이 쌓인다. 그럼에도 내 가족은 묵묵히 날 지지해 준다. 그 덕분에 나는 다시 회사로 돌아가고, 조금 더 열심히, 조금 더 단단히 회사를 지탱해 나갈 수 있다.

나는 여전히, 그냥, 평범하고 부족한 사람이다. 뛰어난 리더도, 완벽한 경영자도 아니다. 단지, 내가 세운 회사를 더 좋은 회사로 만들고 싶다는 한 사람의 진심으로 살아가는 중이다. 실수도 많고, 걱정도 많고, 때로는 두려움에 휘청이기도 하지만 그래도 여전히 나아가고 있는 중소기업 대표다. 그래도 이제는 조심스럽게 '그때 창업했던 내가 고맙고 잘하고 있다.' 말할 수 있는 부분이 생겨서 다행이라 생각을 한다. 그리고 지금의 나는, 그때보다 조금 더 여유가 있고, 조금 더 담담하게 이 회사를 이끌고 있다. 앞으로도, 이 회사의 미래를 함께 그려가는 사람으로 남고 싶다는 생각을 언제나 한다.

오늘의 모든 일정이 끝났다. 언제나 불안함이라는 가면을 쓴 어둠은 이미 창밖에 내려앉았다. 혼자 어두운 사무실 불을 밝히고 있다. 컴퓨터 화면에 수북한 메일을 끄트머리로 밀쳐두고 나는 조용히 서랍 안의 작은 노트를 꺼낸다. 누구에게 보이기 위한 글도 아니고, 공개될 일도 없는 내 안의 언어를 적어 두는, 그 노트를 들고 나는 오늘도 태연한 척하며 이렇게 적는다.

[단언컨대 사장의 가장 중요한 리더십은 태연함이다. 훈련으로도 잘되지 않는 어려운 것이다.]

이 문장을 몇 번이나 다시 썼는지 모르겠다. 어쩌면 시간이 될 때마다 써 온 것 같다. 다만 매년 그 의미가 조금씩 바뀌었을 뿐이다. 예전에는 그저 그것이 '포커페이스'를 유지하는 것이라 생각했다. 감정을 들키지 않기. 무너지지 않기. 뭐든 티 내지 않기. 하지만 이제는 안다. 진짜 '태연함'은 '무너진 마음을 억지로 다잡고, 그 속에서 웃으며 다음 일을 준비하는 것'이라는 걸.

스타트업 사장에게 태연함은 곧 참을성을 말하기도 한다. 주로 나쁜 일, 속상한 일, 억울한 일, 이상한 일들을 겪으면서도 무너지지 않는 마음가짐을 가지는 것이 태연함이다. 매 순간, 무너지지 않아야 한다. 계약이 불발돼도, 직원이 퇴사를 얘기해도, 고객이 뒤통수를 쳐도, 회사의 돈이 바닥나도.

"그래도 괜찮습니다. 알겠습니다. 제가 책임지겠습니다."

이 말들을 웃으며 해내야 하는 사람. 그게 바로 사장이다. 사장이라는 직업이 어려운 게 이런 태연한 척을 잘해야 하기 때문인지도 모르겠다. 가끔은 억울했다. 가끔은 참기 힘들 정도의 분노가 올라오기도 한다. 도대체 왜 나만 이 감정을 감추어야 하는가. 왜 직원은 회사를 향한 불만을 자유롭게 쏟아내도 되고, 나는 아무 말도 못 하고 오히려 그 감정을 받아내야 하는가.

'왜?' 그 질문 앞에 오래 머물렀지만 결국 대답은 하나였다. '나는 사장이니까.' 작은 회사의 사장에게 태연함은 회사를 위해서 꼭 갈고 닦아야 하는 치명적인 무기 같은 것이어서 훈련하고 지켜내야 한다. 그래서 사장에게 태연함은 정말 외로운 것이다. 맞다. 이건 외로운 싸움이다. 퇴사하는 직원이 회사와 나에 대해 안 좋은 얘기를 했다는 말을 들었을 때 마음은 무너졌다. 사실이 아닌데도 나는 그 얘기를 반박할 수 없다. 변명조차 허락되지 않는 자리. 그 자리에 앉아 있는 사람이 사장이다.

직원들과 잘 어울리면서 함께 성장할 수 있는 기회를 서로에게 줄 수 있는 그런 사장이 되고 싶지만 현실은 녹록지 않았다. 나름대로 열심히 했다고 생각한 리더십이 "이 회사에서는 성장이 어렵다."는 직원의 말 한마디로 한순간에 무너질 때가 있다. 실제로 퇴사를 하는 직원들에게서 몇 번이나 그런 말들을 들었는지 모르겠다.

"대표님은 결정만 하잖아요.", "팀장들이 너무 수동적이에요.", "회사는 나를 성장시켜 주지 않아요."

나는 한마디 대꾸도 하지 못했다. 단지… 애써 태연한 척, 고개를 끄덕일 수밖에 없다.

오늘도 애써 태연함을 유지하기 위해서 노력하고 있다. 언제까지 태연함을 유지해야 할까? 유지는 할 수 있을까? 책임지지 않으면 안 되는 자리. 감정보다 결정을 해야 하는 이성이 앞서야 하는 자리. 그래서 나는 오늘도 웃는다. 가슴 깊은 곳은 울컥하지만 오늘도 직원들 앞에선 "고생했어요."라는 말을 먼저 꺼낸다.

사무실 한 켠에서 야근을 마치고 퇴근하는 직원이 가볍게 고개를 숙이며 인사한다.

"대표님, 오늘도 수고 많으셨습니다."

나는 애써 미소 지으며 인사한다.

"아닙니다. 내가 뭘. 오늘도 고생 많았어요. 조심히 들어가요."

조용히 불을 끄고 사무실을 나선다. 멀리서 시원한 바람이 불어온다. 나는 오늘도 애써 멈출 수 없어 그냥 한다. 단지 태연한 척하며 걸어간다.

Episode 2

기획팀장의 시선

성수역 지하철 2번 출구를 나와 힙한 점포들 사이의 길을 따라 걸었다. 과거 공장들만 밀집했던 이 골목은 이제 새로운 이름을 얻었다. '힙한 젊음의 거리', '새로운 스타트업의 메카'로 떠오르고 있는 곳이다. 겉보기에는 낡은 건물들 사이사이로 간판 하나 바뀐 것뿐인데 창문 너머로 비치는 커피숍, 세련된 음식점, 유명 브랜드의 쇼케이스, 스타트업의 열정이 느껴지는 공유 오피스 등이 확실히 시대가 달라졌음을 말해 주고 있었다.

나는 오늘 성수. 이곳에서 세 번째 면접을 본다. 앞선 두 곳은 누구나 알 만한 '명함 내밀 수 있는' 기업이었다. 한 곳은 반도체 회사이고 다른 곳은 금융 IT 부문에서 업계 1위를 다투는 회사다. 면접관들도 세련됐고 질문도 꽤 전문적이었다. 그리고 면접 내내 느낌이 무난했다. 나를 탐색하려는 시선은 날카롭지만 서로 예의를 지키는 선 안에서 면접은 끝났다. 면접에 대한 준비를 많이 했고 다행히 딱 거기까지 수준의 면접이 이뤄졌다. 그리고 지금 성수동에 있는 작은 중소기업에 면접을 보러 왔다. 이름은 '코어테크'. 충동적으로 한 행동은 아니었다. 취업 포털의 회사 소개 페이지에서 한 줄의 기획자 모집 공고를 보고 이 회사에 직접 이력서를 넣었다.

[데이터가 기업의 가치를 만듭니다. 함께 미래의 가치를 설계해 나갈 기획하시는 분을 모십니다.]

이상하게 이 짧은 문구들이 오래 마음에 남았다. 단순히 기획자가 아니라 '데이터의 가치, 미래를 설계' 등에 묘하게 끌렸다.

엘리베이터 앞엔 나보다 먼저 도착한 누군가가 있었다. 깔끔한 셔츠에 정장 바지는 아니지만 어딘가 '정돈된 사람'이라는 인상을 주는 사람이었다. 그는 내가 가까이 다가오자 자연스럽게 한 걸음 물러서며 말했다.

"먼저 타세요."

예상치 못한 배려에 나는 순간 당황했지만, 억지로 웃으며 고개를 끄덕였다.

"아… 감사합니다."

그는 가볍게 웃었다.

"면접 보러 오신 건가요?"

"네? 아… 네."

"좋은 결과 있으시길 바랍니다."

면접을 보러 온 사람처럼 보였나 보다. 처음 보는 사람의 짧은 말투에서 작은 고마움을 느꼈다. 그가 이 회사의 직원일 수도 있겠다고 여겼다. 사무실은 10층에 있었다. 유리로 된 사무실 입구와 안내를 하는 사람이 없는 인포데스크, 회의실을 겸하는 공용 공간 그리고 여기저기서 컴퓨터를 보며 뭔가를 집중하고 있는 사람들까지. 작은 회사라 그런지 공간은 조금 답답함이 느껴졌다. 어딘가 스타트업의 느낌이 강했다. 잠시 후 누군가가 면접실로 안내해 주었고 이미 두 명의 면접관이 자리에 앉아 나를 기다리고 있었다. 자리에 앉아 먼저 자기 소개를 했다. 직급은 따로 알 수 없었지만 질문의 깊이에서 관리자 분들이라는 것을 충분히 알 수 있었다.

"김윤서 님, 이력서 잘 봤습니다. 명문대 나오셨네요? 이렇게 저희 회사에 찾아 주셔서 영광입니다. 건축 관련 전공이시네요?"

"네. IT 전공은 아니지만 건축과 관련한 여러 프로젝트, 특히 스마트건설에 대한 프로젝트를 학교에서 수행해 본 경험이 있습니다."

"그 프로젝트에서 맡으신 역할이 뭔가요? 단순 조사나 정리 수준인지, 아니면 기획부터 시작을 맡아서 하신 건지….”

질문은 예의 바르지만 단도직입적이었다. 그리고 이어지는 질문은 한층 더 까다로워졌다.

"기획이라는 게 결국 수요와 공급의 교차점에서 실현 가능한 아이디어를 짜내는 작업이라고 봅니다. 김윤서 님은 창의적인 기획과 현실적인 제약 사이에서 어떤 판단 기준을 갖고 움직이시나요? 예를 들어 우리 회사에서 취급하는 제품이 고객사에서 기존 시스템과 충돌해서 제대로 연동이 안 될 경우, 기획자는 어떤 방식으로 대응해야 한다고 생각하시나요?”

면접은 20분을 넘어가며 마치 논리 퍼즐을 푸는 것 같았다. 나는 숨을 고르며 천천히 대답했다. 실무 이해는 한계가 있을 수밖에 없지만 그 한계를 어떻게 커뮤니케이션으로 보완할 수 있는지를 중심으로 대답했다. 문장 하나를 조심스럽게 뱉는 그 순간순간이 전부였다. 그리고 문이 열렸고 누군가 들어왔다. 아까 엘리베이터에서 나를 먼저 태워 준 바로 그 남자였다. 그는 인사를 꾸벅하면서 면접실에 들어섰다.

"안녕하세요. 박재호입니다. 늦어서 죄송합니다. 중소기업이 이렇습니다. 여러 일들이 급하게 종종 생기네요. 먼저 처리하느라 늦었습니다. 양해 부탁드립니다.”

그는 면접에 늦게 들어오게 된 것에 대한 양해를 구하며 명함을 건넸다. 나는 그 순간 얼어붙었다. 엘리베이터에서 본 사람. 사장이었다니. 그 말투, 그 태도, 그 모습이… 사장이었다고?

그는 내 반응을 예상이라도 했다는 듯 웃으며 말했다.

"엘리베이터에서 인사드렸었죠? 다시 보네요.”

그리고는 면접관 옆자리에 앉아서 질문을 던졌다.

"김윤서 님은 '회사의 방향성'이 모호할 때, 기획자가 해야 할 가장 중요한 역할이 뭐라고 생각하시나요?"

그 질문에 나는 한참을 생각했다가 조심스레 대답했다.

"방향성의 모호함은 오히려 기획자가 개입할 수 있는 가장 큰 틈이라고 생각합니다. 그 안에서 맥락을 읽고, 기술과 시장 그리고 내부 역량을 연결하는 서사를 만들어 내는 것, 그게 기획의 역할인 것 같습니다."

그는 고개를 끄덕였다.

"좋은 말씀입니다. 저희 회사엔 그런 서사가 절실하거든요. 성공적인 프로젝트와 실망스러운 프로젝트의 차이를 어떻게 정의할 수 있을까요?"

면접은 그렇게 끝났다. 질문에 정답을 말한 건 아니지만 나의 말에 면접관 모두가 귀를 기울인다는 느낌이 좋았다. 그리고 무엇보다 회사의 제품과 방향성이 아직 미완성이라는 사실이 기획자로 성장할 수 있는 기회가 많을 거라는 점이 마음에 들었다. 나를 기획자로 대하던 면접, 거기에 사장의 질문이 더해져 나는 의도치 않게 '코어테크'의 구성원이 되어야겠다는 생각을 했다.

도전

"팀장님, 발표자료는 최종본으로 정리됐습니다."

팀의 막내 사원이 책상 위에 USB를 올려두며 조심스럽게 말했다. 그 순간 나는 마치 입안에 솜뭉치를 먹은 듯 긴장이 목구멍까지 차올랐다.

이번 '위도' 제안 발표는, 회사에게는 단순한 영업 기회가 아닌 전환점이었다. 사장은 이미 여러 차례 회의에서 강조했다.

"이번 제안이 잘되면, 위도는 국내 제조 디지털 시장에서 완전히 자리를 잡을 수 있을 겁니다."

그 말은 곧 실패하면 다시 기회를 얻기까지 상당한 시간이 걸릴지 모른다는 뜻이었다. 회사의 10년 역사 중 가장 공격적인 기술 투자가 이뤄진 프로젝트의 첫 결실을 맺을 수 있는 중요한 순간이었다. 그 중심에 우리 기획팀이 있다. 고객은 아직 도착하지 않았지만 개발팀장과 영업팀장은 이미 회의실 앞쪽에 앉아 각자의 준비들을 하고 있었다. '떨지 말고 잘하자. 준비를 충실해 했으니 잘할 거야." 스스로를 안심시켰지만 마치 맨발로 절벽 끝에 선 사람처럼 부담스러웠다. 이번 제안 준비 미팅에서 사장님이 말했었다.

"오늘 발표는 기획팀이 맡습니다."

나는 고개를 끄덕였지만 그 한마디가 무겁게 머리 위로 내려앉았다. 사실 사장님의 그 한마디는 단순한 업무 배분이 아니었다. 책임의 배분이었다. 자료는 철저히 준비했다. 자료 하나를 만들기 위해 3주를 달렸고, 영업본부에서 받은 고객 요구 사항을 정리하고, 개발팀과 수십 번을 토론하면서 기술 요건을 반영했다. 고객은 단순한 '제품의 소개'가 아니라, '미래를 설계할 파트너'가 되어 줄 수 있느냐를 보고 싶어 했다. 그래서 기획팀은 발표자료 안에 기술, 전략, 시장의 흐름 그리고 우리의 태도까지 담아냈다. 밤마다 집으로 돌아와 노트북을 다시 켜고 끄기를 반복했다. 타 부서들과 협업을 하면서 만든 자료는 언제나 불안하기 마련이다. '이 부분을 고객이 이해할 수 있을까? 이 단어는 너무 기술적이지 않나? 우리 회사만의 언어가 되어 버린 단어는 없나?' 그런 과정 속에서 드디어 제안 당일이 되었다. 회의실에 앉아 고개를 숙인 채 노트북 자판을 두드리는 동안, 나는 내가 기획팀장이 아니라 회사 전체의 스크립트를 쓰는 작가 같다는 기분이 들기도 했다. 발표가 시작되었다. 사장님의 모두 발언과 준비된 발표가 끝나고 나에게 시선이 몰렸다. 서서히 자리에서 일어나 리모컨을 잡았다.

"안녕하십니까. 오늘 제안 발표를 맡은 코어테크 전략기획팀 김윤서입니다."

스크린이 커지고 첫 슬라이드가 열며 나는 깊게 숨을 들이마셨다. 위도! 우리의 야심, 우리의 가능성이 고객을 찾아가는 여정이 시작되었다.

"고객사의 디지털 전환 여정에, 저희 주력 제품인 위도는 세 가지 관점에서 접근하고 있습니다."

슬라이드를 천천히 넘기며 목소리를 조절했다.

"첫째, 제조 현장의 데이터를 수집하고 분석할 수 있는 기반 마련. 둘째, AI 기반으로 제조 공정에서의 여러 이상을 사전 감지하는 기술력. 셋째, 자율제조로 이어지는 기술 로드맵 제공."

고객사의 임원 몇 명이 고개를 끄덕였다. 개발팀장이 뒷자리에서 조용히 내 쪽을 바라보며 손가락으로 'OK' 사인을 그려 보였다. 잘하고 있다는 신호를 받으니 더 이상 떨리지는 않았다. 발표가 끝나자, 회의실에 짧은 정적이 흘렀고 그 찰나가 엄청 길게 느껴졌다. 고객사의 기술 담당자가 입을 열었다.

"AI 기반 예측은 아주 흥미롭습니다. 다만, 실시간 대응에서 제어까지는 고려하고 계신가요?"

그 질문이 나왔을 때, 나는 한 번도 깨문 적 없는 이가 안쪽을 무는 느낌이었다. 바로 이 질문이 가장 걱정했던 부분이었다.

"현재는 데이터의 수집 후 모니터링과 예측에 집중하고 있습니다. 고객사와 협의를 통해 제어 로직 설계에 대한 공동 검토는 충분히 가능할 것입니다."

내 대답이 끝나고 이어서 사장님이 마무리 멘트를 이어 갔다.

"오늘은 첫 시작입니다. 제조 기업의 디지털 전환은 고객과 함께 설계해 나가야 할 여정이라고 생각합니다."

발표가 끝나고 고객 모두가 회의실 문을 나서자 나는 손에 들고 있던 리모컨을 가방에 던지듯 집어넣었다. 등에 식은땀이 맺혀 있었다. 하지만 그만큼의 해방감도 따라왔다. 사장님이 다가오며 조용히 말했다.

"고생 많았습니다. 잘했어요. 이제부터가 진짜 시작입니다."

나는 고개를 끄덕였다. '잘한 걸까? 좋은 결과가 나올까?' 하지만 어떠한 확신도 할 수 없었다. 단 하나는 분명했다. 오늘 이 발표는 처음부터 끝까지 기획팀이 해냈다는 것이다.

발표는 끝났다. 그날 회의실에서 나올 때까지만 해도 모든 게 잘 풀린다고 생각했다. 사장님은 회의실 문을 나서며 잘했다고 용기를 주었다. 깐깐한 개발팀장님도 설명의 표현도 좋았고 자료의 정리도 깔끔했다며 꽤나 드문 칭찬을 건넸다. 나 역시 그동안의 모든 과로가 의미 있었다는 생각이 들었다. '이제 좀 쉬나?' 그랬다. 아주 잠깐만 쉴 수가 있었다. 다음 날 아침 8시 40분. 출근과 동시에 영업과장이 급하게 찾아왔다.

"팀장님, 어제 발표한 내용 관련해서 고객사에서 추가 문의가 왔습니다."

"무슨 내용인데요?"

"질문에 나왔던 부분입니다. 제어 기능이 가능한지 물어봤습니다. 이상 감지 이후에 공정 설비를 자동으로 제어할 수 있냐고요."

그 말을 듣자마자, 어제의 모든 환호가 한순간에 쪼개지는 느낌이 들었다. '제어?' 위도는 아직 '모니터링과 예측'을 위한 제품이었다. 제어는 개발 전체 로드맵의 상위단에 있는 것이지 지금 할 수 있는 것이 아니다. 시스템 전체를 책임 져야 하는 영역이다. 설비와의 직결. 안전 문제. 실시간 반응 등 여러 복잡한 변수를 생각하고 준비해야 하는 것이다. 단순한 기술 이슈가 아니다.

나는 당장 개발팀장 서민우에게 메시지를 보냈다.

[팀장님. 어제 고객에서 제어 기능 문의 들어왔습니다. 회의 필요합니다. 사장님도 참석하신답니다.]

오전 11시. 소회의실에서 긴급 대책 회의가 열렸다. 서민우 팀장은 무표정한 얼굴로 회의실에 들어왔다. 대충 표정을 보니 벌써 결과가 예상되었다.

"이걸 가능하다고 하려면, 지금까지 잡아 놓은 로드맵 자체를 다시 잡고 제어 기능에만 집중해서 개발 진행해야 합니다. 한마디로 지금은 힘들다는 얘기입니다. 모든 개발 로드맵이 뒤틀려요."

"기술적으로는 시간을 들여 개발을 한다면 가능한 건가요?"

내가 조심스럽게 물었다.

"기술적으로? 로드맵상에 있는 부분이니 당연히 기술적으로 가능하죠. 하지만 시간이 문제입니다. 현실적으로 고객 설비별로 제어 로직을 새로

짜야 하고, 통신 프로토콜 맞추는 것부터 물리적 연결, 안정성 테스트까지… 이건 단기간에 절대 안 되는 거. 팀장님도 아시죠?"

"네. 잘 알고 있습니다. 하지만 그래도 해야만 한다면 일정은 어느 정도 더 필요할까요?"

"빨라야 6개월. 근데 우리가 현재의 개발 계획에 맞춰 진행되고 있는 모든 개발을 미루고 이거에 전념했을 때 그 정도의 시간이 필요하다는 얘기예요."

서 팀장의 말에 사장님은 무겁게 고개를 끄덕이고 있었다. 나도 누구보다 답답했다. 이 제안을 포기하면 시장 첫 진입 기회를 놓치는 거다. 하지만 무리하게 제어 기능을 수용했다가 실패하면, 회사 전체의 신뢰가 무너질 수 있다. 사장님이 내 쪽을 바라보며 물었다.

"김 팀장 의견은 어때요?"

잠시 말을 멈췄다가 솔직하게 대답했다.

"이건 단순한 결정의 문제가 아니라 향후 방향성도 고려해야 하는 전략의 문제라고 생각합니다. 고객이 제어까지 원하는 건 이해됩니다. 하지만 '우리의 현재 기술력'과 '시장에 진입하려는 타이밍'을 따져 보면 이번엔 절대 무리하면 안 된다고 생각합니다. 하지만 절충안을 고객에게 제시는 해야 합니다."

회의가 끝나고도 머리는 복잡했다. 사장님이 따로 나를 불렀다.

"힘들게 준비하고 발표도 잘했는데, 바로 이런 반응이 와서 속상할 텐데… 괜찮습니까?"

"괜찮습니다. 예상했습니다. 좋은 기회지만 또 다른 기회가 오겠죠."

사장님은 침묵하다가, 잠시 후 조용히 말했다.

"저는 이번 제안 고객사가 처음으로 우리랑 미래를 같이 그려 볼 수 있는 회사라고 생각했어요. 그래서… 여러 도전적인 문제가 있더라도 이거 꼭 잡고 싶어요."

사장님이 이번 기회에 거는 무게를 알기에 나도 사장님의 말에 충분히 공감했다. 늘 전략적이고 냉정해야 하지만 이번만큼은 마음이 사장님을 따라 흔들렸다.

"일단 고객한테는… 기술적으로 향후 확장 가능한 구조라는 수준으로 정리할까요?"

"네 사장님. 당장은 할 수 없지만, 우리가 거짓말을 할 수는 없는 거죠."

회의실을 나와 자리로 돌아오니 팀의 한지수 선임 과장이 속삭이듯 말했다.

"팀장님, 정말 고객 요구 사항에 맞춰 하기로 결정되었나요? 제어까지?"

나는 깊은 한숨을 쉬며 노트북을 켰다.

"아니, 아직은 못 해요. 기술팀에서도 못 한다고 얘기를 했습니다. 하지만 우리가 시장에서 살아남고 싶다면, 빠른 시일에 해야 할 기능들이지 않을까요?"

앞으로의 만만치 않은 회사의 미래를 생각하며 기획팀의 진짜 전쟁은 이제부터라는 것을 직감했다. 그리고 파일을 열고, 문서를 하나 새로 만들었다.

[기획 문서] : 위도 v2.0 – 제어 확장 계획 초안

사장님은 생각보다 빨리 결정을 내렸다.

"지금 제어까지는 대응하지 않겠습니다. 고객에게는 정중하게 제가 직접 설명드리겠습니다."

회의실에서 말없이 고개를 끄덕이기는 했지만 가슴은 답답했고, 머릿속은 복잡했다. 나는 기획팀장이자 회사의 얼굴로 언제나 고객과 마주 앉는 사람이다. 이번 프로젝트에선 '위도'를 처음으로 외부에 내보였고, 그게 의미하는 무게도 누구보다 잘 알고 있다. '그런데 이렇게 포기하는 게 맞는 걸까? 어떻게 온 기회인데…' 회의가 끝나고 나서도 책상 앞에서 멍하니 앉아 있었다. 슬쩍 옆에 앉은 한지수 과장이 나를 쳐다봤다.

"팀장님… 좀 아쉬우시죠?"

나는 웃음도 한숨도 아닌 목소리로 대답했다.

"아쉽죠. 하지만 최선의 결정이라 생각을 합니다."

사실 나는 알고 있다. 사장님이 저 결정을 내리는 데 얼마나 많은 밤을 뒤척였을지를. 사장실에서 밤늦게까지 불이 켜져 있는 걸 여러 번 봤고, 그다음 날 출근한 얼굴은 언제나 피곤하고 초췌했다. 회의실에서는 늘 단호하게 말했지만 그건 사장이라는 자리가 요구하는 하나의 포커페이스였을 것이다. 그 뒤에는 '어떻게든 이번 건을 잡아야 한다'는 간절함과 '회사를 위한 가장 좋은 선택이 뭘까'라는 두려움이 겹겹이 쌓여 있었을 것이다. 그렇게 결정을 내리는 순간에 아쉬움과 동시에 책임감이 밀려왔을 것이다.

"그럼 제어 기능을 못 한다고, 깔끔하게 정리할까요? 사장님께 고객에게 보낼 메일에 대해서 초안을 작성해서 보고를 해야 해서요."

나는 개발팀장에게 물었다. 서민우 팀장은 고개를 살짝 저었다.

"못 한다는 말보단, 기술적 준비가 필요한 단계라고 표현하는 게 좋겠지요. 향후 협업 가능성은 열어 두고요."

"알겠습니다. 그럼 문구는 제가 우선 정리해서 사장님께 전달하겠습니다."

이런 문장 하나를 만들기 위해 내 머릿속에선 수십 개의 문장이 떠오르고 수백 개의 단어를 고민하며 셀 수 없을 정도로 문장을 쓰고 다시 고쳐 쓴다. 한 문장이 고객에게 던지는 메시지는 생각보다 크고 그 여운이 길게 남기 때문이다. 그날 저녁, 사장님이 나와 영업본부장, 개발팀장을 불러 회사 근처 조용한 호프집에 자리를 마련했다.

"수고 많았습니다. 오늘은 안 좋은 일이 있었으니 간단히 한잔하고 털고 가시죠."

나는 생맥주를 들고 다른 분들은 소주잔을 들고 조용히 사장님의 얘기를 기다렸다.

"제가 요즘… 결정을 내리는 게 참 힘듭니다. 그냥 매일매일이 시험 보는 기분이에요."

나는 무심히 말했지만 진심을 담았다.

"사장님, 오늘 결정은 잘하셨어요. 실현 가능하지 않은 약속은 오히려 우릴 더 망가뜨릴 수도 있잖아요. 저는 나쁘지 않고 최선의 결정이었다고 생각합니다."

사장님은 고개를 끄덕이더니 잔을 들었다.

"그 말을 들으니까 조금 위안이 됩니다. 사실 다른 방법이 없을까 많은 고민을 했었습니다."

그날 사장님의 눈에서 어쩌면 그간 보지 못했던 '지쳐 있는 인간'의 모습이 보였다.

사무실로 돌아온 밤, 나는 혼자 남아 다시 컴퓨터를 켰다.

[파일 이름 : WIDO-ClientResponse-Final.pptx]

고객에게 보낼 최종 제안서 문구를 다듬으며, 나는 이 문장을 천천히 써 내려갔다.

[사장님께 귀사의 문의 사항에 대한 답변을 이미 들으셨겠지만 최종 제안서와 함께 공식적인 답변을 드립니다. 본 제안의 범위는 현재 '예측 및 모니터링' 중심으로 설정되어 있으며, 추후 고객사와의 기술 협의를 통해 제어 확장 가능성을 함께 논의할 수 있습니다. 자세한 부분은 첨부 파일을 참고하시기 바랍니다.]

아쉬움, 안도, 미래 등 그 모든 감정을 이성적으로 한 문장에 담았다. 결정은 끝났지만 또 다른 프로젝트는 계속된다. 우리는 포기한 게 아니라 다음을 준비하고 있는 것이다. 그것이 내가 회사에서 배운 유일한 생존 방식이다. 다음 날, 내가 작성한 최종 정리 문서를 기획팀 공용 폴더에 업로드하자마자 팀 공용 메신저 알림이 '띡' 하고 떴다. 한지수 과장이었다.

[한지수] 팀장님, 고객 쪽 회신은 이대로 확정인 건가요?
[김윤서] 네. 사장님도 그렇게 정리하셨고, 개발팀 쪽에서도 그게 현실
  적이라고 했어요.
[한지수] 음… 좀 아쉽긴 하네요. 제어 기능까지 됐으면 진짜 임팩트
  있었을 텐데요.
[김윤서] 맞아요. 근데 무리하게 약속하면 그게 더 위험해요. 고객은

언제나 완성도 높은 걸 원하잖아요. 우리가 기술력을 확장하는 방향은 계속 열려 있다고 생각합니다.

잠시 뒤, 팀의 막내인 정수아 씨가 회의실 쪽으로 고개를 내밀더니 조심스럽게 물었다.

"팀장님, 이거 다음 버전 기획도 지금부터 슬슬 준비해야 하겠죠?"

나는 피식 웃었다.

"응. '슬슬' 말고 '지금부터' 바로."

그 말을 듣고 한지수과장과 정수아 씨가 동시에 피곤한 얼굴을 했다. 하지만 이내 고개를 끄덕였다. 이들도 알고 있다. 기획팀은 늘 '다음'을 준비하는 곳이라는 걸. 나는 팀원들 쪽으로 돌아서며 말했다.

"우리가 힘들게 만든 이번 문서, 고객이 쉽게 흘려보진 않을 거야. 그리고 다음엔 우리가 못 했던 제어까지 포함해서 제대로 보여 줄 기회가 꼭 올 거야."

그 말에 정수아 씨는 중얼거렸다.

"다음엔 좀… 한 템포만 느리게 오면 좋겠네요. 준비가 제대로 되었을 때 말이에요."

모두 웃었다. 기획팀은 오늘도 웃으며 야근을 준비하고 있었다.

"이제 위도를 진짜 적용 가능하게 제대로 만들어야겠어요."

사장님이 갑자기 뜬금없이 하는 말은 아니다. 그날 회의는 평소보다 조용했다. 아무도 대답하지 않았다. 아니, 누구도 쉽게 말할 수 없었.

"우리가 위도를 만든다고 말한 건 벌써 2년 전이에요. 기획도 충실히 했고, 기술 방향도 잡았지만 사실 본격적으로 실행한 적은 없었죠."

나는 자리에서 허리를 곧게 폈다.

"사장님, 위도는 단순한 신제품이 아닙니다. 지금 우리가 판매하고 있는 넵투, 넵포머와 연동되는 건 물론이고 AI 자율제조의 완성도를 보여주는 핵심이잖아요. 지금까지의 회사와 미래의 회사를 연결해 주는 도구입니다."

사장님은 내 쪽을 바라봤다.

"네 맞습니다. 그러니까 이제부터는 구체적으로 시작해 봅시다. 내가 보기엔, 지금이 최적의 타이밍이에요. 더 늦으면 기회는 오지 않습니다."

사장님의 말은 항상 간단하다. 그 안에 담긴 무게는 감히 내가 상상하기도 어려울 것이 분명하다. 나는 곧바로 개발팀장 서민우에게 연락했다.

"서 팀장님, 오늘 오후 시간 좀 되세요? 위도의 방향성에 대해서 논의드리고 싶습니다."

퇴근 시간이 다 되어 가는 시간에 서 팀장과 한지수 과장이 참여한 미팅이 시작되었다. 논의 사항을 명확히 하기 위해 화이트보드에 큼직하게 적었다.

[목표 : AI 자율제조의 시작을 현실로 - WIDO]

"위도는 두 가지 핵심이 필요합니다. 이상 감지, 그리고 품질 예측. 지금까지 우리가 실험한 프로토타입에서 이상 감지는 충분히 검증이 되었지만, 품질 예측은 고객사마다 패턴이 달라서 모델을 어떻게 일반화할지가 고민이에요."

내가 말을 마치자 서민우 팀장이 고개를 끄덕였다.

"맞습니다. 그래서 기술적으로 품질 예측까지 가려면 데이터셋의 정제, 라벨링 정확도, 모델 성능 튜닝까지… 시간도, 인력도 꽤 들어갑니다. 시간과 인력은 비용과 직결되는 부분이라 민감하죠."

"그러니까 그걸… 어디까지 가능하다고 써야 할까요? 명확한 목표와 일정이 정의된 개발 로드맵이 필요한 시점입니다."

이건 개발팀뿐만 아니라 기획 그리고 영업의 고민이기도 하다. 우리 모두가 진지하게 꽤 긴 시간 동안 회의를 했지만 우리는 명확한 결론을 내리지는 못했다.

며칠 뒤, 사장님 그리고 개발팀장과 다시 작은 회의실에 모였다. 사장님은 커피잔을 손에 든 채 우리를 바라보며 말했다.

"진지하게 생각해 봤는데, AI 자율제조가 그냥 유행이라면 굳이 우리가 먼저 뛸 필요는 없을 것 같아요. 근데 말이죠… 고객사 대부분이 이제 더 이상 MES나 단순히 현재의 문제를 해결하는 것에만 집중된 소프트웨어에 만족을 하지 않습니다. 뿐만 아니라 앞으로 고객의 수준은 지금까지보다 빠르게 올라갈 겁니다. 지금 우리가 만드는 위도는 그냥 신제품이 아니라 현재와 미래의 연결점에 있는 계속 사업의 시작이라는 말이 정확하다고 생각해요."

서민우 팀장은 팔짱을 끼며 조용히 대답했다.

"사장님, 우리가 지금 쌓아 온 넵투와 넵포머의 기반 위에 '정밀 진단'과 '패턴 예측' 알고리즘을 붙이는 게 핵심인데… 데이터가 정확하게 수집된다면 빠르게 시도는 해 볼 수 있어요. 하지만 역시나 시간과 인력이 가장 큰 문제입니다. 모두 비용의 문제니 민감할 수밖에 없습니다."

나는 그 말을 들으며 말을 이어 갔다.

"그렇다면 기획팀에서 먼저 예상 고객별 Use Case를 설계해 보도록 하겠습니다. 산업별, 공정별로 분리해서 위도가 어떻게 '가치'를 주는지를 보여 줄게요. 그 시점에 맞게 개발 시간을 고려해서 인력을 추가하거나 재배치 하면 도움이 될 겁니다."

사장님이 미소를 지었다.

"좋습니다. 고객 분류를 먼저 하고 가상의 Use Case를 만들어서 먼저 대응해야 하는 것들이 어떤 것들이 있는지 분석하고 그 부분에 우선 집중적인 투자를 하도록 하면 좋겠습니다."

그날 밤, 팀원들과 야근을 하며 우리는 무수히 많은 가설과 시나리오를 세웠다. 한지수 과장이 피곤한 눈을 반쯤 감고 말했다.

"팀장님, 이거 진짜 우리가 해낼 수 있을까요?"

나는 피곤한 눈으로 모니터를 바라보다 대답했다.

"모르겠어요. 하지만… 우리가 아니면 누가 할까요? 하다 보면 결론에 이르지 않을까요?"

새벽 2시. 창밖엔 아무 소리도 없었고, 우리에겐 해야 할 일만 가득했다. 그 조용한 시간 속에서 순간 멈추고 생각했다. '나… 요즘 왜 이러지?' 예전의 나는 일에 냉정하고, 효율 중심의 기획자였다. 리스크가 높은 프로젝트는 말렸고, 수익성이 불분명한 일에는 고개를 저었다. 하지만 지금은? 내가 먼저 아이디어를 꺼내고, 리소스가 부족한 걸 알면서도 '일단 해 보자.'고 말한다. 불확실한 시장을 보며, '우리. 기획팀의 이름을 걸고 뚫어 보자.'는 말까지 하고 있다. '이건… 분명히 사장님 스타일인데.' 나는 키보드 앞에 손을 얹은 채 한참을 멍하니 있었다. 어쩌면 나는, 무모한 듯 보이지만 늘 한 발 앞을 내딛는 사장님의 성향을 닮아가고 있는지도 모른다. 그걸 자각하니 갑자기 한숨이 났다. '이게 맞는 걸까? 나는 왜 이렇게까지 하고 있지?' 이상하게 사장님을 닮아 간다는 게 자랑스럽거나 든든하기보다는 조금은 부담스럽고 솔직히 스스로가 싫어지는 순간도 많다. 나는 사장도 아니지 않은가. 사장님은 선택하고 버티는 사람이고, 나는 그걸 분석하고 설계하는 사람이어야 했다. 그런데 요즘 나는 자꾸만 치열한 전쟁터로 뛰어 들어가는 기분이다. 스스로에게 던지는 반쯤 체념 섞인 다짐과 이번 기획이 잘되기를 바라는 솔직한 마음으로 나는 조용히 속삭였다. '이왕 이렇게 된 거, 닮아 가는 김에… 잘해 보자.'

시작

팀장이라는 자리가 익숙해질 즈음 가끔씩 나는 '그때'를 떠올린다. 5년 전. 나는 아직 사원 김윤서였다. 그 시절의 나는 지금보다 훨씬 차갑고 이성적이었다. '계획이 없는 희망은 무의미하다'고 믿었고, '리스크 없는 결과만이 좋은 결과'라고 배웠다. 그런 내가, 넵투와 넵포머 제안서를 준비하며 처음으로 흔들렸다. 당시 그 프로젝트는 회사를 뒤흔드는 일이었다. 넵투와 넵포머는 회사의 미래였지만 판매가 되지 않고 있어 매우 힘든 상황이었다. 그걸 국내 굴지의 JS전자에 제안하게 되었다. 사장님은 매일같이 회의실에서 목소리를 높였고, 개발팀장 서민우는 얼굴이 점점 날카로워졌다. 그리고 영업팀장은 거의 매일 고객사에 불려가 회의를 하다 돌아왔다.

"김윤서 사원, 오늘 회의자료 같이 정리 좀 해 줘요."

그때 처음, 사장님이 내 이름을 불렀다. 그게 그 시절 내겐 작지 않은 사건이었다. 제안서 작업은 전쟁이었다. 처음엔 단순히 '자료를 모으는 일'이라 생각했다. 그런데 갈수록 달랐다. 팀장은 나에게 끊임없이 수정된 자료를 요청했고, 매 시간마다 수정된 자료들을 팀장에게 업데이트 해줬다.

넵포머가 어떤 데이터를 수집하고, 넵투가 왜 공장 자동화를 위한 필수 제품이 되는지를 단순히 아는 것만으로는 부족했다. 고객의 요구 사항은 단순하지 않았다.

"모든 설비에서 실시간 데이터가 수집되어야 합니다. 노후 설비도 예외 없이 연결돼야 합니다. AI 분석까지 확장될 수 있는 기반이 반드시 필요합니다…."

나는 개발팀, 영업팀 사이를 오가며 잘 이해하지도 못하는 문장을 다듬고 표현을 바꾸고 또 바꿨다. 하루에 PPT만 스무 번 넘게 열었다 닫기도 했다. 그 일이 내 직장생활의 큰 변화를 일으킬 시작점이 될 줄은 그때는 몰랐었다. 제안 발표 당일, 사장님과 영업팀장, 그리고 개발팀장이 고객사를 직접 방문했고, 나는 사무실에서 멍하니 그 소식을 기다리고 있었다. 그날 퇴근 무렵, 사장님이 돌아오자마자 감히 나는 무심한 척 묻고 말았다.

"사장님. 어땠나요, 발표는…?"

사장님은 잠시 나를 바라보더니 피곤한 얼굴로 웃었다.

"윤서 씨가 도와준 제안 문서를 고객이 칭찬했어요. 논리적이고 실용적이라고. 잘했습니다."

그 말 한마디가 내 안에서 무언가를 '움직이게' 했는지도 모르겠다. 그날 이후, 나는 바뀌기 시작했다. 기획이라는 일이 단지 문서를 정리하는 게 아니라 '세상에 설명할 수 있는 가치'를 만드는 일이라는 걸 처음 알게 되었다. 그 짧고 치열한 시간 동안 나는 회사의 제품을 대부분 이해하게 되었다. 그렇게 집중을 했던 것이다. 그렇게 나는 기획을 사랑하게 되었고, 그 길 위에 지금의 내가 있다. 그날 밤 혼자 남아 회사 복도에서 텅 빈 사무실을 바라보며 생각했다.

"기획이 누군가를 설득할 수 있다는 건, 결국 내가 세상에 말을 걸 수 있다는 거구나."

그 시작을 가능하게 해 준 건 그 무모한 사장이, 그 무서운 개발팀장이, 그 거친 영업팀장이 있었기 때문만은 아니다. '기획'이라는 것에 대해서 처음으로 알게 되었기 때문이었을 지도 모른다. 지금도 가끔은 그날의 긴장감이 내 몸 어딘가에 살아 있는 것 같음을 느낀다.

JS전자의 수주가 확정되던 날 회사는 흥분의 도가니로 빠져들었다. 사장님은 모든 회의를 웃는 얼굴로 시작했고, 영업팀장은 마치 우승 트로피라도 안은 듯 어깨에 힘이 잔뜩 들어가 있었다. 개발팀은 묵묵히 자신의 몫을 받아들였고, 그리고 나는 처음으로 '기획팀 담당자'로서 회의에 들어가게 되었다. 기대와는 달리 나의 첫 번째 회의는 기획이 현실과 부딪히는 첫 번째 '충돌의 현장'이었다.

"처음 요구 사항이랑 다르잖아요."

개발팀장 서민우의 말이었다. 고객은 계약 후 첫 미팅에서 초기 제안서에 없던 요구 사항을 슬그머니 꺼내들었다.

"설비 전체의 데이터 수집이 되어야 합니다. 노후 설비도 예외 없이. 비용은 최대한 줄이면서, 기간은 지켜야 합니다…."

회의실 공기가 순식간에 무거워졌다. 나는 노트북을 덮고 얼굴을 들었다. 이건 분명히 초기 제안에는 없던 이야기라고 했다. 모든 부분을 알아들을 수는 없지만, 계약 요건이 추가되면 비용이 더 들게 된다는 것은 쉽게 예측할 수 있었다. '어떻게 갑자기 말이 바뀌지?' 이래서 '갑질'이라는 말을 하나라고 생각했다.

"초기엔 일부 설비만 대상이었는데요. 이건 확실히 범위가 넓어졌습니다."

우리 팀장님이 영업팀장을 보면서 조심스럽게 말했다. 그러자 영업팀장이 강하게 얘기했다.

"고객은 전체 설비를 요구한 게 아니라 '전체 수집이 가능하냐'를 물어본 거였어요. 그걸 가능한 수준으로 보여 주는 게 중요하죠."

서민우 팀장은 바로 반박했다.

"말장난입니까? 전체 설비를 요구하는 거랑 전체 수집이 가능하냐는 거랑 뭐가 다릅니까? 결국은 자기네들 가지고 있는 전체 설비를 이번 프로젝트에 빠짐없이 다 해야 한다는 거잖아요?"

그 말에 회의실이 싸늘해졌다. 사장님은 조용히 두 사람을 바라보다 우리 팀장님께 물었다.

"기획 팀장님, 지금 상황에서 우리가 할 수 있는 범위를 구분해서 고객에게 얘기할 수 있을까요?"

나는 팀장님의 지시로 어젯밤에 준비한 자료를 보여 주기 위해서 노트북을 다시 열었다. 그동안 공부하면서 팀장님과 함께 준비해서 만든 대응안 세 가지 시나리오를 펼쳐 보였다.

[1안: 전체 설비 수집 가능 센서 설치 필요. → 추가 비용, 일정 지연

2안: 원안대로 협의된 핵심 공정의 설비만 선별 적용. → 고객 설득 필요

3안: 하이브리드 구성안. 기존 데이터 수집을 위한 센서 활용. → 위험은 있으나 일정 내 가능]

"어떤 안이든 결국은 원안대로 하지 않으면 추가 비용과 리스크는 분명히 발생을 하겠네요. 함께 논의해 봅시다. 최선의 선택을 찾아 보도록 합시다."

설명 도중에도 개발팀은 1안은 현실적으로 무리라고 했고, 영업팀은 원안인 2안은 고객이 못 받아들일 거라고 했다. 뭔가를 얘기하고 싶었지만 팀장님께서도 상황을 보고만 있는데, 사원인 내가 나선다는 게 누군가에게 불편한 것이라 생각해 입을 꾹 다물고 있었다. 그날 밤, 집에 돌아와 회의록을 다시 정리하면서 멍해졌다. '기획이라는 건, 결국엔 양쪽 다 욕먹는 일일 수도 있겠구나.' 사람들은 기획을 창의적이고 전략적인 일이라고 말하지만, 현실의 기획은 언제나 가능하지 않은 것을 할 수 있도록 방법을 정리하거나, 가능한 것을 여러 가지 상황을 극복해야 하는 것으로 정리하는 것이었다. 다음 날 아침 팀장님과 시나리오 보완 회의를 하던 중 팀장님이 조심스럽게 물었다.

"윤서 씨. 어제 회의록 정리는 완료되었죠? 우리는 어떤 방향으로 가는 게 맞다고 보세요? 저희 생각도 전달해야 하는데…."

나는 팀장님 얼굴을 쳐다봤다. 팀장님은 나의 대답을 기다리고 있었다. 비록 사원이지만 이 프로젝트의 담당자는 나라는 것을 다시 실감했다.

"지금은 3안이 유일하게 우리가 해 볼 수 있는 현실적인 안이라 생각

합니다. 위험 요소는 분명히 있고, 완벽하지 않지만… 고객이 원하는 전체 설비에서 분명 활용할 수 있는 부분이 있을 거라 봅니다. 센서 같은 것들 말이죠. 그래서 일부 우리가 투자해야 할 부분은 하되, 기존에 활용할 수 있는 부분을 최대한 활용해서 비용과 시간을 줄이는 것이 가장 좋다고 생각합니다. 우리가 감수해야 할 리스크를 면밀히 분석해서 고객과 다시 논의해서 절충안을 찾아야 합니다. 사실 절충안의 가장 중요한 당사자인 고객이 없이 우리 내부에서 미팅만 하는 것은 생산적이지 않다고 생각을 합니다."

그 말에 팀장님이 고개를 끄덕였다. 다행이었다. 그리고 조금은 무거운 책임감이 동시에 내 어깨를 눌렀다. 그날 밤, 사장님이 퇴근하려던 내게 조용히 말했다.

"윤서 씨. 잘하고 있어요. 우리가 만든 제안이 이제 진짜 현실이 됐다는 게 실감 나죠? 내부 회의가 다소 과격해 보이고 답답해 보여도 너무 실망하지 마세요. 그 과정들 속에서 결과를 도출해 내는 게 가장 문제가 적습니다."

나는 웃지 못한 채, 고개만 끄덕였다.

"네 사장님. 잘 알겠습니다. 이제부터가 진짜 시작인 것 같아요."

그리고 마음속으로 조용히 중얼거렸다. '현실은 예쁘지 않다. 하지만 현실을 회피하지 않고 통과한 기획만이 진짜 힘을 갖는다.' 또다시 회의가 진행이 되어도 정리되지 않은 감정들로 어수선했다. 서로가 서로의 입장을 이해하지 못한 채 '왜 우리만?'이라는 말이 먼저 나오고 있었다. 그건 기획팀뿐만이 아니었다. 개발팀은 "사전 공유가 부족했다."는 말을 반복했고, 영업팀은 "우리가 뭐든 잡아 와야 회사가 굴러가지 않느냐."고 항

변했다. 회의는 더 이상 '문제 해결'이 아닌 '입장 다툼'처럼 느껴졌다. 그날 회의록을 정리하며, 나는 책상에 고개를 묻었다. '왜 이러는 걸까. 왜 우린, 같은 회사를 다니고 있으면서… 서로를 이토록 이해하지 못하는 걸까.' 하루는 영업팀의 과장님이 우리 팀장님에게 슬쩍 푸념하듯 말했다.

"솔직히 말해서요. 팀장님. 기획팀이 너무 기술팀 쪽 입장만 반영하는 것 같아요. 우린 현장에서 고객들이랑 진짜로 부딪히는 사람들이라고요. 고객을 이해하는 게 우선이라고 생각합니다. 고객이 있어야 제품이 있죠. 우리 고객 요구 사항을 잘 해결하는 게 우선이 되지 않나요?"

이 말을 들은 날, 개발팀에서 또 다른 얘기를 들을 수 있었다.

"이번 제안서, 솔직히 무리입니다. 영업팀은 개발 가능성은 무시하고 자꾸 일부터 따오잖아요. 고객이 원하는 대로 우리 제품을 맞춰서 만든다면 결국 우리 제품은 소멸하고 말 겁니다."

그 순간, 기획팀은 딱 중간에 끼어 있다는 걸 실감했다. 양쪽 모두 우리를 향해 말하고 있지만, 결국 아무도 우리와 함께 말하고 있지는 않았다. 그날 밤, 기획팀 동기가 퇴근길에 내게 물었다.

"윤서 씨, 우린 지금… 잘하고 있는 걸까요?"

그 질문이 마음을 후벼 팠다. '잘하고 있는가?' '나는 이 프로젝트를 잘 이끌고 있는가?' 이 질문에 자신 있게 "응."이라고 대답할 수 있는 직장인이 몇이나 될까. 나는 나에게 말했다. '잘하고 있지. 다만, 복잡할 뿐이야. 우린 모두 완벽하지 않지만, 서로 조금 더 가까이 가려고 노력하고 있으니까. 그리고 난 아직 팀장도 아니고 담당이니까 더 잘하고 있는 거야.' 며칠 뒤, 전체 부서 협업 미팅에서 사장님이 조용히 말한 한마디가 오래 남았다.

"우리 모두 각자의 자리에서 최선을 다하고 있습니다. 다만, 그 최선이 서로를 지치게 하는 방식이 되면 결국 아무것도 남지 않게 됩니다. 이렇게 최선을 다하여 열심히 하고 있는데, 아무것도 남지 않게 된다면 너무 허무하지 않을까요?"

그 말이 들리는 순간 나는 마치 마음을 들킨 것처럼 숨이 막혔다. 회의가 끝난 뒤 팀장님의 요청으로 커피를 한잔하게 되었다.

"중요한 프로젝트인데 결론을 내리기가 쉽지는 않네요. 사장님은 곧 방향에 대해서 물어볼 텐데 말이죠. 사실 우리 팀은 타 부서들 사이에서 균형을 맞추는 역할을 무시할 수 없다는 생각을 합니다. 다만 문제를 중재하는 팀이 아니라, 서로를 더 잘 이해하도록 연결하는 팀이 되어야 하고, 그 연결에서 제품을 찾는 게 중요하다고 봐요."

"팀장님이 있어서 다행이에요. 솔직히 우리가 아니었으면 회의도 진작에 파국 났을 걸요."

"네 맞습니다. 모두가 윤서 님 덕분입니다. 이럴 때 해야 할 말은 아니지만 시간이 없어서 말씀드려야 할 것 같아서 커피 한잔하자고 했습니다. 사실 저는 이번 달까지만 이 회사에 다니기로 결정이 났습니다."

"네? 너무 당황스러워요. 팀장님. 무슨 일 있는 건 아니죠?"

"이직을 하기로 결정했습니다. 이 회사에서 제 역할은 여기까지 입니다. 무엇보다 이제 겨우 팀원이 두 분인데, 팀장인 제가 책임지지 못하고 퇴사를 하게 되어 죄송해요. 다만 윤서 씨가 이번 중요한 프로젝트를 끌고 가는 모습을 보니 안심이 됩니다. 팀장을 하며 더 잘할 것 같아요."

나는 그때 그렇게 입사 3년 차에 얼떨결에 기획팀 팀장이 되었다. 역시 중소기업이다.

리더십

또 밤이다. 10시를 넘긴 회사에는 기획팀 사무실 불만 홀로 켜져 있었다. 모니터엔 최종 기획안이 띄워져 있었고 무겁게 눌려 오는 눈꺼풀을 억지로 부여 잡고 있었다. '이걸 여기까지 끌고 오기는 하는구나.' 팀 내에서도 이 기획안은 무리라는 신호를 수없이 보냈고, 개발팀은 "이건 너무 하죠."라고 수차례 반발했으며, 영업팀은 "고객이 진짜 원하는 건 이런 게 아니에요."라며 수없이 고개를 저었다. 그럼에도 이 프로젝트를 지금까지 끌고 왔다. 어느 순간부터 나는 사장처럼 말하고, 사장처럼 무리하게 기획을 밀어붙이고 있었다. 며칠 전, 팀원의 말이 떠올랐다.

"팀장님, 이 정도면 충분하지 않을까요…? 우리 팀 야근만 벌써 2주 넘었어요. 사실 요즘은 신서비스 기획보다는 고객사 제안 기획을 더 많이 하는 것 같아요. 저희 기획팀 맞죠? 하하"

안타깝지만 아직도 많이 부족하다는 게 내 생각이었다.

"제안도 기획도 지금은 함께 해야 합니다. 조금만 더 해봅시다. 이번 제안은 정말 중요해요."

'이건 사장님이 늘 하던 말이었는데.' 하는 생각이 문득 들었다. 프로젝트가 끝나면, 사장님은 아마 "고생했고 잘했다."고 말할 것이다. 그리고 또 다른 프로젝트가 시작될 테고, 그럼 나는 다시 이 자리에 앉아 있을 것이다. '이게 내가 원했던 성장일까?' 나는 커서 지금의 사장 같은 사람이 되고 싶었던 게 아니었다. 논리적이고 효율적으로 일하며 좋은 기획으로 세상을 조금씩 바꾸는 사람. 그게 내가 그리고 싶던 모습이었다. 하지만 지금의 나는 때로는 말이 안 되는 걸 추진해야 하고, 때로는 모두의 불만을 감수해야 하며, 결국엔 모두가 피하려는 책임을 안고 서 있어야 한다. 그리고 그 모든 무게를 태연한 얼굴로 감추고 있어야 한다. 그날 밤, 마지막 슬라이드를 저장하고 잠깐 동안 멍하니 앉아 있었다. 막 퇴근하려던 한지수 과장이 조용히 물었다.

"팀장님, 요즘 너무 무리하시는 것 같아요. 괜찮으세요?"

나는 웃으며 말했다.

"네 괜찮아요. 그냥 좀… 사장님이 자꾸 떠올라서 말이죠."

한지수 과장이 웃으며 농담처럼 말했다.

"그거 위험한 증상 아닌가요? 두 명의 사장이 생기게 되는 저에게도 좋은 신호는 아닌 듯한데요."

"위험하죠. 그래서 더 조심하려고요. 내가 사장님을 존경하지만, 이대로라면 좀 무섭네요."

"그래도 팀장님은 사장님하고 달라요. 같이 일하는 사람들 눈도 보고, 말도 들어주시잖아요."

그 말에 조금 마음이 놓였다. '그래. 나답게 해야지. 닮아 갈 수밖에 없다면, 적어도 그 안에 '내가' 살아 있어야 하니까.' 나는 다시 모니터를 켜고, 마지막 문장을 하나 더 붙였다.

[우리는 가능하지 않은 것을 가능하게 만드는 사람들이 아닙니다. 단지, 가능성을 열어 주는 기획자일 뿐입니다.]

"이번 한빛반도체 건은 윤서 팀장이 직접 발표를 맡아 줘요."

사장님의 말이었다.

"네…?"

내가 눈을 들자, 사장님은 아무렇지도 않은 얼굴로 다시 말했다.

"고객이랑 제안서 작성 내내 소통했던 사람이 윤서 팀장이니까, 이번엔 앞에 나가서 제대로 보여 줘야죠. 우리가 준비한 걸 제대로 한번 보여 주자고요."

그렇게 시작된 한빛반도체 미팅 준비는 2주일간의 팀 전원이 몰입하여 완성되었고 드디어 결전의 날이 밝았다. 회의실 앞에 서 있는 내 손끝이 조금 떨렸다. 한빛반도체의 용산 본사. 유리창 너머 한강이 흐르고 강바람처럼 시원한 에어컨 바람이 불고 있었지만 내 등을 적시는 건 긴장의 땀이었다. 고객사 임원 4명, 실무진 3명 모두 무표정으로 앉아 있었다.

"기획팀 김윤서입니다. 오늘 저희가 제안드릴 내용은…."

슬라이드 첫 페이지를 넘기면서 입은 움직였지만 머릿속은 복잡했다. '지금 내가 하는 말, 저분들이 정말 잘 이해할 수 있을까? 시간 낭비라는 생각을 하고 있지는 않겠지?' 별의별 잡생각을 떠올리며 발표를 하고 있던 그때 고객사의 한 임원이 손을 들었다.

"그 기능들은 실제로 구현돼 본 사례가 있습니까?"

예상은 했지만 막상 들으니 잠깐 말문이 막혔다.

"예, 현재는 유사한 모듈이 개발되어 몇몇 고객사에도 적용이 되어 있고, 이번 프로젝트에 맞춰서 커스터마이징이 가능합니다. 고객사 니즈에 따라 확장형으로 설계되어 있습니다."

'괜찮았어.' 속으로 자신을 다독였지만, 이어진 질문은 더 단도직입적이었다.

"AI 기반 이상 감지 알고리즘의 기준이 뭔가요?"

그 질문 앞에서 나는 순간 사라지고 싶었다. 사장님이라면 이 질문을 '좋은 기회'로 바꿨을 것이다. 영업팀장이었으면 명확한 설명은 아니더라도 분위기를 반전시켰을 것이다. 개발팀장이었으면 기술적으로 압도했을 것이다. 하지만 나는 기술이 뛰어난 개발자도 아니고, 고객의 요구를 명확히 이해할 수 있는 영업도 아닌 기획자였다. 조용히 호흡을 가다듬고 말했다.

"좋은 질문 감사합니다. 본 프로젝트에서는 ML 기반으로 학습한 모델을 활용하되, 초기에는 Rule 기반 탐지 로직을 병렬로 운영합니다. 그 이유는 공정 특성상 학습데이터가 충분하지 않기 때문이고, 설비 유형에 따라 모델 전환 시점을 분기 기준으로 나누고 있습니다. 추가 기술적인 부분은 발표가 끝나고 저희 개발팀장이 더 자세히 말씀드릴 수 있도록 하겠습니다."

그리고 슬라이드 넘김 없이 그림을 그려가며 설명을 이어 갔다. 그 순간, 고객의 눈빛이 '평가자'에서 '이해자'로 바뀌는 걸 어렴풋이 느꼈다. 다행히 긴장이 사라졌고, 내 목소리엔 힘이 들어가기 시작했다. 프레젠테이션을 마치고 회의실을 나와 복도 끝 유리 앞에 섰다. 한강은 여전히 아무 일 없었듯이 유유히 흐르고 있었다. 그 강물 위에 아까 내 목소리와 그림들이 조용히 떠 있는 것 같았다. 잠시 뒤 뒤따라온 영업팀장이 어깨를 툭 치며 말했다.

"첫 단독 PT치고는 훌륭했어요. 이 정도는 아무 문제 없을 거라 믿었습니다."

나는 억지 미소를 지었다. 하지만 속으론 이렇게 중얼거렸다. '나는 여전히 두렵고, 떨리고, 완벽하지 않다구요.' 여전히 부족하지만 모두들 나를 기획팀장이라고 부른다. 사무실로 돌아와서 회의 때 썼던 종이를 가방에서 꺼내며 내가 오늘 가장 잘한 일이 뭔지 생각했다. 그건 아마도 그 질문 앞에서 도망치지 않았다는 것. 그리고 어쩌면 그게 기획자에게 필요한 첫 번째 리더십일지도 모른다고 처음으로 생각해 봤다.

월요일 오전 정기 회의가 끝날 무렵 우리 팀 이승호 대리의 얼굴이 굳어 있는 것을 알 수 있었다. 회의에서 지적받은 문서 포맷의 일관성 문제 때문이었다.

"이승호 대리. 이 부분 지난번에도 수정 요청했잖아요. 전체 톤앤매너 유지 안 되면 제안서 전체 무너지는 거 몰라요?"

목소리가 조금 단단했다. 다들 조용해졌고, 이승호 대리는 아무 말 없이 고개만 끄덕였다. 그날 오후, 회의실 모니터에 PT 자료를 띄워 놓고 혼자 문장을 고치고 있는데, 이승호 대리가 불렀다.

"팀장님! 저, 회의 때는 말씀 못 드렸는데, 요즘 너무 업무가 몰려서, 문서 쪽은 거의 새벽에 작업하고 있었습니다."

그 말에 나도 모르게 몸이 멈췄다.

"그래서 오류가 난 건 제 책임이 맞지만 팀장님 말투가… 좀 벽처럼 느껴졌습니다. 요즘 저희들 상황을 너무 이해해 주시지 않은 것 같습니다."

나는 아무 말도 못 했다. 그 순간, 나 역시 팀원들 앞에서 늘 '버티는 리더'처럼 보이고 싶어서 그들의 사정은 묻지 않은 채 내가 더 힘들다는 생각만 하고 있었다는 걸 깨달았다. '나는 팀장이니까. 나 혼자 다 감당해야 하니까.' 그 말들이 결국 내 눈을 가리고 있었던 거였다. 그날 저녁, 퇴근하려는 이승호 대리에게 말을 걸었다.

"이승호 대리. 오늘 아침 회의때는 미안했어요. 그거 나도 새벽에 고쳤던 문서라, 내가 너무 몰입해서 말이 거칠었나 봐요. 미안합니다."

이승호 대리는 고개를 저었다.

"아뇨. 제가 잘못했죠. 그리고 이해합니다. 팀장님이 저희 대신 싸우는 거 알아요. 근데… 저희도 팀장님한테 기대고 싶을 때가 있다는 것만 알아주세요."

그 말을 듣고 나는 머릿속이 하얘졌다. 기획팀장이라는 이름 아래 나는 너무 많은 것을 혼자 짊어지고 있다고 착각하고 있었던 것 같다. '내가 제일 힘들어.'라는 마음이 오히려 팀원들과 나를 멀게 만들고 있었던 건 아닐까. 다음 날 아침, 팀 단톡방에 메시지를 보냈다.

> [오늘 오전엔 1층 카페에서 회의 시작하죠. 요즘 우리 너무 기계처럼 일하는 것 같아서요. 오늘은 사람처럼 분위기 있게 커피 마시면서 시작합시다 :)]

그 뒤로 기획팀의 사소하지만 불편한 에피소드는 잊혀졌다. 며칠 뒤, 늦은 퇴근길에 한지수 과장이 슬쩍 물었다.

"팀장님, 요즘 좀 달라지신 것 같아요."

"내가 언제나 가장 힘든 줄 알았는데, 그게 아니었어요. 다 같이 힘든데, 서로 말 안 하고 참고 있었던 거였는데. 그걸 잊고 있었던거 같아요."

"우린… 한 팀이잖아요."

그날 나는 처음으로 진짜 '팀장'이 된 기분을 느꼈다.

"이번 IR 자료에서는 기획팀에서 기술 파트까지 정리해 주세요. 이번엔 기술팀보다 우리가 먼저 그려 보는 게 낫겠어요."

사장님의 말은 평소보다 담백했지만 그 말이 내게 떨어진 순간부터 마음속은 소용돌이쳤다. '기술 파트를 우리가? 솔직히 말해서 처음 든 생각은 그거였다.

"기술팀이… 그걸 좋아할까요?"

나는 조심스럽게 되물었다.

"타 부서에서 좋아하지 않더라도 그렇게 해야 합니다. 시간도 부족하고 기술에 전략을 연결하는 게 중요하다고 생각을 합니다."

사장님의 말투는 단호했고 그 말에 토를 달 수 없었다. IR은 수많은 실패를 지나 벌써 11번째였다. 열 번을 넘게 정리한 자료들, 수십 번의 수치 수정, 수많은 시장 그래프와 사용자 성장 곡선, 기술 구조 그리고 유사 경쟁사 비교표 등등 그 자료들 하나하나가 내 책상과 노트북에 지층처럼 켜켜이 쌓여 있었다. 문제는 기술 파트였다. 기획팀 입장에서 기술 설명은 설득과 연결의 도구이지만 개발팀 입장에서는 존중과 해석의 영역이다. 슬라이드 몇 장을 만들자마자 개발팀장이 내 자리에 찾아왔다.

"이 부분은 우리가 직접 정리할게요. IR에 들어가는 기술 설명은 단순한 요약이 아니고, 잘못 설명되면 오히려 역효과입니다."

나는 고개를 끄덕이면서도 딱 한마디 덧붙였다.

"하지만, 지금은 '투자자 언어'로 정리하는 게 맞다고 봅니다. 기술적으로 맞는 게 아니라, 투자자 입장에서 이해되는 구조여야 하니까요."

그 말에 개발팀장은 한참을 말이 없었다. 그리고 마지막엔 이렇게 말했다.

"그걸 알면서 왜 나한테 협의 안 하고 만든 거예요?"

회의실 분위기는 서늘했다. 경영지원팀장은 조용히 발표자료를 넘겨

보고 있었다. 결국 사장님이 정리를 하면서 말을 했다.

"이번 IR은 기획팀 주도로 정리하되 기술팀은 별도 보충자료를 만들어 주세요. 슬라이드엔 간결함, 추가 자료엔 깊이. 그렇게 갑시다. 과거 실패했던 것과 다르게 진행해 봅시다."

모두 고개를 끄덕였지만 나는 회의가 끝나고도 쉽게 자리를 뜰 수 없었다. 사실, IR 발표자료를 만들면서 기획자로서 내 정체성에 혼란이 있었다. 수치는 팩트지만, 그 수치를 엮어 내는 방식은 전혀 '팩트'가 아니다. 내가 지금 정리하고 있는 건 우리 회사의 미래인지, 아니면 그저 투자가 되길 바라는 이야기의 틀인지 헷갈릴 때가 많았다. 아직 퇴근 하지 못한 늦은 밤 9시. 팀원 두 명과 회의실에서 머리를 맞댄 채 슬라이드 마지막 장을 정리하고 있었다. 한지수 과장이 문득 말했다.

"팀장님, 이건… 설득을 위한 문서잖아요. 근데 팀장님 말은. 스스로도 좀 안 믿고 계신 것 같아요."

나는 아무 말도 하지 못했다.

"솔직히 우린 이 회사 믿고 다니는 거고, 그건 팀장님이 지금까지 보여 준 일의 무게 때문인데… 이번 IR은 좀, 그냥 회사 소개 자료 같아요."

그 말에 나는 처음으로 우리가 놓치고 있는 것을 알 수 있었다. 그래서 슬라이드에 내 마음과 신념을 넣어야겠다는 생각을 했다. 그래서 마지막 장에 별도로 나만의 가치를 추가하여 담아 넣었다.

[이 기술은, 단지 하나의 제품이 아니라 우리가 10년간 지켜 온 가치이자, 앞으로 10년을 책임질 새로운 가능성입니다.]

그로부터 며칠 뒤. 사장님이 혼자 IR 발표를 다녀온 날. 기획팀은 아무 말 없이 각자의 자리에 앉아 있었다. 그리고 또 얼마의 시간이 지나 사장님으로부터 메시지 하나가 도착했다.

[기획팀장님. 지난 번 투자사 IR. 1차 통과되었습니다! 곧 실사 들어갑니다. 화이팅입니다!]

그 순간 모니터 앞에서 눈물을 보일 뻔했다. 단지 무언가에 당첨된 기쁨이 아니었다. 그저 너무 오래 기대하지 않는 자세로 버텨왔기 때문에 그 과정의 시간이 하나의 결과로 나왔기에 감정이 밀려왔다. 사장님은 퇴근길에도 조용히 내 자리에 들렀다.

"이번 자료, 정말 좋았어요. 내가 했던 IR 중에서 가장 마음이 편안한 발표였던 것 같아요. 정말 감사드립니다. 수고 많았어요"

나는 웃으면서 말했다.

"사장님, 이번 IR은 사실 마지막이라고 생각하고 정리했습니다. 그래서 저도 그냥… 저희 얘기를 솔직히 한다는 생각으로 했습니다. IR 자료에 오히려 감정적인 부분이 더 추가되었는데…"

그날 밤, 팀원들과 치킨을 시켜 놓고 사무실에서 작은 축하 회식을 했다. 맥주를 잘 못하는 한지수 과장이 맥주 한 캔을 들며 말했다.

"팀장님, 투자자 1차 통과는 오늘 우리의 덕 아닙니까?"

정수아가 맞장구쳤다.

"맞아요. 이번엔 숫자와 기술이 아니라, 우리가 지금 하고 있고 하려고 하는 가치가 팔린 거 같았어요 그래서 더 기분이 좋습니다."

진짜 기획이란 숫자와 스토리 사이에서 사람의 진심을 버티게 만드는 구조를 설계하는 일이라는 것을 알게 되었다. 그리고 그런 과정에서 팀원과 팀이 더 단단해질 수 있다는 것도 배웠다.

점심 시간 후 사장님과 사무실 1층에 있는 커피숍에서 만났다.
"점심은 먹었어요?"
사장님이 물었다. 오랜만에 회의실 말고 사무실도 아닌 회사 1층의 커피숍이었다. IR 발표가 끝나고 투자유치 소식이 들려온 바로 다음 주였다. 나는 고개를 끄덕였다.
"네, 샌드위치로 간단히 했습니다."
사장님은 미리 주문해 둔 아이스커피를 건네며 얘기했다.
"그냥 이런저런 얘기나 할 겸 해서 보자고 했습니다. 이번 투자유치, 우리 팀장님 덕이 컸어요."
나는 순간 어색한 미소를 지었다.
"제가 뭘요. 사장님이 다 하셨죠."
"음, 그게 문제네요. 나 혼자 다 했다니 말이죠."
"네?"
사장님은 마치 아무 말도 하지 않은 듯 커피를 마시며 얘기했다.
"하하, 농담입니다. 하지만 어떤 일이라도 투자. 기획 등의 일에는 혼자가 아닌 정말 '팀'으로 움직여야 됩니다. 예를 들면 나와 팀장님이 모두 다 해서는 안 된다는 얘기입니다. 이제는 '팀'이 주도해서 해야 한다는 말입니다."
그 말은 무겁게 들렸다. 사장은 더 이상 모든 걸 끌고 가는 리더가 아니라, 사람들에게 권한을 넘겨주는 리더가 되어야 하는 시기라는 뜻이었고, 특히 기획팀의 일들을 '넘겨받을 사람' 중 하나가 바로 나라는 뜻으로도 들렸다.

"팀장님. 앞으로 더 많은 일을 기획팀이 이끌어야 될 거예요. 단지 자료 만들고 정리하는 걸 넘어서 비즈니스 전반의 방향, 시장과 기술, 전략의 중심을 잡는 역할까지요. 그리고 팀장님은 팀원들의 성장까지도 고민해야 하겠지요. 지금도 잘하고 있으니, 잘할 거예요. 하면 그리 됩니다."

나는 솔직히 말했다.

"근데, 그게 좀 겁이 납니다. 지금도 버겁고, 매일매일 '이게 맞나' 고민하는데 더 많은 걸 안고 가는 게 제 지금의 그릇으로 할 수 있는 건지는 잘 모르겠어요."

사장은 고개를 끄덕였다.

"나도 그랬어요. 지금도 그렇고요. 내가 맞는 사람인가, 지금 내가 하고 있는 일이 정말 이 회사를 위한 일인가 매일 묻고 또 물어요. 그 물음은 계속되어야 합니다. 그렇게 점점 성장을 하는 거구요. 완성은 없습니다. 그렇게 묻고 성장하면서 그냥 그리 가는 거라고 생각합니다."

그 말에 걱정이 조금 풀렸다.

"근데 한 가지는 확실해요. 이 회사의 다음은 내가 아니라 직원들에 의해서 만들어져야 합니다. 그러니 여러분 손에 달려 있어요."

순간 그 말이 격려이자 무거운 바통처럼 느껴졌다. 사장님이 이어 말했다.

"리더가 되는 건 누군가의 탓을 멈추는 일일지도 모릅니다. 일이 많아도, 시간이 없어도, 상대가 내 기준에 못 미쳐도 그래도 함께 가는 게 '조직'이니까."

카페의 은은한 커피향과 큰 창문 너머로 들어오는 햇살, 그 안에서 나는 내가 리더가 되어야 하는 이유를 작게, 아주 작게 납득하기 시작했다. '다음 단계로 간다'는 건 그냥 승진이나 포지션이 아니라 마음의 태도와 눈의 방향을 바꾸는 일이라는 걸 배우고 있었다. 티타임이 끝나고 사장님이 계산을 하는 걸 막아서며 내가 먼저 카드를 내밀었다.

"이번엔 제가 내겠습니다. 리더가 되려면 계산하는 법부터 배워야 할 거 같아요."

사장님은 웃었다.

"뭐 그건 아니긴 하지만 아무튼 감사해요. 그럼 다음 회식도 팀장님이 쏘는 걸로 알고 있겠습니다. 하하."

그날 저녁, 사무실에 돌아와 내 자리에 앉았을 때 책상 위에 팀원 중 한 명이 메모를 남겨뒀다.

"IR 준비 때 너무 고생하셨어요. 그때 매일 팀장님이 옆에 있는 게 진짜 힘이 됐어요."

'다들 나라는 존재를 배려해 주는구나.' 나는 그 메모를 한참 바라보다, 다시 노트북을 켜고 다음 분기 기획안을 작성하기 시작했다. 다음 단계는 말이 아니라 행동으로 가는 거니까.

무게

"팀장님, 이번 고객 시연은 기획팀에서 총괄하셔야 할 것 같습니다."

사장님의 말이었다. '총괄'이라는 말이 주는 무게가 가볍지 않았다. 단지 스케줄을 잡고 자료를 준비하는 걸 말하는 게 아니다. 기획, 기술, 영업, 개발, 마케팅… 모든 부서의 퍼즐을 맞추는 조정자이자 이번 시연의 '대표 얼굴'이 된다는 의미였다. 신제품 위도! AI 자율제조를 가능하게 할 미래형 공정 예측 솔루션. 이 제품은 단지 하나의 기능을 넘어 우리 회사의 방향과 철학을 상징하는 이름이 되었다. 그래서였을까. 나는 위도를 기획하며 더 이상 단순한 기획을 넘어서 '의미'를 설계해야 한다는 부담에 휩싸였다. 첫 내부 회의에서 내가 늘 배우고 있는 개발팀장 서민우와 맞붙었다.

"지금 기획팀에서 잡은 데모 플로우, 솔직히 비현실적이에요. 현장에서는 센서 반응속도랑 모델 학습이 저 속도로 안 나옵니다."

"그러니까요, 팀장님. 현실적인 속도보다 중요한 건 투자자와 고객이 이해할 수 있는 흐름이에요. 그게 이번 시연의 핵심입니다."

"그건 '설명 가능한 과장'이고, 내 입장에서는 '기획된 오해'로밖에 안 들립니다."

서민우 팀장님의 말은 날카로웠지만, 사실 틀린 말은 아니었다. 나는 순간 숨을 고르며 말했다.

"서민우 팀장님, 저도 개발팀의 고충을 항상 이해하고 있습니다. 하지만 시연에서 단 한 번의 흐트러짐으로 위도의 신뢰와 가치를 잃을 수 있어요. '가능한 기술'을 보여 주는 게 아니라 '곧 실현될 미래'를 보여 주는 자리잖아요."

그날 바로 사장님에게 보고하러 들어갔다.

"사장님, 개발팀에서 시연 속도와 구현 방식에 대해서 우려가 있습니다. 저도 이해는 되지만, 방향은 유지하려 합니다."

사장님은 한참 말을 아끼다가 물었다.

"음. 팀장님은 지금 이 프로젝트에서 기획팀장의 능력을 넘어서고 있다는 생각을 하나요?"

"사실. 저 스스로도 그걸 느끼고 있어요."

"부담되죠?"

나는 고개를 끄덕였다.

"네, 많이요."

"나도 그랬어요. 처음 위도 아이디어를 꺼냈을 때 미친 소리란 얘기 많이 들었어요. 근데, 지금은 팀장님이 그 '미친 아이디어'를 현실로 끌고 오고 있잖아요. 그런 신념을 지키려면 어떠한 일에도 굴하지 않고 힘을 내셔야 합니다."

그 말을 듣고 나오면서 나는 회사 복도에 서서 아주 잠깐 생각에 잠겼다. 그제야 알았다. 내가 사장님처럼 '애써 태연한 척'하고 있었다는 걸. 시연 준비는 강행됐다. 내가 팀원들과 머리를 맞대고 슬라이드에 들어갈 시나리오를 짜고 있을 때, 한지수 과장이 말을 걸었다.

"팀장님, 이 정도로 무리하게 설계하시면 팀장님이 욕먹어요. 사장님 아이디어인데 왜 팀장님이 대신 책임지세요? 다른 팀장님들 모두에게 욕 엄청 먹을 거 같은데요."

나는 한참을 말없이 한 과장을 바라보다가 이렇게 대답했다.

"그게 기획이니까. 기획은 누군가의 상상을 모두의 현실로 번역해 내는 일입니다."

"근데 너무 팀장님 혼자 하시는 것 같아서요."

나는 웃었다.

"그런 생각이 들 때도 있어요. 근데 또 이제는 그런 내가 딱히 낯설지도 않습니다. 걱정 마세요."

시연 2일 전 밤. 모든 자료가 마무리 되었다. 혼자 회의실에서 위도 로고가 찍힌 첫 슬라이드를 바라보며 나는 문득 생각했다. '내가 정말 사장님을 닮아 가고 있는 걸까? 아니면 그냥 이 회사라는 구조 안에서 그 역할을 따라 하고 있는 걸까?' 답이 없는 그런 생각에 가슴이 턱 막혔다. 지금껏 비판하던 방식으로 내가 나를 몰아가고 있는지도 모른다는 생각에 두려움도 느꼈다. 하지만 동시에 이 역할을 아무도 대신해 주지 않는다는 현실 앞에 마음을 추스르고 다시 노트북을 켰다. 그리고 시연 자료 마지막 장에 다음 문장을 적어 넣었다.

[우리는 지금 제조의 과거를 통과해 AI 자율제조라는 미래의 문 앞에 서 있습니다. 위도는 그 문을 여는 첫 번째 열쇠입니다.]

고객의 선택을 받지 못한 유림일렉트릭 이후 두 번째 시연이다. 이제는 '우리끼리의 감동'만으로는 안 된다는 걸 알고 있다. 첫 번째 시연은 말 그대로 첫걸음이었고, 이번은 그 첫걸음을 이어 나갈 수 있는지를 가늠하는 진짜 시험대였다. 회사 내부는 한껏 고조되어 있었지만 나는 오히려 더 냉정해지려 애썼다.

시연 대상 고객사 'X비전'. 대기업 계열의 중견 그룹으로, 현재 자회사 다섯 곳에 각각 MES 시스템을 분산 운영하고 있었고, 이번 기회를 통해 단일 AI 기반의 통합 플랫폼 전환을 고려 중이었다. 그 첫 테스트가 우리의 위도다.

"팀장님, 고객사 CTO(Chief Technical Officer)분이 직접 오신다네요."

한지수 과장이 보고했다. 나는 살짝 눈을 감았다. 이건 단순한 데모 발표가 아니라 위도가 제조업 전환의 키가 될 수 있느냐는 질문에 우리가 정답을 증명해야 하는 무대라는 뜻이었다. 시연 시작 30분 전. 나는 마지막으로 회의실을 점검하며 개발팀장 서민우와 간단한 점검을 했다.

"서 팀장님. 센서 시뮬레이션은 다 준비됐어요?"

"네. 혹시라도 프레임 딜레이 나면 그냥 스킵하세요. 그 부분 말고 품질 예측 정확도에서 승부 보는 게 더 낫겠습니다."

나는 고개를 끄덕이며 말했다.

"서민우 팀장님. 이번에는 저도 욕심이 납니다. 이건 단지 기술을 보여 주는 자리가 아니라 우리가 가진 비전과 그 달성 전략을 보여 주는 자리가 되어야 합니다. 단단히 부탁드립니다."

그는 무겁게 고개를 끄덕였다. 그 눈빛 속에는 사장님과 내가 항상 갈망하던 '팀워크'가 느껴졌다.

시연은 긴장 속에서 시작되었다. 고객사 CTO, 기술총괄 팀장, 생산라인 현장책임자 등 총 다섯 명이 자리했다. 초반은 순조로웠다. 데이터 수집, 실시간 모니터링, 이상 감지 모두 사전에 준비한 시나리오대로 진행되었다. 그러나 CTO의 질문이 분위기를 바꿨다.

"이 시스템이 현대식이 아닌 장비들에도 동일하게 적용 가능한가요?"

나는 순간 준비한 슬라이드를 넘기려다 멈췄다. 그 질문은 결국 우리가 회피하고 싶었던 '비용'과 '범위 확대' 문제를 다시 꺼낸 것이었고, 사장님이 지난 위도의 첫 시연에서 마주했던 바로 그 질문이기도 했다.

"일부 노후 설비는 데이터 수집이 어렵습니다. 하지만 위도는 '센서 확장형 아키텍처'를 지원하기 때문에 센서를 통한 외부 데이터 연동이 가능하고, 이에 따른 통합 알고리즘도 준비되어 있습니다."

나는 차분히 설명했지만 그 뒤에 이어진 질문은 더 뼈아팠다.

"그러면 비용이 얼마나 증가하죠? 저희 설비의 40%가 노후 장비이고 또 이 장비들 중에서 50%는 매우 중요한 설비입니다. 센서 확장에 대한 투자 비용이 꽤 클 텐데요?"

개발팀장 서민우가 나 대신 답하려 했지만 나는 그를 막아서며 계속 답변을 이어 갔다.

"네. 맞습니다. 이번 제안은 단기적 비용 절감이 아닌 중장기적 제조경쟁력 확보 차원으로 이해해 주시면 감사하겠습니다. 저희 제안에서 또 하나 중요한 역할은 '디지털 전환'이라는 복잡한 퍼즐에서 AI가 해결할 수 있는 범위를 명확히 제시하는 것입니다. 고객사의 판단 기준을 명확히 돕는 게 저희의 책임이기도 하고 매우 중요한 영역이기도 합니다. 결국 데이터를 수집할 수 있느냐 비용이 더 많이 들지 않느냐 등의 문제보다는 범위를 잡고 시간의 틀을 짜서 단계별로 하나하나 구현해 나가는 것이 가장 중요합니다. 설계도를 지금 만든다고 생각하시는 것도 좋겠습니다. 무엇보다 중요한 부분은 완성도 있게 프로젝트를 마무리해야 한다고 생각합니다."

질문에 대한 답변은 끝났지만 응답은 오지 않았다. 회의실이 조용해졌다. 서로 눈치를 보는 듯한 정적이 흐르고 시연은 자연스럽게 종료되었다. 고객사는 마지막 인사에서 이렇게 말했다.

"좋은 발표 감사합니다. 비용과 기간에 대한 고민을 좀 더 해 보겠습니다. 이번 주 내로 입찰 설명회를 공지드리겠습니다. 다시 한번 준비에 감사드립니다."

발표에서 특별한 참여를 하지 않았던 사장님이 조용히 물었다.

"어땠어요?"

나는 솔직하게 말했다.

"이제부터는 우리가 가진 기술보다 고객이 가진 예산이 문제인 듯합니다. 고객의 시간입니다."

사장님이 웃었다.

"항상 그래요. 하지만 오늘, 잘했습니다. 그냥, 그 눈빛 보면 알아요. 고객이 결정은 안 해도, 아마 우리가 기억에 남았을 겁니다. 그러면 됩니다."

그날 밤 사무실에서 야근 중인 팀원들에게 커피를 돌리며 나는 이런 말을 꺼냈다.

"이번엔… 진짜 이길 수 있을지도 몰라요."

"그래요? 확실한 근거가 있을까요?"

한지수 과장이 물었다.

나는 한참 생각하다, 그냥 이렇게 말했다.

"내가 오늘은 한 번도 떨지 않았거든요."

그날 이후, 본입찰이 진행되었고 우리 팀 모두는 기다림의 시간 속에 갇혔다. 프레젠테이션이 끝난 날 저녁부터 입찰 결과 발표가 예상되는 오늘까지 나는 하루에도 몇 번씩 스마트폰 메일함을 열었다 닫았다를 수없이 반복했다. 기획팀의 공용 채팅방은 별다른 말 없이 조용했다. 그건 모두가 같은 생각을 하고 있다는 뜻이었다. 말하지 않아도 불안한 기다림이 시작된 것이다. 월요일 아침 회의. 사장님은 평소처럼 조용히 회의실 가운데 앉아 있었다. 영업본부장과 개발팀장은 이미 도착해 있었고 나는 노트북을 열며 슬쩍 물었다.

"아직, 아무 연락도 없죠?"

사장님은 짧게 웃으며 고개를 저었다.

"기다리는 것도 실력이네요. 이번엔 누가 제일 오래 버티나 보자고."

그 말에 다들 웃었지만 그 웃음엔 묘한 긴장감과 기대가 섞여 있었다. 영업본부장은 그날따라 무척 말을 아꼈고, 개발팀장은 커피를 세 잔이나 마셨다. 함께 결과를 기다리던 오전 11시 46분. 회사 대표 메일로 한 통의 메시지가 도착했다.

[제목: 입찰 결과 안내]

회의실 안이 숨소리조차 조심스러워졌다.

"팀장님, 열어 보세요."

사장님의 지시에 따라 나는 조심스럽게 메일을 열었다. 그리고 화면 속 문장을 조용히 읽어 내려갔다.

[귀사의 제안이 당사 기준을 충족하지 못하여 최종 파트너로 선정되지 않았음을 알려드립니다.]

나는 아무 말도 하지 못한 채 모니터를 바라보다 고개를 천천히 들었다. 사장님도, 영업본부장도, 개발팀장도 아무 말이 없었다. 큰 좌절을 느끼면서 내 자리로 돌아왔다. 사라지고 싶었다. 될 것 같았는데, 자신감이 바닥을 치기 시작했지만 팀원들이 보고 있어서 마음을 바로잡아야만 했다. 한지수 과장이 조심스럽게 물었다.

"팀장님. 이번 일은 정말 너무 너무 아쉬워요"

나는 애써 웃으면서 고개를 끄덕였다.

"맞아요. 많이 아쉽네요. 근데 이상하게… 슬프진 않네요."

"왜요?"

"우리가 할 수 있는 건 다 했으니까요."

사장님은 그날 나를 따로 불렀다.

"김 팀장님. 이번엔 저도 유독 아쉬움이 많이 남습니다."

"사장님이요?"

"네. 내가 괜찮다고 말하면서 사실 수시로 메일함을 열어 보면서 결과를 확인했습니다. 결과를 먼저 보지는 못했지만 예전처럼 나쁜 결과가 나와도 두렵지가 않겠다는 생각이 들었습니다. 아마도 김 팀장이 전체 진행을 했기 때문이라 생각합니다. 비록 결과가 나쁘게 나오더라도 팀장님이 배운 게 많았을 거라는 생각에 안도가 되었나 봅니다."

나는 말없이 고개를 끄덕였다. 사장님은 창밖을 바라보며 조용히 말했다.

"김 팀장님이 있어서 다행입니다. 감사합니다. 그 말, 꼭 하고 싶었어요."

그날 퇴근 무렵, 팀원들과의 짧은 회식 자리에서 한지수 과장이 술 한 잔을 들고 말했다.

"아쉽지만 우리 열심히 했고 정말 잘했어요. 팀장님. 진짜, 진심입니다."

나는 눈을 피하지 않고 그를 바라보며 말했다.

"네. 저도 압니다. 그리고… 음. 또다시 기회가 오겠죠."

팀원들 앞에서는 그렇게 말했지만 많이 속상했다. 사무실로 들어와 이번 위도의 제안에 대해서 다시 정리해 보았다. 뭐가 잘못되었고, 어떤 부분이 부족했는지 꼼꼼히 들여다보았다. 그리고 두려움을 많이 느끼고 좌절했다. 뭐가 잘못되었고 어떤 문제가 있었는지 도저히 알 수가 없었다. '문제를 알아야 다음 제안에 부족한 부분을 보완이라도 할 텐데⋯.' 일이라는 게 이렇게나 어렵다.

기회

위도 해외 사업 기획안을 정리하다가 메일 수신의 알람을 받았다. 밤 10시가 넘은 늦은 시간이었다. '이 시간에 업무 메일이⋯.'

[제목: Solution Inquiry: AI-based MES Integration
보낸이: Nguyen]

메일을 읽는 순간, 나는 자세를 고쳐 앉았다. 얼마전 사장님이 얘기한 제이투에서 소개를 해 준다고 한 우리원전기의 베트남 법인이었다. '힘들어 할 여유도 없구나.' 다음 날 아침, 나는 팀원들을 불러 간단한 브리핑을 했다.

"여러분, 어젯밤에 베트남 법인회사에서 우리 제품에 대한 제안 요청 메일이 왔어요. 이번엔 단순한 MES 구축이 아니라 AI 기반 통합 시스템 도입 가능성에 대한 검토를 하고 있대요."

한지수 과장이 물었다.

"혹시, 우리가 실패한 회사와 연결되어 있나요?"

"아닙니다. 우리 고객사인 제이투에서 소개를 한 곳입니다. 그때 우리 발표를 들었던 고객분이 사장님을 통해서 소개해 준 겁니다."

최근 우리는 제안 실패를 경험했기 때문에 새롭게 다시 제안 전략을 짜야만 했다. 실패에서 배운 것, 그 안에서 느꼈던 것들을 하나씩 팀원들과 공유하며 '무너지지 않는' 제안서를 만들기로 했다. 우선 가장 먼저 관련 팀들과 함께 하는 원테이블 회의를 진행했다. 영업, 개발, 전략, 기획부서의 칸막이를 없애고 각자가 느꼈던 실패의 원인과 보완해야 할 점을 솔직하게 이야기했다.

개발팀장 서민우는 직설적으로 말했다.

"사실 지난번 X비전사업 제안에서는 기능 요건에 구체성이 좀 부족한 부분이 있었다고 생각을 합니다. 위도의 AI 활용성을 고객에 맞춰서 제안이 필요한데, 우리 제품에 대한 일반적인 기능 설명을 너무 강조한 듯 합니다."

나는 담담하게 받아들였다.

"네. 이번에는 고객의 니즈와 해결 되면 좋은 부분들을 하나하나 현실적으로 파악하고 구현 가능한 방향으로 더 보안 정리해 보도록 하겠습니다."

영업본부장도 끼어들었다.

"그리고 비슷한 얘기이기는 한데, 고객이 진짜 원하는 게 뭔지도 우리 내부에서 너무 추측만 했던 것 같습니다. 제안 전에 고객사 담당자와 충분한 미팅을 하지 못했습니다. 우리가 짧은 기간 고객에 대해서 다 알 수 있는 것도 아닌데 말입니다. 이번엔 제대로 해야 합니다."

나는 고개를 끄덕였다.

"맞아요. 그래서 이번엔 제안서 초안 나오는 날까지 모든 팀원들이 두 번 이상 고객사와 접점을 가지고 미팅을 공격적으로 진행해야 합니다. 그래서 오해 없이 확실하게 요구 사항을 확인했으면 좋겠습니다. 한국과 베트남 각 담당자들의 니즈가 다를 수 있으니, 한국의 본사에서 가능한 미팅을 진행하고 베트남 법인에서 최종 제안하는 방향으로 하면 좋을 듯 합니다."

그날 밤. 기획실에는 불이 꺼지지 않았다. 팀원들은 각자의 자리에서 새로운 기획안을 짜고, 나는 마감 시트를 하나하나 직접 체크하며 이번 전략의 뼈대를 조정해 나갔다. 한지수 과장이 조심스럽게 물었다.

"팀장님, 이번엔 어디까지 하실 생각이에요?"

나는 고개를 돌려 그를 바라보았다.

"지난번에도 말이죠. 우리는 틀린 게 아닙니다. 단지 준비가 덜 되었던 것뿐입니다."

그 말에 한지수는 고개를 끄덕였다. 그 말은 어쩌면 내 스스로에게 하는 다짐이기도 했다. 며칠 뒤. 사장님께 보고하는 자리에서 다짐을 했다.

"사장님. 이번 제안은 회사 전체가 뭉쳐서 잘 진행해서 꼭 수주할 수 있도록 하겠습니다."

사장님은 짧게 웃었다.

프레젠테이션 당일 아침. 회의실 문을 열기 전 나는 숨을 크게 들이마셨다. 생각보다 손이 덜 떨렸다. 이전의 실패가 주는 괜찮은 평정심이었다. 물론 전혀 떨리지 않는 건 아니었지만 소심한 감정에 휘둘리지 않을 충분한 자신감이 이제는 생겼다. 꼭 성공해야 하는 잠재 고객사인 우리 원전기는 강남에 본사가 있었다. 우리의 잠재 고객은 큰 회의실 전체를 우리를 위해서 하루 종일 비워 줬다. 그 자체로 이번 기회가 '형식적인 경쟁'이 아니라는 뜻이었다. 현장에는 고객사 임원 3명과 기술책임자 2명, 총 5명이 참석했고 우리 쪽에서는 기획팀장인 나와 기획팀원 2명, 개발팀장 서민우, 영업본부장까지 모두 참석했다. 충분히 준비를 해 왔고 오늘은 모든 전략을 담은 결정적인 무대였다. 나는 자리에 앉기 전, 조용히 팀원들을 바라봤다. 그들의 눈빛에서 긴장과 의지, 그리고 '이젠 질 수 없다'는 단단한 결심이 느껴졌다. 내가 제안 발표의 문을 열었다.

"안녕하십니까, 코어테크 전략기획팀 김윤서입니다. 오늘 저희는 단지 기술을 소개하기보다는 '함께 만드는 AI 팩토리'의 가능성을 현실적인 데이터와 전략으로 말씀드리고자 합니다."

첫 슬라이드는 단순한 개요가 아니었다. 지난 6개월간 우리 팀이 직접 현장 분석을 통해 만든 공장 설비 환경의 분포도와 데이터 수집 흐름도를 정리한 것이다. 본격적인 시작도 하기 전에 고객사의 기술 담당 임원이 고개를 끄덕이며 질문을 던졌다.

"우리 베트남 현장에 있는 설비 중 30%는 20년 이상된 기계입니다. 이런 경우, 센서 확장만으로도 실시간 수집이 가능한가요? 그 부분이 대단히 중요합니다. 공장에서 설비는 정말 중요하거든요"

개발팀장 서민우가 나섰다.

"물론 한계는 존재합니다. 하지만 저희가 제안하는 부분 중에서 넵투머는 이질적인 설비 환경을 위한 '단말-데이터 버퍼링 구조'를 지원하고 있어 초기에는 일간 데이터 수집, 후에는 정밀 제어가 가능하도록 단계적 적용을 할 수 있습니다."

"비용 부담은 어떻습니까?"

이번엔 강태우 영업본부장이 자료를 넘기며 설명했다.

"저희는 단계별 구축을 통한 ROI(Return on Investment) 시뮬레이션 자료를 준비했습니다. 도입 후 6개월 이내 가시적 생산성 개선이 가능하며, AI 기반 예측 시스템이 도입되면 1년 내 불량률 20% 감소, 설비 가동률 15% 향상이 가능합니다. 그 부분을 비용 대비 효과로 표현해 드리겠습니다."

마지막 슬라이드는 우리의 미래 기술 '위도'에 대한 브리핑이었다. 나는 마지막 슬라이드를 띄운 뒤, 차분히 말했다.

"위도는 단지 이상 탐지를 넘어 향후 '지능형 제어'까지 확장 가능한 구조를 가지고 있습니다. 지금 이 시점에서 투자해 주신다면 귀사의 공장은 베트남에서 가장 빠르게 AI 팩토리에 도달하는 공장이 될 것입니다."

짧은 정적이 흘렀다. 그리고 고객사의 전략기획실장이 입을 열었다.

"그런데… 센서를 부착해야 하는 설비가 상당히 많습니다. 도입 비용이 문제가 되지 않을 수 없습니다. 어쩌면 배보다 배꼽이 더 커질 수 있는 가능성이 있습니다. 예산은 한정적이거든요."

나는 순간 숨을 들이켰지만, 이미 준비했던 답변을 꺼냈다.

"맞습니다. 그래서 저희는 고객사 내부 전략에 따라 우선 도입과 후속 도입을 구분한 'Split 제안'을 드립니다. 일정 분할 적용과 비용 분산 구조, 그리고 공정별 우선순위 로드맵을 함께 제공해 드리겠습니다."

고객사는 고개를 끄덕이며 마지막으로 말했다.

"오늘 발표는 훌륭했습니다. 다만, 내부적으로 비용과 리스크를 다시 검토해 봐야겠군요. 충실하게 검토 후 문의 사항은 따로 문의를 드리겠습니다. 늦어도 이번 주 중으로 연락드리겠습니다."

프레젠테이션이 끝난 뒤, 나와 개발팀장, 영업본부장은 회사 근처 카페에 들렀다. 커피를 마시며 셋이 말없이 앉아 있었다. 개발팀장이 먼저 입을 열었다.

"이번엔 정말 괜찮았습니다. 고객도 다 이해한 눈치더라고요."

영업본부장이 한숨을 쉬었다.

"이제 우리 일은 끝난 거네요. 결정은 저쪽 손에 달렸고 잘되면 베트남으로 날아가게 되겠지요."

나는 조용히 고개를 끄덕였다.

"그래도 이번엔 지난번보다는 덜 아쉬운 걸 보면. 좀 더 충실히 준비가 된 듯합니다."

그날 저녁, 팀원 단톡방에 이렇게 썼다.

[오늘, 우리가 준비한 것 중 틀린 건 없었어요. 결과가 뭐든, 우리는 이제 기준을 넘었어요. 수고하셨습니다. 다들.]

그렇게 우리는 본사의 1차 심사를 무난히 넘어섰고 어느새 베트남으로 출국하기 위해 공항 게이트 앞에서 출국 심사를 마쳤다.

"김 팀장님, 해외 출장 처음인가요?"

사장님이 먼저 말을 걸었다. 나는 고개를 끄덕이며 웃었다.

"네. 여행으로는 여러 곳 다녔지만 출장은 처음입니다."

사장님은 피식 웃으셨다.

"출장은 베트남부터 시작합시다. 우리 회사, 이제 바다 건너갈 때 됐잖아요."

비행기 안에서 기획서 최종본을 또 열었다. 이미 수십 번 넘게 봤지만 마음은 계속해서 덜컹거렸다. 이번 출장은 그저 '기획서 설명'을 위한 출장이 아니라 회사 전체의 해외 진출 기점이 될 수 있는 프레젠테이션 자리였다. 사장님은 물론이고, 개발팀장, 영업본부장 모두 동행했지만 내가 맡은 파트는 전체의 흐름을 잡는 '전략 제안'이었다. 사장이 직접 만든 회사의 미래 설계도를 '기획의 언어'로 번역해 전달하는 역할이다 '이런 자리에 내가 잘할 수 있을까?' 여전히 나를 불안하게 만드는 생각이었다.

하노이의 공기는 덥고 습했고, 도시는 복잡해서 소란스러웠다. 현지 고객을 만나는 첫날, 나는 오전부터 카페인을 줄이고 차를 마시며 조용히 마음을 가다듬었다. 고객과의 미팅은 빠르게 진행됐다. 하지만 회의는 그렇게 잘 풀리지 않았다.

"설비 모두가 데이터 수집 대상이 되어야 합니다."

고객사는 단호했다. 개발팀장도 단호하게 말했다.

"그건 불가능합니다. 15년이 넘은 기계라 센서를 달아도 반응이 없을 수 있습니다. 비용만 들 수 있고 효과가 없을 수 있습니다."

고객사는 한숨을 쉬었고, 사장님은 둘 사이의 균형을 잡기 위해 나를 향해 고개를 돌렸다.

"김 팀장님. 우리가 준비한 방식 중 단계별 적용안 다시 설명해 주시죠."

나는 노트북을 열고 자료를 넘기며 말했다.

"저희는 설비 유형별로 1차, 2차 구간을 나눠서 센서 우선 적용이 가능한 곳부터 시작하고 1차 가동 데이터를 바탕으로 2차 구축을 진행할 수 있습니다. ROI(Return on Investment) 시뮬레이션도 제공드릴 수 있습니다."

베트남어 통역사가 내 말을 곧바로 전달했고 간간히 고객 담당자가 고개를 끄덕였다. 그 짧은 고개 끄덕임 하나하나에, 나는 온몸의 힘이 빠짐을 느낄 수 있었다. 모든 발표와 미팅이 끝나고 우리 모두는 호텔 근처 작은 식당에서 맥주를 마셨다.

"기획팀장님, 오늘 잘했어요."

나는 웃으면서도, 괜히 마음이 무거웠다.

"그런데, 제가 아까 좀 예민하게 말한 것 같아서요. 개발팀장님 말 끊을 뻔했어요."

개발팀장은 눈을 흘겼지만, 사장님은 고개를 저었다.

"괜찮습니다. 그건 기획팀장이니까 할 수 있는 말이었어요. 누군가는 데이터를 언어로 정리해 줘야 하잖아요. 그게 기획이죠."

맥주자리가 끝나갈 때 사장님이 한참을 말없이 있었다. 그리고 조용히 덧붙였다.

"나랑 일하다 보니 참 피곤하죠? 문득 그런 생각이 듭니다."

갑작스러운 사장님의 말에 나와 우리 모두는 당황해서 웃었다.

"아니에요. 저희가 스스로 피곤하게 사는 걸지도 몰라요. 괜히 신경 쓰지 마십시오."

그렇게 출장 첫날이 저물었다.

출장 마지막 날, 기획서 수정본을 밤새 다시 손봤다. 현지에서 들은 요구 사항을 반영해서 제안서와 기술 자료, 로드맵을 새로 정리했다. 개발팀장은 아침에 나를 보고 말했다.

"김 팀장님. 이젠 진짜 베테랑 기획팀장이 다 되었네요. 예전엔 내 말을 듣고만 있더니, 이젠 나한테 수정까지 시키시네요."

"팀장님은 말을 계속하시면 제가 글로 표현하려고 하니 그런 거예요.

이해 부탁드립니다."

서로 피곤했지만, 그 말에 다 같이 웃었다. 최종 제안서를 제출하고 돌아오는 비행기에서 사장님은 조용히 창밖을 보며 중얼거렸다.

"다음에는 그냥 김윤서 팀장 혼자 와도 되겠습니다. 충분히 잘하실 듯합니다."

나는 담담히 대답했다.

"아니요. 다음번에도 같이 와 주십시오. 솔직히 아직은… 저 혼자서는 안 됩니다. 하지만 어쩔 수 없는 사정이 생긴다면 그땐, 혼자 와서 잘 진행해 보겠습니다."

나는 기획팀장이다. 하지만 여전히 '처음'을 배우는 중이다. 바다를 건너는 방법도, 사장을 이해하는 법도, 내가 진짜 리더가 되는 길도. 이번 출장에서 얻은 가장 큰 수확은 자신감이었다.

베트남 출장 후 일주일이 지난 아침에 사장님으로부터 문자가 도착했다.

[김 팀장님, 오늘 오후에 시간 괜찮아요? 잠깐 얘기 좀 합시다.]

딱히 무겁진 않은 말투였지만, 묘하게 긴장이 되었다. '그 일'일지도 모른다는 예감 때문이었다.

며칠 전부터 소식이 없어 다들 말을 아꼈던 그 일. 베트남 사업 결과가 나왔을 것 같았다. 사장님은 여느 때처럼 담담한 얼굴로 커피잔을 내려놓았다. 옆에는 강태우 본부장, 서민우 팀장이 먼저 와서 나를 기다리고 있었다.

"결과 나왔습니다."

순간, 숨을 들이마시는 소리가 내 목 안쪽에서 멈췄다.

"우리가 수주했습니다. 모두들 수고 많았습니다."

사장님의 담백한 단 한마디였다. 하지만 그 말은 꽉 막혀 있던 시간의 문을 여는 열쇠 같았다. 나는 손끝이 떨리는 걸 눈치채지 않으려 책상 위의 펜을 괜히 만지작거렸다. 머릿속으로 그동안의 장면들이 필름처럼 지나갔다. 밤마다 수정한 제안서, 개발팀과의 뜨거운 논쟁, 영업팀과의 논리 조율들. 그리고 발표 후 기다리기만 해야 했던 그 불안의 날들까지.

"잘 버텼어요, 모두들."

사장님의 말에 순간 울컥했다. 사장실에서 나오자마자 팀원들에게 이 소식을 알렸다.

"팀원 여러분, 베트남 사업 건, 우리가 수주했습니다. 이건 여러분이 만든 결과입니다."

모두들 환호성을 질렀다.

"진짜요?"

"헐…. 팀장님 짱이에요!"

나는 그렇게 좋아하는 팀원 한 명 한 명의 얼굴을 다시금 보면서 준비하던 모습을 떠올렸다. 보고서를 보내다 한밤중까지 엎어져 있던 과장, 시연용 모델을 수정하며 마감 당일 멘탈이 나가던 대리, 야근 후 입술에 물집이 잡혔던 막내까지. 이번 프로젝트는 기획팀이 그냥 기획만 한 게 아니었다. 우리는 회사의 목소리와 의지와 방향을 대변하는 전사였다.

그날 저녁, 자발적으로 회식이 열렸다. 기획팀은 물론, 영업본부, 개발팀까지 모일 수 있는 사람은 모두 모여서 근처 삼겹살집에 둘러앉았다.

"근데 팀장님….”

막내인 정수아가 조심스레 물었다.

"이런 큰 프로젝트 수주하고 나면, 기분이 어때요?”

나는 잠깐 맥주잔을 바라보다 말했다.

"뭐. 일이 더 많아질 거 같은 불안. 오늘은 기쁘지만 내일부터 또 다른 일들이 시작되겠죠. 그러고 보니 생각보다 허무하네. 근데 그 허무함이 싫진 않은 듯합니다. 안 되는 것보다는 되는 게 나으니까.”

그 말을 하며 나는 사장님이 자주 쓰는 말투가 내 안에 배어 있다는 걸 느꼈다. 어쩌면 나도, 사장을 닮아 가고 있는 건 아닐까? 좋게 말하면 담대한 사람, 다르게 말하면 피곤한 리더. 그러나 오늘은 그게 나쁘진 않았다. 지금처럼 좋은 팀원들과 함께라면. 술자리를 마치고 사무실로 돌아가 혼자 조용히 컴퓨터를 켰다. 다음 고객에게 보낼 제안서의 제목을 임시로 적어 보았다. 이번을 계기로 두 번째 해외 고객을 만들기로 벌써 마음속으로 다짐했다.

[해외 시장 2차 진출 전략 제안서_v0.1]

'처음이 어렵지. 이제부터 다른 고객들도 다 성공시켜 보겠어…. 휴. 또 시작이네.' 나지막하게 혼잣말을 했다. 그래도 화면을 바라보며 웃을 수 있었다. 수주를 했으니까.

이별

송별회는 조용히 시작됐다. 특별한 자리도 아니었고, 특별한 분위기도 아니었다. 하지만 테이블에 둘러앉은 모두의 표정에는 뭔가 묘한 감정이 감돌고 있었다. 그리고 나는 그 감정이 무엇인지 알고 있었다. 그는 늘 조용히, 그리고 꽤 치열하게 일하는 리더였다. 말보다는 행동을 중요시했고, 과묵하지는 않았지만 가볍지도 않았다. 실적이 좋지 않았던 지난 몇 분기 동안, 팀 안팎의 따가운 시선 속에서도 늘 담담하게 그 자리를 지켰다. 나는 그것이 얼마나 힘든 일인지 안다. 나 역시 그런 비슷한 경험을 해 봤기 때문이다.

"내가 부족했던 부분이 많았어요. 사실 그게 늘 부담이었습니다. 그래서 요즘엔 좀… 겁도 나더라고요. 아무튼 여러분들 그동안 모두 감사했습니다."

술기운에 붉어진 얼굴로 그가 입을 열었을 때, 내 가슴 한쪽이 찌릿해졌다. 평소 그렇게 감정을 쉽게 드러내는 사람이 아니었기에 더 그랬다. 그는 이야기 중간중간 사과를 했고, 자신이 팀장으로서 부족했다는 말도 여러 번 반복했다. '아니, 팀장님. 그러지 않아도 돼요.' 마음속으로는 그렇게 말하고 싶었지만 끝내 입밖으로는 꺼내지 못했다. 그가 말한 그 부족함, 그 불안함, 그 무게. 그건 우리가 그를 충분히 이해하지 못했던 방식으로 쌓여 있었을지도 모른다. 사실 나는 가끔 그가 좀 짠했다. 영업팀장이지만 영업의 모든 것을 혼자 안고 가려 하는 모습. 무엇이든 팀원들보다 앞에 나서려는 태도. 가끔은 답답했고 가끔은 미련해 보였지만 그 진심만큼은 늘 전해졌다.

우리가 처음 넵투를 시장에 내놓으려 했던 그 시절에. 그도, 사장님도, 개발팀장도 치열했다. 그리고 나도 내가 할 수 있는 일을 했다. 모두 각자의 자리에서 미친 듯이 뛰어다녔다. 그때의 그는 지금보다 훨씬 날카롭고도 열정적이었다. 단순히 열심히 일한다는 표현으로는 부족할 만큼 사명감을 가지고 움직이던 모습이 아직도 선하다.

"조직은 결국 사람이라는 말, 요즘 자주 생각해요."

내가 그에게 조심스레 건넸다. 그는 고개를 끄덕였다. 나도, 그도 조직 안에서 늘 '남아 있는 사람'이었기에. 떠나는 사람이 주는 허전함은 늘 남겨진 자들의 몫이었다. 그가 떠나면 내 자리도 조금은 비게 될 것이다. 그리고 나는 그 빈자리를 조용히 감당해야 할 것이다. 조직은 그런 것이다. 누군가는 떠나고, 누군가는 남는다. 중요한 건 남아 있는 동안 최선을 다하는 것. 그는 그걸 증명했다. 묵묵하게.

나는 그가 떠난 다음 날, 그의 책상 앞에 잠시 멈췄다. 그리고 혼잣말로 중얼거렸다. '팀장님, 그동안 고생 많으셨어요. 어디서나 잘되시기를 기원하겠습니다.'

어제 회식의 피곤함을 온몸으로 담고서 출근길의 익숙한 전철을 탔다. 이 시간 이 곳의 사람들은 늘 비슷한 표정이다. 누가 봐도 피곤해 보이지만, 다들 말없이 걷는다. 나도 그중 하나다. 요즘은 가끔 그런 생각이 든다. '나는 왜 이렇게 열심히 일을 하고 있을까?' 처음에는 팀장이기 때문에 열심히 해야 한다고 생각했다. 조직을 대표하고, 팀원들을 이끌어야 하니까. 기획이라는 건 회사의 전략과 방향을 잡는 일이니까. 지금은 신제품 기획보다는 세상에 나온 제품을 고객에게 알리는 일에 더 집중해야 하니까. 하지만 지금은 조금 다르다. '나는 그냥, 한다. 해야 하니까 한다.' 어쩌면 이게 직장인으로 살아가는 가장 현실적인 마음 아닐까. 꼭 성취가 있어야 하고, 인정받아야 하고, 큰 의미가 있어야만 일을 할 수 있는 건 아니라는 걸 이제는 조금 알게 되었다. 물론 자주 회사가 싫고 일이 싫고 사람과 부딪히는 게 버겁고 그만두고 싶은 마음이 솟구치기도 한다. 그런 날엔 의자에 앉아 커피를 한 모금 마시고 그냥 한숨을 쉰다. 그리고 다시 한다. 기획팀장으로서의 일은 기본적으로 팀원들의 눈치를 보고 보고서를 수정하고 부서 간 조율을 하고 대표님에게 새로운 기획안을 보고를 하고, 회사의 중요한 제안일 경우는 제안서를 밤늦게까지 붙들고 앉아 있는 것이 대부분이다. 이 모든 게 당장 즐겁진 않지만 어쨌든 누군가는 해야 하는 일이다. 그리고 나는 그걸 한다. 가끔은 작은 보람도 있다. 기획한 프로젝트가 통과되거나 팀원이 나에게 고맙다고 메시지를 남기거나 대표가 "수고했어요."라고 짧게 말해 줄 때가 그렇다. 그럴 땐 '그래, 내가 뭔가 하고 있긴 하구나.' 싶다. 그게 전부다. 그렇게 하루를 버티고, 일주일을 넘기고, 한 달이 지나면 또 연말이다. 이게 직장생활 아닌가. 그냥, 오늘도 한다. 아마 내일도 그렇게 할 것이다. 별다를 것 없이 때로는 무겁게, 때로는 무덤덤하게. 그게 기획팀장인 나의 하루고 그 시간들 속에서 나는 아마도 성장할 것이다. 그리고 그게 내가 이 회사에 남아 있는 이유일지도 모른다. 나는 오늘도 그냥 내 일을 한다.

남들이 누구나 얘기하는 서울의 좋은 대학을 졸업하고 사회에 첫발을 내디딘 건 6년 전 봄이었다. 기획이라는 일을 해 보고 싶다는 생각만 막연하게 품고 있을 때 코어테크라는 이름의 회사가 눈에 들어왔다. 크지도, 유명하지도 않았던 이 IT 회사에 지원서를 넣기까지는 꽤 오랜 고민이 있었다. '중소기업?' 주변의 시선은 하나같이 고개를 갸웃거리는 느낌이었다. 하지만 나는 조금 달랐다. 내가 할 수 있을 것 같은 '일의 가능성'이 이 회사를 선택하게 만들었다. 입사 첫해, 내 자리는 작은 사장님 자리 옆 더 작은 공간이었다. 당시 기획팀은 팀장이 사장님의 신임을 얻지 못해 팀원이 나와 동기 두 명뿐이었고 조직이 해체 직전이었다. 나는 실무라기보단 '기획지원'이라는 이름으로 업무를 시작했다.

"사장님이 직접 보고받으실 거예요. 부담은 되겠지만, 그래도 윤서 씨가 잘 정리하면 괜찮을 거예요. 전혀 문제없을 겁니다."

그때 팀장이 간혹 얘기한 말들이었다. '자기가 팀장이지 않나….' 나는 그 말 하나 붙들고 야근을 했고, 첫 프레젠테이션을 하고, 첫 제품 제안서를 만들고, 첫 시장 분석 보고서를 썼다. 돌아보면 그 첫해가 가장 무서웠던 것 같다. '이 선택이 맞을까? 이 회사에서 내가 성장할 수 있을까? 다른 길을 택했더라면 더 안정적이지 않았을까?' 하지만 그 질문들에 '아니'라고 답할 수 없었던 건, 일이 어느 정도 재미있었기 때문이다. 그리고 회사가 나를 '믿는' 듯한 느낌이 있었다. 그 감각은 생각보다 오래 나를 버티게 했다.

그리고 6년. 그 기간동안 사장이 무모하리만큼 공격적으로 시작한 신사업을 보았고, 개발팀이 이를 현실로 만들기 위해 몸을 던지는 걸 지켜봤으며, 영업팀이 기획안을 들고 고객 앞에서 조심스럽게 설명하는 장면을 수없이 보았다. 그 속에서 나는 자연스럽게 회사의 중심이 되어 갔다. '이 회사가 어디로 가고 싶은지를 가장 먼저 캐치해야 하는 사람은 기획이다. 그 방향을 데이터를 기반으로 기획의 언어로 설명할 수 있어야 한다. 그리고, 설득할 수 있어야 한다.' 그런 시간들이 지나 제대로 된 팀이 꾸려 졌을 때 사장님이 조용히 내게 말했다.

"윤서 씨가 팀장이라서, 나는 기획팀이 다시 살아날 거라고 믿었어요."

말은 안 했지만 되묻고 싶었다. '정말요? 사실 저는 아직도 매일 혼란스러운데요. 사실 퇴사도 생각하고 있습니다.' 지금도 기획이라는 일이 여전히 어렵다. 가끔은 숫자와 데이터 속에서 방향을 놓칠 때도 있고, 사장의 머릿속을 따라잡지 못할 때면 내가 '느리다'는 자책도 한다. 그리고 팀장이라는 무게도 여전히 두렵다. 기획이라는 건 결국 회사가 하고자 하는 말을 정리해서 세상에 전하는 일이라는 것도 이제는 알고 있다. 하지만 나는 여전히 정체성에 대해 고민하는 사람이다. 기획팀장이기 전에 한 명의 직장인으로서, 그리고 30을 갓 넘긴 여성으로서, 내가 이 팀을 언제까지 끌고 갈 수 있을까 하는 불안도 있다. 그러나 지금 이 순간, 내가 믿는 건 단 하나다. '나는 이 회사가 가고자 하는 길을 가장 가까이서 들여다보는 사람이다.' 그리고 그 방향을 팀원들과 함께 걷고 있다는 사실. 그게 지금의 나를 정의한다. 그렇게 오늘도 일을 한다. 그냥 해낸다.

Episode 3

개발팀장의 시선

적어도 지금까지는 내가 만든 회사를 스스로 접을 생각은 없다. 지금의 회사는 창업 후 벌써 업력 10년이 넘었다. 처음엔 혼자였지만 지금은 10명 남짓의 직원이 함께하고 있다. 몇 번의 굵직한 프로젝트도 성공시켰고 사내 개발팀도 괜찮고 여러모로 나쁘지 않은 벤처기업의 모습을 갖췄다. 그런데도 언젠가부터 일이 힘들고 미래성이 없다는 것을 느끼고 있다. 주요 고객사들과의 프로젝트는 반복되는 개발업무로 바뀌었고 신기술 개발은 회사 역량이 따라 주지 않는다.

"요즘은 개발보다 운영이 중요하잖아요."

"기능 개선은 고객사 요청 오면 그때 다시 하자고요."

"그거, 돈 되는 거 아니잖아요."

회의에서 내가 하는 이런 말들이 누적되면서 직원들도 나도 피곤하고 지쳐 갔다. 더 나은 구조를 고민하지 않고 더 나은 방안을 모색하지 않게 되었다. 내 안의 '성장 에너지'가 점점 사라지고 있었다. 그렇다고 회사가 당장 무너질 것은 아니다. 크지는 않지만 정기적인 수익도 있고 조직도 안정적이며 외부에서 보면 '딱 망하지 않을 중소기업'일 것이다. 하지만 바로 그 '망하지는 않을'이 문제였다. 그게 나를 점점 더 지치게 만들고 있었다.

그 즈음, 박재호 사장에게서 연락이 왔다. 지인의 소개로 꽤 오래 전부터 업계에서 알고 지내는 사이다. 그가 영업팀장일 때 일을 잘하는 사람. 뭐 그 정도로 알고 있었는데, 창업을 했다는 소식을 들었다. 그가 창업 후 처음으로 전화를 했다.

"서 대표님 안녕하세요. 박재호입니다. 제가 창업하고 회사 운영하고 있는 건 아시죠? 최근 신사업을 추진하고 있는데, 관련해서 상의드릴 게 좀 있는데. 시간 좀 내주실 수 있나요?"

나는 흔한 개발 용역 의뢰라고 생각했다. 어느 고객사를 수주했는데 엔지니어가 없으니 좀 도와 달라고, 외주 비용은 넉넉히 주겠다는 그저 그런 프로젝트 논의일 거라고 생각했다. 하지만 박 사장을 만난 후 내 예상은 보기 좋게 빗나갔다. 그는 사업 설명을 하기에 앞서 이렇게 말했다.

"서 대표님, 단순히 개발을 맡아 달라는 게 아닙니다. 진짜 한번 함께 하면서 고민해 보자는 제안입니다. 특히 말씀드린 신사업에 대한 개발을 책임져 달라는 말씀입니다. 저는 제조업에 IT를 공급하는 데 진심을 다하고 싶습니다. 지금까지 우리가 해 온 방식이 아니라 진짜 제조업의 경쟁력을 올리기 위해서 IT를 통해 근본적으로 바꿔 보자는 생각이거든요. 그 일을 서 대표님과 함께 만들어 가 보고 싶습니다."

박 사장은 IT 출신으로 제조에 대해서는 전혀 모른다고 알고 있었는데 그의 제조업에 대한 지식에 사뭇 놀랐다. 생산성의 정체, 노후 설비 문제, 인력 교체로 인한 노하우 단절, 품질 편차 등 기획서에서만 보던 단어들이 아니라, 실제 사례로 이야기를 꺼냈다. 모든 걸 알아들을 수는 없었지만 그의 말투엔 묘하게 실무자의 감각까지 있음을 알 수 있었다. '이 사람… 그냥 말뿐인 게 아니구나. 진심이구나.'

"서 대표님, 제가 본 건 기술보다 방향성이에요. 한국 제조업에 정말 필요한 건 '지금 보이는 문제'가 아니라 '보이지 않는 잠재력'을 건드리는 거라고 생각합니다. 그걸 하기 위해선 IT라는 도구뿐만 아니라 그 활용으로 가치를 만들 수 있는 '사람'이 필요하다고 봤습니다. 그래서 연락드린 겁니다."

나는 그 말을 들으며 잠시 최근 잊고 있던 열정의 감정들을 느낄 수 있었다. 박 사장은 자신의 회사를 '성장 중인 스타트업'이라고 소개했지만, 이미 많은 준비가 되어 있는 상태라는 것을 그의 얘기를 들으면서 느낄 수 있었다. 처음엔 단순한 의뢰부터 설명했다. '기존 MES 기반 위에 AI 예지 보전 기능을 얹고 싶다. 단순 모니터링이 아니라, 패턴 기반으로 공정의 이상을 감지하고 싶다. 그래서 보이는 공장을 구현하고 싶다.' 등 그가 들고 온 자료에는 이미 다섯 개 이상의 제조사 사례와 현장 데이터가 있었다. 함께하자는 의미라는 것을 직감했을 때. 그가 다시 말을 이었다.

"서 대표님, 단순히 개발을 의뢰하려는 게 아닙니다. 저희 회사에는 저와 함께 제조업을 스마트하게 만들 CTO가 필요합니다. 개발 총괄을 맡아 줄 리더가 필요합니다. 이건 단순한 입사 제안도 아니고 계약직 임원을 모시는 것도 아닙니다. 저와 함께 코어테크를 이끌 동지가 되어 달라고 부탁드리는 겁니다."

그는 이어서 말했다.

"제가 이 신사업을 진행하려고 하는 이유는 단순히 사업을 확장하기 위함이 아닙니다. 한국 제조업의 '디지털 도약'이라는 주제에 진심이 있기 때문입니다. 그리고 저는 지금 시작해야 한다는 결심이 섰습니다. 가능성도 충분히 타진했습니다. 타당성도 조사를 이미 마쳤고요."

그는 나에게 필요 이상으로 많은 설명을 했고, 그 안에 설득이 아닌 '간절함'이 있었다.

"우리 회사, 아직 부족한 거 많습니다. 모든 게 명확한 건 하나예요. 같이 만들어 갈 사람을 기다리고 있습니다. 그 첫 번째 동반자가 서 대표님이면 저는 영광이겠습니다."

지금 회사를 당장 그만둘 이유는 없다. 하지만 '남아야 할 이유'도 점점 흐려지고 있다. 박 사장의 회사에 대해 아는 건 많지 않다. 아직 신규 사업모델이 완성된 것도 아니고, 조직은 작고 사업 실패로 인한 리스크가 오히려 더 크다. 하지만, "같이 해 보자."는 그 말에 나는 내 안의 감정이 움직이고 있다는 걸 느낄 수 있었다. 결정이 쉬운 일은 아니지만 오랜 시간이 걸릴 일도 아니었다. 단지 하루 동안만 고민했다. 나는 이미 마음속으로 그곳을 향해 한 발을 내딛고 있었다. '그래, 한번 걸어 보자. 익숙한 것보다, 다시 배울 수 있는 곳으로.' 전화를 걸었다.

"박 사장님! 함께 만들어 가 보시죠. 최대한 빨리 입사하도록 하겠습니다."

현실과 미래

이른 아침부터 조용한 회의실에 먼저 도착한 나는 창문을 반쯤 열어 놓고 어두운 회의실 조명을 확인한 뒤 자리에 앉았다. 오늘은 '위도'의 첫 공식 시연이 있는 날이다. 사실 오늘 시연은 단순한 기술 시연이 아니라 우리의 기술 사상을 평가받고 미래 방향을 결정하는 중요한 날이다.

'자율제조 AI 솔루션 위도, 시장에 나설 준비됐나?' 스스로에게 물으며 노트북 전원을 켠다. 2년 전, 사장님께서 처음 '위도'의 아이디어를 조심스럽게 꺼내셨던 날이 떠올랐다.

"서 팀장님, 다음 스텝으로 가야 할 것 같습니다. 자율제조의 AI 기반 공정관리를 기반으로 최종적으로 AI 팩토리를 구현까지. 어렵겠지만, 지금이 아니면 타이밍을 놓칠지도 모릅니다."

그 표정은 의욕과 불안이 엇갈린 미묘한 얼굴이었다. 나 역시 쉽지 않을 거라는 건 알았지만, 어딘가 '우리가 그걸 해낼 수 있을까' 하는 내심의 불안도 없지는 않았다. 오늘까지 시연 준비는 만만치 않았다. 인력 부족은 늘 개발팀의 고질적인 문제였다. 기존 MES와 넵투, 넵포머 고객대응 만으로도 벅찬 상황에서 'AI 기반 공정 이상 감지 시스템'을 만들라니. 단순한 알고리즘도 아니고, 설비별로 다양한 센서 데이터를 실시간으로 수집·분석하고, 그걸 기반으로 AI를 적용하여 공정의 이상 부분을 사전 감지까지 해야 하는 것이다. 게다가 아직 고객 현장마다 설비가 제각각이라 '모듈화'도 쉽지 않다. 지금 위도를 준비하고 있는 개발 인력은 단 세 명뿐이다. 그나마 한 명은 아직 AI 알고리즘 실전 경험이 없어, 대부분의 아키텍처와 구조는 내가 직접 손을 댔다. 그리고 기술적으로도 AI 기반의 이상 감지와 품질 예측이라는 두 축을 구현하려면, 센서 데이터의 신뢰도, 수집 간격, 누락률, 비정형 데이터 처리 등 넘어야 할 산이 한두 가지가 아니었다. 그럼에도 팀원들은 나를 믿고 묵묵히 따라 줬다.

사장이 이 프로젝트에 거는 기대와 기획팀에서 그린 미래 비전, 심지어 영업팀이 열심히 밀고 있는 미래 사업이라는 것을 나는 이미 충분히 알고 있다. 기획팀에서 준비한 시나리오는 나쁘지 않았고, 영업팀도 전면에서 열심히 뛰어다니고 있었다. 우리 팀이 안 되면, 전체가 멈출 것이다.

그래서 밤낮없이 준비했다. 이건 단순한 발표가 아니다. 이건, '우리가 준비한 미래'가 현실에서 인정받아 생존할 수 있느냐 하는 전쟁 같은 것이다.

"서 팀장님, 고객 오십니다."

기획팀 막내 정수아 사원이 다가와 조용히 말했다. 슬쩍 모니터를 다시 확인한다. 버그는 없는지, 시뮬레이션 로딩 시간은 괜찮은지. 잠시 후 회의실 문이 열리고, 사장님과 고객사 담당자들, 그리고 기술 쪽 관계자들이 차례로 들어왔다. 김윤서 기획팀장도 긴장된 얼굴로 프레젠테이션 파일을 띄우고 있었다. 나는 한 걸음 뒤로 물러서 준비한 노트북을 조정하며, 조용히 자리에 섰다. 시연의 차례가 왔다. 나는 화면을 띄우며 기획팀장의 발표와 함께 중간중간 설명을 시작했다.

"이 화면은 현재 실시간으로 수집된 센서 데이터를 기반으로 합니다. 기준치 이상을 넘을 경우 시스템이 자동으로 경고를 발생시키고, 관련 공정 변수를 분석해 알림을 전송하도록 되어 있습니다. 예를 들어 이 부분… 진동이 2.5Hz를 넘는 시점에서 경고를 발생시켰고, 관련 온도 상승도 동시에 포착됐습니다."

고객사 기술팀장이 질문했다.

"설비가 오래된 경우에는 어떻게 연결해서 데이터를 수집하나요? 센서만으로 가능한가요?"

나는 잠시 숨을 고르고 답했다.

"네, 노후 설비의 경우엔 직접 연결이 어렵습니다. 그럴 땐 저희가 설계한 외부 센서 연동 시스템을 활용합니다. 물론 추가적인 비용과 현장 대응 작업이 필요합니다. 이 부분은 이후 세부 기술 미팅을 통해 더 설명드릴 수 있습니다."

그는 고개를 끄덕이며 노트에 뭔가를 적었다. 분위기는 크게 나쁘지 않았다. 사장님은 고개를 끄덕이며 내 쪽을 바라봤고, 기획팀장도 나지막이 "좋았어요."라고 중얼였다. 고객이 돌아간 뒤, 사장님이 옆에 와서 말했다.

"서 팀장님, 고생 많으셨습니다. 오늘 정말 좋았습니다. 감사합니다."

나는 그저 고개만 끄덕이며 "아닙니다. 도와주셔서 감사합니다." 하고 짧게 답했다. 하지만 머릿속은 복잡했다. 시연이 잘되면 부담이고, 시연이 안 되면 걱정이다. 이렇게 반응이 좋으면 고객의 기대는 더 높아지고,

우리 개발팀은 그 기대를 감당해야 한다. 시연이 별로였다면 다음 기회도 없었겠지만, 지금처럼 '기대감 있는 반응'은 언제나 또 다른 형태의 무거운 짐으로 다시 다가온다. '이걸 지금 인력으로 감당할 수 있을까? 다음 피드백엔 또 뭐가 들어올까? 정말 이게 지금 우리가 해야 할 일일까?' 회의실을 나서는 사장님이 한마디 툭 던진다.
"또다시 시작이네요…. 이번에도 무사히 끝날 수 있기를 바라겠습니다."

시연이 끝난 며칠 뒤, 사장님께서 급하게 호출하셨다. 아직 고객의 피드백이 오지는 않았지만, 나는 느낌이 좋지 않았다. 회의실에 들어서자 기획팀장 김윤서와 영업본부장 강태우도 이미 자리를 잡고 있었다. 사장님은 다소 조심스러운 목소리로 말을 꺼내셨다.
"서 팀장님, 고객사에서 추가 요청이 들어왔습니다."
나는 노트를 꺼내며 물었다.
"어떤 내용인가요?"
"위도에 '제어 기능'이 가능하냐고 물었습니다. 이상 감지만으로는 부족하고, 이상 발생 감지 후 연결동장으로 공정 제어까지 연동할 수 있느냐는 거죠."
그 말을 듣는 순간, 속에서 무언가 확 무너지는 느낌이 들었다. 제어 기능. 듣기엔 쉬워 보이지만, 감지와 예측을 넘어서 설비를 직접 조작한다는 건 전혀 다른 차원의 문제였다.
"사장님. 그건 현재 저희 로드맵에는 없는 기능입니다. 제어는 단순히 데이터를 처리하는 수준이 아니라 실제 설비를 움직이는 명령을 내려야 합니다. 이건 안전과 직결된 이슈이기도 하고요. 잘못되면, 설비 파손뿐만 아니라 생산 라인이 멈춰설 수도 있습니다."

기획팀장도 덧붙였다.

"저희 입장에서도 기능 확장은 위험하다고 판단됩니다. 다만, 이 고객은 저희의 첫 위도 고객이 될 수 있는 핵심 기업이고, 성공만 한다면 레퍼런스 효과가 커서 이후 확장이 매우 수월해질 수 있는 구조입니다. 그래서 요구 사항을 그냥 무시하기만은 어렵습니다."

영업본부장은 말을 아끼다 조심스레 덧붙였다.

"현장에서 영업의 얘기를 들어 보면 경쟁사 쪽 제품도 모니터링은 되는데 제어까지는 안 된다고 하더군요. 만약 우리가 이걸 해내면, 확실한 차별화가 됩니다."

나는 눈을 감고 생각을 정리했다. '내 상황을 이해해 주는 사람은 적어도 이 방에는 없구나.' 사실 이해가 안 가는 건 아니었다. 고객 입장에서는 이상을 감지해도 결국 사람이 뛰어가서 조작해야 한다면, 효율성은 반감될 수밖에 없다. 진정한 AI 팩토리 구현을 위해선, 예측 후 자동 제어가 필요하다는 걸 잘 안다. 하지만 지금은 아니다.

"제어를 하려면 최소 몇 달은 더 테스트와 안정화를 거쳐야 합니다. 지금 리소스로는 불가능에 가깝습니다. 위도는 아직 스스로 걷는 것도 버거운데, 지금 뛰라는 말씀입니다."

사장님은 말이 없으셨다. 그 침묵이 더 무거웠다. 회의가 끝난 뒤, 나는 개발팀 회의실로 돌아와 모니터 앞에 앉았지만 손은 키보드에 닿지 않았다. '지금 우리가 넘어야 할 건 기술이 아니라 기대에 대한 응답이다. 고객의 기대, 사장의 기대, 회사의 기대.' 나는 팀원들이 여전히 부족한 리소스 안에서 위도를 짜맞추느라 고생하는 걸 매일 옆에서 본다. 그들에게 지금 새로운 '제어 기능' 요구를 수용하는 것은 단순한 추가 개발이 아니라, 전체 로드맵의 붕괴도 가져올 수 있는 그만큼 위험하다는 것을 의미한다. 하지만 회사 미래의 중요한 부분이 걸려 있는 기회라는 것도 부정할 수 없다. 다음 날 아침, 사장님이 내 자리 근처에 조용히 와서 물었다.

"서 팀장님, 정리된 기술 리스트 내용 한 번 더 보고 싶습니다. 고객사 쪽에 무리 없이 정중히 말씀드리려면, 저희 내부 입장이 명확해야 할 것 같아서요."

나는 고개를 끄덕이며 말했다.

"네, 사장님. 오늘 중으로 리스트 항목 정리해서 드리겠습니다. 대신, 개발팀 입장도 명확히 담겠습니다. 명확한 부분은 지금 당장 개발은 어렵습니다. 설비 제어까지 가려면 저희도 몇 가지 실험과 검증이 필요합니다. 걸리는 시간은 가늠하기도 어려운 상황입니다."

사장님은 조용히 고개를 끄덕이셨다. 그 표정에서 실망감을 느낄 수 있었다. 하지만 어쩔 수가 없는 일이다. 타협의 문제가 아니기 때문이다. 그날 저녁, 팀원들과 생맥주를 마시며 이번 프로젝트에 대해서 함께 얘기를 나눴다. 서건우 책임이 조심스레 말했다.

"팀장님, 결국엔 우리가 다 해내야 되는 거겠죠?"

나는 거품이 모두 사라진 맥주가 담겨 있는 잔을 내려놓으며 답했다.

"그럴지도 모르죠. 하지만 지금까지 확정된 건 없어요. 너무 앞서 가지 말고 지금 우리가 해야 할 것들을 하고 준비해야 할 일은 기본부터 단단히 준비합시다. 천천히 준비하면 됩니다."

고객이 뭔가를 더 원할 때, 우리가 줄 수 없는 걸 줄 것처럼 말하면 안 된다. 하지만 너무 빨리 포기해서도 안 된다. 그 가운데 어딘가에서 중심을 잡는 것. 그게 지금 내가 해야 할 일이다.

"여러 상황을 고려해 봤을 때 지금 당장은 어렵겠습니다. 고객사 쪽에 정중히 말씀드리죠."

사장님의 목소리는 단호했지만, 단호함 이면에 묻어 있는 망설임과 아쉬움을 나는 충분히 느낄 수 있었다. 회의실이 조용해진 순간, 사장님은 서서히 자리에서 일어나며 내게 다가왔다. 내 눈을 피하지 않고 똑바로 보며 말했다.

"서 팀장님, 결국 이번에는 고객에게 못 하겠다고 말씀드리겠습니다. 너무 무리시키는 것 같아 미안했습니다. 원안대로 차근차근 진행하시죠."

나는 안도와 미안함이 섞인 고개를 끄덕였다.

"대표님, 결정 잘하셨습니다. 무리하게 개발을 밀어붙였으면 더 큰 리스크로 돌아왔을 겁니다."

말을 그렇게 했지만, 내게도 여전히 아쉬움이 이렇게 많이 남는데 사장이야 오죽하겠는가.

"팀장님, 그 제어 기능… 결국 하게 되는 건가요?"

윤태준 책임이 회의실에서 조심스럽게 물었다. 나는 한참을 망설이다가 고개를 들었다.

"공식적으로는 '아닙니다'. 하지만 우리는 미리 준비를 해야 합니다. 예기치 않게 고객이 요청할 겁니다. 이번처럼. 그때도 안 된다고 할 수 있을까요?"

회의실 안의 공기는 무겁고, 분위기는 흐릿하다. 서건우 책임은 아무 말도 하지 않고 손가락으로 펜을 빙빙 돌리고 있다. 신입 개발자 성훈이는 뭔가 이해는 되지만 동의하긴 어려운 표정이다. 솔직히, 이 결정이 기술적으로 옳은 방향이라는 건 확신한다. 최종 AI 팩토리를 표방하는 '위도'가 단순 분석 모니터링만 하고 제어를 하지 못한다면 고객에게는 '반쪽짜리'로 보일 수 있다. 고객은 이미 그다음을 보고 있다. 문제는 우리 팀이다. 우리 개발팀은 총 20명이다. 그중 '위도' 개발 전담 인력은 이제는 6명. 모두가 고도로 집중해서 일하고 있고, 이미 주어진 일정도 빠듯하다. 나는 이들에게 또 하나의 짐을 얹어야 할지, 그 부담을 스스로 감당해야 할지 솔직히 잘 모르겠다.

창문으로 들어오는 햇빛이 너무 강해 졸음이 쏟아질 때. 내 자리로 돌아와 팀 전용 메신저를 켰다. 창에 띄워진 위도 전담 채널을 한참 쳐다보다가 결국 타이핑을 시작했다.

[여러분, 오늘 회의에서 논의된 제어 기능 건은 고객 요청에 대응하는 사전 검토 단계일 뿐입니다. 지금은 단지 '내부 기술적 타당성'을 보는 수준으로 접근할 계획입니다. 당장 개발에 들어가자는 건 아닙니다. 다만 시장 흐름을 고려했을 때, 언젠가는 우리가 이 문제를 맞닥뜨려야 한다는 건 분명합니다.]

잠시 뒤 윤태준 책임의 메시지가 도착했다.

[팀장님, 내부 테스트라면 저희도 검토는 가능합니다. 다만 현재 버전에 대한 품질 검증에 대한 일정이 촉박해서, 우선순위 조정이 필요할 것 같습니다.]

이어서 서건우 책임의 메시지가 도착했다.

[저도 우선 확인은 해 보겠습니다. 다만 공식 개발 로드맵에는 반영되지 않도록 해 주세요. 지금도 버티는 중이라구요. 너무 일이 많습니다. 더 이상은 감당할 수 없습니다.]

나는 메시지를 읽고 천천히 고개를 끄덕였다. 그래 이것도 '결정'이다. 누구도 만족시키지 못하지만 누구도 무너지지 않게 만드는 중간선에 서 있는 결정. 어쩌면 가장 현명하지는 않을 지라도 위험은 분명히 줄어든 결정이다. 늦은 밤. 화이트보드 앞에 섰다. 제어 기능 아키텍처를 다시 정리했다. 말은 쉽지만, 노후 설비 연동과 실시간성 확보 등 기술적 과제는 산더미다. 그 과정 과정에서 생기는 여러 가지 개발 변수도 만만치 않을 것이다. 문득 사장님의 말씀이 떠올랐다.

"서 팀장님, 지금 당장은 못 하더라도 다음 시장을 준비하려면 언젠가는 해야 할 기능입니다."

나는 고개를 끄덕였다. 맞다. 그건 맞는 말이다. 하지만 그걸 '누가', '언제', '어떤 상태'에서 할 것인가는 또 다른 문제다. 우리 위도 전담 인력 6명. 팀원 모두가 내가 '기술적 방향'을 고민한 만큼 '업무의 무게'를 몸으로 느끼며 싸우고 있는 사람들이다. 그들에게 '선도적 기술'이라는 말로 설득하는 건 결국 '당신들이 희생하라'는 말이 될 수도 있다. 그래서 나는 또 고민한다. 기술이 옳다고 해도, 사람이 무너지면 그건 실패로 이어질 것이다.

"지금은 고객을 놓쳤지만, 기술적으로, 언젠가는 꼭 하게 될 겁니다. 그땐 우리가 더 준비된 상태였으면 좋겠네요."

사장님이 던진 말에 나는 답을 제대로 하지 못했다. '우리가 준비될 때까지 시장이 기다려 줄까? 그 준비는 누가 어떻게 해 나가야 할까?' 그날 밤, 늦게까지 자리에 혼자 남아 있었다. 화이트보드에 남겨 둔 아키텍처 스케치를 다시 정리하며 나도 모르게 혼잣말이 새어 나왔다.

'사장님, 지금 우리가 얘기하고 있는 게 정말 어려운 거랍니다. 하지만 이번 유림일렉트릭 사업 포기는 미안합니다. 저도 많이 아쉽습니다'

한편으로는 안도했고, 또 한편으로는 초조했다. 고객은 아직 돌아선 게 아니지만, 이번 결정이 어떤 영향을 줄지 예측할 수 없었다. 시연이 성공했음에도, 다음 단계를 내딛지 못하는 이 무력감. 그리고 이를 아무렇지 않은 듯 태연하게 감추는 사장의 모습. 나는 그날 이후, 사장님의 눈빛을 더 자주 관찰하게 됐다. 그는 언제나 태연한 척을 하지만, 그 안에 억누른 수십 가지의 감정이 서려 있다는 걸 가까이서 보면 누구보다 잘 느낄 수 있다. 그리고 그 감정의 무게를 조금은 나누어 가져야 할 책임이 나에게도 있다는 걸 안다. 하지만 나는 개발을 총괄하는 사람이기에 현실을 우선 고려해야 한다. 미래를 바라보되 현실과 타협도 무엇보다 중요하기 때문이다.

회상

사장님과 나는 같은 해에 마흔을 넘겼고, 같은 해에 하나의 프로젝트를 시작했다. '넵투'. 이름조차 정해지지 않았던 그 제품은, 내가 이 회사에 합류하자마자 내 손 위에 올려진 숙명이었다. 5년 전 우리 제품의 첫 번째 성공 사례가 떠올랐다.

끝이 안 보이는 터널을 지나고 불확실한 가시밭길을 함께 걸어왔다. 처음 넵투의 콘셉트를 들었을 때, 내 솔직한 심정은 한마디였다. '이걸. 진짜 한다고요?' AI는커녕 MES조차 구축 경험이 많지 않던 우리 팀에게, 이건 무모한 도전이었다. 하지만 사장님의 눈빛은 확고했고, 내가 합류하게 된 이유이기도 했다. 나를 데려온 사람의 꿈을, 나는 쉽게 외면할 수 없었다. 먼저 기술적으로 어려웠다. 기획팀은 아직 구체적인 고객 니즈조차 명확하게 파악하지 못했고 영업팀은 이걸 '팔 수 있을지'조차 반신반의했다. 그렇지만 우리는 만들어야만 했다. 이 회사의 미래가 그 안에 있었기 때문이다. 그러던 중에 넵투의 첫 고객 제안의 기회가 찾아 왔었다. 그것도 국내 굴지의 제조 대기업인 JS전자였다.

"이 기회를 잘 잡아 봅시다."

사장님은 이 기회를 잡지 못하면 우리가 개발한 제품이 그리고 회사가 위험해질 수 있다고 했다. 지금 이 기회가 어쩌면 마지막일지도 모른다는 말까지는 입 밖으로 꺼내지 않았다. 하지만 나는 그 중요성과 긴박함을 충분히 알고 있었다. 경영지원팀장의 얼굴에서, 사장님의 한숨에서, 그리고 진척이 없어 무기력에 빠진 개발 팀원들 얼굴에서 현 우리의 상황을 알 수 있었다. '이번에 성공하지 못하면, 우리에게 다음은 없다.' 그 정도로 회사의 자금은 고갈되어 있었고, 사장님은 외부 일정을 엄청나게 해내면서 점점 생기를 잃어 가고 있었다. 나는 그 모습을 보며 매일 밤 마음속으로 혼잣말을 했다. '이건… 꼭 성공해야 해. 무조건 성공시켜야 한다.'

회의실 화이트보드에는 제안 기술 요약서가 빼곡히 적혀 있었다. 설비 데이터 수집 모듈, 실시간 모니터링 알고리즘, 생산라인 최적화 추천 로직 등 하나하나 모두가 우리가 지난 5년간 피와 땀으로 만든 기술들이었다. 나는 이번 제안을 위해서 기획팀장 및 기획팀 막내와 제안서를 조율했고 영업팀장과 고객사 담당자를 만나 공장을 보고 또 보고 철저히 준비했다. 그리고 나는 팀원들과 함께 거의 매일같이 생산현장을 시뮬레이션하고 넥투와 넵포머의 적용에 대한 당위성을 정리했다. 하지만 내 속마음은 조금 달랐다.

'기술을 설명하는 게 문제가 아니야. 이 제품이 진짜 그 공장의 '문제 해결책'이 될 수 있을지, 고객이 우리를 믿어줄지가 문제지.'

그리고 제안 발표 날. 사장님, 나, 영업팀장 셋이 함께 고객사로 향했다. 차 안에서 말없이 앉아 있는 사장님의 손이 의외로 조용히 떨리고 있다는 걸, 나는 조수석에서 봤다. 그 떨림에, 이상하게도 내 불안이 조금 가라앉았다. '나만 무서운 게 아니구나. 이 프로젝트는 나 혼자의 문제가 아니다.' 고객사 회의실에서 사장님이 사업 개요를 설명하고 내가 기술 프레젠테이션을 맡았다. 그 순간. 내 목소리에서 생각보다 단단한 느낌을 받아서 다행이라 생각했다.

"저희의 넵투는 단순한 제조 소프트웨어가 아닙니다. 제조 기업의 데이터 기반 의사결정을 실현할 수 있도록 맞춤형 공정 최적화 구조로 설계되었습니다. 현장 설비의 상태를 실시간으로 수집하고, 품질, 생산성, 에너지까지 통합적으로 관리할 수 있습니다."

고객사의 기술 담당자들이 고개를 끄덕이기 시작했고, 질문은 이어졌다. 우리는 예상보다 훨씬 적극적인 반응을 얻었다. 회의실을 나와 사장님과 눈이 마주쳤을 때, 사장님은 조용히 내 어깨를 툭 건드리며 말했다.

"잘했어요. 여기까지 오는 데 5년 걸렸네요, 서 팀장님."

그 말에 괜히 울컥했다. 하지만 나는 고개만 끄덕였다. 아직 결과는 나오지 않았고, '될 것 같은' 이 감정이 오히려 더 무섭기 때문이었다. 좋은 반응을 얻었을수록 실패했을 때의 상처는 크기 마련이다. 그래서 나는 더 조심스러워졌다. 그날 밤, 나는 회의실 화이트보드를 혼자 다시 정리하면서 이 기회가 '우리의 첫 고객'이 되어 주기를 간절히 바랐다.

흐릿했던 창밖으로 비가 내리기 시작했다. 여름에 내리는 비지만 유난히 차갑게 느껴졌다. 나는 모니터 속 로그 화면을 멍하니 쳐다보며, 4일째 같은 코드의 반복 테스트를 돌리고 있었다. 정확히 말하면, '기다리고 있었다.' 고객사로부터 지난번 사활을 건 제안에 대한 답이 오기로 한 날이 이미 10일이나 지났다. 처음엔 '검토가 길어질 수 있다'는 영업팀장의 말에 고개를 끄덕였지만, 지금은 그 말조차 위로가 되지 않는다. 오후 2시 17분. 습관처럼 메신저를 열었다. 사장님, 기획팀장, 영업팀장 모두가 조용했다. '아무 연락 없음'이 가장 큰 신호가 되는 시간이었다. 그 순간, 팀의 막내가 조심스레 다가왔다.

"팀장님… 혹시, 그 제안 건 어떻게 됐나요? 아직 고객 답변이 없나 보죠?"

나는 웃으며 고개를 저었다.

"아직입니다. 기다리고 있습니다."

"그 회사… 결정 많이 늦어지네요. 우리가 그렇게 잘했는데…."

"음… 잘했죠. 근데, 시장이라는 게 꼭 잘했다고 모두 인정해 주는 건 아니니까."

막내 연구원이 고개를 끄덕이고 돌아갔지만, 나는 그의 뒷모습을 오래 바라봤다. 나 역시 똑같은 말을 스스로 수없이 되뇌었다. '잘했다고 해서 되는 게 아니라는 거, 알고 있다. 그런데도….' 팀원들이 잠깐 자리를 비왔을 때 나는 메신저를 열어 영업팀장에게 메시지를 보냈다.

[혹시… JS전자 쪽 움직임 없나요?]
[아뇨. 오늘도 조용합니다. 제가 오후에 다시 컨택해 보겠습니다.]

몇 분 뒤, 기획팀장에게도 보냈다.

[혹시 그쪽 요청하셨던 자료, 추가로 필요한 건 없답니까?]
[아직이요. 요청하면 바로 준비하겠다고만 했어요. 걱정 마세요. 팀장님.]

'걱정 마세요'라는 말은 정말 필요한 말이지만, 때론 가장 공허한 말이기도 하다. 나는 책상 서랍을 열어 작은 메모장을 꺼냈다. 넵투 개발 초기부터 적어 온 기술 메모. 그 안에는 나와 우리 팀원들의 땀과 좌절, 시행착오의 흔적이 고스란히 담겨 있었다. 페이지를 넘기다 문득, 초기 설계 당시 사장님이 직접 회의실에서 했던 말이 떠올랐다.

"서 팀장님, 이거 하나만 확실하면 됩니다. 우리가 준비하고 있는 제품이 현장에서 '제대로 돌아가느냐'. 현장 실무자가 '쓸 만하고 도움이 되느냐'가 가장 중요합니다. 우리가 만드는 건 시스템이 아니라 고객에게 전달할 쓸모 있는 경험입니다."

그 말을 들으며 설계 방향을 잡았던 때가 엊그제 같은데, 지금은 그 '쓸 만함'의 증거를 세상에 처음 보여 줄 기회를 하염없이 기다리고만 있는 것이다. 사무실 불을 끄고, 빈 회의실에 앉았다.

창밖에는 여전히 빗소리가 잦아들지 않고 있었고, 나는 노트북을 켜고 기초적인 설계도들을 다시 검토하기 시작했다. 혹시나, 혹시라도 '이 제안이 성공한다면 당장 시작될 프로젝트'를 위해 문제될 부분이 없도록 점검하는 것. 그게 나의 불안을 다스리는 유일한 방식이었다. 늦은 밤 퇴근하면서 마주친 사장님이 가볍게 인사를 건넸다.

"서 팀장님. 요즘 말이 없네요?"

나는 웃으며 말했다.

"아무 일 없는 게… 좋은 일이겠지요."

사장님도 웃었다. 그 웃음 속에 있는 복잡한 감정들을 나는 알 수 있었다. 아마 나도, 비슷한 표정이겠지. 결과는 아직 오지 않았다. 하지만 나는 내일도, 오늘처럼 태연한 척 책상을 지킬 것이다. 왜냐하면… 내가 무너지는 순간, 팀 전체가 흔들릴 수 있으니까. 그리고 그 밤, 나는 팀원들에게 다시 메일을 보냈다.

> [Subject: 넵투 구조도 리뷰 - 사전 점검 일정
> "팀원 여러분, 넵투 JS 제안의 결과가 아직 나오지 않았지만, 우리는 우리가 할 수 있는 최선을 다했으니 '그다음'을 준비하자는 의미에서 다음 주 월요일 10시에 구조 리뷰 미팅을 진행하려 합니다. 일정이 여의치 않으면 조정 가능하니 의견 주세요. 오늘도 고생 많으셨습니다.
> - 서민우 드림]

오전 7시 43분. 사무실이 아직 덜 깨어 있는 시간에 커피 한 잔을 손에 쥐고 조용히 자리에 앉았다. 늘 그랬듯 오늘 개발 범위를 점검하고, 위도 설계 리뷰를 하며 하루를 시작하려 했지만, 그 날은 달랐다. 사장님에게

서 메시지가 도착했다.

> [서 팀장님. 드디어 됐습니다. 넵투 첫 고객 생기겠습니다. 저희가 우선 협상자로 선정이 되었습니다. 고생 많으셨습니다. 진심으로 감사드립니다.]

나는 모니터를 멍하니 바라보다가, 손에 들린 종이컵이 살짝 흔들리고 있는 걸 느꼈다.

'됐다고…?' 이 짧은 한 줄이 무겁게 가슴 안으로 스며들었다. 머릿속이 순간 하얘졌고, 손끝은 미세하게 떨렸다. 잠시 후, 팀원들과 공유할 메시지를 쓰기 위해 메신저 창을 열었지만… 한 글자도 쓰지 못한 채 창을 닫았다. '그냥… 잠깐만. 조금만 더 이 감정을 느끼자.'

점심 즈음, 회의실에 사장님과 주요 리더들이 모였다. 기획팀장, 기획팀 막내 김윤서, 영업팀장, 경영지원팀장 그리고 나. 사장님은 평소보다 더 뜸을 들이며 말을 좀처럼 하지 않았다. 하지만 그 표정엔 긴 시간 동안 묵혀 온 무거운 응어리를 잠시 내려놓은 듯한 여유가 보였다.

"사실… 이번 계약이 잘 안되었다면 우리는 잠시 멈출 수밖에 없는 상태였습니다."

사장님의 말은 조용했지만 묵직했다. 나도 안다. 이 계약이 단지 '첫 고객'이라는 상징적인 의미만 있는 건 아니라는 걸. 최근 몇 달, 회사의 자금 흐름이 심상치 않았다. 경영지원팀장은 정기 회의 때마다 자금 흐름을 정리했지만, 그건 결국 '버틸 수 있는 시간'을 계산하는 리포트일 뿐이었다. 사장님은 어느 날, 나와 단둘이 술을 마시며 조용히 말한 적이 있다.

"서 팀장님, 지금 우리가 만드는 넵투가 실패하면… 이 회사를 유지하는 데 심각한 문제가 생깁니다. 회사 자금이 거의 바닥입니다. 한계점에 온 것 같습니다. 미안합니다."

그 말은 지금도 내 귓가에 생생하게 맴돈다. 사장은 늘 직원들 앞에서는 평정심을 유지했지만, 그날 밤의 그는 정말 힘없는 인간이었다. 말끝마다 죄송하다고 했고 또 미안하다고 했다.

"사장님, 기술적으로 우리가 할 수 있는 건 다 해 보겠습니다. 지금까지 해 왔잖아요. 이번에도 잘해 낼 겁니다."

그 말로 사장님은 안심하셨는지, 눈을 감고 고개를 천천히 끄덕였었다. 그래서 지금. 이 계약은 단지 하나의 계약이 아니다. 우리 팀의 기술력에 대한 외부의 첫 인정이고, 회사의 모든 팀이 협업하여 만든 성과이며, 무엇보다 사장이 절박하게 붙들고 있었던 회사의 '숨통'이다. 그 회의실에서 나는 그 누구보다 조용히 앉아 있었지만, 마음속으로는 어떤 누구보다 큰 소리를 지르고 있었다. 회의가 끝난 후, 사장님이 나를 조용히 불렀다.

"서 팀장님. 진짜 수고 많았습니다. 저 혼자였으면 여기까지 못 왔을 겁니다."

나는 가볍게 고개를 숙이며 대답했다.

"사장님도 정말 고생 많으셨습니다. 사실 팀원들도 이번 프로젝트를 하면서 많이 힘들었습니다. 그래도 결과가 좋아서 다행입니다. 계약까지 잘되도록 최선을 다하겠습니다."

잠시 침묵이 흘렀다. 우리는 그동안 말로 꺼내지 못했던 수많은 긴장과 책임의 순간들을 고요한 강물처럼 그냥 흘려보내고 있었다.

"사장님. 이 계약이 우리 팀과 회사에 줄 수 있는 진짜 의미는, '기회가 생겼다는 것' 그 자체라고 생각합니다."

"맞습니다. 그리고 이 기회를 확대하면서 더한 가치를 만들어야겠죠."

사장님은 그 말만 남긴 채, 조용히 회의실을 나갔다. 그 등 뒤를 보면서 나는 속으로 되뇌었다. 기술자가 말하는 책임은, 단지 코드를 짜는 게 아니라 신뢰를 지키는 것이라는 것을 이제서야 나도 조금 알 것 같다.' 저녁은 팀원들과 간단히 회식을 했다.

"여러분, 오늘 넵투 첫 계약 체결됐습니다. 진심으로 감사드립니다. 이제 본격적인 시작입니다. 진짜 잘해 봅시다. 지금부터 회사의 새로운 역사를 써 나가 봅시다."

모든 연구원이 동일한 말을 했다.

"팀장님, 이제 또 야근이 시작이겠네요."

나는 웃었다.

"야근을 하더라도 이번엔, 우리가 만든 게 세상에 제대로 쓰인다는 자부심으로 해 봅시다."

그렇게 5년 전 우리 첫 야심작 '넵투'의 계약이 이뤄졌다.

벽

"서 팀장님, 처음 협의 당시보다 고객의 요구 사항이 많이 늘어난 것 같습니다."

기획팀장 김윤서의 말은 조심스러웠지만 분명했다. 나는 고개를 끄덕였다. 알고 있었다. 우리도 이미 개발 스펙을 다시 정리하면서 현실을 체감하고 있었으니까. 한빛반도체는 넵투와 넵포머를 통해 단순한 데이터 수집을 넘어서 설비별 예외 조건별 분석, AI 기반의 예지 보전, 그리고 공정 상태의 동적 최적화까지 요구하고 있었다.

"계약을 확정하기까지 조율을 할 시간은 있지만 요구 사항도 문제지만 향후 납기도 문제가 될 수 있습니다."

이번엔 영업본부장 강태우가 말을 이었다.

"그 일정 그대로는, 저희가 약속한 기간 안에 끝내긴 어렵습니다. 이 요구까지 들어가면요."

회의실 안 공기가 순간 무거워졌다. 내 입에서는 쉽게 대답이 나오지 않았다. 납기는 이미 꽉 찬 상태였고, 현재 배정된 개발 인력만으로는 고객이 원하는 확장 기능까지 소화해 내기엔 역부족이었다. 내 옆에 앉아 있던 윤태준 책임이 낮은 목소리로 말했다.

"팀장님, 이건 우리가 예상한 범위 밖입니다. 지금도 팀원들이 주말 근무를 하고 있는데, 이대로면 무리입니다. 다른 팀원들이 버티질 못할 거예요."

평소 말을 잘하지 않는 서건우 책임도 한마디 했다.

"회사만 좋은 일입니다. 우리에게는 일만 몰려드는 거고요. 일은 결국 우리 개발팀에서 다하는데 다들 너무 쉽게 생각하는 것 같아요. 스펙 범위 밖은 과감히 거절해야 합니다. 우리에게는 의미가 없는 일이라 생각합니다."

나는 손에 쥐고 있던 펜을 내려놓고 조용히 말했다.

"알겠습니다. 일단 내부 검토를 다시 해 보죠. 기능 우선순위를 조정하고, 필요하면 외부 리소스를 일부라도 고려해 보겠습니다. 그리고 서 책임. 우리가 하는 일에 의미가 없는 일은 없습니다. 이 점 알아주셨으면 합니다."

기획팀장 김윤서가 조심스레 물었다.

"그런데 사장님은 이 부분에 대해서 뭐라고 하시던가요?"

나는 눈을 감고, 사장님과 나눴던 짧지만 인상적인 대화를 떠올렸다. 며칠 전, 야근 후 10시가 다 되어 퇴근하려는데 사장님이 개발실로 조용히 올라오셨다. 커피 한 잔을 건넨 뒤, 조용히 내 옆에 앉으셨다.

"서 팀장님. 이번 계약은 우리 회사의 흐름을 바꿀 기회입니다. 무리하자는 게 아닙니다. 다만 할 수 있는 부분들은 최대한 열어 보고 싶습니다. 미리 주저하거나 포기하지 말고요."

나는 망설이다가 말했다.

"솔직히 말씀드리면 지금 팀원들이 굉장히 지쳐 있습니다. 가능성은 열어 놓되, 현실을 감안한 제안서를 다시 정리해야 할 것 같습니다."

"그렇게 해 주세요. 제가 팀원들 앞에서는 편하게 얘기 못 하지만 저도 그 친구들 힘든 거, 다 알고 있습니다. 너무 무리하게는 하지 마세요. 다만, 한 발자국만 더 앞을 봐 주셨으면 해서…."

회의실로 돌아와 나는 조용히 말했다.

"사장님도 무리하지 말라고 하셨습니다. 우리는 할 수 있는 범위 내에서 최대한 해 보면 됩니다."

하지만 속으로는 이미 알고 있었다. 이제 우리는 계약의 기쁨이 채 가시기도 전에 그보다 더 큰 책임의 언덕을 올라가야 한다는 것을. 이번 프로젝트는 단순한 '기술'을 넘어선 문제였다. 납기와 인력의 현실, 고객의 기대, 회사의 명운 등 모든 게 얽혀 있는 진짜 '개발 전쟁'의 시작이었다.

회의가 끝난 뒤, 개발실로 돌아와 팀원들과 다시 미팅을 시작했다. 아무도 큰 불만은 내비치지 않았지만 눈빛 속 피로감과 무언의 압박이 그대로 느껴졌다. 나는 팀원들을 바라보며 말했다.

"이번 확장 요청은 당장 전체 적용이 아닙니다. 기능 우선순위를 조정하고 고객과 단계적 도입을 논의해 볼 겁니다. 불필요한 압박은 없도록, 최대한 조율하겠습니다. 다만 우리가 해낼 수 있다면, 회사의 다음 도약은 현실이 됩니다. 모두들 이 점 염두에 두셨으면 합니다."

그 말에 막내 연구원 성훈이가 작게 말했다.

"그럼 결국, 또 우리한테 달렸다는 거네요?"

나는 웃지 못한 채 고개를 끄덕였다.

"이번에도, 결국 우리입니다. 그래도 우리가 만든 넵투. 우리가 해내야 합니다. 그리고 우리가 지킬 수 있습니다."

조용히 자리로 돌아와 화이트보드에 오늘 새롭게 추가된 고객 요청을 정리했다. 그 옆에는 이미 꽉 찬 기존의 기능 구현 스펙이 빼곡히 적혀 있었다. 깊게 숨을 들이쉬었다. '그래, 또 다른 벽이다. 이번에도 넘어야 한다. 이 벽은 우리 모두를 한 단계 끌어올려 줄 것이다.'

"팀장님, 이 일정 정말 가능하신 거죠?"

기획팀 한지수 과장이 모니터를 넘기며 조심스럽게 물었다. 화면 속 제안서에는 익숙한 단어들이 나열돼 있었지만, 그 안에 담긴 의미는, '우리가 또 한 번 한계에 도전해야 한다'는 말이었다. 며칠 전 영업팀과 기획팀이 함께 참석한 고객 미팅에서 고객사는 명확한 한 줄을 남겼다.

"우리 공장은 데이터 기반으로 품질과 생산을 통합 관리하고 싶습니다. 그런데 그게 단지 모니터링만으로 되겠습니까? 데이터가 있으니 분석도 할 수 있는데 말입니다."

고객의 말은 곧, 그들이 원하는 또 다른 기능을 추가해 달라는 뜻이었다. 회의가 끝나고 기획팀이 제안서 초안을 들고 왔을 때 내가 처음 한 말은 이것이었다.

"이거, 누가 이 범위까지 가능하다 얘기했죠? 다들 정말 왜 이래요?"

기획팀장은 잠시 머뭇거리다 말했다.

"고객의 강력한 요구 사항이었다고 합니다. 가능 여부는 기술팀에서 검토하고 어렵다면 조정하면 된다고 생각해서 영업팀 의견을 가지고 왔습니다."

영업본부장이 덧붙였다.

"현장에서 이렇게 말이 나왔고, 계약은 해야 하니 일단은 받아 줘야 되는 거 아니겠습니까? 여기서 주저하면 자칫 계약 확정이 어려울 수도 있습니다."

그 순간 나는 숨을 깊이 들이마셨다. 이건 처음이 아니었다. 늘 '일단 받아 오고 나서' 그 뒤의 문제는 개발팀이 감당하는 구조. 언제나 비슷하게 말이 안 통하는 구조다. 사실 세 팀 모두가 각자의 관점에서 최선을 다하고 있다. 영업팀은 수주에 목숨을 걸고, 기획팀은 고객 요구를 회사 언어로 바꾸고 니즈를 기술로 정립하고 개발팀은 기술적으로 '실현 가능한지'를 고민한다. 하지만 문제는 각각의 팀에서는 서로 다른 세 개의 언어로 말하고 있다. 그 차이를 실감한 건 윤태준 책임이 회의 후 내게 와서 조용히 했던 말에서였다.

"팀장님, 기획팀은 왜 자꾸 우리가 못 한다고 얘기하면 '소극적이다'라고 하는 거죠? 저희는 불가능하다는 게 아니라 시간과 리스크를 말하는 건데요."

같은 날 오후엔 기획팀 한지수 과장에게서 이런 메시지가 왔다.

"팀장님! 개발팀이 너무 방어적으로만 말해요. 도와주려는 건 알겠는데, '절대 안 된다'는 뉘앙스에 우리 팀도 답답해지고 지칩니다."

이게 지금의 현실이었다. 의도는 다르지 않다. 문제는 '어떻게' 말하느냐와 '누구의 입장'을 먼저 고려하느냐. 그래서 나는 직접 조율하기 시작했다.

"이번 한빛반도체의 추가 요청 사항은 단기적으로 부담이 될 수 있지만 우리가 정말 못 할 일은 아닙니다. 고객에게 신뢰를 줄 수 있는 방향으로 가능성과 한계를 구분해서 전달합시다."

같은 날 기획팀에는 따로 찾아가 말했다.

"김 팀장님. 개발팀이 민감하게 반응하는 건 개발 로드맵과 팀 리소스의 현실적인 이유 때문입니다. 그걸 조금만 더 이해해 주세요. 우리 모두가 같은 목표로 움직이고 있는 거잖아요."

말이 오가기 시작했다. 이해가 아니라 조율의 언어가 생겼다. 그날 밤 윤태준 책임이 내게 다가와 말했다.

"팀장님, 솔직히 힘들긴 한데 그래도 팀장님이 중간에서 조율해 주시니까 저희는 좀 더 수월해졌습니다. 하지만 여전히 다른 부서와는 말이 잘 안 통합니다. 고질적인 문제이긴 합니다."

말이 잘 안 통한다는 얘기는 했지만 그래도 나아지고 있다니 다행이다. 조금씩 나아지면 최악의 상황은 오지 않을 것이다. 나는 개발자다. 기술로 말하는 사람이다. 하지만 지금 나는 조직 안에서 말이 통하게 만드는 사람이기도 하다. 그리고 그게 지금의 내 리더십이 되어 가고 있다. 이 과정은 화려하지 않다. 하루에도 몇 번씩 서운함과 답답함 사이를 오간다. 마음속으로 몇 번씩 "이건 아니잖아."를 외쳐야 하고 삼켜야 하는 수행의 길이다. 하지만 서로 말이 통하게 만들지 못하면 기술도, 전략도, 고객도 지킬 수 없다. 그래서 언제나 선택한다. '내 감정'을 말할 것인가, '팀을 연결할 말'을 찾을 것인가. 그리고 매일 조금 더 뒤에서 조금 더 낮은 위치에서 말이 통하는 회사를 위한 길을 걷고 있다.

"최종 계약 확정됐습니다."

사장님의 목소리는 담담했지만, 그 담담함 속에 감춰진 감정의 결을 나는 알아챘다. 전화기를 든 손이 살짝 떨릴 정도였다.

"그래요? 정말 다행입니다."

기뻤지만 기쁘지 않았다. 개발팀에 닥칠 부담이 온몸으로 체감되었다. 전화기를 놓고도 한참을 생각했다. 이제야 조금 숨을 쉴 수 있을 것 같았는데 다시 답답해졌다. 그래도 계약은 좋은 신호라는 생각으로 스스로를 위로했다. 나는 이 프로젝트가 단지 '하나의 수주' 그 이상이었다는 것을 알고 있다. 최근 매출 부진으로 회사의 자금이 빠르게 소진되었고 외부는 물론 내부의 신뢰까지 흔들릴 수 있었던 시기이기에 우리가 반전을 할 수 있다는 증거를 세상에 보여 주는 증명이기도 했다. 그날 저녁 조촐하게 개발팀원들과 치킨을 시켜 먹었다. 윤태준 책임이 맥주잔을 들고 말했다.

"팀장님, 최종 계약이 완료되었으니 기뻐할 일이긴 하지만 솔직히 말하면 중간에 몇 번은 포기하고 싶었습니다."

나는 잔을 들며 웃었다.

"마찬가지입니다. 여러분이 포기했다면 이번 계약은 타 경쟁사로 넘어갔을 겁니다."

막내가 작은 목소리로 말했다.

"이제부터 또 전쟁 같은 시간이 오겠죠?"

기획팀과도, 영업팀과도 그동안 있었던 감정의 골을 조금씩 좁혀 나가기 시작했다. 기획팀 한지수 과장과 마주친 커피 머신 앞에서 우리는 멋쩍게 웃으며 말했다.

"팀장님, 고생 많으셨어요. 다음은 우리가 좀 더 성장해서 더 잘할 수 있도록 노력하겠습니다."

"아닙니다. 앞으로는 잘 부탁드리겠습니다."

이렇게, 말이 오가고 있었다. 물론 끝이 아니다. 시작일 뿐이다. 고객의 요구 사항은 예측하기 힘들고 우리의 리소스는 항상 모자란다. 하지만 이 작은 성취는 지금까지의 모든 불확실한 순간들에 대한 정중한 보상이었다. 그날 밤, 사장님으로부터 1층 로비에 있다며 전화가 왔다.

"서 팀장님, 퇴근 전이면 잠깐 내려올 수 있을까요?"

잠시 뒤, 나는 편의점 맥주 두 캔을 손에 들고 사장님과 건물 앞 벤치에 마주 앉았다.

"서 팀장님. 정말 고생 많았어요. 어려운 상황에서 개발팀 잘 끌고 계약까지 하게 해 주셨어요."

나는 고개를 저었다.

"아닙니다. 사장님. 팀원들이 고생했죠. 어려운 상황에 좋은 일이어서 저희도 기쁩니다."

잠시 침묵이 흘렀다. 사장님은 하늘을 올려다보며 말했다.

"그런데요, 팀장님. 이런 생각이 들더군요. 우리가 원하는 결과는 절박할 땐 안 오고, 내려놓을 즈음에 온다는 거."

사장님의 의미를 알고 있었지만 그냥 대답했다.

"그래서 개발이 어렵고 리더십은 더 어렵나 봅니다."

맥주를 마시는 사장님의 얼굴에는 아직도 수많은 고민이 내려앉아 있었지만 그날의 눈빛은 분명, 조금은 가볍고 따뜻했다. 시간이 걸리고 어려운 부분도 있었지만 결국, 우리는 결과를 만들었다. 그건 확실한 시작이고 이제 더 큰 파도를 준비해야 한다는 신호이기도 하다. 하지만 그날만큼은 우리가 해냈다는 사실 하나만으로도 충분히 의미 있었다. 하지만 또다시 문제는 반복 될 수 있다는 것을 나는 안다. 리더십과 도전에 대해서 생각하며 오랜만에 일찍 집으로 들어왔다.

"서 팀장님, 이건 영업팀이 고객한테 약속한 거라 반드시 지켜야 합니다."

아침부터 영업본부장의 다소 단호한 목소리를 들었다. 그 말을 들은 순간, 내 머릿속은 순식간에 복잡해졌다. 내 입에서 튀어나온 말은 그와 정반대였다.

"아니, 본부장님. 개발 리소스가 부족하다는 건 이미 말씀드렸고, 저희 입장에서 이 일정은 물리적으로 불가능합니다. 몇 번을 얘기해야 하나요?"

고객사는 지난번보다 더 구체적인 요구 사항을 추가로 제시해 왔다. 기존 계약 범위를 벗어나는 내용이 명확했고 개발팀은 당장 신규 기능을 설계할 수 없는 상황이었다. 기획팀에서 고객 커뮤니케이션을 맡고 있던 한지수 과장도 난감한 얼굴로 나를 바라봤다.

"팀장님. 한빛반도체는 참 까다로운 고객인 건 분명합니다. 아마 우리가 한 번 신뢰를 잃으면 계속 공격적으로 나올 수도 있습니다."

"그래서 무리하더라도 수용하자는 겁니까? 그 후폭풍은 결국 우리 팀이 떠안게 되는데요."

나는 회의실 한쪽 화이트보드 앞에 서서 요구 사항 하나하나를 나열하며 대응 가능 여부를 설명했다. 말은 기술적이었지만, 내 마음은 점점 조급해졌다.

"이걸 다 넣으면 최소 한 달은 추가로 필요합니다. 지금 QA(Quality Assurance) 기간까지 포함하면 납기일 자체를 맞출 수 없습니다."

잠시 정적이 흐른 뒤, 강태우 본부장이 조용히 말했다.

"그럼 지금 고객에게는 뭐라고 해야 합니까? 계약 체결이 완료가 되었습니다. 고객이 양보를 못하고 우리가 수긍을 할 수 없다면, 계약서로 싸워야 하는 분쟁이 일어날 수 있습니다."

한숨이 절로 나왔다. 기획팀, 영업팀, 개발팀. 모두 같은 목표를 향하고 있지만 서로 말이 통하지 않는 시기였다. 영업은 고객을 보고, 기획은 일정을 보고, 우리는 결국 현실적인 기술의 한계를 본다. 회의가 끝난 뒤, 팀원들과 함께 작은 회의를 열었다.

"팀장님, 왜 자꾸 우리만 혼나는 거 같죠? 우리가 일을 안 하려는 것도 아닌데 말이 안 통해요."

윤태준 책임의 말에 모두 고개를 끄덕였다. 나도 말했다.

"맞습니다. 우리만 욕먹는 구조, 나도 정말 싫어요. 하지만 이 상황에서 우리가 뚫고 나가지 않으면 고객도 잃고, 내부 신뢰도 무너집니다. 내가 먼저 그 벽을 뚫어 보도록 하겠습니다."

며칠 뒤, 다시 영업본부와 기획팀과의 조정 회의 때 나는 PPT가 아닌,

실제 코드 예시와 기능 아키텍처를 보여 주며 말문을 열었다.

"우리가 '왜 안 된다'가 아니라 어디까지 할 수 있는지를 고객에게 직접 보여 드리고 설명하도록 하겠습니다."

기획팀장이 말했다.

"그럼 고객 대응은 우리가 맡을게요. 내부에서 할 수 있는 선을 명확히 해 주신다면 우리가 책임지고 조율에 힘을 쏟도록 하겠습니다."

강 본부장은 고개를 끄덕였다.

"알겠습니다. 고객과 기술 미팅을 바로 잡겠습니다."

그날 밤, 나는 사무실에 남아 한빛반도체의 프로젝트 개발 스프린트를 다시 구성했다. 각 팀원들의 스케줄과 모듈 단위를 하나씩 조정하고 내가 직접 맡을 기능도 조정했다. '팀원들이 책임질 이유는 없다. 리더가 앞에 서야 한다.' 이 단순한 원칙이, 결국 회복의 시작이었다. 며칠 후. 영업본부장을 통해서 고객사의 피드백이 도착했다.

[기술적으로 지금 당장 불가능한 건 이해합니다. 현재 범위 안에서의 일정 재조정안을 주세요. 그리고 우리는 계약 주체이지만 저희는 이제는 코어테크와 파트너 관계이기도 합니다. 코어테크 기술팀과의 협업은 우리에게도 무엇보다 중요하고 존중합니다.]

나는 그 메일을 복사해 팀 메신저에 올렸다. 고객이 마냥 벽이 아니라는 걸 소통이 불가능한 존재가 아니라는 걸 조금은 보여 주고 싶었다. 말이 통하지 않을 때가 있더라도 결국 말은 통한다. 단지 노력이 조금 필요할 뿐이다.

"팀장님, 데이터 검증은 누가 담당할까요?"

윤태준 책임이 조심스럽게 물었다. 그는 최근 프로젝트의 가장 까다로운 모듈 중 하나를 맡고 있었다. 내 머릿속은 잠시 멈칫했다. 데이터 검증 작업은 데이터의 정합성을 일일이 테스트해야 하는 것이기에 까다롭고 지루한 작업이다. 내가 하는 게 팀이 피로를 덜 수 있는 방법이라 생각했다.

"그건 제가 맡겠습니다."

나는 언제부터인가 '결정'을 내리는 사람이 아니라, '결정의 결과를 책임지는 사람'이 되어 있었다. 모든 결정은 테이블 위에서 내려진다. 사장님이 큰 그림을 그리면 기획팀이 방향을 세우고 영업팀이 우리의 현 시점과 방향을 소개하며 고객과의 약속을 만들어 낸다. 그리고 그 결과는 항상 개발팀이 만들어 내야 한다.

"이거 왜 안 되는 거예요? 개발팀이 막았다고 하던데요? 좀 더 빨리 안 될까요?"

우리는 이해받기보다 조용히 결과로만 평가받는다. 그런 구조가 싫지만, 어쩌면 익숙해졌는지도 모른다. 최근에는 새로운 이슈가 생겼다. 기존 고객사의 계열사 간의 연동 문제였다. 기술적으로는 해결 가능하지만, 시간과 비용이 문제였다. 기획팀에서는 몇 가지 대안을 검토 중이었고, 영업본부는 고객사의 눈치를 보며 한 발 물러섰다. 영업본부장이 조심스럽게 물었다.

"서 팀장님, 우리가 이걸 지금 해결할 수 있는 부분인가요? 아니면 언제쯤 해낼 수 있을까요?"

나는 진중히 생각하다가 고개를 끄덕였다. 사실 지금 당장 할 수 있을지 명확한 기능은 아니지만, 해야 할 일이니까. 그게 내 역할이다. 결정이란 건 사실, 회의실에서 PPT로 내려지는 게 아니다. 나의 결정은 주로 늦은 밤, 책상 위 커피가 식어 갈 때, 해결해야 할 코드를 앞에 두고, 머리를 부여잡은 채, '내가 이걸 해낼 수 있을까'를 묻는 순간 내려진다. 그 모든 무게는 말없이 내려놓은 사람에게 남는다. 최근 팀의 막내 연구원인 성훈이가 물었다.

"팀장님, 저도 팀장님처럼 되려면 뭘 준비해야 할까요?"

나는 대답하지 못했다. 팀장이라는 자리는 능력보다 책임감이 먼저여야 한다. 기술적인 우위나 성과보다도 '누군가를 대신해서 무게를 지겠다는 마음'이 있어야 한다. 하지만 그런 대답은 너무 무거워서 결국 이렇게 말했다.

"음… 성훈 씨만의 방법으로 리더가 될 겁니다. 누구를 따라가는 게 좋은 것만도 아니죠. 너무 걱정하지 마세요. 지금 당장 해야 할 것부터 하자고요."

내가 하는 결정 중 대부분은 누군가를 편하게 해 주기 위한 결정이다. 어떤 건 사장님의 부담을 덜어 드리기 위한 결정이고 어떤 건 팀원들에게 책임을 전가하지 않기 위한 결정이다. 그래서 때론 말이 없다. 말을 하는 순간 팀이 흔들릴 수 있기 때문이다. '할 수 있습니다'는 말은 아니더라도 '할 수 있게 해 보겠습니다'는 말만큼은 팀장이 해야 할 유일한 말이라는 걸 지금의 나는 안다. 늦은 밤, 사장님이 퇴근하다 말고 내 자리에 들렀다. 피곤한 얼굴이었다. 말없이 내 모니터 화면을 잠시 보고, 조용히 말했다.

"서 팀장님, 언제나 감사합니다. 직접 말은 안 해도 팀장님 노고를 잘 알고 있습니다. 제가 도울 일이나 결정해야 할 일이 있으면 언제든지 얘기해 주세요."

나는 그 말에 그저 고개만 숙였다. '고맙습니다'라는 한마디로 밤새 이어질 불안을 조금은 덜어낼 수 있었다. 결정보다 중요한 건 책임감이고, 책임감보다 중요한 건 그걸 말없이 감당해 주는 누군가의 마음이다. 그리고 지금 나는 그 무게를 감당하며, 조금 더 단단해지고 있다.

기술

"서 팀장님, 혹시 이번 IR 자료 중 기술 부분 다시 한번 더 검토할 시간 있으세요?"

김윤서 기획팀장이 회의가 끝나자마자 조심스럽게 물었다. 나는 말없이 고개를 끄덕였다. 사장님의 시선이 느껴졌지만 피하지 않았다. 이제는 피할 수도 없었다. '넵투'와 '넵포머'. 내가 우리 팀원들과 함께 만든 회사의 첫 제품이었다. 경험한 적 없는 제조업에 적용하는 제품이라 공장을 몇십 번을 왔다 갔다 했는지 모른다. 그만큼 조심스럽게 개발을 진행했다. 밤새 자료를 정리하고 테스트를 반복하느라 수많은 시간들을 보냈다. 그 모든 것들이 이제는 숫자와 그래프, 키워드 몇 줄로 정리되어 투자자 앞에 내놓는 하나의 '소개 슬라이드'가 될 것이다. 개발자 입장에서는 조금 억울하고 아쉬운 부분이 있다. 하지만 곧 인정했다. 이렇게 우리는 기술만 잘해서는 안 되는 단계에 와 있었다.

기획팀은 이번 IR 발표에 '위도'의 AI 로드맵도 추가로 넣자고 했다. 나는 선뜻 동의하지 못했다.

"계획은 아직 계획일 뿐인데, 이걸 넣어도 되나요?"

그런 내 망설임에 기획팀장은 말했다.

"팀장님, 우리는 지금 가능성도 팔아야 해요. 단지 지금 있는 기술만 보여 주는 건, 너무 방어적이에요. 제안을 하는 게 아니라 투자유치를 위해서 우리의 가치를 보여 줘야 합니다."

공감을 했고 맞는 말이었다. 하지만 그 '가능성'을 실제 구현해야 할 사람은 우리 개발팀이다. 그 무게를 생각하면, 쉽게 고개를 끄덕이기도 어려웠다.

투자 발표 당일. 사장님과 회사 건물 로비에서 만났다. 보통 때와 달리, 사장님은 먼저 말을 걸지 않았다. 엘리베이터가 올라가는 동안, 침묵이 흘렀다.

"서 팀장님."

엘리베이터 문이 열리기 직전, 사장님이 말했다.

"오늘 발표 끝나고, 잠깐 시간 괜찮으시면 오랜만에 저녁 할까요?"

요즘은 서로 바쁘다 보니 예전처럼 사장님과 단둘이 밥을 먹는 일이 별로 없다. 그만큼 이번 투자 발표를 중요하게 생각한다는 것이다. IR 발표는 조용하게 끝났고, 기획팀장과 경영지원팀장, 그리고 내가 질문에 대한 답변을 이어서 했다. 고개를 끄덕이는 투자사 담당자도 있었지만, 메모만 하거나 무표정한 사람이 더 많았다. 전형적인 일반 IR의 모습처럼 보였다. 모두들 최선을 다했지만 돌아온 결과는 투자 실패. 그렇게 준비를 했는데 우리 회사는 지금까지 열 번 이상의 투자유치 활동에서 고배를 마셨다. 그날 저녁. 회사의 근처 조용한 한식당에서 사장님과 마주 앉았다. 각자 한 잔씩 따르며, 사장님이 입을 열었다.

"팀장님. 전 말이죠, 이 회사는 우리가 가진 기술로만 갈 수 없다는 걸 깨달은 지 오래입니다. 근데 또 아이러니하게, 우리가 가진 기술이 전부라고 느낄 때도 있습니다."

나는 사장님의 갑작스런 말이 의아했지만 고개를 끄덕였다.

"저는 우리가 가진 기술이 맞다고 생각합니다. 다만 그걸 세상에 설명하는 방식이, 아직은 서툴 뿐입니다."

사장님이 고개를 끄덕였다.

"맞습니다. 그래서 우리가 투자유치를 계속 실패하는 이유를 더 모르겠습니다. 제품은 좋은데, 왜 이걸 선택하지 않느냐고. 말하고 싶을 때가 많습니다. 이유를 알면 보완해서 나아갈 텐데, 이유를 모르니 정말 난감한 상황입니다."

나는 조금 망설이다가 물었다.

"대표님. 만약 이번에도, 계속 안 된다면 투자유치 활동을 그만둘 생각 있으십니까?"

잠시 침묵이 흘렀다. 사장님은 조용히 고개를 저었다.

"그만둘 생각은 없습니다. 다만, 이 일을 하는 과정에서 우리 팀을 너무 힘들게 할까 봐 그래서 가끔은, 그만두는 걸 선택해야 하나 하는 생각은 합니다."

나는 그 말에 대답하지 못했다. 우리 팀, 특히 위도 개발팀은 한계까지 왔고, IR이 이어질 때마다 일도 늘고 스트레스도 커졌다. 식사를 마치고 회사로 돌아오는 길에 사장님이 뒷주머니에서 무언가를 꺼냈다. 작은 노트였다.

"이거, 창업 초기 때부터 마음을 잡을 때 써 놓았던 다짐 노트입니다.

진부하지만 IR 발표 전에 꼭 한 번은 들여다보는 습관이 있는데….”
 사장님이 노트를 넘기며, 내게 한 페이지를 보여 줬다. 거기엔 이렇게 적혀 있었다.

  [우리가 지금은 기술을 팔지만, 결국은 신뢰를 사고파는 회사가 되어
   야 한다.]

 나는 천천히 읽고, 작게 웃었다.
 “사장님. 저희 기술은 진짜 괜찮습니다.”
 사장님도 웃었다.
 “네. 저도 압니다. 그래서 다시 준비하자고 하는 겁니다. 실패? 그래, 오늘은 졌지만… 아직 끝난 건 아니잖아요.”
 투자라는 건 결국 준비는 기술이지만 성공은 신뢰에서 나오는 것이란 걸, 나는 그날 밤 다시 한번 배웠다.

 “서 팀장님. 투자 확정됐습니다.”
 사장님의 말이었다. 회의실을 나서는 나를 따라잡고서는 조용히 말을 건넸다. 그 말이 끝나기도 전에 순간, 온몸에 피가 빠르게 도는 듯한 느낌이 들었다. ‘그게 된다고?’
 “정말요? 어느 쪽에서요?”
 “지난번 방문했던 벤처캐피탈 쪽입니다. 규모는 크지 않지만, ‘위도’의 가능성을 높게 봤다고 하네요.”
 그 말을 들으며, 나는 복잡한 감정이 목까지 차올랐다. 기뻤다. 그리고

솔직히, 조금… 안도했다. 위도를 더 향상된 버전으로 개발하기 위한 투자가 가능하기 때문이다. 사장님은 웃으며 말했다.

"그래도 이 정도면, 다음 단계를 준비할 수 있겠죠? 우린 지금 작은 성공을 이뤘지만, 이게 전부는 아니니까."

나는 가볍게 웃으며 고개를 끄덕였다.

"작은 성공… 맞습니다. 그리고 그만큼 조심해야죠."

기획팀에서 그날 저녁, 전사 공지가 날아왔다.

[투자유치 확정! 다음 단계는 위도 정식 론칭과 해외 확산 전략 구축.
고고고]

기획팀 막내 정수아가 단톡방에 짧은 이모티콘과 함께 '이게 진짜 일이구나'라는 한 줄을 남겼다. 내가 타이핑을 하려다 지우기를 몇 번. 결국 나는 '잘해 봅시다 :)'라는 단순한 문장만을 남겼다. 그리고 바로 다음 날 아침. 나는 위도 전담 개발자 6명과 다시 회의실에 앉았다.

"이번 투자는 우리에게 기회이자 시험대입니다. 우리가 얼마나 빨리, 얼마나 제대로 시장의 기대를 현실로 만들 수 있는지 보여 줘야 합니다."

윤태준 책임은 조용히 고개를 끄덕이며 모니터에 아키텍처 스케치를 띄웠다. 서건우 책임도 앉아서 내용을 함께 보고 있었고 막내 성훈은 역시 아직은 긴장한 표정이었다. 나는 이어서 말했다.

"우리가 그동안 말해왔던 'AI 자율제조'. 그 말을 이제부터는 코드로, UI로, 알고리즘으로 증명해야 합니다. 오늘부터 우리의 개발은 고객과의 약속이자 하나의 독립된 사업입니다. 힘든 일이 될 겁니다. 하지만… 누구도 무너지게 하진 않겠습니다."

회의가 끝난 뒤, 윤태준 과장이 다가와 말을 걸었다.

"팀장님. 이제 진짜 제대로 되는 것 같네요. 이제 연구원들 더 충원해도 되는 거죠? 하하."

"그래야죠. 하지만 이제부터가 더 어렵습니다."

늦은 저녁. 사장님과 나, 그리고 이번 투자 건으로 승진한 CFO 최영진 상무가 회의실에 다시 마주 앉았다. 사장님은 이제 본격적으로 투자금을 어떻게 활용할 것인지 구체화해야 한다고 했다.

"서 팀장님, 인력 충원은 꼭 필요한 상황이죠?"

"예. 위도 전담 개발자 6명으론 무리입니다. 적어도 3명은 지금 바로 추가가 되어야 일정 안에 안정적인 품질을 담보할 수 있습니다. 그리고 AI 알고리즘의 반복적인 테스트 및 검증하는 작업을 체계적으로 하기 위해서 GPU 서버 추가와 기타 부대 비용들이 필요합니다."

"알겠습니다. 개발팀 리소스 우선 반영하겠습니다. 관련하여서는 좀 더 면밀히 확인해서 품의해 주시기 바랍니다."

CFO는 빠르게 노트북에 기록을 남겼고, 사장님은 고개를 끄덕이며 말했다.

"이번엔 더 단단하게 갑시다. 서 팀장님. 우리 제품, 진짜 시장에서 통할 수 있도록 정말 잘해 봅시다. 제품의 가능성이 아니라, 시장에서 인정한 미래 가치를 만들어 가는 제품을 꼭 만들어 봅시다."

나는 미소 지었다.

"네. 사장님. 걱정하지 마십시오. 진짜 잘해 보겠습니다."

강남 한복판의 조용한 골목에 자리 잡은 일식집. 우리는 이 자리를 며칠 전부터 따로 예약해 두었다. 이유는 하나, 사장님께 감사와 축하를 전하고 싶어서였다. 투자유치, 드디어 해냈다.

1년 넘는 시간 동안 수없이 준비하고, IR 발표를 열 번 넘게 반복했던 여정. 한때는 팀원들조차 포기 직전까지 몰렸던 그 시간을 지나, 드디어 결실을 맺은 날. 기획팀장 김윤서와 나는 아무 말 없이 눈을 마주쳤다. 그리고 자연스럽게 이 자리를 준비했다.

식당 안은 은은한 조명과 조명에 어울리는 음악소리 그리고 조심스럽게 속삭이는 대화들이 모여서 대화하기 좋은 분위기로 채워져 있었다. 사장님이 도착하자 우리는 자리에서 일어나 반갑게 맞이하며 인사를 드렸다.

"사장님, 오늘은 저희가 대접하는 자리입니다. 어서 오세요."

사장님은 멋쩍은 듯 웃으시며 자리에 앉으셨다.

"투자 성공이 좋긴 한 모양입니다. 이렇게 두 분께 접대를 다 받고 말이죠."

기획팀장 김윤서가 조심스레 한마디 덧붙였다.

"사장님, 1년 동안 진짜 고생 많으셨어요. 오늘만큼은 마음 편히 드셔도 되는 날입니다."

자리에는 정갈하게 차려진 사시미와 조촐한 사케 한 병이 올라왔다. 나는 조용히 잔을 채우며 건배를 제안했다.

"투자유치 성공을 진심으로 축하드립니다. 그리고 우리 팀 모두를 끝까지 믿어 주셔서 감사합니다."

사장님은 말없이 고개를 끄덕이며 잔을 들었다.

"정말 수고 많으셨습니다. 다들 고맙습니다."

잔이 부딪히는 소리와 함께, 어깨를 누르고 있던 피로가 잠시 내려앉는 듯했다. 잠시 후, 사장님이 조용히 말을 꺼내셨다.

"사실 이번 투자 성공은 정말 감회가 남달라요. 사업 초기 처음 투자유치 활동을 할 때는 제가 혼자서 투자 설명서도 만들고, 재무 모델도 짜고, 자료 만들다 밤을 새운 적이 수도 없이 많았는데, 이번엔 서 팀장, 기획팀장이 든든하게 중심을 잡아 줘서 제가 더 힘을 낼 수 있었습니다. 이제는 혼자서 할 수 있는 일이 별로 없어졌습니다. 하하."

나는 조심스럽게 웃으며 잔을 다시 채웠다.

"정말 수고가 많으셨습니다. 사실 저희가 조금 늦게 사장님을 따라오게 되어 죄송합니다."

기획팀장 김윤서도 맞장구를 쳤다.

"이번 IR 준비하면서 진짜 많은 걸 배웠습니다. 개발팀, 영업팀, 기획팀이 서로 붙잡고 싸우고 풀고… 그래도 끝까지 해내서, 너무 좋았어요."

사장님은 잠시 말없이 술잔을 바라보시더니 조용히 입을 열었다.

"그래도 말이죠 가끔은 이런 생각도 들어요. '사장이라는 자리는… 왜 이렇게 태연해야만 하나' 하고요. 실패할 때마다 사실 엄청 좌절하고 힘들었거든요. 티 안 내느라 참 힘들었습니다. 하하."

나는 잠시 잔을 내려놓고, 사장님의 눈을 바라보았다.

"사장님도 사람입니다. 저희는 그런 사장님의 고민도 충분히 이해합니다. 넘 걱정 마십시오."

사장님은 살짝 고개를 끄덕이셨다.

"고맙습니다. 그래도 내가 힘들다고 말하면, 결국 누군가는 흔들리잖아요. 그래서 요즘은 애써 더 태연한 척을 하게 되더라고요."

나는 작게 웃으며 답했다.

"저희도 사장님한테 많이 배워 갑니다. 태연함이라는 게 말처럼 쉽진 않지만, 적어도 그걸 지키려는 노력을 보고 있습니다."

그날, 우리는 잔을 몇 번이나 비웠는지 모른다. 기획팀장은 중간중간 감탄하듯 얘기했다.

"근데요, 생각해 보면 사장님, 처음부터 이렇게 될 줄 알고 계셨던 거죠?"

사장님은 사케 잔을 내려놓으며 웃었다.

"솔직히 말하면… 아니에요. 안 될 거 같았습니다. 저도 항상 두려웠어요. 하지만 그냥… 계속 가다 보면 뭔가 하나는 될 거란 작은 믿음? 그게 전부였어요. 이렇게까지 열심히 하는데 안 되면 이상한 거 아닌가, 하는 생각을 정말 많이 하게 되죠."

식당을 나서는 길에 나는 사장님 옆에서 천천히 걸었다. 비가 조금씩 내리고 있었다.

"사장님, 저희가 더 잘하겠습니다. 위도, 넵투… 그리고 다음 시장까지. 제대로 만들어 보겠습니다."

사장님은 고개를 끄덕이며 말씀하셨다.

"서 팀장님은 언제나 믿습니다. 함께 잘해 봅시다. 이제는 함께할 팀도 있으니까요."

그날의 술잔엔 단지 사케만 담긴 게 아니었다. 그 안에는 버텨낸 시간들, 함께한 동료들, 그리고 '함께 앞으로 가겠다는 다짐'이 고스란히 녹아 있었다.

도전

"서 팀장님, 베트남 출장 일정이 확정됐습니다. 함께 준비하시죠. 이번엔 기술 설명이 아주 중요합니다."

사장님의 말을 들으며, 나는 살짝 한숨을 삼켰다. 물론 가야 한다. 그건 너무도 당연한 이야기다. 이번 해외 사업은 '수출 계약' 이상의 의미가 있다. 한국의 제조업들이 점점 동남아로 생산 거점을 옮기는 지금, 우리 회사가 그 흐름을 같이 타지 못하면 AI 자율제조 솔루션이라는 미래 전략은 발을 붙이지 못할 수도 있다. 그런데… 그걸 아는 만큼, 내 어깨는 더 무거웠다. 베트남에 가기 전, 우리는 열흘 넘게 기술 사양 정리와 데모 시연 준비에 매달렸다. 영업본부장과 영업과장은 고객사 한국 본사에서 계속 요구 사항을 받고 있었고, 기획팀은 그 내용을 바탕으로 제안서를 만들고 있었지만, 결국 그 제안서를 완성하는 핵심은 '우리가 구현할 수 있는 기술'이다. 그리고 그 기술의 책임은 결국 나와 내 팀에게 있었다.

"팀장님, 이 설비는 데이터 포맷이 너무 다양해서 통합이 쉽지 않아요."
"여기는 센서 장착이 어려워 수집 자체가 안 되는데요?"
"혹시 이 공정은 예외 처리로 잡을까요?"

위도, 넵투, 넵포머. 우리가 만든 이름이지만, 고객에게는 그 이름따위는 중요하지 않다. 오직 그들이 원하는 공장에 적용될 수 있는 우리의 기술이 '될 수 있는가'가 훨씬 중요하다. 그리고 '된다'는 말 뒤에는, 늘 기술적인 복잡성과 현실적인 제약이 따라왔다.

출장 전날 밤. 팀원들 대부분은 퇴근했고, 나는 혼자 남아 시스템 아키텍처와 AI 아키텍처를 다시 정리하고 있었다. 베트남 공장의 법인장이 요구한 복잡한 요구 사항은 이랬다.

"가능한 모든 설비에서 데이터를 수집해야 합니다. 그런 후 통합 데이터 수집체계를 구축해서 설비 예지 보전 등도 바로 구현을 하고 그 후 AI Agent 등의 일부 기능을 가동해서 공장을 유연하게 적용하는 게 우선 목표입니다."

나는 화이트보드에 적힌 키워드를 가만히 바라봤다.

[노후 설비 대응, 센서 외부 부착, 통신 프로토콜 변환, 예측 기반 이상 탐지 로직, 넵포머 경량 버전 적용 가능성. 결국 보이는 공장의 실현]

솔직히, 안 되는 일은 아니었다. 하지만 역시나 인력과 시간, 리스크는 무시할 수 없는 문제였다.

"서 팀장님, 우리가 이걸 꼭 성공시켜 해외 시장에서도 신뢰를 얻을 수 있도록 합시다. 고객이 우리 제품을 통해 변화할 수 있다는 걸 증명해 봅시다."

사장님의 그 말이 틀린 건 아니었다. 아니, 맞다. 아주 정확히 맞는 이야기다. 하지만, 나는 그 말에 단순히 '예, 알겠습니다'라고 답할 수만은 없었다. 그 변화의 실체를 구현하는 사람들이 누구보다 절실하게 고통받는다는 걸 알고 있었기 때문이다. 나는 출장용 노트북을 닫고 마지막 메일을 하나 보냈다.

[To: 위도 개발팀(전담 6명 전체)
Subject: 베트남 제안 대응 관련 준비 공유

안녕하세요. 서민우입니다.

내일 사장님, 기획팀장님 등과 함께 베트남 출장길에 오릅니다. 고객사의 기술 요청사항과 현재 우리가 대응 가능한 범위에 대해 아래와 같이 정리한 문서를 첨부하니, 검토 바랍니다.

일부 기술은 지금은 어렵더라도, 우리가 만들어 갈 미래에 반드시 필요한 부분입니다.

우리 팀이 그 흐름의 중심에 있다는 것, 함께 자부심을 가졌으면 합니다.]

베트남으로 떠나는 마음은 기대보다 무거움이 컸고, 자신감보다 책임감이 앞섰다. 하지만 나는 알고 있다. 이 작은 회사에서 우리가 만들어 가는 기술 하나하나가 언젠가는 더 큰 시장에서 경쟁력을 가진 자산이 된다는 걸. 그리고 그 시작이 이 '한 번의 출장'에서도 비롯될 수 있다는 것도 잘 안다. 공항으로 가는 새벽의 하늘은 잠깐 맑았다 계속해서 비가 왔다. 나는 마음속으로 이렇게 되뇌었다. '우리가 바다를 건너는 이유는 단순히 고객을 만나기 위함이 아니다. 기술로 신뢰를 다지는 것이다. 그리고 그 다리를 내가 먼저 놓아야 한다.'

베트남 하노이 외곽, 박닌시 공단 지대 한가운데 위치한 고객사의 전자 부품 조립 공장은 거대한 몸체를 웅크린 공룡 같았다. 1층 현장에 들어서자, 쉼 없이 돌아가는 설비와 자동화 장비들이 커다란 소음을 내며 움직이고 있었다. 나는 헬멧과 귀마개를 챙겨 쓰고 사장님, 영업본부장, 기획팀장과 함께 라인 안쪽까지 안내받았다.

"여기부터가 핵심 라인입니다. 실질적으로 하루 생산량의 60%가 이쪽에서 나옵니다. 이 설비들을 모두 넵투와 넵포머로 커버해야 합니다. 가능하겠습니까?"

'뭐 보자마자 가능하냐고?' 현장 담당자의 말에 나는 고개를 돌려 사장님과 눈을 마주쳤다. 그리고 다시 눈앞의 설비들을 차례로 훑었다. 대부분 오래된 장비였다. 1990년대 후반에서 2000년대 초반 도입된 일본산 기계들. 심지어 1980년대 후반의 장비도 몇 대씩 보였다. 일부는 통신 포트조차 없었고, 제어보드도 개조가 필요한 상황이었다.

"전체 설비 수량과 PLC가 붙어 있는 장비/없는 장비 등으로 나눠서 볼 수 있을까요? 실시간 데이터 수집이 가능한 설비와 그렇지 않은 설비를 좀 구분하기 위해서입니다."

"확인해서 알려 드리도록 하겠습니다. 다만 데이터 인터페이스를 가능한 모든 장비에서 한다는 생각으로 분석을 해 주시기를 부탁드리겠습니다."

공장을 둘러보고 나는 사장님에게 말했다.

"CNC 장비가 700대가 넘습니다. 모두 데이터를 받을 수 있는 설비는 아닙니다. 하나하나 분석하는 것도 어렵고, 또 분석이 모두 이뤄진다 해도 비용이 크게 나올 듯합니다. 예산 때문에 사업 자체에 문제가 생길 수도 있겠어요."

기획팀장이 조심스럽게 끼어들었다.

"범위를 줄이면서도 분석 신뢰도를 확보하는 쪽으로 구조를 다시 잡을 수 있을 것 같습니다. 예산과 일정 이슈를 감안해서, 일부 구간만 먼저 구현하고 단계별로 나머지도 구현하는 식으로 제안하는 게 현실적일 듯합니다. 그런 다음에 AI 모듈을 탑재하는 방법으로 해야 합니다."

나는 고개를 끄덕였다. 이게 바로 우리가 해야 할 일이다. 현실을 기반으로 하되, 미래를 설계하고 제안하는 방식이었다. 회의실로 자리를 옮겨 다시 기술 검토 미팅이 시작되었다. 고객사는 계속해서 이렇게 말하고 있었다.

"우리는 단순한 모니터링만으로는 부족합니다. 불량이 날 것 같으면 미리 막고 싶고, 데이터가 모이면 AI로 품질을 예측할 수 있었으면 좋겠습니다. 하지만 무엇보다 중요한 건, 지금 당장, 설비에서 데이터가 나와야 한다는 겁니다. 지금 안 되면, 이 사업 자체가 실효성이 없는 거거든요."

나는 깊게 숨을 들이쉬었다. 그리고 정중히 입을 열었다.

"가능합니다. 하지만 전제 조건이 있습니다. 데이터 수집이 가능한 설비에 한해서는 단기 구축이 가능하지만, 노후 설비까지 포함하면 센서 추가 설치 및 커넥터 보완 작업이 필요합니다. 이는 일정과 예산 모두에 영향을 줄 수 있습니다."

사장님이 곧바로 덧붙였다.

"그래서 저희가 제안드리는 건 단계적 접근입니다. 우선 가용 가능한 설비부터 데이터 수집 체계를 안정적으로 구현하고, 그 기반 위에 AI 분석 및 예측, 향후에는 자율제어까지 확장할 수 있도록 구조화하는 것이죠."

고객사는 한동안 침묵에 빠졌다.

"그러니까 당장은 전체 설비 데이터가 나오진 않는다는 얘기군요. 우리는 좀 더 전체적이고, 통합적인 그림을 기대하고 있었습니다."

그 말에 나는 잠시 시선을 아래로 내렸다가 다시 정면을 바라봤다.

"말씀하신 통합적 시스템, 저희도 추구합니다. 다만, 진짜 중요한 건 '빠르게 전부를 하는 것'이 아니라 '지속 가능한 시스템'을 완벽히 만드는 것이라 믿습니다. 현실은 분명히 어렵습니다. 하지만 그 현실 안에서도 최선을 찾고, 미래까지 연결해 드릴 수 있는 게 저희 기술팀의 제안 목표이기도 합니다."

미팅은 결국 결론 없이 끝이 났다. '검토해 보자'는 말로 마무리된 오늘의 미팅은 사실상 고객의 마음을 얻었는지도, 잃었는지도 모른 채 끝난 셈이었다. 돌아오는 차 안에서 기획팀장이 조용히 입을 열었다.

"팀장님, 오늘 솔직히 힘들었죠?"

나는 고개를 젓고 창밖을 바라봤다. 베트남의 저녁 하늘이 수많은 오토바이에서 뿌려 대는 매연으로 더욱 뿌옇게 물들어 가고 있었다.

"힘든 건 익숙한데, 어려워도 해야 한다는 것도 이제는 익숙해져야 하니까요."

노트북 가방을 무릎 위에 올리고 주먹에 힘을 주었다. 지금 우리는 현실과 싸우고 있고, 그 속에서 미래를 설계하고 있다. 그리고 그 길 위에서 '지금 당장은 안 된다'는 말보다 '함께해 보자'는 말이 더 중요하다는 걸 다시 한번 느끼고 있었다.

한국으로 돌아온 지 일주일이 지났지만 베트남에서의 미팅이 마무리된 이후, 고객사는 아무런 소식이 없었다. 메일도 없고, 전화도 없다. 회신이 없어야 할 분명한 이유도 없는데, 묘하게 불안했다. 매일 아침 출근해서 가장 먼저 받은 메일함을 열고, 그다음 영업팀과 기획팀 메신저를 확인하는 게 일상이 됐다. 내심, 아무 말 없이 넘어갔으면 좋겠다는 바람과 어서 결정을 내려줬으면 좋겠다는 갈증 사이를 오가며 하루를 시작했다.

"팀장님, 혹시… 고객사에서 연락 온 거 없죠?"

김윤서 기획팀장이 조심스럽게 말을 걸었다.

"아니요. 아직이네요."

나는 모니터를 보며 짧게 대답했다.

"흠… 그래도 베트남에서는 분위기 나쁘진 않았잖아요?"

그의 말에 고개를 끄덕였지만, 금세 씁쓸하게 웃고 말았다.

"그랬죠. 근데, 그런 게 꼭 결과로 이어지는 건 아니니까요."

그날 오후, 개발팀 전용 회의실에서 조촐한 '회고 미팅'을 열었다. 베트남 출장에 참여하지 않았던 위도 개발팀 6명이 모두 자리에 앉아 있었다.

"사실, 우리가 보여 준 기술력은 부족하지 않았습니다. 고객도 그 점은 인정한 눈치였고요. 하지만…."

나는 말을 잠시 멈췄다. 모두가 내 눈치를 보고 있었다.

"문제는 예산과 시간입니다. 그 두 가지를 우리가 원하는 방향으로 맞출 수 없었어요. 그래서 고민 중일 겁니다. 경쟁사랑 저울질하고 있겠죠."

서건우 책임이 한심한 표정을 지으며 한마디 한다.

"아니 결국 영업팀에서 고객의 요구 사항을 명확히 이해하지 못한 거네요. 베트남까지 시간 버리고 다들 힘만 빼고 온 건 아닌지…."

윤태준 책임이 서건우 책임의 말을 자르며 얘기했다.

"결국 기술이 문제가 아니라 돈이 문제라는 거군요. 그런 점에선… 우리가 더 좋은 기술을 갖고 있어도, 선택받지 못할 수 있다는 거죠."

"맞습니다. 하지만 우리가 그럼에도 불구하고 기술을 놓지 않는 이유는…."

나는 천천히 말을 이었다.

"우리가 만드는 건, 단순한 프로젝트가 아니라 '미래 방향성'입니다. 지금 당장 손익이 맞지 않더라도, 방향이 맞다면 결국 선택받습니다. 조금은 멀리 가야 할 싸움이에요."

그날 저녁, 퇴근 무렵 사장님이 내 자리를 찾으셨다.

"서 팀장님, 별일 없으시나요?"

"사실… 요즘 메일함만 열어 봐도 불안해서요."

"기획팀장이랑 영업본부장도 표정이 무거워 보이더라고요."

나는 작게 웃으며 말했다.

"사장님, 저희도 익숙합니다. 결과 기다리는 건 항상 이렇죠. 그런데, 그 기다림이 길다고 해서 항상 나쁜 결과는 아니더라고요."

사장님이 고개를 끄덕이셨다.

"베트남 시장, 꼭 가야 하는 길이라는 건 변하지 않으니까요. 이번엔 나도 여유를 좀 가져 보려고 합니다."

밤이 깊고 사무실이 조용해진 뒤, 나는 다시 한번 화이트보드 앞에 섰다. 설비 인터페이스를 어떻게 정리할 것인지, 센서 보완 방식과 신호 처리 알고리즘 구성 등. 아직 '결과'는 오지 않았지만, 나는 '준비'를 멈추지 않았다. 어쩌면 이건 내가 할 수 있는 유일한 '대기'의 방식일지도 모른다.

"기술이 회사를 만든다."

내가 이 회사에 처음 왔을 때, 사장님이 했던 말이다. 그 말의 무게를 지금도 매일 견디며 살아간다.

그날도 평범하게 시작되었다. 노트북을 켜고 평범히 이메일을 열자 평범하지 않을 하루가 될 것 같은 예감이 들었다. 눈에 띄는 메일이 왔다. 분명 기다리는 그 메일이다.

[RE] 베트남 법인 제안 검토 건 - 회신

심장이 잠깐 멎는 것 같았다. 나는 아무 말 없이 일어났다. 팀원들 눈치를 보며 조용히 회의실로 향했다. 문을 닫고, 메일을 클릭했다. 스크롤을 내리는 손이 이상하게 느리다.

[귀사의 제안에 대해 내부적으로 충분히 논의하였습니다. 다소 높은 기술 적용비용과 일정 부담이 있었으나, 제안 내용의 전문성과 실제 고객사의 전략 방향성과의 정합성을 고려하여…]

나는 숨을 들이마셨다. 그리고 문장 하나 하나를 집중해서 확인하면서 읽었다..

[귀사를 우선협상대상자로 선정하기로 결정하였습니다. 세부 협의는 추후 일정에 따라 조율하도록 하겠습니다.]

'됐다…' 나는 나도 모르게 혼잣말을 중얼거렸다. 심장이 다시 뛰기 시작했다. 메시지를 읽는 순간, 나도 모르게 한숨이 나왔다. 긴장이 풀리면서 밀려오는 감정이 있었다. '살았다.' 그때 사장님의 호출이 동시에 있었다. 아마도 같은 메일을 받았을 것임이 틀림없었다.

회의실 문을 열고 나왔을 때, 팀원들이 나를 바라봤다. 나는 천천히 고개를 끄덕였다.

"됐습니다. 이제 정식 계약으로 들어갈 거고 우리 제품의 첫 번째 해외 고객이 생길 겁니다."

윤태준 책임이 소리 없이 손을 들었다. 서건우 책임은 모니터만 여전히 바라보며 큰 반응을 보이지 않았지만 막내 성훈이는 입을 막고는 '진짜요?' 하고 눈을 동그랗게 떴다. 그날 저녁, 사장님이 나를 호출하셨다. 조용한 사무실 옆 회의실에서 단둘이 마주 앉았다.

"서 팀장님 수고 많으셨습니다."

"아닙니다. 저 혼자 한 것도 아니고요."

사장님은 말을 잠시 멈추더니, 유리창 너머 붉은 노을을 바라보며 이렇게 말했다.

"이 회사 시작하고 처음 해외 진출에 성공했어요. 넵투와 넵포머, 그리고 이제 위도까지… 이 정도면, 우리가 처음 꿈꿨던 그림에 한 걸음 다가선 셈이죠."

나는 고개를 천천히 끄덕였다.

"맞습니다. 하지만 이제부터가 시작입니다. 계약부터 구축까지, 만만치 않을 겁니다."

사장님은 고개를 끄덕이면서도 웃으셨다.

"서 팀장님, 그 얘기… 할 줄 알았습니다. 우리가 뭐 만만했던 적이 있었나요? 하하."

밤늦게, 팀원들 모두 퇴근한 사무실. 화이트보드 앞에, 'Phase 1 개발 플랜'이 적혀 있다. 나는 그 앞에서 한참을 서 있었다. '시작'은 늘 설레지만, 동시에 무겁다.

"기술은 실행이 전부다."

내가 오래전 노트에 써 놓은 문장이다. 이제는 그 문장을 진짜 실현해야 할 때가 온 것이다.

사장님에게 처음 전화를 받았던 건, 내가 작은 기술 회사를 운영하던 시절이었다.

"서 대표님, 지금 제가 새로운 회사를 만들었는데요. 개발 쪽은 서 대표님이 도와주셔야 합니다. 지금 아니면 어렵습니다."

그때는 솔직히, 마음을 쉽게 주지 못했다. 하지만 사장님의 간절함에 결국 넘어갔다.

"이 회사는 반드시 살아남아야 해요. 저 혼자서는 안 됩니다."

그 한마디에 왠지 모를 책임감이 생겼다. 그렇게 합류했다. 벌써 8년이 넘었다. 그리고 지금. 해외 진출을 눈앞에 두고 나는 이곳에서 '가장 바쁜 사람'이 되어 있다. 오늘도 아침 8시. 출근과 동시에 기술지원 회의에 소환됐다.

"서 팀장님, 진성화학에서 설비 데이터 연동이 끊겼다고 합니다. 금일 출하 일정에 차질이 생긴다고 난리예요."

나는 모니터 앞에서 로그 데이터를 열어보며 원인을 추적했다.

"수집 모듈 쪽 센서 노이즈가 문제였네요. 현장에 EMI 차단 장비가 없었던 것 같습니다. 장비 교체 말고 센서 회로만 간섭 신호 차단 필터 적용해도 해결 가능할 것 같습니다."

처음 고객 담당자는 불같이 화를 냈지만, 결국 한 시간 만에 조치를 완료하고 나서야 조금씩 목소리가 부드러워졌다.

"서 팀장님, 빠르게 처리해 주셔서 감사합니다. 앞으로는 이런 상황 안 생기게 부탁드려요."

"네, 이번엔 저희 쪽 예측 부족도 있었습니다. 이슈 리스트 공유드리겠습니다. 다시 한번 번거롭게 해 드려서 죄송합니다."

나는 그렇게 또 한 건의 화재를 진압했다. 오전 11시, 위도팀 미팅. 막내 성훈, 서건우 책임, 윤태준 책임이 앉아 있었다. 주제는 신규 기능 설계에 대한 개발 방향성이었다.

"데이터 수집 구조는 지금대로 가고, 이상 탐지 모델은 파라미터 최적화만 하면 되는데요 문제는 설비 간 연계 부분이에요. 설비 모두가 동일한 제조사의 것이 아니어서요."

윤태준 책임이 조심스럽게 말을 이었다.

"센서 간 신호 간섭 가능성 때문에 신호 보정 방식에서 서로 의견이 갈립니다. QA팀은 원본 신호 보존을 원하고 있고 R&D 쪽은 필터링을 해야 한다고 주장하고 있어요."

나는 고개를 끄덕였다.

"그러면, 2안으로 나눠서 PoC(Proof of Concept)를 진행해 보죠. 동시에 두 방식으로 결과를 뽑아 비교하는 게 가장 명확할 겁니다."

팀원들은 내 말에 수긍하며 각자의 업무를 생각했다. 솔직히, 우리 개발팀 내부에서도 의견 충돌은 자주 있다. 기술적 해석은 보는 관점마다 다르고, 경험이 많은 선임일수록 더 고집이 세다. 그때마다 내가 해야 하는 건 중재자 역할이다. 누구의 손을 들어주는 게 아니라, '결정 가능한 기준'을 만드는 일. 지쳐 갈 때도 많지만, 이걸 풀지 않으면 팀은 멈춘다.

오후에는 또 다른 사건이 터졌다. 또 다른 고객사에서 긴급 클레임이 들어온 것이다.

"서 팀장님, 넵투 업데이트 이후 3번 설비의 데이터가 유실됐어요! 우리는 그런 업데이트 사전 안내도 못 받았습니다."

고객사의 목소리는 분명히 격앙되어 있었다. 나는 일단 사실을 파악했다. 문제는 예상보다 단순했다. 고객사 측 장비가 업데이트 후 버전 체크 기능을 꺼놓고 있었고, 그로 인해 연동이 정상적으로 재기동되지 않았던 것이다.

"고객사 측 사전 점검 체크리스트에 해당 설정 항목이 누락돼 있었습니다. 하지만 저희가 업데이트 시 안내를 조금 더 명확히 드렸어야 맞습니다. 정식 문서로 리포트하고 향후 대응 방안을 같이 드리겠습니다."

나는 그렇게 다시 문제를 봉합했다. 문제의 원인이 어디에 있든 책임은 결국 우리 쪽으로 돌아오는 경우가 많다. 그리고 커뮤니케이션만 잘되어도 이런 문제들은 일어나지 조차 않지만 개발을 하는 사람도 영업도 그 대화를 잘 못해 문제를 크게 만드는 경우가 정말 많다. 이 모든 일들이 하루에도 몇 번씩 동시 다발로 일어난다. 고객 대응, 내부 조율, 기술 설계, 미팅, 메신저 답변, QA 승인 등. 그래서 나는 이 회사에서 가장 바쁜 사람일 수밖에 없다. 팀원 중 하나가 오후 늦게 말없이 내 자리 옆에 와서 말한다.

"팀장님, 정말 죄송한데, 저 이번 주말에 출장을 못 갈 것 같습니다. 가족 일이 있어서."

나는 웃으며 말했다.

"괜찮아요. 나머지는 조정해 볼게요. 우리 팀은 일보다 사람이 먼저입니다."

내 속은 타 들어갔지만 겉은 침착하게 대응했다. 이게 팀장으로서의 책임이다.

저녁 8시. 사무실에 나와 팀원들 몇 명이 남아 있다. 나는 그들을 보며 생각한다. '나만 바쁜 게 아니다. 다들 이 회사를 위해 최선을 다하고 있다.' 나는 다시 노트북을 연다. 하나 남은 데모 환경 설정 작업을 끝내야 한다. 사장님이 가끔 농담처럼 말한다

"서 팀장님, 이제는 좀 쉬셔야 하는 거 아닙니까?"

그럴 때마다 나는 그냥 웃는다.

우리원전기에서 우선협상이 되고 난 후 몇 번 더 베트남을 다녀왔다. 이번 프로젝트는 단순한 해외 수출이 아니다. 우리 회사가 개발해 온 넵투와 넵포머, 그리고 그 위에 올라갈 위도의 가능성을 '글로벌 제조업 환경'에서 시험 받는 첫 관문이었다. 나는 그 무게를 누구보다 절실히 느끼고 있었다. 당시, 한국 본사에서 진행된 제안 미팅 회의실 안에서 고객의 기술 담당자가 단도직입적으로 말했다.

"서 팀장님, 저희 공장은 모든 설비에서 데이터를 수집해야 합니다. 낡은 설비들도요. 그게 안 되면 이 프로젝트는 무의미합니다."

나는 고개를 끄덕였지만, 속은 복잡했다. 우리 제품은 경쟁제품에 비해서 유연한 편이다. 다양한 프로토콜, 다양한 설비와의 연동도 이미 검증된 바 있다. 하지만 '모든 설비'라는 단어는 쉽게 대답할 수 없는 주문이었다.

"말씀 주신 노후 설비에 대해서는 센서를 부착하거나 별도 모듈을 통해 수집할 수 있습니다. 다만 그렇게 되면 추가 비용과 공정당 세부 일정이 달라질 수 있습니다. 관련 내용을 상세히 정리해서 제안서에 포함드리겠습니다."

그 자리에서는 그렇게 마무리했지만, 고객도, 우리도 모두 알았다. 이건 쉬운 싸움이 아니라는 걸. 베트남 현지 공장에 제안을 하고 돌아오는 비행기 안에서도 혼자 생각을 정리했다. 사장님은 창 쪽에 앉아 말없이 서류를 넘기고 있었다. 나는 입을 열었다.

"사장님, 이번 요청 사항들, 저희가 모두 감당할 수 있는 수준은 아닙니다. 특히 시간 안에 하려면, 상당한 도전이 될 겁니다."

사장님은 고개를 끄덕이셨다.

"저도 그 부분은 알고 있습니다. 하지만 이번 건은 기술로 '되는 것'이 아니라 의지로 '해야만 하는 것'이라 생각합니다. 현실적인 대안을 우선 개발 팀에서 잘 정리해 주시겠습니까? 그걸 보고 제가 좀 더 고민해 보겠습니다."

나는 짧게 "알겠습니다." 하고 대답했지만, 그 안에는 수많은 각오와 고민이 담겨 있었다. 사무실 복귀 후, 위도 전담팀, 넵투 개발팀, QA팀, 기획팀과의 크고 작은 미팅이 하루에도 몇 번씩 이어졌다. 특히 문제였던 부분은 "센서 부착형 데이터 수집 구조"였다. 기존 설비에 IoT 센서를 부착하여 데이터를 수집하려면 단순히 장비를 붙인다고 되는 게 아니었다. 서건우 책임이 회의 중 고개를 저으며 말했다.

"팀장님, 이건 단순한 연동이 아니라 설비 하나하나를 분석하고, 신호를 해석하고, 그걸 통합하는 '소형 통합 개발' 프로젝트입니다. 그냥 기능 구현이 아니에요. 지금이라도 협상을 포기하는 것도 생각해 봐야 하는 것 아닐까요? 계약이 되면 돌아올 수도 없는데…."

나는 한숨을 쉬었다.

"맞습니다. 하지만 협상 포기는 우리의 권한이 아닙니다. 사장님의 영역이죠. 그렇기 때문에 이건 '제품 개발'이 아니라 '고객 맞춤형 기술 적용'으로 준비되어야 합니다. 이번만큼은 QA, 기획, 영업까지 함께 모여서 기준을 세워 보시죠."

문제는 기술뿐만이 아니었다. 내부의 불협화음도 다시 고개를 들기 시작했다. 기획팀에서는 제안서를 정리하면서 반복적으로 기능 명세와 일정 요청을 보냈고, 개발팀은 "지금 확정하기엔 정보가 부족하다."고 되받았다. 기획팀장은 나에게 조심스럽게 말했다.

"팀장님, 저희도 일정을 미루고 싶은 마음은 없어요. 근데 고객사 일정에 맞춰서 움직이다 보니… 가끔은 너무 막막하네요."

나도 이해했다. 기획도, 영업도, 개발도 지금 같은 프로젝트에선 모두 '불완전한 정보'를 가지고 완성된 답을 요구받고 있는 셈이었다. 결국 내가 해야 할 일은 명확했다. 모두의 중간에 서서, 누군가의 화를 대신해서 내주고 또 누군가를 대신해 고개를 숙여 주는 것이다. 기술적으로 이 프로젝트는 분명 어렵다. 조금만 어긋나면 시스템이 뒤틀릴 수 있다. 하지만, 그만큼 잘한다면 이번 프로젝트는 우리를 한 단계 더 성장을 시켜 줄 것이 분명하다.

오늘은 오후 늦게 팀원들을 다 퇴근시키고 혼자 앉아 현장 대응 매뉴얼 초안을 정리했다. 센서 부착 단계, 연동 스크립트 기본 형식, API 맵핑 범위까지. 하나하나 꼼꼼히 쓰고 있었다. 뒤늦게 퇴근하려던 서건우 책임이 문 앞에서 물었다.

"팀장님. 이거 정말 저희가 다 해야 하는 건가요?"

나는 웃으며 말했다.

"이번엔 우리가 한번 제대로 해 보자고요. 결과가 어떻든, 이건 남는 프로젝트가 될 겁니다."

그가 인사도 하지 않고 나가자 나는 다시 키보드를 두드리기 시작했다. 기술은 결국 사람의 의지로 완성된다. 이번에도 그걸 믿고 움직일 뿐이다. 베트남 고객사의 시스템 구축이 시작된 지 3주 차. 본사에서는 여전히 각종 피드백 정리에 정신이 없고, 현장에서는 하루가 멀다 하고 예기치 못한 이슈들이 튀어나왔다. 이번 프로젝트는 '현장 장비 연동 → 데이터 수집 → 실시간 모니터링/분석 → 알람 발송'이라는 명확한 흐름을 가지고 있다. 문제는 실제 공장에서 그 흐름이 '그렇게' 움직이지 않는다는 거다.

"팀장님, 공정 3라인 센서값이 이상치를 보이고 있는데, 이유를 찾을 수 없습니다."

윤태준 책임이 다급히 나를 불렀다. 로그를 확인해 보니, 진동 값이 순간적으로 두 배 이상 튀는 구간이 여러 번 있었다.

"이건 설비나 다른 하드웨어 노이즈겠지?"

"네, 거의 확실합니다. 근데 고객 쪽에서는 '제품 품질 문제'라고 주장하고 있어요."

나는 한숨을 쉬었다. 센서 하드웨어 이슈로 오탐지된 문제였지만, 고객의 입장에서는 '우리 시스템이 품질 이슈를 일으킨다'는 오해로 보였다. 같은 날 오후, 고객사 기술 책임자와의 화상 미팅이 이어졌다. 이번엔 '모든 설비의 모니터링 화면 구성'에 대한 컴플레인이었다.

"왜 아직도 이 설비 현황은 보이지 않습니까? 지난주까지 된다고 하셨잖아요."

나는 개발 스케줄과 연동 계획을 다시 설명했다.

"현재까지 설비 38종 중 30종은 완료되었고 나머지 8종은 설비 측 인터페이스 문서가 지난주에 전달되어 늦어도 금주 내 적용 목표로 작업 중입니다."

"하지만 우리는 전체 가시화가 중요한 프로젝트입니다. 모니터링이 빠진 공정이 있다는 건 전혀 도움이 안 됩니다."

차분하게 설명을 이어 갔지만, 내 안에서는 이미 몇 번이나 '왜 이 모든 게 우리 책임이 되어야 하지?' 하는 서운함과 억울함이 치밀었다. 회의실에서 팀원들과 함께 하루 동안 정리된 컴플레인 사항을 공유하고 대응책을 논의했다.

"진동 센서 구간은 하드웨어 필터를 추가해 보고, 공정 가시화 화면은 우선 비가동 설비에 대한 더미 데이터를 넣어서 전체 흐름을 보여 주는 형태로 먼저 대응합시다. 다음 주 고객사 방문 때까지는 최소한 눈에 보이는 화면은 갖춰야 합니다."

나는 그렇게 말했지만, 팀원들 얼굴에 드리운 피로와 긴장은 쉽게 지워지지 않았다. 특히, 위도 전담팀 서건우 책임이 말을 아꼈다.

"팀장님, 이대로 가면 우리 QA팀 터집니다. 센서 38종이면 데이터셋만 몇만 건이어서 지금도 처리 중인데… 지금 QA 인력이 감당이 안 됩니다."

"그래도 해야 합니다. 이번엔 우리가 견뎌야 해요."

나도 안다. 이게 정답이 아니라는 걸. 하지만 당장 멈출 수 없다는 것도 나는 알고 있다. 퇴근 후 늦은 시간 사장님에게서 전화가 왔다.

"서 팀장님, 오늘 고객 미팅 피드백 들었습니다. 많이 힘들죠?"

"네, 사실 체력보다 감정 관리가 더 어렵습니다."

사장님의 목소리는 한층 낮고 차분했다.

"우리가 뭘 잘못했다기보다는, 고객이 기대한 것과 실제가 달라서 생긴 혼란인 것 같아요. 지금이 중요합니다. 잘 부탁드립니다."

그 짧은 말이 의외로 울컥했다. 누구보다 가까운 이 동료는 내 고단함을 말하지 않아도 정중하게 이미 다 이해하고 있었다. 다음 날, 나는 개발실에 일찍 출근했다. 팀 게시판에 짧은 메시지를 올렸다.

[여러분, 모두 고생 많습니다. 지금은 완벽하지 않아서 힘든 시기입니다. 하지만 우리가 해낼 수 있다는 믿음은 여전히 유효합니다. 힘듭니다. 하지만 잘 가고 있습니다. 부족한 건 저니까, 언제든지 먼저 말해주세요. 제가 먼저 듣겠습니다.]

개발팀장은 항상 이성적인 사람이어야 한다. 그 이성은 감정을 완전히 억누르는 것이 아니라, 감정을 '의미 있는 의사결정의 도구'로 전환하는 일이다. 오늘도 나는 완벽하지 않다. 하지만 그 사실이 오히려 내게 안도감을 준다. 우리가 완벽하지 않기 때문에, 함께 일할 수 있다.
함께라서 앞으로 나아갈 수 있다.

이별

그가 떠난다.
사실 예상하지 못했던 일은 아니었다. 몇 달 전부터 그의 표정은 지쳐 있었고, 말투에는 기운이 없었다. 가끔은 나조차 불편함을 느낄 만큼 어깨가 무거워 보였고, 회사 전체의 실적 하락이 그의 책임처럼 들릴 때마다 나는 불편했다. 팀장이란 자리가 그런 자리이긴 하다만, 그에겐 유독 가혹했다. 송별회 자리는 생각보다 조용했다. 기획팀장도, 사장님도, 개발팀 우리 후배들도… 그를 대하는 태도에는 묘한 존중이 있었다. 그는 누구보다 오래 뛰었고, 누구보다 회사와 고객을 많이 만났으며, 누구보다 많은 일을 함께해 왔다.

나는 그와 가장 많은 공장을 다녔다. 넵투 개발 초기, JS전자와의 첫 계약이 걸렸을 때, 나는 그와 매일같이 지방 공장을 오갔다. 한여름 땡볕에 설비 라인 앞에서 땀범벅이 되어 브리핑을 하던 그와 나. 고객의 피드백을 들으며 밤새 사무실에서 기획팀과 싸우고, 다음 날 다시 다른 공장으로 향하던 그 시절. 그런 일들을 함께한 사람이 회사에 또 있을까? 그의 퇴사 소식을 처음 들었을 때, 사실 나는 그냥 아쉬웠다. 하지만 시간이 지날수록 그 감정은 깊은 '섭섭함'으로 바뀌었다. 그가 떠난다는 건, 단지 한 명의 동료를 잃는 것이 아니라 또 다른 내가 사라지는 일처럼 느껴졌다.

"개발팀장님, 고생 많으셨습니다. 덕분에 저, 여기까지 왔어요."

그가 술잔을 들며 조용히 말했다. 나는 대꾸 대신, 고개를 천천히 끄덕였다. 우리가 굳이 많은 말을 하지 않아도 아는 사이니까. 우리는 그렇게 수없이 많은 현장을 함께 다녔다.

그가 마지막으로 퇴사를 결정하게 된 순간에 대해서 말했다.

"해외 출장 빠졌을 때 알았어요. 제 자리는 거기까지였구나…."

나는 그 말에 아무 말도 하지 못했다. 아니, 하지 않았다. 그는 이미 답을 알고 있었을지도 모른다. 회사라는 곳은 냉정하지만, 때론 너무 빠르게 누군가를 지워 버린다. 그래도 나는 그에게 말했다.

"이준혁 팀장, 함께해서 정말 든든했습니다. 다음에 또 만날 수 있겠죠."

우리는 또 다른 회사를, 또 다른 길을 걷겠지만. 그의 열정과 책임감은, 아마 오래도록 내 기억에 남을 것이다. 팀장으로서 그는 끝까지 버텼고, 책임졌고, 스스로 물러났다. 그건 멋진 마무리였다. 지금은 말하지 못했지만, 나는 그를 진심으로 존경했다. 이 회사에서의 나의 일도 결국 그와 다르지 않을 것이다.

나는 사람보다 컴퓨터가 더 쉬웠고 설득보다 명령이 더 간단한 세계에서 오래 버텼다. 그런데 요즘은 개발이라는 것이 결국 사람 사이의 일이라는 걸 조금은 알게 되었다. 고객의 요구, 기획팀의 논리, 영업팀의 절박함, 그리고 우리 팀원들의 속도와 체력. 그 사이를 조율하며, 하나의 결과물로 엮어내는 일. 이제는 그것이 개발이라고 생각한다. 개발을 잘한다는 것. 그건 그냥 개발자로서의 기본일 뿐이다. 버그를 줄이고, 속도를 개선하고, 아키텍처를 깔끔히 설계하는 건 개발자라면 누구나 해야 할 '당연한 일'이다. 하지만 그걸 넘어서기 위해선 사람을 이해해야 한다. 가끔은 내가 지금 '개발'을 하고 있는 건지 '사람과의 협상'을 하고 있는 건지 혼란스러울 때도 있다. 그러면서도, 한다. 나는 개발자이지만 회사원이니까.

나는 이 회사에서 프로젝트의 사운을 걸고, 팀원들의 건강을 걱정하며 무거운 결정을 내리는 사람이 되었다. 딱히 존경받고 싶지도 않고 대단하다는 말을 듣고 싶지도 않다. 그저 내 자리에 주어진 일을 묵묵히 하는 것. 그게 내가 지금까지 배운 가장 확실한 회사원의 진리다. 언제까지 이 일을 할 수 있을지 모르지만, 그때까지는 그냥 하면 된다. 매일 반복되는 일상이어도, 어제와 다를 바 없는 하루라도, 그냥 오늘도 한다. 그리고 내일도, 이렇게 조용히, 개발팀장으로서의 일을 한다.

Episode 4

영업팀장의 시선

지방으로 출장을 간다는 것은 낯설었다. 지도에서만 보던 도시들 구미, 창원, 김천, 익산… 입사한 지 3개월이 지났다. 본격적인 실적 압박은 없었지만 사무실 안 어둡고 무거운 공기는 충분히 느낄 수 있었다. 아무도 내게 말하지 않았지만, 느껴졌다. '누군가는 뛰어야 한다. 지금 바로 제품을 팔아야 한다. 실적을 올려야 한다.' 그날도 사장님이 회의실로 불러 말을 건넸다.

"이 대리님. 이번에 진서금속이라는 공장에서 연락이 왔습니다. 공장 자동화에 관심 있다고 하네요. 제품 소개자료랑 간단한 시연 준비해서, 내일 같이 내려갑시다."

'같이.' 그 단어가 적응이 되지 않았다. 사장이 같이 가서 영업을 한다고? 예전 직장에서는 전혀 상상하지 못할 영업 풍경이었다. 이 회사에 오기 전까지 나는 정해진 루트대로 영업을 했다. 고객사가 정리된 CRM(-Customer Realtionship Management)을 보고 사전에 정의된 제품들을 소개하고 정해진 자료에 따라 가격을 조율했다. 그러나 여기는 달랐다. 제대로 된 메뉴얼도 없었고 자료는 부족했다. 고객사 정보는 내가 처음부터 다시 정리해야 했고 제품도 계속 개발 중이었다. 그래서였을까 처음 영업을 시작하기에는 막막했지만 이상하게도 두려움은 크지 않았다. 오히려 뭔가를 '내가 만들어 간다'는 느낌이 더 좋기까지 했다. 지방 출장도 그렇게 시작됐다. KTX를 타고 내려가는 길에 사장님은 노트북 대신 작은 수첩을 꺼내 들며 얘기했다.

"요즘은 다들 발표만 잘하려고 하지, 정작 고객 얘기를 들으려고 하지 않아요. 이 대리님은 오늘 그 반대였으면 좋겠어요. 말을 제대로 하는 것도 좋지만 더 중요한 건 많이 듣는 것입니다."

나는 고개를 끄덕였다. 하지만 그 말의 진짜 뜻은 현장에 도착해서야 비로소 제대로 체감할 수 있었다. 진서금속의 회의실. 고객 담당자가 먼저 말했다.

"저희는 자동화로 공장을 제대로 운영하고 싶긴 한데요. 뭘 어떻게 시작해야 할지 전혀 모르겠습니다. 예산도 마땅치 않고, 생산 라인도 오래되었는데, 가능할까요?"

사장님은 천천히 고개를 끄덕이며 대답했다.

"공장에 IT 적용이 필요한 시점입니다. 거창하게 시작하실 필요 없습니다. 한 설비, 한 라인부터 함께 보면서 천천히 시작하면 됩니다. 단계별로 하나하나씩 말이죠."

아직 전문적인 단어들과 얘기들을 알아들을 수 없었기 때문에 나는 옆에서 수첩에 그 말들을 받아 적었다. 지금 생각해 보면 그건 '영업'이 아니라 '상담'에 가까웠다. 고객의 걱정을 받아 주는 일이었다. 그리고 가능한 해결책을 '기대'보다 '현실' 위에 얹는 일까지도 모두 고객을 위한 상담이었다. 회의가 끝난 뒤, 사장님이 나를 보며 말했다.

"이 대리님. 오늘 같은 미팅이 제일 중요한 겁니다. 바로 계약에 대한 긍정적인 신호를 못 받아도 됩니다. 대신 고객이 '이 사람들은 진짜 우리 얘길 들었다'고 느끼게 해야 합니다. 그럼 분명 꼭 다시 연락 옵니다. 연락이 오는 것까지만 하면 이번 미팅은 성공입니다. 그리고 다음은 다음 계획을 진행하면 됩니다. 명심하세요. 이것이 이번 미팅에서 첫 번째 우리의 목표입니다."

그때 처음으로 '영업은 설득보다 공감'이라는 걸 배웠다.

이틀 뒤, 또 다른 공장. 이번에는 개발팀장인 서민우 팀장님도 함께였다. 사장님은 오전 미팅만 참석하고 서울로 올라갔고, 오후부터는 서 팀장님과 내가 현장을 함께 돌았다. 고객은 '웅웅' 거대한 소리를 내는 설비 옆에서 물었다.

"이 모터, 가끔 멈춥니다. 왜 그런지 모르겠어요. 진동도 좀 심하고요. 멈추는 원인을 지금 당장 알지는 못해도, 언제 멈추는지 멈추면 바로 확인할 수 있는지. 그 정도만 자동으로 알았으면 좋겠어요. 이런 문제도 해결할 수 있나요?"

나는 대답하지 못했다. 솔직히 가능은 할 것 같지만, 어떻게 되는지는 몰랐다. 그때 옆에 있던 서민우 팀장님이 조용히 말했다.

"진동센서를 부착하고, 그 데이터를 실시간 수집하여 모니터링을 하면 바로 가능합니다. 그리고 데이터를 더 확보해 나가면 이상이 생긴 원인도 파악을 할 수 있습니다. 그다음엔 예측도 가능하죠. 다만… 공장 환경에 따라 좀 달라질 수 있습니다. 이 라인은 노이즈가 많기 때문에, 설치 위치랑 필터링 로직을 잘 잡아야 할 겁니다. 한 번에 모든 걸 해결할 수는 없습니다. 단계별로 해야 합니다."

고객은 고개를 끄덕였다. 나는 그의 설명을 조용히 들으며 수첩에 또박또박 적었다. 회사를 옮기기 전에 이런 이야기를 들은 적이 없었다. 전혀 이해도 못했을 것이다. 미팅이 끝나고, 우리는 근처 분식집에서 늦은 점심을 먹었다. 서 팀장이 떡볶이를 한 입 먹고 나서 말했다.

"준혁 대리, 우리 제품은 단순한 모니터링 제품이 아니에요. 기술적인 설명 없이 영업을 하려면 한계가 금방 옵니다. 이제부터라도 공부를 시작해야 합니다."

그 말에 나는 고개를 끄덕였다. 그리고 그날 이후 나는 밤마다 팀장님이 공유해 준 기술 자료로 공부를 했다. 회의가 끝나면 홀로 남아서 UI 설명을 듣기도 했고 기능 흐름도를 몇 번이고 다시 설명받기도 했다. 지방 출장을 다니며 나는 두 사람에게서 전혀 다른 것을 배웠다. 사장에게선 '고객을 대하는 태도'를 개발팀장에게선 '제품을 이해하는 깊이'를 배웠다.

또 다른 지방 출장 후 서울로 돌아오는 KTX 안은 혼자가 아니었다. 사장님과 나란히 앉아 창밖을 보며, 조용히 이런 얘기를 나눴다.

"이 대리님, 내가 모든 걸 아는 것은 아니지만 영업은요… 고객이 먼저 문을 열게 하는 기술이라 생각합니다. 문을 부수는 게 아니라, 열 때까지 노력하는 인내가 필요하고 그 방법을 배우는 거죠."

"실질적인 기술은 그다음이죠?"

"맞습니다. 기술은 영업의 진심을 담는 그릇입니다. 진심이 우선이죠. 그릇은 도구에 불가하죠. 그릇만 크다고 되는 건 아니에요. 담을 게 먼저 있어야 하겠죠."

그날 나는 진심으로 다짐했다.

'내가 이 회사를 대표하는 첫 번째 영업팀원이 되자. 여기서 내 실력을 증명하자. 그리고 언젠가, 내가 사장님처럼 말하는 사람이 되자.'

몇 년이 지난 지금도 그 다짐은 유효하다. 조금 흔들릴지언정 사라지진 않았다.

실적

회의실은 언제부턴가 가슴을 답답하게 하는 무거운 곳이 되어 버렸다. 영업본부장 강태우가 보내는 눈빛은 부담스러웠다. 회의실 문을 열고 들어서는 순간부터 그 칼날은 나를 향하고 있었다.

"이준혁 팀장."

무거운 침묵을 가른 본부장의 목소리는 단정하고 냉담했다.

"이번 분기 실적, 거의 제로입니다. 전략을 전면 수정하십시오. 그리고… 당분간 고객 미팅은 혼자 움직이세요. 기존 방법을 모두 버리고 직접 몸으로 부딪혀 보세요. 새롭게 시작하는 각오를 가져야 하지 않을까요? 팀장이 팀원보다 안 좋습니다. 지금 상황이 너무 안 좋은 건 알고 있죠?"

말 하나하나가 자존심에 깊은 금을 냈다. 혼자 다니라는 건, 사실상 나의 팀 운영이 비효율적이라는 의미였다. 긴 시간 실적이 없다는 사실을 나도 알고 있었다. 하지만 그걸 이렇게 공식석상에서 이토록 대놓고 얘기할 줄은 몰랐다.

"네…. 알겠습니다."

짧게 대답하는 내 목소리는 기운이 없었다. 나는 팀장이고, 리더. 하지만 지금, 나 자신을 리딩할 자신도 없다. 어디서부터 잘못되었을까. 지방의 테크전자 공장. 팀원의 활동 없이 내가 직접 잡은 미팅이었다. 솔직히 말하면, 이건 '가능성'보다 '존재 확인'에 가까운 자리였다. 나의 존재, 회사에서의 영업팀장의 존재. 그리고… 어쩌면 실적을 내려는 마지막 몸부림일지도 모르겠다. 오전 11시, 회의실에서 고객 담당자가 무거운 얼굴로 들어왔다. 서로 인사를 나눌 시간도 주지 않고 그는 곧장 말했다.

"넵투 제품은 이미 알고 있습니다. 그런데 올해는 예산이 없습니다. 몇 번 말했는데, 굳이 이렇게 찾아오기까지 하고…."

심장이 내려앉는 소리가 들리는 것 같았다. 나는 준비한 PT를 그대로 꺼냈지만 고객은 이미 관심이 없어 보였다. 발표를 하는 둥 마는 둥 하였고, 내 생각은 벌써 부정적으로 바뀌고 있었다. 이미 게임은 끝난 분위기였다. 그래도 말을 이었다.

"예산 문제는 이해합니다. 하지만 이번 시점에서 시스템을 검토만이라도 해 보시면… 향후 예산 잡기에도 도움이 되실 수 있습니다."

담당자는 고개를 천천히 끄덕였다.

"말씀은 이해됩니다. 하지만 당장 가시적인 이슈가 없으면 내부 설득도 어려운 상황입니다. 공장 운영에도 요즘 어려움이 많이 있어요. 예정된 예산 외에 추가로 투자하는 것이 상당히 힘듭니다."

나는 더 이상 말을 잇지 못했다. 마지막 몇 마디는 그냥 시간을 채우기 위함이었다. 허탈한 표정으로 고개를 숙이고 공장을 나섰다. '정말 되는 게 없구나.' 돌아오는 기차 안. 팀원들과 함께 고객과의 후속 미팅을 논의하던 때와는 달리 지금은 나 혼자였다. 무겁게 늘어지는 재킷, 내 옆자리에 앉은 노인의 고요한 숨소리, 밖으로 흐르는 풍경들. 그 모든 것이 오늘의 나를 안타까워하듯이 위로해 주고 있었다. 전쟁에서 진 장수가 퇴장하는 모습이 딱 이런 모습이 아닐까.

'진짜… 이제 어떡하지?' 이 질문을 반복하며 노트를 꺼내 들었다. 고객 반응 정리? 할 것도 없었다. '관심 없음. 예산 없음. 가능성 없음.' 손이 덜덜 떨렸다. 한 줄 적을 때마다, 내가 무너져 가는 걸 느꼈다. 무엇보다 자존감이 떨어졌다.

오후 늦게 사무실로 돌아왔다. 팀원들 얼굴을 보기가 힘들었다. 누군가 "팀장님, 고객 미팅은 잘 다녀오셨어요?" 하고 물었지만 나는 그저 고개를 끄덕이고 자리에 앉아 버렸다. 그리고 아무것도 하지 않았다. 보고서도 쓰지 않았고, 고객 DB도 열지 않았다. 오늘은 그냥 조금 무너지고 싶었다. 늦은 밤. 사무실 불이 하나둘 꺼지고, 나 혼자 남았다. 하얀 모니터 화면에 고객사의 이름을 띄워 놓고 한참을 쳐다봤다. 지금 내가 할 수 있는 유일한 목표지만 가능성이 없다는 것을 나는 이미 알고 있다. '이준혁, 참 되는 게 없구나. 이제 정말 그만해야 하나….' 내 안의 목소리가 들렸다. 하지만 나는 조용히 마우스를 움직였다. 다음 미팅 일정을 다시 잡아야 하기 때문에. 이유는 없다. 아직은 여기서 멈출 수 없기 때문이다.

"팀장님, 오늘도 혼자 다녀오셨어요?"

점심시간 직후, 무심하게 던진 막내 김기롬 사원의 한마디가 사무실 공기를 슬쩍 뒤흔든다.

나는 고개만 끄덕였다. '그래, 또 혼자 갔지….' 말없이 모니터를 켜고, CRM 화면을 띄웠지만 마음은 이미 다른 데 가 있었다. 며칠 전, 영업본부 주간 미팅이 있었다. 회의실에 영업 1팀 전원이 모였다. 영업본부장이 정면에 앉았고, 그 앞에 나와 김기롬 사원, 김도현 과장, 그리고 주임 한 명이 나란히 앉았다.

"1팀 실적이 계속 지지부진하네요. 팀장님, 전략 다시 짜세요. 다음 달 실적도 이러면 본부장인 저도 할 말 없습니다. 도대체 어떤 마음가짐으로 이렇게 팀을 운영하고 있는지 이해가 가질 않아요. 일을 하기는 하는 겁니까? 회사가 힘든데, 이렇게 앞장서 피해를 주셔야 합니까?"

본부장의 말에 순간 머리가 뜨거워졌다. 고개를 끄덕이며 "알겠습니다." 하고 넘겼지만, 그날 회의실 공기. 그 정적… 이제 더 이상 어색하지도 않지만, 여전히 상처로 남고 겹겹이 쌓이고 있다. 김기롬 사원은 말없이 노트에 뭔가를 끄적였고, 김도현 과장은 가볍게 목을 한 번 돌린 뒤 작은 목소리로 말했다.

"상무님, 저희 쪽에 좀 돌파구 될 만한 미팅이 하나 잡혀 있어서요. 아직 초기지만 적극적으로 대응하도록 하겠습니다. 긍정적인 피드백도 받았고 잘할 수 있도록 하겠습니다."

그 말이 얼마나 고마웠는지 모른다. 과장 직급이지만 도현이는 누구보다 이 회사와 제품을 믿고 있다. 자기 실적은 들쭉날쭉해도 절대 회사 탓을 하지 않고, 늘 무언가를 해 보려는 사람이다. 마지막 보루라는 테크전자의 미팅 결과가 좋지 않아, 또 어떻게 보고를 해야 하나 걱정만이 가득한데, 김 과장이 기회를 얘기해 주니 고마웠다. 지방 공장까지 다녀온 날, 아무런 성과도 없었다는 보고를 본부장에게 전하며 마음이 무거웠다. 예산 부족, 내년 검토… 언제나 그렇듯 본부장은 기대를 하지 않았다는 눈빛을 보냈다. 처량한 내 모습에 더 이상 잔소리도 하지 않았다. 사무실로 돌아오니 김기롬 사원이 내 자리 옆에서 살짝 지나치며 말했다.

"팀장님… 이번 고객사 미팅은 어떠셨어요?"

말투는 예의 바르지만, 속내가 엿보인다. '왜 항상 혼자 움직이시죠?' '왜 저희랑 같이 공유 안 하시죠?' '도대체 이 팀은 뭐 하는 팀이죠?' 그 마음, 모를 리 없다. 기롬이는 똑똑하고, 일도 잘하지만 속내를 가리지 않는 타입이다. 그게 좋을 때도 있고, 지금처럼 마음을 후벼 팔 때도 있다. 본부장이 혼자 다니라는 지시가 있지만 그렇게는 할 수 없었다. 지시를 어겨서라도 결과를 만들어 내는 게 더 중요하다고 생각했고 팀원들을 소집했다.

"다음 미팅부터는 가능하면 2인 1조로 움직이죠. 고객과의 관계를 더 단단히 하여 실패를 줄이고 성공 가능성을 높이도록 해요. 김도현 과장,

다음 고객사 미팅은 저랑 함께 가시죠."

도현 과장은 말없이 고개를 끄덕였다. 기롬이는 이번에도 잠시 침묵하다가 한마디 툭 던졌다.

"저는 김 주임이랑 함께 파트너사 미팅 다녀오겠습니다. 팀장님. 다음엔 저도 데리고 가 주세요. 영업 더 배우고 싶습니다."

겉으로는 '배우고 싶다'였지만, 마음은 아마 '직접 봐야겠다는 불안'이 더 가까웠을지도 모른다. 그날 밤, 고객 정보를 정리하다 말고 문득 메모장에 한 줄을 적었다. '팀장은 실적보다 신뢰를 먼저 만들어야 한다.' 그동안 너무 실적만 좇았나? 그러면서도 정작 실적은 없었고, 신뢰는 흐트러졌던 건 아닐까? 혼자 움직이는 리더가 아니라, 함께 가는 팀장이 되어야 한다. 다음 미팅은 꼭 둘이, 혹은 팀원 전원이 같이 가야겠다고 생각했다. 가시적인 실적을 올리는 것이 우선이다.

"이번 분기 목표대비 실적 달성률 30%입니다. 영업 1팀은 바닥을 찍고 있습니다. 그마저도 대부분 팀원들이 낸 실적입니다. 팀장은 책임을 느껴야 합니다. 시간이 많지 않습니다."

영업본부장 강 상무의 말은 낮지만 단단했고 건조해서 가슴이 부서질 것만 같았다. 책상 위에 놓인 자료가 눈앞을 가린다. 1분기 목표 20억. 지금까지 달성 6억 1천. 그중 내가 직접 한 것은 1억 정도다. 기여율 16%. 이쯤 되면 팀장이란 말이 부끄럽다. 회사의 전체 실적도 좋지 않다. 그 원인은 우리 팀의 부진한 실적 때문이다. 그리고 무엇보다 나의 부진한 실적이 가장 치명적이다. 결국 회사의 1분기 부진한 실적은 나의 부진 때문이었다. 가슴이 답답했다.

"다음 분기 목표는 30억입니다. 다음 주 사장님이 직접 주관하는 영업 전략 미팅에서 팀장님이 핵심 발표자입니다. 오늘 논의한 전략안 명확하게 수정해서 내일 오전까지 제출해 주세요. 이번에는 제대로 하셔야 할 겁니다."

"…. 네, 알겠습니다."

회의실을 나오는 발걸음이 무거웠다. 영업 1팀은 내가 만들고 운영해 온 팀이다. 하지만 지금은 그 팀의 가장 큰 약점이 '나'라는 것을 누구나 알고 있다. 그걸 아는 것도 참기 힘들지만 무엇보다 팀원들에게 미안한 마음이 가장 견디기 힘들었다. '내가 나가 줘야 하나….' 오후, 사무실에 돌아와 곧장 팀 회의를 열었다. 영업 1팀원 셋이 책상에 둘러앉았다.

"다음 주 수요일, 잠재 고객사 네오인더스트리 미팅이 있습니다. 기롬 사원. 일정 잡은 거죠?"

"네, 본사 회의실로 초청했습니다. 프로젝트 매니저 두 분이 동행한다고 들었어요."

김도현 과장이 브리핑을 이어 간다.

"네오인더스트리 쪽 요청사항이 좀 까다롭습니다. 기존에 공급된 경쟁사의 제품에서 불만이 있었던 부분들을 해결해 달라고 하네요. 우리는 넵투 중심으로 데이터 수집부터 연결성까지 풀어주는 방향으로 제안서 준비 중입니다."

"그건 좋네요. 그런데… 개발팀에서 반발이 있지 않나요? 안 된다고 하지 않았나요?"

기롬이 답답하듯이 말했다.

"아까 개발팀과 논의한 자리에서는, 우리가 준비한 시나리오 중 절반은 '불가능하다'는 얘기가 나왔습니다. 센서 연동, 실시간 제어, 커스터마

이징까지 요구했는데, 다 '불가'로 결론 났어요. 그 정도면 왜 미팅을 하는 건지 모르겠다는 말까지 나왔습니다. 대화가 되지 않습니다. 고객보다 더 힘든 게 개발팀 설득입니다."

말이 끝나자 김도현 과장이 낮게 한숨을 쉬었다.

"우리야 뭐라도 해 보자는 거였죠. 니즈가 있으면 들어주고, 들어줄 수 있는 범위에서 풀어보자는 건데… 개발 쪽은 원천 봉쇄예요. 안 되는 것만 물고 늘어지면서 계속 얘기하니까…."

침묵이 흘렀다. 이런 갈등, 처음이 아니다. 하지만 늘 피곤하다.

"알겠습니다."

내가 입을 열었다.

"그 미팅은 예정대로 진행합니다. 고객사의 요구는 우리가 한 번쯤 들어볼 가치가 있는 니즈예요. 단, 개발 쪽과는 제가 따로 다시 만나서 얘기하겠습니다. 할 수 있는 선에서 최대한 풀어 보도록 하겠습니다."

기룸과 김도현 과장이 동시에 나를 바라봤다.

"어차피 고객 앞에서는 우리가 설명해야 해요. '그건 우리 개발팀이 안 된다고 했습니다'라는 말만 반복할 수는 없잖아요."

김도현 과장은 고개를 끄덕이며 말했다. 동의라기보단, 체념에 가까운 고개였다.

"네. 얘기한 것처럼 제가 개발팀장님께 직접 말씀드리겠습니다. 우리가 무리하게 요구하는 게 아니라, 고객 입장에서 충분히 할 수 있는 질문이라는 점… 개발팀도 이해할 필요가 있습니다. 그리고 우리 입장도 이해를 해 주면 더 고맙겠지요."

회의는 그렇게 마무리됐다. 자리로 돌아오며 나는 서민우 개발팀장에게 보낼 메시지를 적었다.

[서 팀장님, 잠시 시간 괜찮으신가요? 네오인더스트리 건 관련해서 논의가 필요합니다. 금일 중 짧게라도 미팅 요청드립니다.]

영업은 고객을 만나야 한다. 개발팀은 제품을 만들어야 한다. 영업은 가능성을 고객에게 전달하고 개발팀은 불가능한 일을 찾아서 영업에게 얘기한다. 하지만 그 중간에서 우리는 늘 '불가능한 가능성'을 만들어 내서 고객에게 전달해야 한다. 그게 참 힘들다. 어쩌면 단지 내가 영업을 못하는 것일 수도 있다. 다음 주 수요일, 그 '불가능한 가능성' 위에 우리가 설 수 있을지 지금은 그조차도 확신할 수 없었다. 어떤 것도 쉽게 가는 것은 없다. 그래도 좋은 결과로 이끌어 내야 한다. 그래야 한다.

"서 팀장님, 잠시 시간 좀 괜찮으세요?"

회의실 유리문을 조심스레 열며 말을 건넸다. 개발팀장 서민우는 키보드를 치다가 멈추고 고개를 들었다.

"네, 팀장님. 오랜만이네요. 들어오시죠."

우리는 한때 넵투를 처음 시장에 내놓을 때, 함께 고객사를 수도 없이 다녔던 전우 같은 사이였다. 밤새 PPT를 붙들고 아침 비행기로 지방의 공장에 내려가 고객 앞에서 회사와 제품을 수도 없이 많이 소개했다. 일을 마치고 돌아오는 길에 소주 한 잔을 기울이며 서로를 다독이던 그런 시절이 있었다. 하지만 그 시절은 이제 추억이고 어려운 얘기를 함께 나눠야 하는 지금은 현실이다.

"아시겠지만 다음 주 수요일에 네오인더스트리 미팅이 있습니다. 고객 니즈가 생각보다 좀 많습니다."

말을 꺼내자 서민우 팀장은 고개를 끄덕이며 조용히 물었다.

"네, 일정은 들어서 알고 있습니다. 다만 '좀 많다'는 게 어느 정도인지가 명확하지 않다고도 들었습니다."

나는 미리 준비한 고객 니즈 리스트를 꺼냈다.

"일단 설비 전수 데이터 수집, 노후 설비 포함해서요. 이상 징후 알림, 공정 흐름 시각화, MES 연동, 설비 이상 부분 알람 제공 등이 있습니다. 범위는 각자 다르지만 일부 기능들은 모두 구현이 되어야 하는 게 고객의 입장입니다."

"이 모든 걸 다 하자는 거네요? 허허."

"네. 뭐, 고객 입장에서는… 그렇게 말씀하시죠."

서 팀장은 한숨을 내쉬며 팔짱을 꼈다.

"이준혁 팀장님. 조율을 한다고 하셨죠?"

"네, 저희는 그렇게…."

"근데 조율이 아니라 이건 그냥 '전달'만 되고 있습니다. 저희 입장에서는 요구 사항이 계속 늘어나고, 거절은 우리가 하는 구조예요. 우리는 백화점에서 발에 잘 맞는 신발을 만드는 일을 하는데, 신발에서 양말 정도는 괜찮습니다. 근데, 지금 이 정도의 고객 니즈라면 우리에게 신발뿐만 아니라 냉장고까지 만들어 달라는 거랑 같습니다. 아시는 분이 왜 이러세요. 제조업을 전혀 모르는 그때로 다시 돌아간 건 아니죠? 아님 모른 척하는 건가요?"

말투는 부드러웠지만 눈빛은 단단했다. 예전엔 잘 웃던 서 팀장의 얼굴이, 요즘은 조금 무겁다. 그리고 어렵고 불편한 얘기를 이어 간다.

"고객은 신발가게나 가전가게나 같은 백화점에서 파니 한 번에 쇼핑을 할 수 있다고 합니다. 그럴 수 있습니다. 그러면 영업을 하시는 분들이 '우리는 신발을 잘 만드는 일을 합니다. 하지만 발과 관련이 있으니 양말까지는 요청하면 신발에 맞게 잘 만들 수 있습니다. 가전은 우리가 취급하지 않습니다.' 정도는 얘기할 수 있지 않을까요? 아니 그렇게 얘기를 해야 그게 조율 아닌가요? 예전에는 우리 그렇게 일하지 않았나요?"

서 팀장이 얼마나 답답했으면 초보 영업에게 가르치듯이 얘기를 한다. 화가 나고 자존심이 상해서 따지고 싶지만 부끄럽고 초라한 내 모습이 너무 답답하다. 하지만 얘기를 해야 한다. 그래도 도와 달라고. 영업 실적이 너무 없어서 어떤 기회라도 매달려야 한다고 처절하게 얘기해야 한다.

"알아요. 죄송해요. 그런데 진짜 고객이 진지하게 요청하고 있습니다. 미팅에서 단 번에 우리의 입장을 관철시키려 하면 그 첫 기술 미팅이 마지막이 될 겁니다. 어떻게든 저희가 수정안과 조율안 등을 미팅 후 최대한 설득을 시키겠습니다. 이번 미팅에서는 고객의 니즈를 적극 수용하는 방향으로 해 주셨으면 합니다. 정말 부탁드리겠습니다."

그는 내 말을 듣고는 살짝 고개를 젖혔다.

"저희는 안 된다는 가정을 먼저 세우고 준비를 하지 않습니다. 고객과 조율된 니즈를 무조건 완성한다는 생각으로 미리 준비를 하는 게 개발팀입니다. 그렇게 미팅에 임하고 있습니다. 팀장님 상황은 이해가 되지만 저희 입장도 이해를 해 주셨으면 합니다."

나는 처절한 마음으로 말했다.

"그런 줄 압니다. 그래서 이렇게 온 거예요. 사실 다음 주 월요일, 사장님 주관 전략 회의가 있습니다. 저희 영업팀이 1분기 실적이 최하위입니다. 참 사정이 어렵습니다. 근데, 이번 제안 미팅이 있는 네오인더스트리는 딜 규모도 큰 편이고 가능성도 높게 보고 있습니다. 이번 딜을 성공시켜 우리 팀도 회사도 실적에 큰 도움이 되게 하고 싶습니다. 도와주시기 바랍니다."

"그래서 우리도 최대한 미팅 준비를 잘하려 하고 있습니다. 다만 안 되는 것은 어쩔 수 없지 않을까요?"

"네. 충분히 이해합니다. 그래도 잘 도와주시기 바랍니다."

나는 정면을 바라봤다. 회의실 유리는 바깥 회의 공간이 훤히 보이는 구조였다. 초라한 내 모습과 팀원들의 모습이 초라하게 스쳐 지나갔다.

"저희도 팀 분위기가… 많이 안 좋습니다. 저도 뭔가 해 보려고 애쓰는데, 잘 안돼요. 팀원들이 정신없어합니다. 팀장님도 영업팀과 개발팀이 함께 회의한 내용을 들었을 겁니다. 거의 싸우기 직전까지 갔습니다. 그만큼 서로를 이해할 여유가 없다는 거겠죠. 누구를 탓해야 할까요? 이건 분명히 고객과 명확히 조율이 먼저 선행되어야 해결될 수 있는 문제입니다."

서 팀장은 잠시 나를 바라보다가 여유를 가지고 얘기했다.

"예전엔 둘이서 다 했었죠. 제품도 없었고, 사람도 부족했는데, 회사 하나 보고 달렸죠 그런데 참 희한하죠. 그때보다 제품도 좋아지고, 회사도 커졌는데 왜 이렇게 서로가 더 외롭고, 힘들까요? 저는 그게 각자의 입장만 생각하기 때문이라고 봅니다. 배려를 하지 않습니다. 여유가 없으니…."

그는 한동안 말없이 앉아 있다가 말을 이어 갔다.

"좋습니다. 이번 네오인더스트리 건은 고객 요구 사항에 최대한 맞춰서 정리하고 다시 자세히 보도록 하겠습니다. 당장은 힘들지만 어떤 방식으로든 '현실성 있는 시나리오'는 준비를 해서 고객과의 기술 미팅을 잘 진행할 수 있도록 할 수 있는 노력은 하겠습니다."

"감사합니다. 팀장님. 정말 감사합니다."

"대신, 팀장님도 기술 미팅 전에 고객사에 최대한 할 수 있는 선에서 다시 언급해 주세요. '이건 해도 되고, 이건 할 수 있고. 이건 아직 안 되지만 시간이 필요할 뿐이다' 등등. 영업팀에서는 개발이 계속 NO만 외치는 사람들처럼 보일 수 있지만 저희도 지치기 싫어서이니 이해해 주시기 바랍니다."

"잘 알겠습니다. 꼭 그렇게 하겠습니다."

회의실을 나서는 길에 그가 마지막으로 말을 붙였다.

"준혁 팀장님."

"네?"

"요즘 마음고생이 많은 걸로 알고 있습니다. 너무 스스로만 책임지려고 하지 마세요. 제가 도움이 되지는 않겠지만 필요하면 언제든지 말씀하세요. 할 수 있는 선에서는 최선을 다하겠습니다."

나는 고개를 숙여 인사했다.

"감사합니다. 팀장님."

개발팀과의 추가 회의는 끝났지만 불명확한 부분은 여전했다. 개발팀은 말한다, '현실을 보자'. 우리는 언제나 외친다, '가능성을 보자'. 그리고 나는 그사이에 선다. 이번에는 그사이의 간격이 조금은 줄어들기를 바라는 마음으로 다시 고객과의 미팅을 준비했다.

회상

밤이 깊어갈 무렵, 불 꺼진 사무실에서 조용히 컴퓨터 화면만이 빛나고 있었다. 책상 위에 쌓인 서류들 사이로 오래된 파일 하나가 눈에 띄었다.

[넵투_제안서_JS전자_v6_final2]

손가락이 멈칫했다. 아주 오래된 이름이었다. 지금은 영업 1팀장이 된 내가, 그때는 팀원의 신분으로 처음 우리 제품을 시장에 내밀던 시절이었다. 그리고 지금 개발 수장인 서민우 팀장과 함께 밤낮없이 공장 바닥을 오가며 뛰었던 그때가 떠올랐다. 내 능력에 비해 과분하게 더 잘나갈 때였다.

'JS전자'

우리가 처음으로 넵투를 제안할 수 있었던 첫 실질적 기회였다. 그 기회는 어느 날, 사장님이 조용히 내게 자료를 넘기면서 시작됐다.

"준혁 대리님, 이 고객사는 꼭 우리가 잡아야 합니다. JS전자는 우리 넵투가 현장에 적용될 수 있는 최적의 환경이에요. 그들이 먼저 우리에게 제안 요청이 왔다는 것도 고무적인 일이고요."

나는 곧장 개발팀의 서민우 팀장에게 연락을 했다.

"팀장님, JS전자라는 고객이 있습니다. 공정 지능화를 고민하고 있고, 우리가 준비해 온 걸 보여 줄 수 있는 기회 같아요. 소중한 기회가 저희에게 온 것 같습니다."

서 팀장은 말없이 고개를 끄덕였다. 며칠 후, 서민우 팀장과 함께 지방에 있는 JS전자 공장을 찾았다. 헬멧을 쓰고 안전 조끼를 입고, 자동화 설비들이 쭉 늘어서 있는 현장을 걸었다. 공장을 총괄하는 분이 생산 라인을 소개하면서 이렇게 말했다.

"우린 여기 있는 모든 설비의 데이터를 우선 수집하고 싶습니다. 모터가 언제 고장날지, 온도가 얼마나 올라가는지 라인이 멈추기 전에 뭔가를 알고 싶어요. 공장에 어떤 일이 일어나고 있는지 보고 싶은 겁니다."

서 팀장은 눈빛을 반짝이며 물었다.

"기존에 어떤 IT 시스템을 사용하고 계십니까?"

"자동화 설비들은 잘되어 있지만 소프트웨어와의 연계 부분은 없습니다. 센서도 없고, 수기로 기록합니다."

순간, 나는 확신했다. '이곳은, 넵투가 필요하다.' 하지만, 설득은 생각만큼 쉽지 않았다. 사장님의 의지는 분명했고, 우리 제품의 가치도 분명했지만, 설비에 대한 이해 부족과 요구 사항에 대한 정확한 정리가 어려웠다. 기획팀에게 제안서 작성을 요청했지만 이내 커뮤니케이션 문제가 수면 위로 드러났다. 기획팀장은 말했다.

"대리님, 공장 전체 데이터를 모은다는 게 구체적으로 어떤 항목인가요? 개발팀에서는 수집 범위가 너무 방대하다고 하셨고요."

"그건… 현장에서 다 얘기했고, 서 팀장님도 들으셨는데요?"

"정리된 문서가 없어서요. 기능 요건을 정의해야 저희도 제안서 구성이 가능해요."

개발팀은 또 다른 문제로 반발했다.

하지만 서민우 팀장은 말없이 화이트보드에 흐름도를 그렸다. 그의 표정은 복잡했고, 눈빛은 무거웠다. 그도 이번 프로젝트를 놓치기 싫었을 것이다. 나도 말이 없었다. 이건 단순한 '기능 요청'이 아니었다. '도대체 아직도 고객 한 곳에도 판매를 하지 못한 제품인데, 뭘 이렇게 확인할 게 많고 준비할 게 많은지' 각 부서의 의견이 전혀 이해가 되지 않았지만 설득하고 가야 한다. 우선 수주를 하는 게 우선이니까. '뭐가 이렇게 복잡하지? 아직 한 번도 팔리지 않았던 우리의 제품 아닌가. 이제 더 이상 팔리지 않는다면 이 제품은 없어지고, 의미가 없어질 텐데. 다들 고민스럽지가 않나? 우리 모두가 이 제품을 잘 만들고 잘 팔기 위해서 모인 사람 아닌가. 기회가 왔는데. 뭐가 이렇게 복잡한 거지? 이 상황이 이해가 안 가는 건 나뿐인가….' 그런 복잡한 생각을 하면서 고객 시연을 준비했다. 그리고 시연 당일이 되었다.

"넵투는 제조현장의 문제를 정확히 이해하고 있습니다. 실시간 설비 상태 모니터링, 이상 징후 감지, 데이터 기반의 효율 개선까지 오늘 그 시작을 보여 드리겠습니다."

서 팀장은 묵묵히 노트북으로 시연 화면을 넘기면서 설명을 이어 갔다. 데이터가 실시간으로 올라오고 설비 상태가 시각적으로 표출되었다. 고객사는 놀라운 표정을 지었다.

"아. 이 정도까지 구현하신 건가요?"

사장님이 당연하다는 듯 느긋하게 말했다.

"네. 아직은 일부 시나리오 기반이지만, 본구축을 하게 되면 전체 라인으로 확장할 수 있습니다."

회의가 끝난 뒤 고객 담당자는 이렇게 말했다.

"완벽하진 않지만, 방향은 우리와 같습니다. 내부 논의 후 바로 연락드리겠습니다."

며칠 뒤, JS전자에게서 계약에 대한 긍정적인 답변을 받고 나는 아무 일도 할 수 없었다. 숨이 막히는 듯한 순간이었다. 손끝이 떨리는 느낌도 들었다. 다음 날 저녁, 사장님이 작은 회식을 열었다. 그 자리에서 사장님은 조용히 우리에게 말했다.

"이 한 건이, 우리 회사의 터닝포인트가 될 겁니다. 모두들 정말 수고가 많으셨습니다. 선정에 가장 공헌을 한 담당 영업 대표인 이준혁 대리님께 특별히 감사의 말을 전합니다."

지금 다시 그 시절을 떠올린 이유는 네오인더스트리가 마치 그때처럼 절실하기 때문이 아닐까 생각했다. 그때는 정말로 뭐라도 하려 했었다. 개발팀과 밤새 싸우면서도 기획팀과 다투면서도 목표는 하나였다. '이 회사를 살리자.' 그래서 가능했다. 그리고 5년의 시간이 지나고 지금. 이 모든 걸 '과거의 일'로만 남기고 있는 내가 너무 한심하고 초라해진다. '정말 최선을 다하고 있는가? 나는 그때처럼 지금도… 간절한가?' 어쩌면 과거에는 미래를 위해 달렸고, 지금은 단지 현재를 지키기 위해서 노력하고 있다. 과거에는 더 많은 계약을 따내고 제품이 성장하기 위해서 JS전자의 계약이 필요했다면 지금은 미래가 아닌 현재 내 자리를 지키기 위해서 네오인더스트리의 계약이 필요하다. 참 한심한 처지다. 아직 회사에서 짤릴 수 없다. 그래서 네오인더스트리의 계약은 지금 나에게 절박하다. 이번 계약만 잘 정리가 되면 회사에서의 내 입지도 괜찮아지고, 집에도 좀 더 잘하고 다 괜찮아질 거다.

다시 시작

　네오인더스트리의 제안 마감일이 사흘 앞으로 다가왔다. 나도 모르게 책상 위에 이마를 얹고 있었다. 커피는 식었다. 제안서가 여전히 만족스럽지 않다. 날짜는 다가왔고, 경쟁 상대도 명확하게 알아내지 못했는데, 제안서도 고객의 마음을 얻기에 부족했다. 막내인 김기롬 사원에게 현 상황에 대해서 다시 물었다.

　"김기롬 사원, 이번에 네오인더스트리 제안서 버전 다시 업데이트했어? 기획팀과 확인해 봤어?"

　기롬은 멈칫하며 대답했다.

　"아직이요. 기획팀에서 어제 조율된 기능에 대한 피드백이 아직 오지 않았습니다. 그리고 솔직히 말씀드리면, 이번 건 기획팀 분위기가 좀… 미적지근해요. 피드백이 빠르게 오지 않아요."

　나는 할 말이 없었다. 참담했지만 예상했던 일이었다. 며칠 전 김윤서 기획팀장에게 이번 제안건과 관련하여 제안서에 대한 신경을 많이 써 달라고 얘기했지만 김 팀장은 정중하지만 냉정하게 말했다.

　"팀장님 죄송하지만 이번 제안은 공식 프로젝트로 올라온 게 아니라서요. 개발팀이 명확한 기술 대응안을 주지 않으면, 저희가 미리 제안서를 준비하기는 어렵습니다. 개발팀의 기술 정의가 아직 완성되지 않았습니다. 우선 개발팀과 영업팀에서 정의가 완료된 고객 제안부터 정리할 수밖에 없습니다. 정리가 되는 대로 최대한 준비를 하도록 하겠습니다. 저희 입장도 이해해 주시기를 바라겠습니다."

　예전 넵투 초기에 서로 헌신하며 일했던 그 시절이 아득하게 느껴진다.

그때는 기획, 개발, 영업이 목숨을 걸다시피 모두가 한 팀이었다. 하지만 지금은 그저 자신의 바쁜 일에만 신경을 쓰고 공동의 작업을 함께해 내기에 모두가 여유가 없어 보였다. 그렇지 않다면 내가 이끄는 사업에 다른 팀들이 기대를 하지 않아 모두가 신경을 쓰지 않는 것인지 모를 일이다. 기다리기만 할 수 없어서 개발팀으로 찾아갔다.

"네오인더스트리 제안서 초안이 지금은 완성되어야 하는데 개발팀에서 고객 니즈에 대한 기능 정리가 아직 안 되어서 기획팀이 제안서 작업이 멈춰 있습니다. 어찌 되어 가고 있나요?"

서건우 책임이 퉁명스럽게 대답했다.

"저희 팀장님에게 먼저 얘기하셔야 하는 게 맞는 것 같습니다."

서건우 책임은 안드로메다 사람이다. 나는 그와 대화가 되지 않는다. 그는 우리 팀원과도 대화가 되지 않는다. 그에게는 급한 일도 없고, 우리의 일도 없다. 오로지 자신 앞에 있는 모니터만 바라본다. 회사의 다른 모든 것들에는 관심이 없어 보인다. 그래도 팀장이 물어보면 좀 성의껏 답해야 하지 않나 하는 생각을 하니 짜증이 났다. 서 팀장이 갑자기 문을 열고 들어오면서 말을 했다.

"고객사 니즈는 최대한 정리했는데요, 데이터 수집 항목, 모니터링 KPI, AI 기반 분석 항목까지 초기 니즈들은 정리를 다 해 봤습니다. 다만 AI 모듈을 품질 관리에 적용하는 것이 새롭게 포함되었습니다. 더 줄어들어야 하는데, 니즈가 더 늘어나는 상황입니다."

옆에 앉아 있던 서건우 책임이 냉소적으로 거들었다.

"또 AI요? 요즘 고객들은 그 단어만 넣으면 다 되는 줄 아나 봅니다. 팀장님 우리 리소스 상황 알고 계시죠? 이건 도저히 할 수 없는 제안입니다. 지금이라도 제안을 신중히 판단해 보는 게 좋을지도 모릅니다. 사실 우리가 수주할 가능성이 있는 것도 아니지 않나요?"

'제안을 포기하라고? 완전 미쳤군.' 영업 입장을 그나마 잘 이해해 주는 윤태준 책임도 거들었다.

"서 책임 얘기도 일리가 있습니다. 현재 위도 프로젝트 쪽도 밀려 있습니다. 요구 사항을 다 받아서 제안을 하게 되면 바로 대안을 세워야 합니다. 지금은 현실적으로 감당하기 어려운 일정입니다."

제안포기를 입밖으로 내고 있는 개발자에게 욕이라도 하고 싶지만 지금은 잘 얘기해서 상황을 수습해야 한다. 나는 참고 또 참았다. 화내도 달라질 게 없다는 걸 알고 있다. 그리고 무엇보다 이건 신뢰를 주지 못하는 내게도 책임이 있다. 나는 조용히 입을 열었다.

"알겠습니다. 고객이 요구하는 게 과도한 건 맞지만, 우리가 아예 대응을 안 하면 이 기회 자체가 사라집니다. 최소한, '이 정도는 가능합니다'라는 안을 만들어 주세요. 그러면 그 선에서 제안서를 쓰고 정리해 보도록 하겠습니다. 부탁드리겠습니다."

잠시 침묵이 흐르고 서 팀장이 한숨을 쉰 후 말한다.

"내일까지 기획팀에 전달할 수 있도록 초안드리죠. 대신 절대 책임질 수 없는 부분은 빼도록 하겠습니다. 가능한 부분은 최대한 할 수 있는 방향으로 정리하겠습니다. 이 정도는 이해해 주시기 바랍니다."

그날 밤, 사무실에 혼자 남은 나는 모니터에 떠 있는 제안서 초안을 바라보았다.

[네오인더스트리 DX 구축 제안서_이준혁_v3.pptx]

파일명 옆에 붙은 숫자가 처절했다. V3. 겨우 세 번의 수정이다. 이번엔 기획팀과 개발팀의 적극적인 도움이 없었다. 예전에 나는 이런 제안서를 몇 번이나 검토하고 퇴짜 놓았는지 모른다.

그런데 지금은 누구도 검토해 주지 않는 제안서를 내가 직접 검토하고 수정하고 있다. 협조해야 할 팀에서 이 프로젝트에 관심을 그만큼 가지지 않기 때문이다. 나는 그렇게 제안서를 마무리하고 있었다. 한 문장을 다시 지우고, 다시 쓰고, 다시 붙여 넣었다.

"넵투는 단순한 설비 모니터링 제품 아닙니다. 제조기업의 데이터를 수집하고, 구조화하며, 궁극적으로 AI 기반 자율제조의 기반을 마련해 드릴 수 있습니다."

예전엔 이 문장을 함께 믿고 만들어 가는 사람들이 있었다. 하지만 지금은 혼자다. 이런 내가 참 안쓰럽게 느껴졌다. 견적서를 포함한 제안서 제출은 이제 3일밖에 남지 않았기에 할 수 있는 일은 뭐든 해야 한다. 새벽부터 네오인더스트리로 가기 위해서 집을 나섰다. 우리 제품을 선정했을 때의 추가 제안을 전달하기 위해서다. 피곤함에 눈도 제대로 뜨기도 어려웠다. 어제는 기획팀과 개발팀과의 미팅이 밤 11시가 넘어서 끝났고 그 이후 제안서를 다시 검토하느라 집에 도착하자마자 노트북을 펼쳤기 때문에 새벽 2시는 넘어서 잠에 들었다.

"팀장님, 다음에 한 번 더 오시죠. 오늘 회의 자료는 검토해 보고 연락드릴게요."

고객사 구매팀장은 늘 같은 말로 미팅을 마무리했다. 하지만 그 말의 이면에 있는 '기회'를 찾고 싶었다. '포기하지 않는 영업이 결국은 수주를 따낸다.' 그 말은 자신이 영업팀장이 되기 전, 사장이 직접 했던 말이었다.

기획팀 미팅이 예정되어 있던 시간에 맞춰 늦은 저녁 허겁지겁 사무실로 복귀했다. 아직 김기롬 사원은 퇴근을 하지 않았고 김윤서 팀장은 이미 개발팀에서 정리 미팅을 하고 있었다.

"팀장님, 고객 니즈가 또 바뀌었어요?"

"음. 설비 상태에 따른 AI 기반 스케줄링 기능을 언급하더라고요. 중요한 기능이라고…."

이 말에 개발팀에서 서건우 책임이 즉시 반응했다.

"아니, 그건 위도에도 아직 구현 안 된 기능이에요. 넵투에 넣으려면 완전 새로 설계해야 합니다. 시간이 지날수록 추가 기능들만 늘어나는 것 같아요."

나는 조용히 입을 다물었다. 몸이 힘든 것도 문제였지만 기획팀과 개발팀 사이에서 의견을 정리하고, 그사이에 낀 자신이 점점 작아지는 느낌을 견디기가 더 힘들었다.

"우리가 할 수 있는 수준에서 표현만 조정해 보시죠. 되지도 않는 거 넣었다가 계약되면 결국엔 발표에서도 무너집니다."

기획팀 한수아 과장이 거칠게 주장했다.

머리가 아파 오기 시작했다. 이제 제안 마감일까지 시간도 많지 않은데 아직 최종 제안서가 준비가 되지 않았다. 제안서는커녕 아직 최종 제안서를 쓰기 위한 최종 조율도 되지 않았다. 이대로라면 제안도 못 하게 된다. 이렇게 또 미팅이 정리가 되지 않고 끝났다. 참 답답하다. 밤 10시가 조금 넘어 현관문을 조용히 열었다. 조심스레 들어서자 익숙한 전등 불빛 아래 둘째가 거실 바닥에서 숙제를 하다 말고 잠들어 있었다. 그 순간 아내가 주방에서 나왔다. 앞치마도 두른 채, 머리는 헝클어져 있었고, 그녀의 눈가엔 피로가 짙게 묻어 있었다. 그런 그녀의 모습이 안타까웠다. 그리고 두려웠다.

"또 지방 다녀왔어?"

"응. 오늘은 구미."

말끝이 채 떨어지기도 전에 그녀가 국을 전자레인지에 넣으며 말을 이었다.

"며칠 전엔 창원이었잖아. 지난주에는 여수, 그 전주엔 평택. 혹시 우리 주말부부야? 서울에 살면서."

"회사 일이니까…."

"회사 일? 회사가 애들 밥해 줘? 숙제 봐줘? 병원 데려가 줘?"

그 말에 나는 입을 다물었다. 아내는 숟가락을 식탁 위에 툭 놓았다.

"하루에 한 번, 애들이랑 대화는 해? 둘째는 오늘 국어 숙제하다가 울었어. '왜 아빠는 항상 늦어?'라고 하면서. 내가 뭐라 그러냐고, 애한테."

"당신도 알잖아. 이번 프로젝트는 정말 중요한 건데…."

"당신한테 중요하지 않은 프로젝트가 있었어? 그 말, 작년에도 들었고 재작년에도 들었어. 회사에서 당신이 없어선 안 되는 사람이래? 근데 가족한테는 왜 항상 '없어도 되는 사람'이야?"

나는 나도 모르게 목소리를 높였다.

"나도 힘들어! 당신이 애 키우느라 힘든 거 아는 만큼, 나도 버티면서 일하고 있다고! 고객사에서 외면 당해서 혼자 밥 먹는 시간도 많고, 실적이 없어서 회사에서 무시당하고, 다른 부서랑 밤샘으로 싸워 가면서… 정말 힘들다고! 정말 당신까지 왜 이래."

아내는 자리를 박차고 아이 방으로 들어가면서 한마디 던졌다.

"그래. 그게 당신이지. 그러니까 나는 이제 당신한테 기대도 안 해. 누구나 다 그렇게 일을 해. 그런다고 모두 집을 뒤로하고 일만 하면서 그렇게 당신처럼 살지는 않아. 우리보다 당신이 더 불쌍해."

그 말은 칼날처럼 날아와 가슴을 찔렀다. 얘기를 더 하고 싶지만 아내가 들어간 아이의 방문은 굳게 닫혀 있다. 언제나 이렇게 아내와의 대화는 불편하게 끝이 난다.

'여보. 미안해. 이번 수주만 잘되면, 정말… 나 회사에서 다시 인정받을 수 있을 것 같아서. 그럼, 우리 가족도 조금은 나아질 거야. 분명. 조금만 기다려 줘.' 나는 고개를 떨군 채 말없이 국을 떠먹었다. 고요한 식탁에선 숟가락이 그릇에 부딪히는 소리만 들렸다. 그날 밤 나는 거실 소파에서 쪽잠을 자며 노트북을 다시 열었다. 내가 이렇게까지 버티는 이유는 하나다. '이 수주가 나를 다시 세워 줄 마지막 기회일 수 있다.' 지방 출장을 다녀오고, 사무실에서 밤늦도록 제안서를 고치고, 집에서는 아내와 싸우고 늦은 밤에 잠든 아이들의 얼굴을 보며 신세 타령도 하며… 나는 다시 제안서를 열었다.

[네오인더스트리 DX 구축 제안서_이준혁_진짜마지막.ppt]

하지만 나는 알고 있다. '진짜진짜 마지막' 버전이 생길 수도 있다는 걸. 그리고 지금 또다시 지방행 KTX 표를 끊는다.

"팀장님, JS전자에서 미팅 날짜 확정됐습니다. 다음 주 목요일 오전 10시. 장소는 본사 회의실입니다."

김도현 과장이 프린트 된 일정을 내려놓으며 말했다.

"JS전자…?"

이름을 듣는 순간 나는 손끝이 살짝 떨렸다. 그 이름은 단순한 고객사가 아니었다. 회사 최초로 자신이 뛰었던 가장 상징적인 '첫 번째 고객사'였다 하지만 이상했다. 그런 중요한 연락이 왜 자신이 아닌, 김 과장을 통해 온 걸까?

"김 과장한테 직접 연락이 온 거야?"

"네. 제가 꾸준히 만나고 있었습니다. 넵투 구축 이후 추가 공장 증설 얘기 듣고 꾸준히 컨택했고, 위도 브로셔외 제안서도 전달드렸습니다. 담당자분이 관심을 보이셔서 바로 따라붙었죠."

순간, 복잡한 감정이 교차했다. 고마움과 자책, 그리고 쓰라린 자기반성 등으로 혼란했다.

"잘했네, 김 과장. 고생 많았어."

웃어 보였지만 속으로는 되묻고 있었다. '나는 그동안 뭘 한 거지? 왜 찾아가지도 않고 영업 기회를 생각해 보지도 않은 거지? 나라는 사람. 참 한심하다.' JS전자는 이번에 넵투를 기존 공장에서 '확장 구축'할 뿐 아니라, 새롭게 증설되는 공장에 위도의 AI 모듈을 추가 도입하고 싶다고 했다. 이 기회는 분명 커다란 가능성이자 위기였다. 하지만 준비 과정은 복잡할 것이다. 또다시 똑같은 문제들로 가득할 것이다.

"팀장님, 고객사 요청이 너무 많아요. 위도는 아직 상용화도 안 된 모듈이고, 제안서에 넣기 어려운 내용이 많습니다."

기획팀 막내 정수아가 눈치를 보며 말했고 기획팀장도 조심스럽게 거들었다.

"서 팀장님과 확인을 몇 차례 했지만, 기술적으로 불확실한 부분은 정리가 안 됩니다. 저희가 적을 수 있는 건 명확한 기능과 범위고, 이대로 제안을 진행하면 리스크가 너무 커져요."

나는 고개를 끄덕였지만, 입을 열지 못했다. '왜 항상 이런 거지… 고객의 니즈를 전달하면 받아들여지기보단 거부감이 먼저야. 그게 꼭 무리한 요구라서 그런 건가. 아니면 우리가 제품을 제대로 모르기 때문인가. 혹은 애초에 제품이 아직 미완성이라서 이런 건가. 왜 항상 문제가 되고, 내부에서 걱정부터 하게 되는 걸까.

"위도 AI 모듈이요? 지금도 전담 인력들 죽어 나가고 있어요."

서민우 개발팀장은 단호했다.

"지금 위도는 테스트 단계를 지나고 있지만, 고객사 환경에 맞춰 조정하는 건 최소 3개월 이상 걸립니다. 그걸 이번 제안에 넣으면 우리가 '된다'고 말한 게 돼요."

"개발이 불가능하다는 얘기는 아니잖아요. 미팅 때 가능성 정도는 열어놔야 하지 않습니까. 고객이 원하는 방향은 분명하고, 안 하면 경쟁사에 기회를 줄 수도 있어요."

"그러니까… 그게 바로 문제라는 겁니다, 팀장님. 고객의 니즈를 '그대로' 반영하는 게 제안이 아니라 우리가 할 수 있는 걸 말하는 게 제안이죠."

나는 말문이 막혔다. 맞는 말이었다. 하지만 현실은 늘 '그 중간'을 요구한다. '왜 이렇게 항상 영업팀, 기획팀, 개발팀은 충돌이 많을까? 그냥 좋은 방향으로 가는 당연한 논의 과정인 건가?

도무지 모르겠다. 그날 저녁, 사무실에서 혼자 남아 JS전자 첫 계약 당시 정리해뒀던 자료들을 열어 봤다. 고객을 설득하기 위해 사장과 함께 공장 바닥을 누비고, 개발팀과 밤샘 테스트를 진행하던 날들. 기획팀 자료 하나하나에 밑줄을 긋고 조율했던 그 때가 떠올랐다. '그땐 나도 저들처럼, 아니 그 이상으로 치열하게 움직였었는데, 요즘 나는 왜 이렇게 뒤처진 사람처럼 느껴질까.'

"팀장님, 내일 JS전자 미팅… 같이 가시죠. 이건 팀장님 건입니다. 그리고 저도 그때처럼 같이 한번 만들어 보고 싶습니다."

그렇게 말해 준 김 과장이 고마웠다. 그래, 다시 한번 해 보자. 예전처럼, 그러나 이제는 고객에게 신뢰를, 팀에게는 실력을, 그리고 스스로에게는 회복된 자존감을 되찾기 위해서라도 더 다르고 명확하게 해야 한다.

회의실 문을 조용히 닫고 나왔다. 손에 쥔 휴대폰에서 네오인더스트리로부터 방금 도착한 메일이 떴다. 눈앞이 다소 흐려진 탓인지, 글씨가 잘 보이지 않았지만 간절한 마음을 담아 집중했다.

[이번 제안에 귀사가 최종 선택되지 않았음을 알려 드립니다. 귀사의 제안과 노력에 감사드립니다.]

끝이었다. 수없이 엎었다 다시 만들었던 제안서. 기획팀, 개발팀, 그리고 영업팀의 모든 노력을 담아 만든 하나의 '희망' 같은 프로젝트. 네오인더스트리. 그걸 놓쳤다. 또 팀원들, 함께 준비한 다른 팀들, 그리고 회사에 실망을 안겼다. '그럼 그렇지… 내가 그렇지 뭐.' 내 안에서 또 다른 내가 계속 중얼거렸다. '그럴 줄 알았어. 이번에도 안 될 줄 알았어. 넌 이제 감이 떨어졌어, 이준혁!. 사실 열심히 하지도 않았어. 그게 결과로 나온 거야.' 이 회사를 처음 입사하고부터 난 누구보다 잘나갔다. 우리의 희망인 넵투의 최초 수주. 대기업 JS전자와의 첫 계약. 그 후 승승장구했던 계약 건들과 자신감들. 사장님이 직접 칭찬하셨던 '이준혁 대리' 시절이었다. 하지만 지금은 그 시절의 그림자도 남지 않았다.

"팀장님, 이건 무리예요. 개발팀에서 명확히 안 된다고 했잖아요."

기획팀 김윤서 팀장의 목소리는 더 이상 부드럽지 않았다.

"이번 제안도 또 수정인가요? 몇 번째인지 아세요?" 개발팀 신입 성훈의 날선 말투는 더 아팠다.

그들의 말이 틀린 건 아니다. 그저 나는 회사에서 영업이라는 이름을 달고 있는 사람으로서, 고객에게 손을 놓을 수 없었던 것뿐이다.

"그냥, 조금만 더 해 보자는 거였어요."

누구에게 변명하려 했던 그 말은 정작 내 마음에는 닿지도 못했다.

"그렇게까지 안 해도 되잖아요"

김기롬 사원이 복도에서 중얼거렸다.

"이번 건도 실패잖아요. 너무 무리하는 거 아녜요?"

그 말에 내 몸은 순간 움찔했지만 아무 대답도 하지 못했다. 무리했지. 지방 공장에 혼자 내려갔다가 밤기차 타고 올라와 서울 사무실에서 기획팀이랑 밤샘 회의. 다음 날 아침, 개발팀 미팅에 얼굴 내밀고. 그날 오후엔 또 JS전자 공장으로 미팅. 그렇게 한 주를 세 번 이상 같은 고속도로 위를 달렸다. 왜? 이번 제안은 꼭 잡고 싶었기 때문이었다.

"아빠가 있긴 하니?" 며칠 전, 집에 들어갔을 때. 초등학교 3학년 큰아이가 말했다. TV에 나오는 가족 프로그램을 보다가 자기와 비슷하다고 생각했나 보다.

"저 집엔 아빠가 있네… 우리 집엔 아빠가 있긴 하니?"

나는 말없이 웃었고 옆에 있던 아내는 더 이상 아무 말도 하지 않았다.

"그만 좀 해. 일도 중요하지만, 나 혼자 둘 키우는 거 알아? 나도 일 잘하고 싶다고 몇 번이나 말했는지 알아? 당신은 변화가 필요해. 보는 내가 답답하단 말이야. 당신을 위해서라도 이제 달라져야 하지 않겠어? 늦기 전에."

나는 거기서도 말문이 막혔다. 아내는 틀린 말 하나 없이 조용히 아이들 방 문을 닫고 들어갔다.

정말 열심히 뛰었다. 넵투를 처음 시장에 선보일 때. 사장님이 기술개발 회의 끝에 JS전자의 자료를 넘기며 말했다.

"이걸로 이준혁 대리가 돌파구 좀 만들어 줘야지."

내가 만들었다고 생각했다. 아니, 정말 그랬다. 첫 고객은 나의 손으로 시작되었고 넵투는 그 고객으로부터 본격적인 출발을 했다. 그 시절의 나는 고객을 연구하고, 문제를 듣고, 회사 내부를 설득하고, 무모할 정도로 앞만 보고 달렸었다. 지금은 왜 그게 잘 안되는 걸까. 요즘 계속해서 안 좋은 생각들을 하게 된다. 혹시 내가 매너리즘에 빠진 건 아닐까? 아니면 나는 그냥 그때 운이 좋았던 걸까? 눈치, 자책, 침묵… 그리고 그다음은 뭘까?

"영업은 회사의 얼굴입니다. 고객을 만나는 사람의 태도가 회사를 설명하니까요."

나는 요즘 그 얼굴 역할을 잘하고 있는 걸까? 그리고 다시 할 수 있을까? 눈을 감고 내일을 생각한다. 오늘은 모든 걸 내려두고 집에 일찍 가기로 했다. 그리고 아이에게 내가 왜 늦었는지, 아내에게 지금 내가 얼마나 부족한지 진지하게 말해 봐야겠다. 말한다고 이해가 다 되지는 않겠지만 말하지 않으면 평생 모를 테니까 하는 게 낫다. 그리고 월요일이 되면 다시 기획팀, 개발팀 그리고 다시 고객사로 가야겠다. 조금씩 힘을 내자. 더 잘할 수 있다. 분명히.

회상 2

일 주일간의 지방 출장을 마무리하고 회사로 출근한 아침, 서울 본사 6층 카페테리아에서 오랜만에 입사 동기와 마주 앉았다.

"준혁아, 너 그 얘기 들었냐?"

나는 무심코 "무슨 얘기?"라고 답했지만, 동시에 심장이 덜컥 내려앉는 기분이었다. 그럴 때가 있다. 아무 근거도 없이 알 수 없는 불안이 확 밀려드는 순간. 동기 녀석이 말을 이었다.

"상우 선배. 어제 새벽에 갔단다…."

멍했다. 심장이 순간적으로 조여드는 듯했고, 머릿속에서는 낡은 영화처럼 지난 기억이 흘러갔다.

10년 전의 일이다. 나는 그 선배를 '부러움'과 '자격지심'이 뒤섞인 감정으로 항상 바라봤다. 갓 서른을 넘겼을 때, 나는 당시 한참 영업 실적이 들쭉날쭉하며 회사 내에서 입지가 애매해지고 있을 때였고, 반면에 그는 국내 굴지의 은행들을 고객으로 두고 있는 스마트한 영업 대표로 이미 유명했다. 그와는 몇 번 공식적인 행사에서 인사를 나누는 정도의 관계였지만 서로에 대해서는 알고 있었다. 어느 날 같은 고객사를 두고 그 선배의 회사와 우리 회사가 경쟁을 하게 되었다. 그렇게 양사의 제안 발표를 마치고 우연히 서로 술 한잔하는 계기가 되어 나는 그 선배와 더 친해지게 되었다. "상우 선배. 우리 회사는 이번 딜에서 잘 안될 거 같은데, 그냥 술이나 한잔하시죠." 했다. 그 선배는 쿨하게 "그럴까?" 하며 아무렇지 않게 응해 줬다. 그렇게 시작된 술자리에서 나는 선배의 영업 노하우를 묻기도 하고, 내 하소연을 털어놓기도 하였다. 우리는 젊음이라는 공통된 연결고리를 활용해 하루 만에 꽤 친해질 수 있었다.

"준혁아, 실수는 그냥 지나가는 거야. 중요한 건 그다음에 뭘 보여 주는가지. 너, 눈빛 보니까 괜찮다. 잘할 수 있을 거야."

그가 술자리에서 해 준 여러 말들은 술보다 더 강하게 내 마음을 취하게 만들었다. 그 뒤로 우리는 가끔 그렇게 한 잔씩 마시면서 친해졌다. 그는 경쟁자이지만 편하게 술을 사주는 선배였다. 항상 웃고, 농담하고, 그러면서도 탁월한 실적을 만들어 내는 능력 있는 영업이었다. 나도 언젠가 저런 선배가 되어야지, 저런 사람이 되어야지 하는 다짐을 마음속으로 다짐을 하곤 했다. 그러다 그와 멀어진 건 그 후 2년 정도 지나서였다. 그가 유어디스라는 글로벌 소프트웨어 한국총판의 핵심 영업 차장으로 대형 딜을 따내면서부터였다. 그가 진행하던 프로젝트는 업계에서도 유명한 '빅딜'이었다. 100억이 넘는 예산, 본사 실사단까지 동행하는 엄청난 규모의 딜이었다.

"요즘 내가 정신이 하나도 없다. 본사에서 사람 내려오지, 납기 협상 들어오지, 고객은 KPI 달성 요구하지… 나 진짜 죽을 것 같다."

그렇게 말하던 그의 톡을 받은 지 얼마 지나지 않아 연락이 끊겼다. 그리고 마음 한구석에 상처처럼 패인 감정이 생겼다. '바쁘다는 핑계겠지.

그래, 나는 이제 그 정도 급이 아닌 거지. 선배는 이제 나와 급이 다른 자기만의 세계가 생긴 거야.' 그렇게 별일 없이 시간이 흘렀다. 그러다 정말 오랜만에 그에게 전화가 왔고, 나는 모든 약속을 미뤄 두고 약속 장소로 달려갔다. 강남의 조용한 참치집. 그는 예전처럼 웃으며 반겨 줬다.

"미안하다. 요즘 진짜 정신이 없었어. 잘 지냈지?"

그는 대형 딜의 성사 과정, 본사 실사단과의 갈등, 내부 기술팀과의 충돌, 고객의 갑작스러운 사양 변경, 개발 일정 문제 등, 그런 얘기들을 숨 막히게 풀어냈다. 그 얘기를 듣는 동안 내 마음은 점점 더 무거워졌다. 나는 그가 그 모든 걸 손쉽게 해냈을 줄 알았다. 멋지고, 날카롭고, 깔끔하게 말이다. 하지만 그 선배는 그저 '더 버티고, 더 늦게 자고, 더 많이 욕먹고' 있었을 뿐이었다.

"지금 생각하면… 솔직히 좀 무섭다. 이 프로젝트 끝나면 뭘 할 수 있을까? 더 큰 걸 해야 할까? 그냥 내려놓고 쉬고 싶은데… 그게 되냐? 네가 봤을 땐, 내가 좀 쉬어도 될까?"

나는 얼떨결에 "그럼요. 형도 쉬어야죠."라고 했다. 그날 밤, 그와 헤어지고 나는 한참을 걸었다. 그의 마지막 표정은 웃고 있었지만 그냥 맘속까지 편하게 웃는 얼굴은 아님을 알 수 있었다. 눈 밑은 퀭했고, 목소리는 힘이 없었다. 나는 그때도 '좀 피곤한가 보다.' 하고 넘겼지만, 그게 그의 마지막이었다는 걸 생각하면 가슴이 쿵 내려앉는다.

그리고 지금. 나는 여전히 고객 미팅을 가고, 실적을 걱정하고, 팀원들 사이에서 신뢰를 회복하지 못해 버둥거리고, 기획팀과 개발팀과의 제안서 회의에서 불협화음을 정리하느라 정신 없이 보내고 있다. 이때 나는 가끔 그 선배가 생각난다. '나도 언젠가 그 선배처럼 그럴 수 있을까? 혹은 그렇게 되어 버릴까?' 요즘 나는 자꾸 그 선배의 마지막 표정을 떠올린다. 아무도 알지 못한 그 공허한 눈빛을. 나는 아직 살아 있고, 아이도 있고, 아내도 있고, 회사에서 해야 할 일이 있다. 그런데 가끔 그 선배가 부러워졌다가, 무서워졌다가, 다시 슬퍼진다. 나는 지금 어디쯤에 있는 걸까. 지금 나는 이 회사의 영업팀장이다. 하지만 실적은 바닥이고, 팀원들과의 신뢰는 흔들린다. 회사의 모든 부서와의 협업은 갈수록 버거워지고 있다. 회사에서 실적이 안 나와 회의실에서 시선 하나하나가 따갑고, 고객사에서 무시당하면 하루 종일 아무 말도 하지 못한 채 퇴근하는 날이 많아졌다. 아이 얼굴도 보지 못한 채 잠든 얼굴을 바라보다 한숨 쉬는 날도 많다. 그리고 나는 언제나 회사에서 말하고 있다.

"미안합니다! 괜찮습니다! 잘해 보겠습니다!"

그게 '태연함'이라면, 그게 '리더십'이라면, 나는 지금도 그렇게 애써 태연한 척 살아갈 수 있다. 그 와중에 자꾸 그 선배가 생각난다. 지금의 내가 예전의 그 선배를 닮아 가는 것 같아서. 그리고 혹시 나도 언젠가 그런 끝을 맞이하게 되는 건 아닐까 하는 생각에 무섭다. 열심히 했지만 누구도 기억하지 않고, 끝없는 경쟁과 실적 압박 속에 쓰러져 버리는 그런 모습이 될까 두렵다. 그래도 나는 그가 한 마지막 말을 기억하면서 힘을 낸다.

"계속 가. 그냥 계속 가는 거야. 그러면 되는 거야."

그 말을 되뇌며 나는 또 하루를 견뎌 낸다. 그리고 조용히 그의 명함 하나를 서랍에서 꺼내 책상 구석에 놓아둔다. 지켜보고 있다고 나 혼자가 아니라고 그렇게 스스로에게 말하며 오늘도 버티고 있다.

신호

며칠이 지났다. 서랍 안에 조용히 던져 둔 선배의 명함이 이상하게도 계속 눈에 밟혔다. 책상에 앉으면 괜히 선배의 명함이 들어 있는 그 서랍을 한 번 더 열게 되고 명함을 손에 들고는 한참을 바라보다가 다시 조심스레 밀어 넣는다. 그 속에 든 건 명함 한 장이 아니라 그가 내게 남기고 간 말과 태도 그리고 내가 잊고 있던 '영업을 대하는 그 처음 마음'이었다.

나는 언제부터 '실적'이라는 단어에만 갇혀 사람의 온기를 잃어버렸을까. 내가 좋아했던 건 '계약'이 아니라 사람을 설득하고 관계를 만들어 가며 고객의 문제를 함께 풀어 나가는 그 '과정'이었는데 요즘은 그냥 뭔가를 팔기 위해 고객을 만나고, 회사 안에서는 다른 부서와 부딪히는 게 일상이 되어 있었다. 마치 모두가 '나만 힘들다'고 얘기하는 투쟁의 공간에 있는 느낌이다. 돌아보면 사실 직장 생활을 하는 우리 모두가 힘들다. 기획팀도, 개발팀도, 영업팀도, 나 자신도. 심지어 사장님도. 그게 직장 생활 아닐까.

늦은 퇴근길에서 일부러 선배와 가끔 걷던 길을 찾아가서 걸었다. 교대역 뒷골목에는 예전 그 곱창집이 아직도 그 자리 그대로 있었다. 영업이 잘 안 풀릴 때, 실적에 짓눌릴 때 우리가 앉아서 가끔 소주잔을 기울이던 그 자리였다. '선배… 이제야 알겠네요. 당신은 그때 이미 너무 많이 지쳐 있었던 거군요. 난 그때 그걸 몰랐습니다. 그리고 이제야 조금은 알 것 같습니다.'

아침 일찍 영업 회의를 소집했다. 주간 정례 회의는 아니지만 팀 전체 실적이 부진하여 소집을 한 것이다. 이전처럼 날 선 분위기도 아니었지만 분위기가 활기차지도 않았다. 막내 기륜은 말이 없었고, 김도현 과장은 자료를 정리하면서 무표정했다. 나는 어깨를 쭉 펴고 조용히 입을 열었다.

"이번 제안 실패에 대해서 많이 생각했습니다. 내가 팀장으로서 방향을 제대로 못 잡았고, 또 기획팀, 개발팀과의 조율도 부족했습니다. 그게 팀 전체에 부담으로 간 것 같아서 먼저 팀장으로서 사과의 말씀을 드립니다. 미안합니다."

잠시 정적이 흘렀고 이어서 김도현 과장이 고개를 들면서 얘기했다.

"팀장님의 책임만은 아닙니다. 함께 같은 방향으로 달려갔는데, 운이 좋지 않았습니다. 다만 다른 팀과의 협업과 조율이 문제를 키웠습니다. 이 부분은 앞으로도 큰 문제가 될 수 있습니다. 이 부분은 단지 우리 제안뿐만 아니라 회사 전체에도 큰 문제를 일으킬 수 있습니다."

기롬 사원도 조용히 고개를 끄덕였다.

"네 그러니 팀장님은 힘내시기 바랍니다."

"그렇게 말해 주니 감사합니다. 다만 요즘 실적이 부족한 것은 팀장인 제 탓이 큽니다. 다시 초심으로 시작해 보려 합니다. 함께 잘해 봤으면 합니다. 과거의 우리 팀답게 말이죠."

그 순간 묘하게 공기가 바뀌었다. 팀장으로서의 책임과 무게가 단순한 짐이 아닌 '함께 나누어야 하는 것'이라는 분위기가 생겼다. 그날 오후 나는 기획팀장에게 먼저 연락을 넣었다. 미팅 일정도 잡지 않은 채, 그냥 대화가 하고 싶어서였다.

"팀장님, 혹시 오늘 잠깐 시간 괜찮으세요?"

기획팀장은 놀란 듯 웃으며 말했다.

"무슨 일 있으세요? 요즘은 연락 잘 안 주시더니."

"그냥 얘기 좀 하려고요. 이번 제안 일은 정말 미안하게 생각합니다. 다음부터는 제안 기획 단계부터 같이 논의해 보면 어떨까 해서요. 미리 짐을 드리는 건 아니고, 함께 나누자는 뜻입니다."

기획팀장은 조용히 고개를 끄덕였다.

"좋아요. 그렇게만 된다면 저희 팀도 부담이 훨씬 덜할 거예요. 그런데 팀장님. 한말씀 드려도 될까요? 이번 제안에서 협업이 잘 안된 부분도 있지만 더 큰 문제가 있었습니다. 영업 2팀에서 요청하는 고객 제안건과는 차이가 납니다. 차이를 느낄 수 있습니다. 영업 2팀장이 요구하는 것은 제안서의 방향과 세심함을 저희에게 맡기는 것 말고는 특별히 없습니다."

협업을 요청하러 간 자리에서 기획팀장은 우리 팀의 문제점을 지적하기 시작했다.

"그만큼 영업 2팀은 고객사를 잘 알고 있습니다. 그만큼 자주 방문하고 문제가 되거나 오해가 생길 수 있는 것들을 미리 차단하고 확인했다고 볼 수 있습니다. 그래서 제안 방향을 잡기가 훨씬 명확해집니다. 하지만 이번 네오인더스트리건은 영업팀도 잘 모르는 것 같았습니다. 영업팀도 잘 모르는데 개발팀과 기획팀이 잘 알 수 있을까요. 협업도 중요하지만 그것보다 더 우선 되어야 할 부분은 고객을 더 잘 알고 신뢰를 쌓아야 한다고 봅니다. 미안합니다. 말이 길어졌습니다."

자리로 돌아와서 노트를 꺼냈다. 그리고 이렇게 썼다.

'실적도, 사람도, 모두 중요하다. 하지만 나는 내가 너무 외면하고 있었던 걸 이제야 본다. 좋은 실적은 고객과의 관계 설정이 우선이다.'

기획팀장의 한마디가 있었지만 나에 대한 관심이라고 생각했다. 까마득한 후배였지만 지금은 나에게 조언을 해 주는 팀장이 되었다. 오히려 그 잔소리가 다시 일어서기 위해서 마음을 가다듬을 수 있는 용기를 주었다. 늦은 밤이었지만, 노트북을 켜고 조용히 다음 주 고객 미팅을 준비했다. 이번에는 진짜 고객의 문제를 들여다보며 기획팀과도 미리 조율할 생각을 하며 개발팀이 감당할 수 있는 구조를 다시 생각하며 과거 겪었던 여러 문제를 겪지 않겠다고 다짐했다. '상우 선배. 나는 아직 여기 있습니다. 그리고 선배가 얘기해 준 말들에 대한 그 의미를 되새기며 오늘도 이 길 위에서 다시 한번 더 걷고 힘내어 보겠습니다.

"기획팀장님, 개발팀장님. 본부장님께서 방으로 잠깐 오시랍니다."

아침부터 회사 분위기가 어수선했다. 사무실 공간 전체에 긴장감이 감돌았다. 실적 미달과 조직 분위기, 그리고 JS전자 추가 제안건이라는 중대한 미션이 덮여 있으니 그럴 수밖에 없었다. 김도현 과장도 조용히 자리에서 일어나 본부장의 방으로 향했고 곧이어 기획팀장과 개발팀장도 따라 들어갔다. 자리에서 일어나려 하는데, 본부장이 영업 팀장인 나를 부르지 않았다. 본부장 방문이 닫히는 소리가 유난히 크게 들렸다. 나는 회의실 복도 끝을 멍하니 바라보다 고개를 숙이고 다시 자리에 앉았다.

'뭐, 그럴 수 있지. 중요한 건이니까. 정리할 게 많을 테고.' 마음을 편하게 잡으려 노력했지만 가슴 한 켠이 조여들었다. 어느새 나 없이 논의되는 '우리 팀의 일'이 익숙해지고 있다는 게 스스로도 조금 슬펐다. 30여 분이 지났을까. 회의실 문이 열리고 가장 먼저 김도현 과장이 나왔다. 뒤이어 기획팀장과 개발팀장도 조용히 복도 쪽으로 빠져나왔다. 나는 애써 눈을 피했지만, 김 과장이 내 자리 쪽으로 곧장 다가왔다.

"팀장님… 말씀드릴 게 있는데 시간 괜찮으서요?"

회의실 뒤쪽 빈 공간으로 자리를 옮기자마자, 그는 담담한 말투로 이야기를 꺼냈다.

"본부장님께서 이번 JS전자 추가 사업건 본인이 직접 맡는다고 말씀하셨습니다."

나는 말없이 그를 바라보았다.

"그대로 말씀 드리겠습니다. 팀장님께서 기획팀과 개발팀과의 조율에 있어서 망설임이 많았고, 제안 방향도 계속 바뀌고 있다는 점이 문제라고 보셨대요. 그래서 지금 같은 방식으로는 수주 확률이 낮다고 판단하셔서, 본부장님이 사장님과 직접 얘기하며 의사 결정한다고 합니다."

순간 머릿속이 멍해졌다. '내가… 그렇게 보였구나.'

"기획팀장과 개발팀장은요?"

나는 조심스레 물었다.

"두 분은… 괜찮다고 하셨습니다. 영업팀의 리딩만 명확해지면 문제없다고. 사장님도 계속 관심 가지고 계시고요. 그리고 실무는 제가 직접 맡고 본부장님께 보고를 하라고 합니다. 팀장님께서 오해를 하실 수도 있어서 미리 말씀드립니다."

그 말에 더 이상 아무 말도 할 수 없었다. 다들 괜찮다고 한다. 다들 큰 문제는 없다고 한다. 그런데 문제는 '나'인 것이다. 퇴근길의 바람은 유독 차가웠고, 내 속은 더 차가웠다. '망설임이 많다… 방향이 흔들린다….' 나는 진심으로 고객의 니즈를 정확히 이해하고, 기술과 조율하려고 노력해왔다고 믿고 있었다. 그런데 그게 망설임으로 보였고, 판단력 부족으로 읽혔다. '내가 틀린 걸까…?'

늦은 밤. 집에 돌아온 후에도 김도현 과장의 말이 자꾸 떠올랐다. '본부장님이 사장님과 직접 소통하시기로요….' 내가 빠지고, 본부장이 직접 뛰는 팀. 그 안에서 나는 점점 더 조용해지고 있었다. 책임에서 밀려나고 있다는 것, 인정받지 못하고 있다는 것. 무엇보다 내가 나 스스로를 점점 믿지 못하고 있다는 것이 가장 아팠다. 책상에 앉아 나는 한 장의 종이를 꺼냈다. 지금까지의 제안 흐름, 고객사의 기대, 우리가 제공 가능한 기술 범위. 그리고 내가 잘못했던 모든 선택들을 하나하나 적어 내려가기 시작했다. '다시 제대로 시작하려면 어디서부터일까.' 나는 깊은 침묵 속에서 조용한 각오를 다지기 시작했다. 내일은 다시 기획팀장과 개발팀장을 찾아가야겠다고 생각했다. 그리고 제안의 문제와 한계는 영업팀만의 문제가 아니니 개선 할 수 있는 방안을 물어봐야겠다.

"기획팀장님, 개발팀장님. 잠시 시간 좀 괜찮으실까요?"

회의실 문이 닫히는 소리가 유난히 조용하게 울렸다. 나는 회의실 가운데 자리에 앉았고 맞은편에는 기획팀장과 기술팀장이 나란히 자리 잡았다. 익숙한 듯 낯선 공기가 감돌았다.

"갑작스럽게 시간 요청드려서 죄송합니다."

나는 말을 꺼내며 한 번 고개를 숙였다.

"저희 팀이 지금까지 함께해 왔던 여러 제안 작업들은 사실 다 제 나름의 소통 방식이었습니다. 고객 니즈를 가장 잘 아는 건 우리 영업이고, 거기에 기술을 얹고 기획을 정리하는 방식, 그게 맞다고 생각했습니다. 근데 요즘은 솔직히 잘 모르겠습니다."

나는 한숨을 길게 내쉬고 말을 이었다.

"저는 진심으로 회사와 제품을 위해, 우리 모두가 잘되길 바라며 함께 조율한다고 생각했는데, 결국은 각자가 팀의 이익을 우선 고려하고 있었던 건 아닌가 싶습니다. 특히 개발팀, 기획팀 입장에서는 저희 제안 방식이 무리하거나 너무 현실에서 벗어난 요청처럼 느껴졌겠죠."

서로를 향한 배려와 이해를 담은 말들이 오가기는 했지만 각자의 논리와 현실은 좀처럼 쉽게 좁혀지지 않았다. 나는 조심스럽게 다시 입을 열었다.

"사실 저희도 알고 있습니다. 고객 니즈를 명확하게 가져오는 게 중요하다는 거요. 근데 요즘 고객들, 특히 JS전자 같은 기업은 내부 검토도 길고 뭔가 물어보면 답을 잘 안 주기도 하고, 애매하게 돌려 말하고… 영업 입장에서도 니즈를 확정하는 게 정말 쉽지 않습니다."

기획팀장이 고개를 끄덕이더니 단단한 목소리로 말했다.

"저도 그건 알아요. 그런데 팀장님, 기획팀 입장에서 말씀드리자면, 우린 제안서만 쓰는 팀이 아니에요. 전략, 브랜딩, 마케팅까지 다 책임지고 있고 주 업무가 따로 있습니다. 솔직히 JS전자 제안이 이뤄지면 제안서와 발표자료 등의 작업에 엄청난 시간이 투입됩니다. 다른 일들은 거의 올스톱이 되어야 해요. 또 고객 니즈가 바뀌거나 개발팀과 요건 조율이 안 되면 엄청난 시간 소요가 더 일어납니다. 영업하시는 분들도 알고 계셔야 합니다. 저희는 영업 지원 조직이 아니라는 걸요. 그래서 영업팀에서 최대한 명확한 고객 정보와 니즈를 알아 와야 합니다. 일을 효율적으로 해 보자는 말입니다."

그 말에 기술팀장도 조용히 거들었다.

"저희도 위도, 넵투 둘 다 현재 기능 범위 안에서 우리가 할 수 있는 걸 최대한 조율해서 설명드렸습니다. 그런데 이번엔 솔직히, '어디까지 할 수 있는지'조차 정해지지 않은 상태에서 개발 계획을 짜라고 하니까… 버겁습니다."

잠시 침묵이 흘렀다. 나는 두 팀장을 번갈아 쳐다보다 말을 이어 나갔다.

"기획팀은 제안서를 쓰려면 고객 니즈가 명확해야 하고, 개발팀은 할 수 있는 범위와 인원부터 먼저 이야기합니다. 다시 말해 기획팀은 한쪽에선 '명확한 정보가 필요하다'고 하고 다른 한쪽에선 '지금은 정해지지 않았다'고 하니, 제안서 자체를 쓸 수 없는 상황이 되는 거죠."

기획팀장이 동의하며 한숨을 쉬며 말했다.

"맞습니다. 가능한 명확한 정보가 필요합니다. 그 정보는 고객 니즈와 기술의 가능성이 좁혀져야 하는 것이고요. 저희는 결국 조율이 안 된 정보 사이에서, 결과물만 내야 하는 상황이 너무 많아요. 이런 일들이 반복되면 팀원들도 지치고, 책임감은 무너집니다."

기술팀장은 조용히 손가락을 깍지 끼며 말했다.

"사실 개발팀은 늘 그랬습니다. 우리는 '할 수 있는 것'과 '해야 하는 것' 사이에서 인원을 조정하고 일정을 분해하고 실행 가능성을 책임져야 하니까요. 결국 모든 판단이 개발의 리스크로 쏠리는 게, 그게 현실입니다."

조용히 말을 듣고 있다가 나는 다시 입을 열었다.

"결국 문제는 하나네요. 고객의 니즈를 명확하게 정리해서 회사 제품의 한계와 장점, 가능성과 리스크를 제대로 비교하고 조율해서 전달해야 하는데 그걸 누가 하느냐가 문제죠. 결국 우리 영업이 하고 있는데, 잘 못하고 있다는 게 현실인 거구요."

기획팀장이 조용히 고개를 끄덕였다.

"정말 그런 작업들이 우선 명확히 확정만 된다면 우리도 훨씬 수월해질 거예요. 고객이 뭘 원하는지 명확히 들어오고 그게 가능한지 개발팀과 함께 조율이 되면 기획팀도 훨씬 전략적인 제안서를 만들 수 있습니다."

기술팀장도 고개를 끄덕였다.

"그렇게 제안 작업을 하기 전에 명확히 조율만 된다면, 저희도 더 빨리 방향을 잡을 수 있습니다."

잠시 침묵이 흘렀다. 마치 합의가 된 듯 보이지만, 사실은 각자의 현실을 이해한 수준이었다.

완전히 좁혀지지는 못했지만, 더 멀어지지도 않게 서로의 거리를 확인한 셈이었다. 그렇게 별 소용없는 회의가 마무리되었다.

복잡한 마음을 안고 결국 사장님의 방 앞에 섰다. 지금 이 자리로 오기까지 몇 번을 망설였다. 사실, 이 면담은 영업본부장을 통해 요청해야 할 일이었다. 하지만, 그럴 수 없었다. 본부장과의 거리감, 그리고 그와의 대화 속에서 느꼈던 일말의 단절감은 이번엔 스스로 결단을 내려야 한다는 마음으로 이어졌다. '이건 회사의 보고체계를 무시하는 일일 수 있다.' 그걸 모를 정도로 조직을 몰랐던 건 아니었다. 하지만 이대로 가만히 있을 순 없었다. 노크 소리에 사장은 조용히 고개를 들었다.

"그래요, 이 팀장. 들어오세요."

긴장된 걸음으로 회의 테이블 앞에 앉은 나는 단도직입적으로 말을 꺼냈다.

"사장님, 시간을 내주셔서 감사합니다. 영업본부장님을 거치지 않고 바로 요청드린 점 송구스럽습니다."

사장은 고개를 끄덕이며 자리를 권했다. 표정은 딱딱하지 않았지만 내 목소리에서 나는 작은 떨림을 숨길 수가 없었다. 회의 테이블에 앉은 후 내가 먼저 먼저 말을 꺼냈다.

"사장님. 요즘 제가… 너무 못하고 있죠?"

첫 마디가 이상하긴 했어도 사실을 그대로 인지하고 있다는 것을 보여 주고 싶었다.

"이젠 자신감도 많이 떨어졌습니다. 요즘 왜 영업이 이토록 힘들게만 느껴지는지 잘 모르겠습니다. 제가 놓치고 있는 게 뭔지도 모르겠고요. 고객들은 예전보다 더 똑똑해졌고 제품은 더 복잡해졌는데, 저는 아직도 예전처럼만… 움직이려 했던 것 같습니다."

우울한 내 목소리에 내 스스로도 기가 막혔다.

"예전에 넵투 첫 제안하러 다닐 때 기억나십니까? 그땐 지방 공장까지 사장님과 함께 다니면서, 하루에도 제안서를 몇 번씩 고치고, 기획팀, 개발팀 붙들고 밤을 새던 날들이요."

사장은 조용히 웃음을 지었다.

"기억하죠. 공장 옆 편의점 주차장에서 컵라면 먹던 것도 기억이 다 납니다."

"맞습니다. 그땐 그냥 무조건 해내야 한다는 생각뿐이었죠. 그땐 두려운 것도 없었고, 열심히 하기만 하면 다 잘될 줄 알았습니다."

나는 나도 모르게 고개를 숙이고 있었다.

"근데 지금은 영업에 자신도 없고, 회사와 팀에 민폐만 끼치는 것 같고, 제가 이 회사를 계속 다녀야 할지도 잘 모르겠습니다. 마지막이라 생각하고 사장님 뵈러 왔습니다. 죄송합니다."

사장님은 나를 가만히 바라보다가 물었다.

"요즘, 고객 미팅하면서 어떤 생각이 가장 많이 들어요?"

나는 망설이다가 솔직하게 말했다.

"고객이 저보다 제품을 더 잘 아는 것 같다는 생각과 그 디테일을 제가 빠르게 따라가지 못한다는 두려움이 많이 듭니다. 공부를 한다고 하는데 쉽지만은 않습니다. 자꾸 뒷북을 치는 느낌입니다."

사장은 고개를 끄덕이며 말했다.

"맞아요. 팀장님. 지금 고객들은 5년 전보다 훨씬 준비되어 있고, 기술적 이해도도 훨씬 높아졌습니다. 요구는 더 많아졌고, 선택 기준도 훨씬 까다로워졌죠. 5년 전과 비교도 안 될 정도로 변화에 잘 대처하고 변해 가고 있습니다."

그리고 사장은 잠시 말을 멈췄다가, 단호하게 이어 갔다.

"그런데 우리 영업팀은 그만큼 변했습니까? 팀장님은 그렇게 많이 노력을 했나요? 저는 그렇게 생각하지 않습니다."

사장의 눈빛은 무겁고 단단했다.

"지난 이야기와 과거의 열정만을 활용한 예전 방식으로는 부족합니다. 이제 영업팀은 제품의 가치뿐만 아니라 그 제품이 고객의 미래에 어떤 영향을 줄 수 있는지까지도 설명하고 신뢰를 얻어 내야 합니다. 영업팀장이란 자리는 단순한 매출 창출자가 아닙니다. 실적은 팀원들이 잘할 수 있게 리드해야 하고, 팀장은 고객과 함께 미래를 만들 수 있다는 것을 보여 주는 동반자가 되어야 합니다."

나는 사장의 얘기와 지금 내 상황을 비교하며 더욱 집중해서 들었다.

"솔직히 팀장님만의 이야기는 아닙니다. 다른 팀장님들도 그걸 잘 못하고 있어요. 공부도 부족하고 전략이 과거에 비해서 세련되지도 않았고, 무엇보다 제품과 미래 가치의 연결 고리를 고객에게 잘 전달하지 못하고 있는 듯합니다."

잠시 후, 사장의 표정이 부드러워졌다.

"하지만…."

내가 조심스럽게 고개를 들자 사장은 나지막이 말했다.

"팀장님, 사람은 다 그럴 때가 있습니다. 그런데 중요한 건 지금처럼 힘들어도 내가 지금 '포기하지 않고 계속 가는가'입니다. 시간이 조금 더 걸릴 뿐이에요. 다만 그 시간 안에서 조금 더 부지런히, 더 열심히, 그리고 더 깊이 들어가야만 합니다. 때를 놓칠 수 있기 때문입니다."

그 말에 나는 한동안 아무 말도 하지 못했다.

"실패도 해 보고 외면도 당해 보고 자존감이 무너질 때도 있죠. 근데요 결국 그런 시간도 지나갑니다. 과거는 좋았거나 나빴거나 이제 다 지난 간 일입니다. 지금과 앞을 봐야 합니다."

사장은 다시 조용히 웃었다.

"넵투 첫 수주 때 우리가 그렇게 애썼는데도 결국 수주되고 나니까 아무도 그 과정과 고생을 기억 못 하잖아요. 그게 우리가 앞을 보는 게 더 중요하다는 거예요. 결과가 나오면 다 잊혀지는 게 이 바닥이라는 생각을 많이 합니다."

나는 눈에 힘을 주었지만 가슴이 더 답답해지고 있음을 느꼈다.

"그래도, 고맙습니다. 제가 놓치고 있는 걸, 다시 보게 되었습니다."

사장은 자리에서 일어나 어깨를 가볍게 두드렸다.

"다시 하면 됩니다. 그게 이 팀장이니까요."

나는 천천히 고개를 끄덕였다. 한 줄기 따뜻한 빛이 어두운 터널 끝에서 스며드는 것 같았다. 하지만 회의실 문을 열고 나가는 그 순간 머릿속엔 또 하나의 생각이 스쳤다. '이 면담을 영업본부장이 알게 되면 어떻게 생각하실까?' 사장에게 직접 면담을 요청한 이 행동이 불편한 오해로 이어지진 않을까. 나는 나도 모르게 한숨을 내쉬었다. 앞으로 더 중요한 건 지금의 마음을 실행으로 보여 주는 것뿐이었다. 그걸 증명하지 않으면 어떤 말도 변명일 뿐이니까.

"팀장님, 잠깐 제 방으로 들어오시죠."

영업본부장의 말투는 평소보다 한층 낮고 단호했다. 사장님과의 면담 이후였다. 그 사실을 본부장이 어떻게 알았는지는 모르겠지만 이미 뻔히 알고 있었다. 방에 들어서자마자 예상했던 한마디가 쏟아졌다.

"왜 저를 건너뛰고 사장님과 직접 면담을 하셨습니까? 이러시는 이유가 있나요?"

대답이 쉽지 않았다. 설명은 하고 싶었지만 변명처럼 들릴까 봐 멈칫거렸다. 사장님과의 면담은 조용히 묻어 두고 다시 해 보자는 결심의 출발선이었다. 그게 본부장에게 '패싱'으로 비춰졌을 줄은… 아니, 어쩌면 알고 있었을지도 모른다. 그저 '잘하고 싶었다.' 하지만 의도는 항상 결과를 따라가지 못한다. 본부장은 곧장 이어서 말했다.

"팀장님, 지금 우리 회사가 어떤 상황인지 알고 계시잖아요. JS전자 건은 단순한 영업 한 건이 아닙니다. 회사 전체의 흐름을 바꿀 수 있는 건입니다. 제가 팀장님을 이번 프로젝트에서 배제해서 팀장님도 저를 배제하고 사장님께 직접 보고하신 겁니까? 이런 상황이면 영업 전체 조직의 흐름이 흔들립니다. 어찌 이렇게 기분에 따라 움직일 수 있나요? 이제는 회사의 실적 따위는 신경 쓰이지도 않으시나요? 팀장님의 고민과 혼돈만이 중요합니까? 팀원들은 회사는 안중에도 없습니까?"

나는 아무 말 할 수 없었다. 본부장의 말이 틀린 것은 아니기 때문이다.

단지 나는 이번에 뭔가를 '다르게' 해 보고 싶었을 뿐이다. 그게 혼자의 판단이었지만 이미 늦었다는 생각이 강하게 들었다.

그날 이후 머릿속은 마치 누군가가 틀어놓은 라디오처럼 끊임없이 잡음이 흘러나왔다.

'과연 내가 이 일을 계속할 수 있을까? 내가 빠지는 게 더 낫지 않을까? 지금 나는, 예전의 내가 맞는가?' 사장님과의 면담을 통해 나는 위로를 받았다. 충분한 조언도 들었다. 실패가 끝이 아니라는 말도 마음속 깊이 새기려고 애썼다. 그때까지만 해도, 그래 다시 시작하자는 희망이 조금은 있었다. 하지만 다시 사무실로 돌아오고 본부장과의 대면 이후 모든 게 다시 무너졌다.

팀원들과의 거리, 기획팀, 개발팀과의 단절, 실적 압박, 가족과의 소통 부재 등이 다시 가슴을 짓눌렀다. 또 내가 붙잡고 있는 건 뭐고, 내려놓아야 할 건 무엇인지에 대해서도 혼돈이 밀려왔다. 어떤 결론도 내릴 수 없었다. 며칠 전엔 아이가 학교에서 받은 상장을 보여 주며 이렇게 말했다.

"아빠, 나 상 받았어! 다음엔 더 잘할게!"

나는 웃어 주지 못했다. 도리어 머릿속엔 '내가 더 잘해야 하는데….'라는 자책만 가득했다. 그 순간 아내의 표정도 스쳐 지나갔다. 언제부터인가 대화는 서로를 위한 것이 아니라 서로의 서운함을 표출하는 수단이 되어 버렸다. 모든 것에 있어서… 나는 지고 있었다. 그렇게 며칠을 고민했다. 회사 근처의 커피숍들을 돌며 하루 종일 생각했다. 사직서를 쓰고 찢었다가 다시 쓰고 또 찢었다. '그만두면 정말 편해질까? 진짜 후회하지 않을까? 남는 건 뭘까?'

결론은 언제나 결정 주위에서 맴돌았다. 두려움과 지친 마음이 내 결정을 흔들고 있었다.

　그러나 단 하나 확실했던 건 이 상태로는 회사를 위해서나 나 자신을 위해서도 아무것도 바뀌지 않을 거란 것이었다. 그리고 마지막으로 이런 생각이 들었다. '이 자리, 지금의 나에게는 버거웠다. 회사를 위해 더 나은 사람이 필요할지도 모른다. 그리고 나도, 다른 나를 찾아야 할지도 모른다.' 얼마의 시간이 지나고 확실하게 여기서 멈추어야 한다는 결심을 하게 되었다. 사직서를 인쇄하며 프린터보다 더 심하게 손이 떨렸다. 마치 처음 이력서를 쓸 때와 같은 감정이었다. 처음처럼 떨리지만 이번엔 끝을 향한 출발이었다. 사직서를 인쇄한 후 집으로 돌아가는 길에 길게 늘어진 지하철의 흔들림 속에서 문득 이런 생각이 들었다. '나는 꽤 오래, 애썼다.' 그리고, '그 애씀도… 이제는 좀 쉬어야 할 때가 온 것 같다.'

마지막

　늦은 봄 출근 길. 이제 바람도 따뜻해졌지만 몸과 마음은 여전히 차가웠다. 출근길 지하철 안의 사람들은 모두 똑같이 스마트폰을 피곤하게 내려다보며 하루를 시작하고 있었다. 나는 힘들게 결심해서 준비한 사직서를 만지작거렸다. 두 번 접었다가 다시 펴서 확인하고, 다시 접었다. '아마, 오늘이 마지막이겠지.' 엘리베이터 버튼을 누르면서 손끝이 살짝 떨렸다. 문이 열리고, 익숙한 사무실의 풍경이 눈앞에 펼쳐졌다. 기획팀 김 팀장은 커피를 타며 팀원에게 오늘 해야 할 업무에 대해서 이야기를 하고 있었고 개발팀은 어제 회의에서 얘기한 기능 수정 리스트를 공유 중이었다. 그리고 김도현 과장은 아직 출근 전이었다. 나는 자리에 앉자마자 본부장에게 메시지를 보냈다.

[본부장님, 잠깐 시간 가능하실까요?]

잠시 후 도착한 답장은 짧았다.

[지금 제 방으로 오시면 됩니다.]

회의실 문을 열고 들어가자, 본부장은 모니터를 보다가 고개를 들었다.
"무슨 일입니까?"
나는 말없이 안주머니에서 무거운 봉투 한 장을 건넸다. 눈앞에서 본부장이 사직서라는 것을 알았는지 보지도 않고 물어본다.
"이게 뭡니까. 이준혁 팀장."
"죄송합니다. 충분히 생각했습니다."
본부장은 깊게 한숨을 내쉬었다. 잠시 말이 없던 그는 조용히 입을 열었다.
"왜요? 꼭 지금이어야 합니까?"
나는 잠시 망설이다가 답했다.
"지금 아니면 더 늦을 것 같아서요. 팀도 그렇고, 회사도… 그리고 저 자신도요."
본부장은 고개를 숙여 사직서를 책상 위에 내려놓았다.
"사장님하고의 면담 때문입니까?"

나는 정중하게 고개를 저었다.

"아닙니다. 사장님은 오히려 많이 격려해 주셨습니다. 하지만 저는 그 기대에 더는 부응할 수 없을 것 같습니다."

본부장은 조용히 고개를 끄덕였다.

"7년. 꽤 긴 시간이었습니다."

"네 저도 그렇게 생각합니다."

"사표가 처리가 되어 팀장 자리를 놓고 나가더라도 이준혁 팀장의 영업은 회사에 큰 자산이었습니다. 사사로운 감정은 없었습니다. 팀장님의 공헌을 기억하겠습니다. 그리고 팀원들에게는 직접 이야기해 주시는 게 좋을 듯합니다. 그동안 수고 많았습니다."

사무실로 돌아오는 발걸음이 무거웠다. 자리로 돌아와 앉자, 마침 옆자리에 앉아 있던 김도현 과장이 묻는다.

"팀장님, 본부장님이랑 무슨 얘기 나누셨어요?"

나는 그를 보며 잠시 말을 고르고 조심스럽게 입을 열었다.

"도현 과장, 제가 이번 달까지만 나올 것 같습니다."

"……예?"

그의 눈이 휘둥그레졌다. 그리고 이내 말없이 고개를 떨군다.

"진심인가요?"

"네, 진심입니다."

잠시 침묵이 흘렀고, 그가 고개를 들었다.

"팀장님. 충격입니다. 저희가 좀 상황이 좋지는 않지만 그래도 좀 더 함께 가는 게 낫지 않을까요? 이직하시는 건가요? 이렇게 끝나는 건 좀 서운합니다."

나는 미소를 지었다.

"이직은 아닙니다. 당분간 좀 쉬고 싶습니다. 그뿐입니다. 그래도 도현 과장이 있어서 참 다행입니다. 마지막까지 잘 부탁드리겠습니다."

오후 늦게 팀원들과의 작별 인사를 짧게 나눴다. 팀원들 모두 고생 많았다고 인사를 건넸지만 나는 오히려 '정말 다들 고마웠다'는 말을 몇 번이나 되풀이했다. 그날 저녁, 자리를 정리하고 퇴근하려다 복도 끝 창문 너머의 노을을 잠시 바라보았다. 사무실에서 보이는 노을은 정말 아름다웠다. 우리 사무실에서 이토록 아름다운 노을을 볼 수 있는지 나는 지금까지 전혀 몰랐다. 사무실의 불빛이 하나둘 꺼지고 있었지만 나에겐 잊을 수 없는 장면이 떠올랐다. 처음 이 사무실에 들어왔던 날 사장님과 악수를 나누고 "잘 부탁드립니다."라고 말하던 사장님과 "아닙니다. 제가 잘 부탁드립니다."고 말하던 나의 모습을. 그때의 나와 지금의 나는 같은 나일까. 다르다. 너무도 다르다. 지금 멈추는 게 부끄러운 일도, 실패도 아니라는 걸 나는 안다. 단지 긴 여정의 과정에서 잠시 멈추는 내 선택일 뿐이었다.

사장실 앞을 지나치며 잠깐 안을 들여다봤다. 불이 켜진 책상 위. 사장님은 아직 자리에 앉아, 무언가를 읽고 있었다. 나는 따로 인사하지 않고 그냥 조용히 지나쳤다. 다만 속으로 이렇게 말했다.

"또 뵙겠습니다. 사장님."

회사를 떠난다는 소식이 사내에 퍼지는 데는 하루도 걸리지 않았다. 누구는 조용히 다가와 악수를 청했고 누구는 말을 아끼고 가볍게 어깨를 두드렸다. 어느새 내 책상 위에는 커피 한 잔, 조용한 쪽지, 사원증을 반납하기 전 기념사진이 하나둘씩 늘어났다. 그날 저녁 송별회는 근처 단골

삼겹살집에서 소박하게 열렸다. 기획팀장, 개발팀장, 영업 2팀장까지 한 시대를 함께 보낸 리더들이 모였다. 기획팀의 후배, 개발팀의 과장도 몇 명 와서 잔을 채워 주며 "팀장님, 고생하셨습니다."라고 인사를 건넸다. 소주잔이 몇 순배 돌고, 분위기가 무르익자 기획팀장이 입을 열었다.

"그래도 이준혁 팀장님 덕분에 우리 회사의 첫 고객이 생겼던 거 기억 나요? JS전자. 그때 정말 죽을 뻔했잖아요."

"하하, 그땐 진짜… 밤샘도 하고 제안서도 새벽까지 붙잡고 다들 전쟁이었죠."

개발팀장도 잔을 들며 맞장구쳤다.

"그땐 영업팀장님이나 저나 젊었었죠. 이제 나가는 사람이니까, 한 마디 해요. 이준혁 팀장."

나는 소주잔을 천천히 들고 잠시 멈췄다. 잔에 비친 얼굴은 낯설고 피곤했지만, 후회는 없었다.

"제가… 음, 참 부족했죠. 기획이랑 개발이랑 소통하면서 버럭한 적도 많았고, 불필요한 고집도 많이 부렸습니다. 근데 오해는 하지 않았으면 좋겠습니다. 전부 다 잘해 보자는 마음이었어요. 우리가 만들어 낸 넵투, 위도, 그게 진심으로 잘됐으면 했거든요. 결과는 제가 좀 부족했던 걸로 마무리되었지만, 저는 여러분과 함께해서 진짜 감사했습니다."

개발팀장이 조용히 술잔을 들었다.

"우리가 다 부족했지. 안 그런 사람 어디 있습니까. 하지만 진심이었단 건 다 알아요."

기획팀장은 고개를 끄덕이며 말을 이었다.

"제가 좀 늦게 들어오긴 했지만 우리 모두 회사가 힘든 시기에 열심히 한 동지였잖아요. 이제 그중 한 명이 떠난다니까. 괜히 남일 같지 않고 많이 서운합니다. 한 시대의 끝이 지금이 아닐까 생각이 들어요."

그 말에 갑자기 가슴이 찔린 듯 뻐근했다. 한 시대의 끝이라는 말이 마음속에서 울렸다. 기획팀장이 조심스럽게 물었다.

"팀장님. 퇴사를 결심하게 된 결정적인 이유는 뭐였어요? 이 정도면 충분히 다시 해 볼 수도 있었잖아요. 팀원들도 아쉽다고 하고."

나는 빈 소주잔을 손에 쥐고 가만히 중얼거렸다.

"음. 여러 가지가 있긴 하지만, 하나만 뽑으라면, 해외 제안 출장에서… 제가 제외됐을 때요."

모두가 멈췄다. 기획팀장이 고개를 들고 나를 바라봤다.

"해외 사업이 요즘 회사에서 제일 중요한 일이잖아요. 근데… 그런 자리에서 빠졌다는 건, 이제 내 역할이 끝났다는 거 아닐까… 그런 생각이 들었어요."

잠시 말이 끊겼다. 나는 잔을 채우며 말을 이었다.

"그때 사실 조금 무서웠어요. 내가 이제 회사에서 필요 없는 존재가 된 건 아닐까. 괜히 위축되고, 이상하게 아무것도 아닌데도 자꾸 그 장면이 떠오르더라고요."

기획팀장이 조용히 한숨을 쉬며 잔을 들었다.

"그랬구나. 말은 안 했지만 팀장님이 그때부터 눈빛이 조금 달라졌다는 생각은 했어요."

"사소한 건데, 사람 마음이 그렇더라고요. 하나의 작은 조각이 박혀서 커지기도 하고."

모두가 말없이 잔을 부딪쳤다. 술기운에 배어드는 아쉬움과 그 안에 담긴 위로들이 한 번의 술자리를 조용히 적셔내고 있었다. 밤이 깊어 갈수록 조용한 웃음과 작은 농담들이 이어졌고 나는 조용히 마지막 술잔을 들며 속으로 중얼거렸다. '그래도… 여기까지는 잘해 왔지.'

그리고 조용히 술잔을 기울였다. 떠나는 사람의 마지막 인사처럼, 따뜻하고 씁쓸하게. 이제 드디어 나는 코어테크와 완전히 헤어진다.

Episode 5

팀원들의 시선

기획팀 막내 정수아입니다

회의실의 공기는 평소와 다르게 눅눅했다. 프로젝터의 불빛이 하얗게 벽면을 가르자 나의 심장도 따라 한 박자 빠르게 뛰기 시작했다. 팀장님이 앞에 섰다. 정갈하게 다려진 셔츠 위로 빛이 스치고, 그 단단한 목소리가 회의실에 울려 퍼졌다.

"이번 발표는 우리에게 있어서 매우 중요한 시간이 될 거예요. 우리가 이 제품을 세상에 어떻게 보여 줄 것인지, 회사가 어디로 가고자 하는지를 담은 무대예요. 그리고 기획팀, 우리 모두가 주인공입니다."

팀장님의 그 말에 나도 모르게 허리를 세웠다. 자부심? 아니, 약간의 긴장과 감격이 뒤섞인 그 미묘한 떨림이 있다. 무대에 올라가기 직전. 배우들의 심정이 이럴까. 아직 아무것도 하지 않았고 내가 주인공도 아니지만 이미 온몸이 그 무게를 짊어진 것 같았다. 내 이름은 정수아. 기획팀 입사 3년 차 막내다. 처음 '중소기업'이라는 단어가 솔직히 마음을 주저앉혔지만 결국 나는 여기서 사회 생활을 처음으로 시작했다. 면접실에서 마주한 나보다 한 살 많은 팀장님의 눈빛, 단단하고 분명한 그 언어는 지금도 기억난다. 그 사람의 말에선 '진짜'가 느껴졌다. 적당한 포장이 아니라, '이 일을 왜 하고 있는지'에 대한 이유가 분명한 사람처럼 느껴졌고 그 믿음 하나로 시작한 회사였다. 그리고 지금은 그 사람의 옆자리에 앉아 그의 말을 받아 적고 있다. 회의의 톤은 점점 고조되었다. 시연 흐름과 고객 대상별 관전 포인트, 메시지 전달 방식까지… 팀장님은 쉬지 않고 말했다. 내가 함께하는 팀장이 이분이라서 다행이라는 생각을 다시 한번 하면서 나는 노트북을 두드리며, 실시간으로 정리하고, 수정하고, 메모했다. 손가락은 아팠지만, 놓치고 싶지 않았다. 이 흐름, 이 논리, 이 열정은 내 안에 저장해 두고 싶은 것이었다.

"정수아 님. 지난번 논의되었던 위도 AI 아키텍처 디자인 정리한 부분을 외부 활용을 할 수 있게 다시 정리할 수 있을까요?"

"네. 오늘 밤 안에 수정해서 드리겠습니다."

그 짧은 대답 뒤 팀장님의 시선이 나를 스친다. 짧은 눈맞춤. 거기엔 '미안함'과 '고마움'이 동시에 담겨 있었다. 그 복합적인 감정이 내 안에서 이상하게 따뜻하게 퍼졌다. 작은 인정 하나에도 나는 이토록 쉽게 흔들리는 사람인가. 하지만 사실 정말 힘들다. 기획팀의 일은 화려하지만 투박하다. 제안서, 전략, 홍보, 마케팅, 행사, 투자자료, 설명회 등 회사 대부분의 일에 관련되어 있다. 말그대로 회사의 얼굴을 꾸미고 단단하게 알리는 중심에 우리 팀이 있다. 자부심은 있다. 문제는 그 자부심이 매일 밤늦은 시간까지의 야근을 설명해 주진 않는다는 것이다. 업무는 끊임없고, 일정은 늘 '촉박'이라는 단어의 끝을 달린다. 타 부서와의 소통은 피곤하고, 회의는 넘치고, 늘 마지막 수정까지 우리가 다 해야 하는 일이다. 그리고 나는 그 안에서 가장 어리고 경험이 적은 사람이다. 가장 마지막에 회의실을 나오고, 가장 먼저 파일을 정리하고, 가장 자주 "이거 다시 해줄 수 있을까?"를 듣는다. 그래서 일이 많고 늘 바쁘다.

팀장님은 완벽주의자다. 눈은 날카롭고, 기준은 높고, 감각은 예민하다. 그런 사람 밑에서 일하는 건 때로는 축복이고, 때로는 짐이다. 나는 매일 그 경계 위에 있다. 회의가 끝난 후, 자리로 돌아오자마자 노트북을 다시 펼쳤다. 머릿속은 이미 과부하 상태였다. 하지만 손은 멈추지 않았다. 시연자료 수정, 도식화, 팀장님의 피드백 반영. 옆자리에선 누군가 조용히 커피를 마시고 있었고, 창문 밖엔 퇴근하는 직원들의 그림자가 늘어졌다. 밤이 오고 있었다. 하지만 내 컴퓨터 화면엔 여전히 수많은 텍스트가 흐르고 있었다.

"수아야, 요즘 너 얼굴 많이 지쳐 보여."

며칠 전, 엄마의 그 말이 떠올랐다. 그래 나도 안다. 거울을 보면 내 눈 밑에 다크서클이 점점 짙어지는 걸 안다. 친구들 메시지는 읽기만 하고 답도 못 하고 있다. 가족과의 저녁식사는 마지막이 언제인지 기억도 나지 않는다. 그럼에도 불구하고 나는 지금 이 순간에도 이 일을 좋아한다. 내가 선택한 길이고, 내가 좋아하는 사람들과 함께하는 일이기 때문이다. 처음 면접 때, 이 회사를 선택한 그 순간의 나를 아직도 기억한다. 그 마음을 배신하고 싶지 않다. 그래서 오늘도, 야근이다. 가끔은 의심도 든다. '이렇게까지 해야 하나?' '내가 정말 이 팀에서 필요로 하는 사람일까?' 그런데도 회의실 벽에 걸린 위도의 첫 콘셉트 포스터를 보면 다시 마음이 돌아온다. 그걸 만들기 위해 우리가 보낸 밤들, 포기한 주말, 사라진 퇴근 시간… 그것들이 다 '무의미하지 않다'는 걸 나는 알고 있다.

기획팀. 지금 나는 이 팀의 가장 낮은 자리에서, 가장 높은 기대를 품고 있다. 언젠가 나도, 누군가에게 그런 사람이 될 수 있을까. 그런 질문을 품은 채, 나는 오늘도 PPT를 열고, 또 하나의 슬라이드를 완성해 간다. 이 일이 내 미래를 만들어 줄 것이라는 믿음. 그 하나로, 나는 오늘도 버틴다. 그리고 내일도 아마도 그렇게 살게 될 것이다.

"네오인더스트리 제안 작업, 오늘부터 들어갑니다."

기획팀장님의 목소리는 한 치의 망설임도 없이 회의실을 가득 채웠다.

그러나 그 순간, 나는 마치 전기를 맞은 듯 의자 등받이에 몸을 바짝 붙였다. 심장은 순간 움찔했고, 눈앞의 모니터는 더 이상 텍스트 편집 창이 아니라 끝없이 밀려드는 마감의 파도처럼 보였다. '하… 아직 지난 기획안도 끝내지 못했는데….' 책상 아래로 숨긴 손이 주먹을 살짝 쥐었다. 며칠 전부터 손대고 있던 신규 제품의 기획안은 아직도 구조만 설계된 상태였다. 정리해야 할 건 산더미인데 또 제안서가 밀고 들어왔다. 그것도 단순한 브로셔도 아닌 고객사 맞춤형 종합 제안서다. 제발 고객 니즈에 대한 요구 사항이 많이 조율이 되어 있기를 바랄 뿐이다. 하지만 머릿속은 이미 아찔했다.

[네오인더스트리 / 반도체 부품 제조 / 노후 설비 47% / 기존 MES 불만족 / 공장 자동화 요구]

팀장님이 화이트보드에 쓴 저 단어들이 줄줄이 나열되는 걸 보면서도 나는 이 프로젝트의 방향이 뿌옇게 흐려지는 느낌을 지울 수 없었다. 정확한 니즈는 없고 예산도, 일정도 명확하지 않아 보인다. 심지어 경쟁사 정보도 파악이 안 되어 있다. 우리는 어디서부터 시작해야 할까? 그때 기획팀장님이 돌연 팀을 둘러보며 말했다.

"기억하죠? 이번 제안서도 늘 그랬던 것처럼 네 가지 구조로 갑니다."

나는 반사적으로 노트를 꺼내 들었다. 지난 분기에도 반복됐던 그 네 개의 구조. 익숙했지만, 그날은 무게가 다르게 느껴졌다.

"첫째, 인트로(Intro). 고객이 지금 무엇에 발이 묶여 있는지, 그 불편함을 우리가 어떻게 해결할 수 있는지를 문제 해결 중심으로 정리합니다."

나는 노트에 '인트로 - 현실 기반 문제정의'라고 적었다.

"둘째, 고객사 분석. 설비 구조, 관리 방식, 업무 프로세스, 리스크 포인트까지. 고객보다 더 고객을 이해해야 합니다. 분석을 제대로 해서 숫자와 문장이 함께 가야 합니다. 지적이 아니라, 진단처럼요."

팀장님은 아직 명확히 정의되지 않은 상황에서도 거침없이 이어 갔다.

"셋째, 제공 서비스(Our Offerings). 단순한 기능 설명이 아니라, 이 시스템이 고객사의 어떤 문제를 얼마나 빠르게, 정량적으로 해결해 줄 수 있는지를 보여 줘야 해요. ROI(Return on Investment), TCO(Total Cost of Ownership), KPI(Key Performance Indicator) 개선 지표까지 포함합니다."

"그리고 마지막, 비전 및 동행 방향성(Future Vision). 단기 성과에 그치지 않고, 우리가 고객과 함께 걸어갈 미래를 보여 줘야 해요. 기술 고도화 로드맵, 업그레이드 플랜, 장기 파트너십 구조. 여기서 고객은 선택을 '신뢰'로 바꿉니다."

나는 고개를 천천히 끄덕였다. 정말 말처럼 쉽지 않았다. 그리고 팀장님은 마지막으로 덧붙였다.

"이 네 가지 중에서 단 한 줄이라도 허술하면 안 됩니다. 특히 이번 고객은 IT 내부 검토도 철저하고, 상위 의사결정권자도 논리 중심이지만 우리의 준비가 완벽하지 않으니 더 집중해야 합니다."

회의가 끝나고 사무실로 돌아오자마자 노트북을 열었다. 커서가 깜빡이는 흰 화면 위로 손가락을 올려놨지만, 한참을 아무것도 쓰지 못했다. 고객이 겪고 있는 문제를 제대로 공감하려면 그들의 언어로 그들의 두려움을 표현해야 한다. 하지만 지금 내 앞에 놓인 정보는 물처럼 맹맹하다. '기획팀은 기획을 해야 기획팀이지. 요즘엔 이건 뭐 제안서 대응 전담팀 같아. 제안서에 밀려서 쓰던 기획안도 밀리니….' 속으로 그렇게 중얼거리는 순간, 기획팀장님의 메시지가 도착했다.

[수아 님. 인트로 초안 맡아 줘요. 지난번 기획자료와 고객사 리서치 자료가 있으니 그걸 바탕으로 고객의 고민을 드러내 주세요. 우리 관점이 아니라, 고객 입장에서.]

나는 짧게 한숨을 쉬었다. 인트로는 가장 어렵지만 가장 앞에서 강한 인상을 줘야 하는 부분이다. 한 줄의 메시지가 전체 제안서의 무드를 결정한다. 이번에도 야근은 피할 수 없겠구나. 어차피 기획팀 막내의 운명이란 게 그런 거니까. 뭐 좀 괜찮지 않을까. 그날 밤, 사무실에는 나와 기획 선배 한 명만이 남아 있었다. 형광등은 따뜻한 듯 차가웠고, 노트북 팬 돌아가는 소리가 책상 위 시계보다 더 리듬감 있게 들렸다. 나는 '인트로' 문장을 쓰기 시작했다.

[대한민국 제조업 현장은 지금, 데이터는 있지만 흐름이 없고, 설비는 구동되지만 공정은 보이지 않습니다. 공장이 한눈에 보이지 않습니다.]

커서를 옮기며 문장을 덧붙였다.

[우리는 넵투와 위도를 통해 공장을 단순히 모니터링하는 수준을 넘어, '공정이라는 스토리'를 다시 쓰고자 합니다.]

그 문장을 쓰면서 이상하게도 뿌듯했다. 비록 내가 팀 막내이고, 아직은 '발표'보단 '타이핑'을 하는 사람에 가깝지만 이 문장이 언젠가 누군가의 발표 슬라이드 맨 첫 장을 장식하리라는 걸 알기 때문이다. 제안서는 단지 영업을 위한 문서가 아니다. 누군가의 판단을 움직이는 설계도이고, 회사의 철학이 담긴 시나리오이며, 우리가 고객과 어떻게 '함께 걸을 것인가'를 설득하는 긴 러브레터다. 그걸 알기에 나는 오늘도 고단하지만 의미 있는 반복 속에서 다시 커서를 움직인다. 나는 기획팀 막내다. 지금은 제안서를 쓰는 사람이고, 그 안에서 내 자리를 찾아가는 중이다.

"이번 제안서는 수아 님이 초안을 맡아 주세요. 고객사 분석은 한지수 과장님이, 시스템 제공 기능은 제가, 비전 파트는 이승호 대리가 도와주세요. 오늘 안으로 골격은 꼭 잡아야 합니다."

기획팀장님의 말에 회의실 공기가 단단해졌다. 화이트보드에 다시금 적히는 네 개의 단어 - 인트로, 고객사 분석, 제공 기능, 비전. 익숙하지만, 이번엔 유난히 무겁게 느껴졌다. 나는 순간 눈을 감았다. '또다시 시작이다.' 이제 제안서는 단지 '하나의 업무'가 아니다. 기획팀이 끌고 가야 할 전장이 되었고, 그 중심에 나는 막내지만 이미 전투력 높은 병사로 자라 있었다. 팀장님의 열정은 여전했고, 그 열정이 이젠 고스란히 나에게도 스며들었다. 부담이라는 무게도 동시에 내 어깨를 눌렀다. 우선 나는 초기 도입을 잡기 위해서 노트북을 열었다. 커서가 깜빡이는 빈 문서 위, 나는 제목부터 천천히 하나하나 타이핑하기 시작했다.

[1. 제조업이 다시 일어설 수 있는 조건]

영업팀 김도현 과장님이 회의에서 던진 한마디가 몇 날 며칠을 내 머릿속에 떠나지 않았다. 생각을 많이 하게 하는 문장이었다.

"많은 제조업 관련 분들이 공장을 운영하는 게 아니라, 공장에 끌려다니고 있습니다."

그 한 문장이 내 마음을 건드렸다. 그래서 그것으로 시작했다.

[대한민국 제조 기업의 많은 공장은 아직도 종이 기록, 인력 의존, 감각 기반의 운영이라는 한계를 넘어서지 못하고 있습니다. 데이터는 수집 되지만 통제되지 않고, 기록은 있지만 흐름은 없습니다.]

이건 단순한 제안서가 아니다. 누군가의 긴 한숨이고, 매일 공장에서 마주하는 좌절이다. 우리는 그 좌절을 조금이라도 덜어 줄 수 있는가? 기획팀에서 내가 직접 쓴 문장으로 그걸 감히 말할 수 있을까? 나는 고객사 내부의 품질 리포트를 다시 펼쳤다. 불량률, 설비 가동률, 평균 응답 시간. 차가운 숫자들 안에 고객사의 피로가 고여 있었다. 이젠, 그 숫자를 말로 옮겨야 한다.

[2. 고객사 분석 - 숫자보다 더 진한 고통]

윤 과장님이 건네준 간단한 요약 메모에는 이런 항목이 있었다:

[SMT 조립 + 모듈 테스트, 설비 평균 연식: 12.4년, 수집 불가 설비 47%, 담당자 직관 의존 운영]

나는 그 숫자들을 천천히 풀어 가기 시작했다.

[네오인더스트리는 글로벌 전자부품 시장에서 빠르게 성장 중이나, 내부 공정의 가시성과 자동화는 여전히 초기 수준입니다. 특히 구형 설비의 비중이 높아 데이터 수집조차 어려운 상황이며 설비 운영과 품질 판단이 작업자의 직관에 크게 의존하고 있습니다. 이는 품질 편차, 대응 지연, 문제 원인 분석의 지체로 이어지고 있으며…]

여기서 중요한 건 '비판'이 아니라 '진단'이다. 고객을 가르치려는 글은 금물이다. 나는 표현을 부드럽게 고쳤다.

[이는 납기 지연과 품질 변동성 등 운영 리스크의 주요 원인으로 작용할 수 있어, 체계적인 데이터 기반 관리체계의 도입이 시급한 상황입니다.]

고객의 상처에 소금이 아니라 연고를 바르듯 써야 한다. 그게 내가 배운 방식이었다.

[3. 제공 기능 - 기술이 아니라 약속처럼]

넵투와 위도. 고객에게는 아직 낯설다. 이걸 어떻게 설득할까.

[넵투는 설비 데이터를 실시간으로 수집하고, 공정 흐름을 시각화하여

현장의 의사결정 속도를 높입니다. 위도는 수집된 데이터를 기반으로 공정 간 연결성을 강화하며, 이상 탐지와 상황 예측 기능을 통해 선제적 대응이 가능하도록 합니다.]

하지만 이 설명은 어딘가 딱딱하고 너무 기술적이었다. 개발팀이 자주 하던 말. 고객은 기술을 이해하러 오는 게 아니다. 문제를 해결하고 싶어서 오는 거다. 그 말이 생각나 문장을 고쳤다.

[넵투는 유선/무선 센서 연동을 통해 구형 설비까지 대응 가능한 유연한 구조를 갖추고 있으며, 위도는 공정 간 데이터 흐름을 학습해 품질 편차를 사전에 감지하고, 실시간 대처가 가능한 현장 중심의 의사결정을 지원합니다.]

기술은 수단이지 목적이 아니다. 그걸 잊으면, 제안서는 설명서가 될 뿐이다.

[4. 비전과 방향성 - 미래를 그리는 언어]

마지막 장을 쓸 차례였다. 팀장님이 이 부분에 대해 말한 적이 있다.
"고객이 우리와 함께 갔을 때 어떤 '다음'을 꿈꿀 수 있는지 보여 줘야 해요. 비전은 일부 추상적이더라도 그 길은 구체적이어야 해요."
나는 다시 문장을 꺼냈다.

[이번 시스템 도입은 단순한 제품 구현이 아닌, 공장 운영 체계 전환의 출발점입니다. 위도는 연간 단계별 고도화 로드맵을 기반으로, 2027년 고객사의 AI 기반 자율제조 운영이 현실화될 수 있도록 지원합니다.]

그 문장을 쓰고, 나는 손을 떼지 못하고 한참을 바라봤다. 이 한 문장이 우리가 어디까지 함께 갈 수 있는지를 보여 주고 있었다. 그사이 밤은 깊어졌다. 사무실은 조용했고, 자판 소리만이 공간을 채우고 있었다. 문득 팀장님이 내 자리로 다가왔다.

"수아 씨, 이번 초안. 아주 좋았어요. 문장이 더 단단해졌네요."

그 말에 나는 조용히 고개를 숙였다. '말이 아니라 문장으로. 생각이 아니라 결과로.' 그날 밤, 나는 '기획'이라는 단어의 무게를 조금 더 이해하게 되었다.

드디어 제안서 최종본이 완성되었다. 사무실 전체가 깊은 정적에 잠기고, 형광등만이 희미한 빛으로 사무실을 비추고 있을 때, 내 노트북 화면은 마지막 슬라이드를 띄운 채 멈춰 있었다. 손가락은 이미 타이핑을 멈춘 지 오래였고, 나의 눈은 화면을 뚫어지게 바라보다가 그만 눈을 감았다. 그날 밤, 팀장님에게서 메시지가 도착했다.

[수아님. 이번 인트로 정말 좋았어요. 고객의 문제를 정면으로 건드리되, 너무 가볍지 않게 쓴 문구도 좋고요. 이제 제안서 문장을 스스로 만들어 내는 것 같네요.]

집으로 돌아와서도 팀장님에게 받은 문자를 백 번은 넘게 다시 읽었다. 침대에 누워 휴대폰을 들고, 그 한 줄을 바라보며 웃었다가 감동했다가 우쭐했다가 또다시 웃었다. "이제 스스로 만들어 낸다"는 그 말이 나를 한참이나 붙들고 놓아주질 않았다. 사실, 나는 여전히 나를 잘 믿지 못한다. 하지만 이번 제안서만큼은 정말 잘하고 싶었다. 제안서의 구도에 대해서도, 회사의 방향에 대해서도 이번 제안서 작업을 통해서 익히고 싶었다. 누구보다 많이 고민했고, 누구보다 치열하게 문장을 다듬었으며, 누구보다 더 진중하게 마음을 담았다. 그래서 팀장님의 "이제 스스로 만든다"는 그 말이, 내게는 누군가의 신뢰를, 누군가에게 기대가 생겼다는 신호처럼 느껴졌다. 퇴근 후, 나는 습관처럼 거울 앞에 섰다. 노랗게 부은 눈 밑. 헤드셋 자국이 선명한 뺨. 그리고 다소 흐트러진 머리카락이지만 기분만은 나쁘지 않았다. '그래도 오늘은… 괜찮았어.' 기획팀장처럼 되고 싶어서 이 회사에 들어왔던 그날을 떠올렸다. 면접실에서 마주한 단정한 말투와 분명한 시선, 그리고 내 말 하나하나를 끝까지 들어주던 그 모습. 그 사람이 지금 내 팀장님이다. 그리고 나는 그 팀장이 이끄는 팀의 막내다. 발표를 위한 최종 리허설이 있는 날이 되었고, 나의 이름이 첫 페이지에 올라간 발표 자료가 스크린에 띄워졌을 때, 내 심장은 뿌듯함으로 미세하게 떨리고 있었다.

"인트로 파트는 정수아 사원이 직접 설명드릴 예정입니다."

기획팀장이 시작을 알리면서 회의실 안의 공기가 살짝 바뀌었다.

"기획팀 막내가 직접 발표를 한다고요?"

영업본부장이 놀라며 혼잣말을 했다. 팀장님은 단호하게, 하지만 담담하게 말했다.

"가장 오랫동안 고객의 문제를 고민한 사람이니까요."

나는 그 순간, 슬라이드 리모컨을 더 꽉 쥐었다. 손바닥엔 땀이 배어 있었고, 목은 건조했지만 '이건 내가 만든 문장이니까, 내가 전해야 한다'는 생각뿐이었다.

"안녕하십니까, 기획팀 정수아 사원입니다."

첫 문장을 말할 때는 목소리가 조금 떨렸다. 하지만 두 번째, 세 번째 문장을 이어 가면서 점점 내 눈빛도, 말투도 단단해졌다.

"고객사는 SMT 조립과 모듈 테스트라는 이중 공정을 운영하고 있습니다. 평균 설비 연식은 12.4년. 그중 47%가 자동화 설비에서 배제되어 있습니다. 우리는 이 상황에서, '문제는 연결의 부족이 아니라 단절'이라는 판단을 내렸습니다."

잠시 후 맞은편에 있는 팀장님이 고개를 천천히 끄덕였다. 그 짧은 동작 하나가 '그래도… 오늘 이 일을 다시 하길 잘했다'는 확신을 내게 안겨 주었다. 발표가 끝난 후, 회의실 문을 나서는 순간 팀장님이 내 어깨를 가볍게 두드렸다.

"이제 발표까지 잘하는 기획사원이 됐네요."

그 말에 흐뭇함을 느껴 말없이 웃었다. '기획사원'이라는 말이 기분이 좋았다. 그날 밤 늦게까지 남아 노트북을 켰다. 다음 제안을 위한 새 폴더가 이미 만들어져 있었고, 나는 습관처럼 템플릿을 열고 있었다. 잠시 타이핑을 멈춘 채 창밖을 바라보았다. '나는 아직 나를 완전히 믿지는 못하지만 그래도 나를 믿고 맡겨 준 사람들이 있다. 언제쯤 나도 그런 믿음을 줄 수 있는 사람이 될 수 있을까?'

"선정이 되지 않았네요. 네오인더스트리."

기획팀장님의 목소리는 평소처럼 차분했지만, 그 단어 하나가 회의실 공기 전체를 서서히 가라앉혔다. 나는 눈을 들어 팀장님을 바라봤다. 회의실 창 너머로 비치는 흐릿한 빛과 팀장님의 실루엣이 겹쳐져 마치 꿈속에서 누군가의 뒷모습을 바라보는 듯한 기분이 들었다.

"아… 진짜요?"

나도 모르게 튀어나온 질문이었다. 팀장님은 고개를 아주 천천히 끄덕였다. 그 순간 내 손에 들려 있던 펜이 바닥에 떨어지며 '딸깍' 하는 소리를 냈다. 어쩐지 그 소리가 오늘따라 유난히 크게 들렸다. 집중해서 노력했는데 너무 아쉬웠다. 아니 아쉬운 것보다 공허함이 먼저 찾아왔다. 오랜 시간, 오랜 밤들을 갈아 넣은 제안서여서 더욱 결과를 받아들이기 힘들었다. 잠들기 전까지도 머릿속에서 문장을 다듬었고, 발표 당일에도 그 중요한 포인트를 강조하고 제안서를 더 다듬었는데. 그 모든 것들이 한순간에 무너지는 것만 같아서 딱 그 만큼의 허무함이 들었다. 팀장님은 자리에 앉은 채 조용히 말했다.

"그래도 잘했어요. 수고 많았어요. 수아 님."

그 말에 괜히 더 아쉬움이 몰려왔다. 위로보다 인정이 필요하다는 사실이 더 아팠다. 그냥 제안서 하나 떨어진 것뿐이고 어쩌면 내 탓이 아닐 수 있는데 그냥 신경 쓰지 않으면 그만일 수 있는 일인데, 이 프로젝트에 애착이 많았나 보다.

그 후 며칠이 지났지만, 나는 여전히 제안 발표 장면을 마음속에서 계속 되감고 있었다. 내가 발표했던 인트로 문장, 고객사의 고통을 담기 위해 수십 번을 고쳐 쓴 서두, 윤 과장님의 메모를 바탕으로 조심스럽게 정리한 고객사 분석, 개발팀에서 제공한 기능 설명을 설득의 언어로 풀어낸 시스템 설명, 그리고… 우리가 함께 그려 낸 '함께 가는 미래'라는 제목의 마지막 슬라이드까지.

구성 하나하나를 다시 떠올려 보면, 어디에서도 치명적인 허점은 보이지 않았다. 전체적인 흐름도 매끄러웠고, 표현도 설득력 있었으며, 디자인도 정제되어 있었다. 고객의 문제를 정확히 짚었고, 우리만의 해법도 제시했다. 그럼에도 결과는 탈락이었다.

'왜지?'

처음엔 고객이 우리의 진정성을 못 느낀 건 아닐까 생각했다 그리고 내 발표가 고객 설득에 부족했을지도 모른다는 의심을 하기도 했고, 그 마지막 문장에서 감정이 너무 노골적으로 드러나서 감정에 호소가 너무 강했을 수도 있다는 등, 수많은 생각들이 떠올랐다. 그러다 문득 현실적인 결론을 내리며 나를 위로했다. '그냥 경쟁사가 우리보다 더 좋았고 고객사와 더 잘 맞았던 것뿐이야. 그뿐이야. 이유는 단순했어. 우리가 못한 게 아니라, 그들이 더 잘했던 거야. 꼭 그래야만 해!'

퇴근길 엘리베이터 안에서 팀장님이 조용히 말했다.

"그래도 수아 님 덕분에 이번 제안서는 음, 전반적으로 많이 고급스러워졌어요."

그 말 한마디가 심장에 박혔다. 감사했다. 진심으로. 그 짧은 인정을 듣기 위해 얼마나 많은 시간 동안 고군분투했는지를 생각하면, 정말 그것만으로도 충분했다. 하지만 동시에, 뭔가가 내 안에서 스르륵 꺼져가는 느낌도 들었다. 흡사 타 버린 촛불이 남긴 그을음처럼. 나는 그렇게 소진된 마음과 하나의 프로젝트를 함께 떠나 보내고 있었다.

퇴근 후 집으로 곧장 가지 않고 회사 근처 조용한 카페에 들렀다. 평소 같으면 바로 씻고 누워 버렸겠지만, 오늘은 그러고 싶지 않았다. 노트북을 켜고 새 폴더를 만들었다.

[Next_Proposal_2025]

빈 폴더를 만들자마자, 갑자기 마음이 찌르르하게 아파 왔다. 다시 시작이다. 또 새로 시작이다. 항상 이렇다. 완벽하게 준비하고, 최선을 다해 마무리해도, 결과는 언제나 또 다른 시작을 요구했다. 창밖엔 옅은 비가 내리고 있었다. 그 희미한 물줄기 속에 내 감정도 천천히 스며들어 가고 있었다.

'정수야, 계속 이 자리에 있어도 되는 걸까?' 회사에 대한 애정은 분명 있다. 기획팀장님을 존경하고, 기획이라는 일이 아직도 설레고, 고객을 설득하는 과정에서 내가 무언가를 만들어 가고 있다는 감각은 내게 큰 만족을 준다. 그런데도 문득문득 들이치는 질문 하나가 언제나 나를 괴롭힌다. '나는, 계속 여기 있어도 되는 걸까?' 이곳에서의 3년째다. 많다면 많고, 적다면 적지만 처음부터 3년을 생각하지 않았기에 나에게는 상당히 긴 시간이다. 업무는 갈수록 정교해지면서 나도 더 능숙해졌지만 그만큼 지쳐 가는 것도 사실이다. 몸이 아니라 마음이 더 지친다. 사소한 실수에도 벌떡 일어나 밤을 새워 고치고, 고객의 한마디에 내 제안서를 다시 들춰 보며 문장을 고쳐쓰고… 그 반복 속에 나는 헛헛해질 때가 점점 더 많아지는 것도 사실이다.

분명 나는 이 회사를 좋아한다. 정확히 말하면, 이 회사에서 내가 되고 싶은 사람을 향해 조금씩 나아가고 있다는 지금의 내가 좋다. 하지만 이제는 안다. '좋은 회사'와 '내가 있어야 할 회사'는 꼭 같지는 않다는 걸. 지금 배우고 있는 모든 것들이 어쩌면 '다음을 위한 준비'일 수도 있다는 것도 안다. 그리고 그 '다음'이 어떤 모습일지 모르지만 어쩌면 지금 이곳을 버텨 내는 이유가 나중에 더 단단해지기 위한 사전작업일 수 있다는 것도 역시나 이제 알고 있다. 그래서 나는 오늘도 이 자리에서, 노트북을 켜고 다시 타이핑을 시작한다. 다음 제안은, 더 잘해 보자.

그게 여기서든, 혹은 다른 어딘가든.

영업팀 과장 김도현입니다

출근하는 시간은 매번 같은 패턴이다. 건물 앞 작은 커피숍에 들러 아메리카노를 사고 출근 30분 전인 8시 30분에 내 자리에 앉는다. 어제 보내 놓은 각종 제안과 소개에 대한 회신이 와 있기를 기대하면서 나는 컴퓨터를 켜고 메일을 체크한다. 아직 대부분의 직원들이 출근하지 않은 이 시간대의 사무실은 조용하다. 아무에게도 방해받지 않고, 나만의 템포로 하루를 준비할 수 있어서 이 시간이 나는 좋다.

난 말이 별로 없는 영업과장이다. 조용한 걸 좋아해서 최대한 말을 아낀다. 내 일은 내가 잘 알고 있고, 내 성과는 결과로 말하면 된다. 그것이 내 영업 철학이고 영업 활동을 해 온 방식이다. 조용하다는 게 무심하다는 뜻은 아니다. 나는 늘 긴장하고 있다. 고객의 말투, 사소한 눈빛의 변화 등 하나하나의 변화에서 힌트까지 놓치지 않기 위해 언제나 귀를 열어

두고 있다. 하나하나 일을 표정으로 나타내지 않지만, 머릿속에서는 수십 가지 시나리오가 동시에 돌아간다. JS전자를 설득할 수 있을까? 경쟁사는 어떤 카드를 꺼낼까? 우리 시스템의 약점은 어디일까?

이 회사를 선택했을 때, 사실 큰 기대는 없었다. 영업 조직은 작았고, 체계는 어설펐다. 하지만 그 점이 오히려 내겐 기회였다. 큰 조직에선 절대 맡을 수 없는 일들이 이곳에서는 내가 직접 할 수 있는 기회로 주어졌다. 이제는 그 책임이 내 무기가 되었고, 실적은 내 존재를 증명하는 가장 빠른 방식이 되었다. 처음 방문했을 때 고객은 나를 상대도 해 주지 않았다. 문 앞에서 한 시간을 기다린 적도 있었고, 명함만 받고 미팅을 거절당한 적도 수차례였다. 그럴 때마다 나는 다시 찾아갔다. 작은 이슈 하나에도 해결책을 만들어 보내고 고객이 쓰는 기존 시스템의 장단점을 정리한 분석 리포트를 보내기도 했다. 나중엔 고객도 웃으며 말했다.

"김 과장도 참 대단합니다. 정말 진득하네요."

그 말 한마디에 나는 밤을 새워 쓴 제안서의 피로가 싹 날아갔다.

특히 JS전자. 이 고객은 내 자존심과도 같은 존재다. 원래 회사의 중요한 기존 고객이었지만 회사 차원에서 잘 관리가 되지 않았다. 나는 다른 시스템이나 다른 제품으로 추가 확산이 될 수 있다고 판단하여 틈틈이 시간을 내서 담당자들을 만났다. 그리고 회사 안에서 JS전자를 담당하는 사람은 이제 내가 되었다. 이번 확산 사업의 기회도 내가 만들었고, 예산도 내가 확보해서 회사에서는 JS전자는 내가 영업하는 것으로 알고 있다. 다만 팀장님만 모를 뿐이다. 팀장님은 다른 실적으로 JS전자에는 전혀 신경을 쓰지 않고 있다. 중요한 고객사이기 때문에 관련하여 문의를 할 때에도 기획팀은 내 요청을 최우선으로 두고 움직이고, 개발팀도 내 요구 사항이라면 조금 더 귀를 기울여 준다. 사실 이런 변화를 원했던 건 아니었다. 다만 '고객을 진심으로 이해하고자 노력하는 사람'으로 기억되고 싶었다. 그 마음 하나로 움직였고, 지금도 그렇다. 그래서 나는 티 안 나게, 남몰래 더 열심히 준비한다. 자료는 남들보다 한 주 먼저 정리해 두고, 고객사의 보고서를 꼼꼼히 읽어 문장 사이에 숨은 니즈를 찾는다. 회의 전날이면 혼자 회의실을 예약해 리허설을 하고, 새벽까지 경쟁사의 최근 납품 사례를 분석한다. 그건 누구에게도 보여 주지 않는다. 아니, 보여 줄 생각조차 하지 않는다. 왜냐하면 내가 원하는 건 '칭찬'이 아니라 '결과'니까. 하지만 가끔은, 이런 내 방식이 이해받지 못할까 두렵기도 하다. 조용히 일하는 사람은 '소극적'이라는 오해를 받기 쉽고, 묵묵히 실적을 내는 사람은 '공감력이 부족하다'는 말도 듣는다. 그러나 나는 이 회사의 어느 누구보다도 더 많이 고민하고 더 오래 붙들고 있다는 것을 잘 알고 있기에 자신이 있다.

'팀장님, 저는 다르게 해 보려고 합니다.' 이 말은 속으로 수백 번 되뇌었지만, 입 밖으로는 단 한 번도 꺼내지 않았다. 나는 팀장님 영업 방법과 전략도 매우 다르다. 처음보다 실적이 좋지 않은 요즘에 팀장님과의 영업 방법이 달라졌음을 더 느끼고 있다. 최근에는 팀장님이 나를 피하기 시작한 것도 안다. 딱히 부딪힌 일도 없었지만 팀장님은 실적이 좋지 않고 나는 조금씩 영업 실적을 내고 있기 때문인지도 모르겠다.

나는 그저 내가 해야 할 기본적인 일을 하고 있을 뿐이지만 누군가에겐 위협처럼 느껴질 수도 있다는 것을 요즘 들어 조금씩 느낀다. 그래서 나는 오늘도 더 조심스럽다. 불필요한 존재감은 지우고 회의에서는 꼭 필요한 말만 한다. 오로지 내가 신경 쓰고 챙겨야 할 것은 실적과 고객뿐이다. 그건 나에게 가장 중요한 일이기 때문이다. 팀원들이 보고한 자료는 아무리 바빠도 팀장님에게 보고 전, 빠짐없이 꼼꼼히 확인한다. 그리고 꼭 피드백을 빠르게 한다. 그리고 우리 팀의 제안으로 기획팀이 바빠지면 커피를 사다 놓고 나오기도 하고, 가끔 저녁 값을 대신 지불하기도 한다. 누구보다도 회사의 흐름을 정확히 읽는다고 자부하고 있다. 그러나 나는 절대 티를 내지 않는다. 하지만 매일을 전쟁같이 바쁘게 보내고 있다. 나는 그렇게 이곳에서 하루하루 나만의 길을 걷고 있다. 소란스럽지 않게, 그러나 누구보다 뜨겁게 앞을 걸어가고 있다.

그날도 본부장실 문은 조용히 닫혔다. 안에서는 낮은 목소리들만 흘러나왔다. 나는 그 문을 앞에 두고 몇 번이나 손목시계를 힐끗거렸다. 정확히 오전 10시 32분. 입사 후 처음으로, 내 이름이 그 문 너머에서 실질적인 '책임자'로 불릴 것이라는 예감이 들었다. 본부장실에 들어섰을 때, 기획팀장과 개발팀장이 이미 자리를 잡고 있었다. 나도 자리에 앉자마자 본부장님은 곧바로 말을 꺼냈다.

"이번에 준비 중인 JS전자 확산 건, 실무 매니저를 김 과장이 맡으세요. 계속 진행하고 있으니 내용은 잘 아실 테고."

말이 끝나기도 전에 머릿속이 복잡하게 요동쳤다. JS전자. 내가 이 회사에 들어와 가장 많이 시간을 쏟았고, 가장 애를 먹었던 고객사다. 매번 작은 추가 미팅을 잡기 위해 수십 통의 이메일을 보냈고, 기술자료를 밤새 정리하며 반복한 소개 및 제안 자료들이 가득이다. 넵투의 최초 도입 후 회사에서 확장 기회를 만들어 낸 건 내가 처음이었다. 그래서 회사의 기대가 크다.

"기획은 김윤서 팀장 쪽에서 지금처럼 붙어 주시고 개발은 서 팀장 쪽이 위도 모듈 준비해서 지원해 주세요. 총괄은 내가 맡고, 실무 책임자는 김 과장이 맡아서 하는 걸로 하겠습니다. 함께 잘해서 꼭 수주해 봅시다."

본부장의 그런 말들이 내 어깨 위에 천천히 얹히는 것 같았다. 이준혁 팀장님은 없었다. 아니, 의도적으로 배제된 거였다. 팀장님이 해야 할 실무 매니저를 내가 맡게 된 것이다. 그 자리에 함께하지 못한 그분의 마음을 생각하니 마음속이 복잡했다. '말을 해야 하나?' 회의를 마친 뒤, 나는 가장 먼저 팀장님을 찾아갔다. 문을 두드리고 들어서자 팀장님은 모니터를 바라보고 있었다. 내가 입을 열었다.

"팀장님. 본부장님께서 이번 JS전자 제안 관련하여 제가 실무 총괄하라고 하십니다. 그리고 총괄 책임자는 본부장님이 직접 하시기로 한답니다."

말이 끝나기도 전에, 팀장님은 천천히 고개를 끄덕이며 웃지도 화내지도 않은 채 말했다.

"그래요. 한번 잘해 봐요. 잘되면 좋은 거니까."

담담하게 말하는 그 한마디에 가슴이 이상하게 저릿했다. 사실 나는 그 말을 듣고 싶었던 게 아니었다. 하지만 무슨 말을 듣고 싶었는지도 사실 몰랐다. 그저 '그래도 고맙다'는 말일까, 아니면 '너를 믿는다'는 확인이었을까. 아무튼 불편한 부분이었지만 팀장님께 있는 그대로 얘기를 하니 마음은 한결 편했다. 바로 기획팀으로 향했다. 문을 두드리고 들어가, 모니터를 보고 있는 기획팀장에게 바로 말했다.

"팀장님. 시간 괜찮으세요? 아시겠지만 JS전자 건 제가 실무 주도하게 되었으니 다시 인사드리러 왔습니다. 잘 부탁드리겠습니다. 일정 빠듯한 거 알고 있습니다. 제가 정리 잘해서 드릴 테니 초안 작업 부탁드립니다.

고객 상황을 누구보다 제가 잘 알고 있으니 물어보면 바로 답변드리도록 하겠습니다."

기획팀장은 짧은 고개 끄덕임으로 대신했다.

"김 과장님이 직접 한다니 기대되네요. 일정표 내일 오전까지 공유 부탁드릴게요. 저희도 중요한 부분인 만큼 준비는 되어 있습니다. 잘 부탁드리겠습니다."

그 말 한마디에, 마음 한켠이 조금 놓였다. 내가 처음으로 맡은 큰 프로젝트다. 정말이지 함께 잘해 보고 싶었다. 그렇게 기획팀과 개발팀을 돌며 최선을 다해서 브리핑하고 요청사항을 정리하는데, 나도 모르게 목소리에 힘이 들어갔다. 예전엔 이런 협업이 그저 번거롭고 귀찮기만 했다. 하지만 이제는 달랐다. 내가 주도하는 프로젝트였다. 그만큼 무게도 컸고, 책임도 명확했다. 그리고 무엇보다 자신이 있었다. 퇴근 무렵, 텅 빈 사무실을 바라보며 다시 일정을 정리했다. 위도 모듈의 기능 구성, JS전자 공장의 기존 데이터 인프라, 고객사의 자동화 우선 순위까지. 한 줄 한 줄 써 내려갈수록 손끝은 무거웠고, 머릿속은 복잡해졌다. 간단하지 않다. 하나하나 꼼꼼히 살펴야 할 것들이 많았다. 프로젝트 성공을 할 때까지 끝까지 달려야겠다.

사실 요즘 팀 전체 실적 부진으로 좀 지친다. 실적이 미흡하면 매일매일 조용한 마음으로 싸우는 전투가 반복되고 실적을 향한 압박과 타 부서와의 보이지 않는 신경전. 그리고 누구에게도 말하지 못하는 막연한 불안 등이 더 심하게 나타난다. 하지만 그 와중에도, '내가 만들고 있는 이 프로젝트가 회사의 흐름을 바꿀 수 있다'는 생각 하나로 버틸 수 있는 게 나다. 그게 나다.

고객과의 첫 프로젝트 기술미팅 전, 리허설도 여러 번 하고, 발표 자료의 글꼴 하나까지도 다시 확인했다. 기획팀장이 내게 말했다.

"이 정도면 충분히 강력한 메시지입니다. 과장님 목소리만 흔들리지 않으면 될 거예요."

웃으며 고개를 끄덕였지만, 속은 조용히 떨리고 있었다. 수많은 제안서를 넘기고, 셀 수 없이 많은 제안을 했지만… 이번엔 달랐다. 이것은 내가 처음으로 책임자로 진행하는 프로젝트이기 때문에 더 긴장을 하게 되는지도 모르겠다. 그렇게 발표를 하는 동안 고객 담당자가 천천히 고개를 끄덕이는 것도 확인했다. 그 짧은 동의의 순간, 나는 뿌듯했다. 이 제안이 성사되든 되지 않든, 지금 '내 일'을 하고 있다는 것. 누구에게도 의지하지 않고 오로지 나 스스로의 의지로 이 자리에 서 있기 때문이다. 이런 상황들이 나를 더 단단하게 만든다. 그리고 지치게도 만든다.

어제 있었던 본부장 주관 회의가 자꾸 머릿속에 맴돌았다. 정확히는 그 회의에서 본부장이 내게 했던 말이 아침부터 떠올랐다.

"김 과장. JS전자 건 실무 총괄은 김 과장이 맡아서 진행하세요. 팀장에게는 공유만 하시고요."

그 말은 팀장에게는 따로 보고를 하지 마라는 것이었다. 팀장에게는 공유만 하고 결정은 본부장님과 논의하면서 일을 진행하라는 것이었다. '팀장님을 패싱하라는 얘기다.' 순간 "네, 알겠습니다."라는 말을 소극적으로 했지만 자신이 없는 것은 아니었다. 다만 팀장님과의 관계가 불편해질 수밖에 없어서 그게 신경이 쓰일 뿐이었다. 계속 신경이 쓰이는 부분이었다. 하지만 한번은 팀장님과 정리를 해야 하는 부분이었다. 이른 시간에 출근을 했음에도 팀장님은 벌써 자리에 앉아 있었다. 새벽부터 정리한 것처럼 보이는 노트와 자료들이 책상 위에 가지런히 놓여 있었다. 입지는 줄어들었지만 여전히 자기 일은 열심히 하신다. 오히려 더 조용하고 치열하게. 그게 더 죄송했다. 나는 조심스럽게 팀장 자리로 다가갔다.

"팀장님, 잠시 말씀 좀 나눌 수 있을까요?"

회의실 한편, 우리가 자주 쓰던 간이 회의 테이블로 자리를 옮겼다. 그리고 나는 어렵고 조심스럽게 말문을 열었다.

"별일 없으시죠? JS전자 건으로 상황이 결국 이렇게 되어 너무 죄송합니다. 어제 회의 때 거절했어야 하나 하는 생각도 많이 했습니다."

팀장님은 잠시 고개를 끄덕였다. 아무 말 없이, 묵묵히 내 얘기를 듣기만 하셨다.

"팀장님. 이 프로젝트 철저히 준비했습니다. 운도 따라 주어서 기회가 온 거라 생각합니다. 하지만 팀 실적이 좋지 않아서 꼭 성공시켜야 하는 일이 되어 버렸습니다. 제가 잘해 보겠습니다. 팀장님처럼 팀원들과 잘 논의하면서 헤쳐 나가 보도록 하겠습니다. 응원해 주시면 좋겠습니다."

팀장님은 고개를 천천히 끄덕이며 말했다.

"고맙습니다. 김 과장. 내가 부족해서 이런 상황이 된 거겠지. 팀원들과 잘 준비하고 대처해서 이번 일 성공적으로 잘 마무리해 주시기를 바랍니다. 제가 도울 수 있는 부분은 최대한 하겠습니다."

그 말에 내 눈빛도 더 단단해졌다.

"네, 팀장님. 감사합니다. 열심히 해 보겠습니다."

대화는 짧았지만 우리 사이에는 분명히 어색한 관계의 고리가 생겼다는 걸 느꼈다. 영업팀 막내 기룸과 기획팀 막내 정수아 씨와 얘기를 좀 나누고 싶었다. 사무실 옆 회의실 한쪽에 있는 작은 원형 테이블에 셋이 둘러앉았다. 커피 셋을 테이블에 두고 둘은 내가 무슨 말을 하기를 기다리는 듯했다. 기롬이가 먼저 입을 열었다.

"과장님, 어제 본부장님이 회의에서 실무 총괄로 과장님을 말씀하신 거 들었습니다."

나는 고개를 끄덕였다. 굳이 숨길 일도 아니었으니까.

"예. 그렇게 되었습니다. 저도 좀 난감하긴 해요. 팀장님 계신데 제가 실무를 총괄한다는 게 썩 마음이 편안하지만은 않습니다."

정수아 씨가 조심스럽게 물었다.

"그럼, 팀장님은 이제 빠지시는 건가요?"

"네. 그렇게 되었습니다. 실무 총괄을 제가 하고 보고를 강 본부장님에게 직접 하게 되었습니다. 영업, 기획, 개발의 실무 조율과 방향을 팀장님이 아니라 제가 하게 되었습니다."

잠시 침묵이 흘렀다. 그리고 기롬이가 혼잣말처럼 중얼거렸다.

"팀장님, 참 안쓰러워요. 사실 요즘 팀장님 보면 예전 같지 않다고 느끼는 사람들 많았거든요. 회의 때도 그렇고 팀 안에서도… 리더십이 좀 흔들리는 것 같다는 얘기들을 듣기도 했고요."

나는 기롬이를 쳐다보다가 고개를 끄덕였다.

"나도 느끼고 있습니다. 하지만 그게 우리가 굳이 팀장님을 멀리하고 밀어낼 이유도 아니고, 아직은 팀장님과 함께하는 한 팀이니 우리가 함께 잘해서 팀장님을 지켜야 하는 게 맞지 않겠어요? 다만 본부장님이 실적에 대한 압박을 주고 있어서… 에고 잘 모르겠다. 뭐가 맞는지."

정수아가 작게 말했다.

"저도 그래요. 저는 영업팀은 아니지만 솔직히 저희가 이준혁 팀장님을 믿고 따라가기는 이제 쉽지 않아요. 조율 자체가 어려워지니 신뢰에 문제가 생겼다고 할까. 잘 모르겠어요. 다만 요즘 팀장님, 진짜 많이 힘들어 보여서 안쓰럽기도 하고 그래요."

기롬이도 고개를 끄덕였다.

"팀은 다르지만 프로젝트는 성공시켜야 하니 우리끼리라도 좀 잘해 보죠. 이번 JS전자 건, 정말 중요한 프로젝트잖아요. 이거 잘하면 팀도, 회사도 분위기 달라질 수 있다고 생각해요."

나는 그 말에 깊게 공감했다.

"그래요. 이번 프로젝트, 잘해 봅시다. 실무 총괄이라는 부담은 내가 안고 가겠습니다. 대신, 우리 같이 함께해 봅시다. 이번 프로젝트팀, 정말 잘될 수 있다고 믿습니다. 잘 부탁드리겠습니다."

그렇게 나는 나도 모르게 팀장님의 영향력을 서서히 지우고 있었다.

퇴사 소식을 들은 건, 팀장님이 미리 말해 주었기 때문에 먼저 알았지만 공식적으로 접하게 된 것은 그날 아침 회사 공지를 통해서였다.

> [영업 1팀장 이준혁 부장님, 다음 주까지만 근무하시고 퇴사하시게 되었습니다. 그동안 고생 많으셨습니다.]

단 두 줄짜리 공지였지만, 머릿속이 복잡해졌다. 회사에 들어온 지 벌써 몇 년이 지났다. 그리고 이 영업팀에 바로 합류했다. 그때도 여기 회사와 팀의 중심은 언제나 이준혁 팀장이었다. 처음에는 팀장님을 정말 대단한 분이라 생각했다. JS전자를 처음 수주한 것도 팀장님이었다. 나 같은 영업은 말도 꺼내지 못할 대기업을 직접 공략하고 기획팀과 개발팀을 하나로 다 조율하면서 밀어붙였다던 얘기를 듣고 팀장님의 열정과 추진력에 진심으로 감탄했다. 그런 팀장님이었는데 결국 떠나는 날이 왔다. 그가 사라져 가는 과정과 자리를 바라보며 나는 복잡한 감정을 느꼈다. 안타까움, 섭섭함, 미안함 그리고 약간의 걱정과 두려움이 밀려왔다. '한때 회사의 영업 에이스였던 그가 이렇게 쓸쓸하고 조용히 떠나게 되는구나….'

회사라는 곳은 그렇게 흘러간다. 누군가는 영광을 누리고 또 누군가는 조용히 사라진다. 먹먹하다. 하지만 그런 생각에 오래 잠겨 있을 수 없었다. 현실은 빠르게 다음을 요구했다. 사라진 팀장의 빈자리를 누가 메울 것인지. 누가 이 팀을 이끌 것인지. 조직에 남아 있는 누군가는 앞으로 나아가야만 한다. 나는 그날 오후 조용히 영업본부장님의 방을 두드렸다.

"본부장님. 죄송합니다. 드릴 말씀이 있어서요. 괜찮으시면 잠깐 시간을 좀 내주십시오."

그는 잠시 나를 바라보다가 고개를 끄덕이며 말했다.

"앉아요."

노트북을 꺼내 펼치고 내가 지금까지 관리해 온 고객 리스트와 예상 매출 수치를 보여드렸다.

그리고 나는 깊게 숨을 들이쉬고 망설이다 조심스럽게 말을 꺼냈다.

"이번 이 팀장님 퇴사로 인해 영업 1팀 전체가 어수선합니다. 아직 대체자를 생각하고 있지 않다면 그 자리를 제가 대신 맡아서 제대로 해 보고 싶습니다. 팀의 성격도 잘 알고 있고 진행해 온 프로젝트에 대해서도 잘 알고 있습니다. 본부장님도 아시겠지만 팀장은 아니었지만 오랜 시간 실무는 제가 책임지고 해 왔었습니다."

내 말이 끝나기도 전에 본부장님은 조용히 물었다.

"왜 그렇게까지 하려고 하지? 지금도 실적이 형편없는 영업 1팀인데."

나는 정면을 바라보며, 있는 그대로 말했다.

"언제나 영업을 열심히 해 왔다고 자부하고 있습니다. 그리고 당연히 영업에 대한 욕심도 있습니다. 솔직히 말씀드리면, 팀장님이 실적 부진으로 흔들릴 때, 속으로는 '나는 다르게 할 수 있다'고 생각했습니다. 언젠가부터 2등 팀이 되어 팀장님을 원망하기도 했습니다. 하지만 막상 팀장님이 떠나신다고 하니 제 마음도 흔들리더군요. 나에게 팀장의 기회가 온다면 제가 그 자리를 대신해도 될까, 잘해 낼 수 있을까 고민도 많았습니다. 기회를 스스로 만들고 싶습니다. 가능하다면 지금이 그 기회라고 생각합니다. 그 자리를 지키며, 이번 분기 실적도, 팀 분위기도 제가 제대로 책임져서 끌어올리고 싶습니다."

그는 말없이 나를 바라봤다. 몇 초간의 정적이 흐르고 그제야 본부장님의 입이 열렸다.

"쉽지만은 않을 거야. 내가 김 과장을 신뢰하는 건 맞지만 팀장을 맡는 순간부터 실적도, 팀원 관리도, 회사 보고도 김과장이 다 책임져야 한다는 뜻이야."

나는 고개를 끄덕였다.

"알고 있습니다. 그래서 제안드립니다. JS전자 확산 사업과 위도 모듈 제안 건 이건 제가 끝까지 책임지고 수주로 이끌겠습니다. 그리고 팀원 관리, 팀 실적 정비, 전부 해 보겠습니다. 아직 공식적인 직책을 달라고는 하지 않겠습니다. 다만 기회를 한번 주시면 잘해 보겠습니다."

본부장님은 내 말을 끝까지 듣고는 묵묵히 다이어리를 덮었다.

"알았다. 김 과장. 우선 팀장이 될 수 있는 자격이 있다는 것을 이번 프로젝트로 보여 줘. 그리고 팀장 승진 등은 그 후에 얘기했으면 하네. JS 수주를 위해 집중하는 데도 도움이 될 거야. 내가 지금까지 봐 온 김 과장은 팀을 잘 이끌 수 있는 자질이 있다고 생각해. 한번 잘해 봐."

얘기가 끝나고 회의실을 나서는데 이상하게 온몸이 무거워졌다. 본부장에게 하고 싶은 얘기는 다 했지만 대화에 부담이 있었나 보다. 팀장님의 그림자, 팀원들의 기대, 그리고 나 자신에 대한 증명. 모두를 짊어진 기분이었다. 퇴근길에 텅 빈 팀장님의 자리를 바라보다가 잠시 멈춰섰다. 내가 팀장이 되더라도 나중에는 팀장님처럼 좋지 않은 상황이 될 수 있다. 미래의 내 모습이 될 수도 있다. 하지만 지금은 실적을 올려야 하고 팀 분위기도 살려야 한다. 그것보다 지금 가장 중요한 것은 JS전자 확산사업을 성공시키는 것이다. 여기에 모든 역량을 쏟아부어야 한다. 다른 건 미리 걱정할 필요가 없다.

아직은 부족하지만, 나는 이 회사에서 바로 지금부터 진짜로 책임질 준비를 하고 있다

개발팀 윤태준 책임연구원입니다

출근은 조용히, 퇴근은 더 조용히. 늘 그렇듯 나는 아무 말 없이 사무실 문을 밀었다. 아직 어두운 사무실에는 겨우 두어 사람의 숨소리만이 흘렀다. 커피 맛을 느낄 여유도 없이 자리에 앉아 노트북을 열었다. 위도의 백엔드 로그부터 체크하는 것이 나의 하루 시작이었다.

나는 코어테크 기술연구소 소속, 위도 시스템 백엔드 주개발자다. 서른에 이 회사에 입사하여 지금은 서른 중반의 경험 많은 개발자가 되었다. 벌써 세 번째 직장이었지만 가장 오랜 시간을 보내고 있는 회사가 여기다. 그렇게 지금은 시니어 개발자가 되었다. 회사란 '다녀야 하는 곳'이지 '속해야 할 곳'은 아니라고 언제나 생각하지만 지금 이 회사, 이 팀, 이 프로젝트에만큼은 묘한 애착이 있었다.

"위도는요, 공장의 공정들을 AI가 다시 잇는 일을 도와줍니다."

처음 기획팀장이 했던 말이 머릿속에 여운처럼 남아 있었다. 위도는 단순한 시스템이 아니었다. 아니, 단순할 수 없는 시스템이었다. 설비 데이터를 수집하고, 공정 흐름을 시각화하고, 이상을 예측하며, 품질을 향상시키는 모든 과정을 한데 엮는 '하나의 생명체'와 같았다. 나는 그 생명체의 심장을 설계하고 있었고, 그 리듬을 안정적으로 유지시키는 일을 맡고 있었다. 나는 늘 '내가 취급하는 코드는 말이 없다'고 생각하지만 그 침묵 속에서 가장 진실한 대화가 이루어진다고 믿고 있다. 개발자란 원래 그래야 하는 줄 알았다. 팀 회의에서 말이 많을 필요는 없고, 같이 모인 자리에서 괜히 분위기를 띄울 필요도 없으며, 누가 봐주지 않아도 스스로의 코드가 결과를 말해 줄 거라고 믿었다. 하지만 현실은 늘 그 믿음을 시험했다. 회의는 생각과 다르게 매번 어긋났다. 기획은 "이 기능이 가능하냐"고 묻고, 영업은 "고객이 그걸 원한다"고 말하며, 팀장조차도 "되게 해봐야 하지 않겠냐"고 명확하지 않은 다짐을 할 때도 있다. 그럴 때면 언제나 비슷한 얘기를 나는 한다.

"기술적으로는 가능합니다. 하지만 일정이 문제입니다. 그리고, 우리가 책임질 수 있는 수준이 어디까지인지를 먼저 정해야 합니다."

가능한 범위 안에서 최고의 결과를 추구했지만, 가끔은 그 '가능한 범위'조차도 무시당하는 듯한 기분이 들 때가 있었다. 고객의 요구는 갈수록 커지고, 일정은 계속 줄었고, 리소스는 한정되어 있었지만, 누구도 그걸 현실적으로 말해 주지 않았다. 그래서 나는 더 조용해졌고 개발 결과로 대신 말하는 방법을 선택했다. 서민우 개발팀장님은 그런 나를 이해해 주는 몇 안 되는 사람 중 하나였다. 팀장님은 말수가 적었지만 항상 정확한 타이밍에 힘이 되는 말을 건넸다.

"윤태준 책임. 우리는 기능으로 설득해야 합니다. 기술로 보여 줘야 하죠. 말로 설명하기 전에, 먼저 코드가 대답할 수 있게 만들어야 합니다. 그래서 타 부서의 말에 일희일비할 필요는 없습니다."

팀장의 그런 말은 내가 이 회사에서 듣는 공감 가는 몇 안 되는 얘기다. 회의에서 들은 수십 개의 요구 사항보다 더 명확하다. 우리 팀은 서로의 얘기를 하는 일이 별로 없다. 대화도 대부분 단체 톡방에서 하고, 각자의 컴퓨터에 묻혀서 살고 있다. 뭐 나쁘다는 건 아니다. 나도, 다른 개발자도 그런 과정에서 스스로 조용히 성장을 이어 가고 있기 때문이다.

사무실 뒤편 화이트보드에는 위도의 주요 모듈 로드맵이 붙어 있었다. 그중 빨간 형광펜으로 표시된 'AI 기반 공정 예측 알고리즘'은 내가 진행해야 하는 핵심 업무 중에 하나였다. 나는 그 작은 네모 칸 하나를 위해서 오랜 시간 동안 수십 개의 알고리즘을 테스트했고 테스트 로그를 출력하고 다시 코드를 재작성했다. 가끔은 손목이 아팠고 가끔은 머리가 멍했다. 그러나 나는 멈추지 않았다. 나에게 위도는 단순한 업무가 아니라 '미래의 제조 AI 적용 기술 형태'였다. 데이터로 움직이는 공장, 흐름을 읽는 시스템, 인간의 피로를 줄여 주는 예측 기술.

그 안에는 우리팀이, 그리고 내가 믿는 '세상이 더 나아질 수 있다'는 가능성이 담겨 있었다. 그래서 지금은 개발하면서도 보람을 느낀다. 누가 인정해 주지 않아도 팀장이 조용히 고개를 끄덕여 주는 그 짧은 순간이면 충분했고, 기획팀 정수아 사원이 "윤 책임님 덕분에 이번 제안서 흐름이 살았어요."라고 말하면 그 한마디가 힘이 되었기 때문이다.

나는 회사의 그 누구보다도 위도에 대한 많은 감정을 가슴속에 품고 있다. '이 프로젝트, 완수하고 싶다. 위도가 고객에게 제대로 전달되었으면 좋겠다. 이 회사에서 위도가 고객사를 찾아갈 때까지 나는 조금은 오래 머물러서 위도에 진심을 다해도 괜찮겠다.' 생각했다.

"안녕하세요. 윤태준 책임님, 회의실로 잠깐 오실 수 있을까요? 간단한 미팅을 진행했으면 합니다."

기획팀의 정수아 사원이 조심스레 문가에서 나를 불렀다. 조심스러움이 조심스러운 사람을 더 조심스럽게 만든다는 말이 있다면 지금이 딱 그랬다. 나는 자리에서 천천히 일어나 모니터를 끄고 회의실로 향했다. 손에 들린 건 늘 그렇듯 검은색 패드 한 권. 거기엔 내가 요즘 붙들고 있는 위도의 데이터 모듈 로직이 담겨 있었다. 회의실 문을 열자, 공기의 질감부터 다르게 느껴졌다. 안엔 이미 세 사람이 자리를 잡고 있었다. 기획팀장, 정수아, 그리고 김도현 영업과장.

나는 익숙하게 가장 모서리 자리로 향했다. 목례로 인사를 대신하고 자리에 앉았다. 언제나 그렇듯, 먼저 말을 꺼내는 건 기획팀장이다.

"윤 책임님, 이번 회의는 'JS전자' 제안 관련 시스템 대응 검토 건입니다."

그가 앞에 놓인 문서를 건넸다. 첫 장에 쓰인 제목을 확인할 수 있었다.

[JS전자 확산 제안 - 제안 시스템 구조 및 개발팀 대응 방안 검토]

익숙한 활자. 익숙한 패턴. 그러나 익숙해질 수 없는 피로감이 밀려왔다. 기획팀장이 설명을 이어 갔다.

"이번 제안은 JS전자 기존 라인의 MES 연동에 이어 위도 모듈 도입을 추가로 제안하는 구조입니다. 넵투는 벌써 고객이 잘 활용하고 있어서 기본 기능에 대해 좋은 평가를 받았고요. 다만, 위도 관련해서는 몇 가지 요청사항이 새롭게 생겼습니다."

그 말이 끝나기 무섭게 김도현 과장이 말을 이었다.

"특히 이번엔 고객 쪽에서 기존 노후 설비들에 대해서도 데이터 수집이 가능한지를 집중적으로 검토했으면 좋겠다고 문의했습니다. 기존 시스템엔 포함되지 않았던 다소 비표준 설비들이라 기술적인 검토가 필요할 것 같습니다."

나는 책상 위 문서를 펼치며 천천히 입을 열었다.

"벌써 여러 고객사에서 경험을 하셨겠지만 노후 설비에서 데이터를 수집하려면 몇 가지 단계를 고려해야 합니다. 일단 하드웨어 수준에서 센서 연동 가능성 검토부터 들어가야 하고, 이후 펌웨어 연동 방식, 내부 인터페이스 설계까지 단계별로 살펴야 하죠. 단순히 '되냐'고 물을 수 있는 문제는 아닙니다."

기획팀장의 시선이 날카로워졌다. 김도현 과장은 살짝 한숨을 내쉬었다.

"윤 책임님. 그건 이해합니다. 그런데 고객이 이걸 넣을 수 있냐 없냐를 분명히 물어보거든요. 그걸 '검토 중입니다'라고만 하면 기존 거래처의 단독 확산 수주에서 타 회사와 경쟁구도로 바로 넘어가게 되는 그런 힘든 상황이 올 수도 있습니다."

익숙한 대화 흐름. 기술의 논리를 요구하지만, 결국 결론은 '당장 가능하냐 아니냐'다. 나는 말을 멈췄다가, 다시 천천히 말했다.

"되냐 안 되냐가 아니라, 무엇을 감수하고 가능하게 만들 거냐의 문제입니다. 지금 제안 일정은 일주일 남았고, 기존 모듈 일정도 꽉 찼습니다. 이걸 넣기 위해선, 다른 일정을 미루거나 리소스를 추가 투입해야 합니다. 그게 합리적인 선택인지는, 단순히 기술 문제만으로 판단할 수 없다고 생각합니다."

그 순간, 정수아 사원이 조심스럽게 입을 열었다.

"저희도 그런 고민을 하고 있었습니다. 이번에 위도에 포함되는 기능을 설명을 할 때, 고객 쪽에서 구형 설비 대응 가능성에 굉장히 예민하게 반응하더라고요. 그래서 명확한 설명을 요청받은 상황이고 저희 입장에서도 어디까지 말할 수 있는지 애매하긴 했어요."

그녀의 말에는 공격적인 의도나 이기적인 부분도 없었다. 나는 그 순간, 처음으로 정수아라는 사람의 말을 경청하고 있다는 느낌을 받았다. 회의실에 앉아 있지만, 나 혼자 코드 속에 갇힌 게 아니라, 누군가와 같은 언어로 대화를 나누고 있다는 기분. 그것만으로도 회의실의 공기가 조금은 부드러워졌다. 오랜 시간 회의하기를 정말 싫어하는 기획팀장이 회의의 결론을 내렸다.

"그럼 정리해 보겠습니다. 윤 책임님께서는 내부 구조 분석을 먼저 진행해 주시고, 가능한 범위 내에서 구현 시나리오를 정리해 주세요. 단, 제안서에 들어갈 문장은 '가능성'이 아닌 '방향성'이면 좋겠습니다. 우리가 스스로를 신뢰하는 게 아니라 고객이 신뢰할 수 있는 형태로 작성이 되어야 합니다."

나는 고개를 끄덕였다. 말은 하지 않았지만, 내 안에선 천천히 회로가 돌기 시작했다. 이건 단순한 기술 검토가 아니었다. 개발자가 회사의 중심 프로젝트 제안에 대해 무엇을 책임질 수 있을지 선언하는 자리였다. 그리고 난 그 책임을 외면할 만큼 무정한 사람은 아니었다. 회의가 끝나고 돌아온 자리에 화분 하나가 눈에 들어왔다. 며칠 전 팀장님이 새로 놓고 간 선인장이다. 말없이 버티는 그것처럼, 나도 오늘을 그렇게 버티고 있었다.

노트북을 켜고 메신저를 열었다. 위도 기술 단톡에 메모를 남겼다.

[JS전자 제안 건 - 노후 설비 연동 시나리오 검토 착수 ; 기존 위도 구조 내 센서 대응 구조 점검 예정, 인터페이스 설계 가능성 분석 필요, 이틀 내 1차 초안 정리 예정 → 리스크와 유연성 모두 명시할 것]

그때, 서민우 팀장에게서 전화가 왔다.

"윤 책임, 고맙습니다. 하지만 무리하지 말고, 단계적으로 천천히 갑시다. 고객도 중요하지만 우리가 먼저 무너지면 아무 의미 없어요."

분명 우리 개발자를 이해하는 말이고 나를 지지하는 말이었다. 오늘도 이렇게 내일의 일을 정리하고 연구하는 개발자로 살아가고 있다. 잘 살아가고 있는 거다.

"책임님, 오늘 점심에 잠깐 시간 되세요? 식사 같이 하시겠어요?"

정수아 사원이 다시 나를 부른 건 예상 밖이었다. 하루에도 몇 번씩 부딪히는 업무 속에서도 그녀가 이렇게 사적인 요청을 해 온 건 처음이었다. 나는 습관적으로 모니터 시계를 봤다. 11시 57분. 어정쩡하게 애매한 시간. 하지만 딱히 미팅도, 급한 배포도 없었다.

"네. 그렇게 하시죠."

우리는 사무실을 나와 건물 근처 김치찌개집으로 향했다. 낡은 간판과 좁은 내부, 셀프로 밥을 퍼야 하는 투박한 분위기. 하지만 이상하게 편안했다. 평소였으면 절대 함께 갈 일이 없는 조합인 정수아와 나. 조용히 물컵을 받아들고, 뜨거운 찌개가 끓어오를 때까지 우린 몇 분간 아무 말도 하지 않았다. 요즘 어린 친구들도 김치찌개를 좋아하는구나 하는 사적인 생각을 하고 있을 때 정수아가 침묵을 깼다.

"사실… 지난 제안서 건 이후로 고민이 많았어요."

그녀의 말은 조심스럽고도 단단했다. 어떤 말을 꺼내야 할지 여러 번 연습하고 나온 듯한 조심스러움 안에는 진짜로 이 문제를 함께 해결하고 싶다는 사람의 마음이 묻어 있었다.

"개발팀에서 주신 자료, 진짜 많이 참고했어요. 그런데 기획팀 입장에서는 일정에 쫓기다 보니까 개발팀이 뭘 할 수 있는지를 자꾸 먼저 물어보게 되더라고요. 그게 죄송하기도 하고…."

그녀는 말을 흐리다, 고개를 들고 나를 바라보았다. 나는 수저를 내려놓았다. 그 순간, 나도 말하고 싶었다. 지금껏 나 혼자 안고 있던 속말들이 나왔다.

"수아 씨, 저도 비슷해요. 저희는 매일 개발 외에도 개발된 후에 발생하는 버그와 싸우죠. 근데 그 싸움은 단순히 기능이 안 돌아가서가 아니라, 그 안에 우리가 만든 복잡한 조건들이 꼬였기 때문이에요."

그녀는 고개를 끄덕였다. 조용히 내 말을 기다리고 있다는 듯이.

"회사도 마찬가지죠. 기획, 영업, 개발… 등 여러 다른 조건이 서로 조금씩 어긋나면, 결국 제품이 어긋나고 고객에게 선택받지 못하거나 선택받은 고객도 만족도가 떨어져 결국 떠나게 될 거예요. 그런데 우리는 자꾸 각자만 옳다고 생각하잖아요. 그 과정들에 모두들 지치기도 하고."

그녀의 눈빛에 미묘한 변화가 생겼다. 그건 분명 이해의 눈빛이었다.

"사실, 개발팀 입장에선 기획팀에서 던지는 요청이 때때로 감정처럼 느껴지기도 해요. 기능이 아니라 의도가 먼저 느껴지면 기술적으로 접근하기 어렵거든요. 하지만 우리가 주는 기술 관련해서도 너무 건조해서 읽는 사람의 눈엔 차갑게만 보일 수 있다고 생각을 합니다."

"맞아요."

그녀가 조용히 말했다.

"그래서 요즘은 문서를 작성할 때도 기술용어를 최대한 풀어서 쓰려고 하고 있어요. 그런데 잘하고 있는 건지 모르겠더라고요."

"잘하고 있어요."

그녀가 기분 좋게 맞장구를 쳐 줬다.

우린 잠시 말을 멈췄다. 김치찌개는 식어 가고 있었지만, 대화는 점점 서로를 공감하고 있었다.

"저도 이번 제안 미팅에서 처음으로 물어보게 되었어요. 예전엔 그저 요구 사항을 받아 처리했죠. 그 방향이 맞든 틀리든 그건 내 문제가 아니라고 생각했어요. 그냥 내 나름대로 이해한 부분만 하면 된다고 생각했습니다. 이제는 소통이 필요하겠구나 하는 생각을 많이 합니다."

"그게 협업인가 봐요."

그녀가 작게 웃으며 말했다.

나는 그 미소에 묘하게 마음이 놓였다. 언제부턴가, 기획팀을 적처럼 여기고 있었던 내 마음 한쪽에서 작은 균열이 느껴졌다. 그리고 그 틈 사이로, 연결의 가능성이 스며드는 듯했다. 점심을 마치고 돌아오는 길에 나는 개발팀장 서민우 팀장의 방 앞에 멈췄다.

"팀장님, 지금 시간 괜찮으세요?"

그는 모니터에서 눈을 떼며 고개를 들었다.

"어, 윤 책임. 무슨 일 있어요?"

나는 방 안으로 들어가며 말했다.

"최근에 협업에 대해 다시 생각해 보게 되네요. 제가 모두 다 이해할 수는 없지만 기획팀, 영업팀… 전부 다 각자의 상황과 이유가 있는 것 같습니다. 제품이, 회사가 잘되자고 모두가 이렇게 고생하는 것은 같을 텐데 말이죠."

팀장님은 내 얼굴을 유심히 바라보다가, 고개를 천천히 끄덕였다.

"네. 윤 책임이 더 성장하고 있는 듯 보입니다. 기술은 혼자 할 수 있어도, 제품은 혼자 못 만들거든요. 제품은 요구 사항과 해결책 사이에 많은 연결이 잘되어야 겨우 이뤄집니다."

나는 말없이 웃었다. 정말. 그렇다. 그날 밤, 위도 서버 로그를 정리하다 문득 정수아의 말이 떠올랐다.

"앞으로는 기능만 묻지 않고, 원리와 맥락도 여쭤볼게요."

나는 천천히 손을 멈췄다. 개발자도 누군가와 말이 통할 수 있음을 오늘 처음으로 조금은 알게 된 것 같았다. 사실 그게 기획팀 정수아 씨라서 더 마음을 열었는지도 모르겠다.

"책임님, 네오인더스트리. 안 됐답니다."

　복도에서 마주친 정수아 사원의 말은 의외로 담담했다. 그러나 그 한마디가 조용히 내 가슴속에 내려앉았다. 고개를 끄덕였지만 귓가에 맴도는 건 그 짧은 말이 아닌 지난 몇 주간 쏟아부은 시간과 에너지였다. 기획팀 정수아 사원도 정말 열심히 하는 걸 옆에서 봤기 때문에 결과가 잘 나오기를 진심으로 바랐었다. 사무실로 돌아오자마자 노트북을 켰다. 지난 제안서에 첨부했던 기능 시나리오 문서를 열고, 한 줄 한 줄을 다시 훑었다. 데이터 흐름도, 설비 연동 구조, AI 이상 탐지 알고리즘. 모두 정확했고, 논리적이었다. 누구보다 철저히 준비했고, 부족함이 없었다.

　'왜 안 된 걸까….' 혼잣말이 새어 나왔다. 회의실 문이 닫히는 소리가 났다. 투명 유리 너머 기획팀장과 수아 사원이 앉아 있었고, 조심스레 입을 닫고 있는 그녀의 표정이 보였다. 입술이 떨리고, 눈빛이 가라앉아 있었다. 고개를 살짝 돌린 기획팀장에게서도 결과에 대한 실망을 느낄 수 있었다. '왜 저렇게까지 힘들어하지? 다른 일이 없는 것도 아닌데….' 마음속에 스치는 의문이 어느 순간 이해로 바뀌기 시작했다. 기획팀은 그 문장 하나하나를 위해 밤을 새웠다. 영업팀은 고객을 설득하기 위해 수십 번의 전화와 회의를 반복했을 것이다. 그리고 자신은 그 중심에서 조용히 기능을 정리하고 고객의 기능 요건표와 비교하며 제안성의 기술 부분을 완성했다. 하지만 나는 '기술'은 만들었지만, '이야기'를 만들지 못했다. 기능이 아무리 완벽해도 그것이 고객의 문제와 맥락 속에서 어떤 의미를 가지는지를 설명하지 못한다면 그건 단지 동작하는 스크립트에 불과하다는 것이고 개발하는 사람의 혼잣말에 불과하다. 이 부분을 기획팀에게 잘 설명했어야 하는데 하는 생각을 했다.

그날 밤, 사무실에 불이 하나둘 꺼져 갈 무렵, 나는 노트북의 작업창을 닫고 조용히 개발팀장 서민우의 자리 앞으로 갔다. 문은 반쯤 열려 있었고, 팀장은 자리에 앉아 모니터를 응시하고 있었다.

"팀장님, 잠시 시간 괜찮으세요?"

서 팀장은 천천히 고개를 돌렸다.

"무슨 일 있어요?"

"네오인더스트리 제안 실패한 거 보면서, 저도 좀 생각이 많아졌습니다."

그는 잠시 말을 멈추고, 방 안으로 들어섰다.

"사실 그동안 개발만 잘하면 된다고 생각했어요. 코드가 정확하고, 성능이 높고, 기능이 요구 사항에 맞으면 그걸로 끝이라고 믿었죠. 그런데 이번엔⋯ 뭔가 다르더라고요."

서 팀장은 그를 조용히 바라보며 고개를 끄덕였다.

"뭐가 그렇게 다르다고 느꼈어요?"

팀장님이 한숨을 내쉬며 의자에 앉았다.

"사람들마다 기준이 다르고, 개발자들도 자기 세계에 갇히면 안 되는 걸 처음으로 느꼈어요. 고객이 뭘 원하는지, 기획팀이 뭘 어떻게 전달하고 싶은지, 영업이 어떤 타이밍을 노리는지⋯ 그걸 모르고 코딩만 하면, 우리 제품은 그냥 기술 덩어리에 불과하다는 것을 알게 되었습니다. 그리고 결국 고객의 선택을 받지 못한다면 아무것도 아닌 것을 붙들고 하게 된 거겠지요."

팀장님의 표정을 살피며 말을 계속 이어갔다.

"처음 위도를 만들 때, 진짜 잘 만들고 싶었어요. 자부심도 있었고요. 그런데 제 코드가 그렇게 완성도 있었던 게 아니라는 생각이 들었어요.

제품이 나 혼자 잘해서 나오는 것도 아니고…."

서 팀장은 조용히 커피를 한 모금 마신 후, 웃었다.

"내가 언젠가 한 말 기억하나요? 기술은 혼자 만들 수 있어도, 제품은 사람들과 함께 만들어야 하거든요. 그리고 우리는 기술을 제품으로 만들어 판매하는 회사에 다니고 있고."

"예전엔 그 말이 좀 형식적으로 느껴졌어요. 그런데 오늘은 좀 다르게 들리네요."

서 팀장은 자리에서 일어나 그에게 어깨를 두드렸다.

"이번 제안이 실패하긴 했지만 윤 책임이 그전보다는 더 성장한 거 같아서 꽤 괜찮은 것 같네요. 서로 성장을 했다는 것에 만족을 합시다. 다음 기회가 또 있을 거니까요"

나는 개발자이지만 관리자가 되어 가고 있었다. 실패를 통해서 조금씩 성장해 나가고 있다.

개발팀 서건우 책임연구원입니다

아침 9시 12분. 나는 회의실 문을 천천히 열었다. 굳이 서두를 필요도, 미안해할 이유도 없었다. 한 손엔 매일 들고 다니는 텀블러, 다른 손엔 늘 함께 따라다니는 노트북. 얼굴은 언제나처럼 무표정하고 눈빛은 이미 바닥 어딘가를 향해 내려가 있었다. 누구와도 시선을 맞추고 싶지 않았다. 형식적인 인사도 생략했으면 좋으련만. 참 출근하기 싫다. 출근하기 좋아하는 사람들이 있기는 하는 걸까?

"서건우 책임님, 어제 공유드린 고객 제안서 안건 중에 위도 기능 구성이 일부 조정이 필요해서요…."

기획팀 정수아 사원이 조심스럽게 말을 꺼낸다. 나를 부를 때면 꼭 저렇게 조심조심이다. 그러면서도 결국 하고 싶은 말은 다 한다. 나는 고개를 들지 않고 입을 열었다.

"어떤 기능이요? 누가 요청했는데요?"

언제나 바뀌는 기능. 궁금하지도 않아서 무덤덤하게 물었다. 굳이 감정을 숨길 생각도 없었다. 정수아는 잠시 망설이다가 노트를 펼쳤다.

"JS전자 쪽에서, 노후 설비 일부도 데이터 수집을 하고 그 과정에서 위도 구현을 위한 AI 알고리즘도 추가로 분석해야 한다고… 요청이 있었다고 김도현 과장님이…."

"그러니까…."

나는 그녀의 말을 막으면서 고개를 들었다.

"고객이 원래 없었던 무리한 요청을 했고, 영업이 그걸 받아들였고, 기획팀은 그 내용을 고치지도 않고 그대로 우리한테 넘긴 거군요."

말하고 보니 참 익숙한 흐름이다. 나는 팔짱을 끼고 등받이에 몸을 기댔다. 입꼬리를 아주 살짝, 습관처럼 올렸다. 다른 부서와 얘기할 때는 조금은 강한 표정으로 상대하는 게 이롭다는 것을 경험에서 나는 알고 있다.

"이 패턴, 익숙하죠. 고객이 버튼 한 번에 공장이 돌아가야 한다고 말하면 우리는 그걸 실제로 구현하래요. 그게 기술이든 마법이든 상관없이 말이죠."

예상대로 정수아 씨를 따라온 김도현 과장이 반응했다.

"서 책임님. 이건 고객 니즈입니다. 경쟁사는 이런 고객 요구를 대부분

수용한다고 들었습니다. 우리가 기술적으로 안 된다고 하면 바로 밀려 버리는 그런 상황입니다. 진지하게 봐주세요."

나는 속으로 헛웃음을 삼켰다. 정말 그럴싸한 말이다. 콧방귀를 뀌고, 비웃듯 말했다.

"경쟁사는 뭘 해 줄 수 있는지보다, 뭘 해 준다고 말하는 법을 잘 아는 것 같은데요. 우리는 그걸 잘 못하는 타 부서 탓에 매번 이렇게 고생을 하고 있습니다."

말끝마다 날이 서 있다는 건 나도 안다. 하지만 기술을 모르는 사람들과의 대화에서 감정을 숨기면 밀리고 만다. 가능한 강하게 얘기를 해야 한다는 것을 나는 알고 있다. 밀리면 일이 엄청 많아 지기 때문에 내 저녁 시간을 위해서도 절대 밀리면 안 된다. 뒤에서 팀장님과 얘기를 하고 있던 기획팀장이 갑자기 끼어들었다.

"책임님. 그 부분은 영업팀과 상세히 논의해서 고객 요구를 제대로 정리해서 드릴게요. 구체적으로 검토 가능 여부만 먼저 확인해 주시면 진행에 큰 도움이 되겠습니다. 그리고 회사 일입니다. 기획팀과 영업팀만의 일이 아닙니다. 어떻게 매번 그렇게 남일 하듯이 얘기를 하시나요? 회의를 하자는 겁니다. 싸우자는 게 아니라."

갑자기 기획팀장이 급발진을 했지만 나는 손가락으로 노트북을 탁탁 두드리며 밀리지 않았다.

"검토요? 그 '검토'라는 게 결국엔 하라는 말 아닌가요? 할 수 있다고 하면 확정하고, 안 된다고 하면 '의지가 부족하다'고 몰아가겠죠. 요즘 회의 패턴이 다 그래요. 신뢰가 가지 않습니다."

그리고 한 줄 더 덧붙였다.

"저는 그런 협업 안 합니다. 이건 제 일이 아닙니다. 분명히 말씀드렸습니다."

그 순간, 윤태준 책임이 조심스레 입을 열었다.

"서 책임님. 일단 구현 가능성 자체는 좀 더 열어 두고 논의해 보면 어떨까요? 지금 우리 시스템 구조로도 인터페이스 레벨 조정은 가능할 수도 있고 기획팀이 테스트 조건을 잘 정의하면…."

나는 그 말을 자르며 단호하게 말했다.

"윤 책임님, 저는 그 '열어 두자'는 말이 제일 싫어요. 그게 결국 무슨 뜻인지 책임님도 잘 아시잖아요? 열어 두면 결국 제가 그리고 우리가 책임지게 됩니다. 그리고 일정 밀리면요? 아무도 그 책임 안 져요. 다 조용히 빠지죠. 그땐 누가 책임지나요? 우리가 책임져야 합니다. 언제나 그래 왔잖아요. 잘 아시잖아요?"

정적이 흘렀고, 윤 책임은 조용히 고개를 숙였다. 나는 그 순간조차도 누군가를 설득해야 하는 회의에 지쳤다.

"기획팀은 제품 구조를 모르고, 영업은 기술과 우리가 만드는 제품을 아는데 관심도 없어요. 결국 그걸 누가 메워야 하냐면, 우리 개발자입니다. 그리고 전 그 역할까지 할 여력도 없고 하지도 않겠다고 이미 몇 번 말씀드렸어요."

기어코 김도현 과장이 짧게 숨을 쉬며 말했다.

"휴. 결국, 또 같은 얘기군요."

나는 아주 차분하게 대답했다.

"같은 얘기를 계속 듣고 있다는 건, 그만큼 문제가 있고 해결되지도 않고 있다는 뜻 아닐까요?"

회의실 안 공기가 더 무거워졌고 팀장들조차 내 표정을 살피기 시작했다. 기획팀장이 회의를 정리하려는 듯 말끝을 다듬는다.

"그럼, 일단 영업팀과 협의해서 요구 정리를 다시 정리하겠습니다. 필요한 경우 고객과의 추가 미팅도 진행하도록 하죠. 프로젝트 제안을 멈출 수 있는 그런 상황은 아니니 개발팀에서도 관심 가져야 합니다. 만약 다음 회의에도 책임님이 방어적이고 부정적인 자세로 임한다면 어쩔 수 없이 저는 개발팀 전체와 회의를 진행해야 한다고 건의하겠습니다."

나는 말없이 노트북을 닫았다. 의자를 밀며 일어섰다. 그리고 마지막 한마디를 남겼다.

"회의는 대화하는 공간이어야 하잖아요. 그런데 이건 항상… 지시와 수용, 그리고 책임 전가. 전 그 공간 안에 들어가고 싶지 않습니다. 기획팀장님도 그 부분을 우선 개선하는 것이 중요하지 않을까요?"

회의실 문을 열고 나오는 순간, 공기마저도 외면하고 싶을 정도로 무거웠다. 빈 내 자리를 뒤로하며 문을 닫았다. 그리고 그 자리를 바라보는 윤 책임의 눈빛이, 그날 따라 이상하게 오래 머릿속에 남았다.

지하철역을 나와 회사 건물 입구 앞에 섰을 때였다. '그만둘까?' 순간 이직이 떠올랐다. 어제 회의가 꽤 피곤했나 보다. 출근길이 너무 지루했다. 회사에서 지정해 준 식당에서의 똑같은 점심도 역시 지루했다. 뚝배기 뚜껑을 여는 순간, 지난주랑 똑같은 냄새. 삼 일 전, 일주일 전, 매번 반복되는 반찬 등 모두가 똑같다. 윤태준 책임이 내 옆을 지나가며 "같이 먹을까요?"라고 물었지만, 나는 가볍게 손사래를 쳤다. "괜찮습니다." 나는 늘 혼자 먹고, 혼자 나간다. 누구도 눈치 주지 않고, 아무도 말 걸지 않는다.

그게 오히려 편하다. 하지만 오늘은 그런 혼자만의 점심도 어쩐지 불편했다. 감정은 없었다. 그냥 회사라는 공간이 싫어진 것이다. '그만두어야 할까?' 다시 회의가 진행이 되었다. 영업팀 김도현 과장이 회의실에서 나를 쏘아보며 말했다.

"책임님, 이 일정이면 고객 대응이 어렵고 제안할 수가 없습니다. 개발팀에서 좀 더 적극적으로 대응해 주셔야 합니다."

나는 대답하지 않았다. 대신 노트북 화면만 응시하며 말했다.

"그럼 제안 일정 조정부터 하시죠."

그의 얼굴에 일순간 경직된 기색이 스쳤지만, 곧 차분하게 넘어갔다. 그 회의는 그저 그런 식이었다. 말은 오가고, 요청도 쏟아지지만, 책임은 항상 '개발팀' 몫이다. 아무도 기술 난이도는 묻지 않는다. 타임라인이 중요할 뿐이다. 개발자도 결국 일정 소화 도구일 뿐이다. 회의가 끝나고 돌아오는 길, 내가 속한 이 회사의 구조적 한계를 새삼스럽게 인식했다. '이곳에선 내가 하는 일의 핵심이 '해줄 수 있냐'보다 '되게 만들어야 한다'는 전제가 먼저 온다. 정말 그만두어야 하나?' 회의가 끝나고 정수아 사원이 수정된 제안서의 내용 검토를 부탁하며 조심스럽게 말했다.

"이번엔 기능 로직 설명을 조금만 더 쉽게 풀어주시면 좋겠어요. 고객이 이해를 어려워해서…."

나는 차가운 어조로 말했다.

"이해가 어려운 건 그만큼 안 배우셨기 때문입니다."

"네? 고객이 우리 제품을 배워야 하나요?"

"아뇨. 기획팀과 영업팀에서 고객에게 그만큼 설득을 잘해야 한다고 얘기하는 겁니다."

그녀는 말없이 고개를 돌렸다. 내 말이 틀리진 않았지만, 올바른 방식이 아니라는 것도 안다. 하지만, 그 말밖에 떠오르지 않았다. 강하게 얘기를 해야 개발팀의 기술에 대해서 관심이라도 가지게 될 것이다. 그리고 그 말을 뱉은 나 자신에게 어떤 감정도 없었다. 미안함도 없고, 우월감도 없었다. 그냥, 아무 감정도 없었다. 이 회사에서 사람에 대한 기대가 사라진 건 언젠가부터다. '이제 정말 그만두는 걸 진지하게 생각해 봐야겠다.'

퇴근하기 직전의 사무실. 퇴근 시간이 다가와도 나는 언제나 조용히 남아 로그를 분석하고, 기능 테스트를 반복한다. 다른 직원들이 퇴근 준비를 해도 나는 신경을 쓰지 않는다. 그 시간에도 내 업무가 효율적으로 굴러간다면 퇴근 시간을 따로 보지 않는다. 그런데, 어느 날부터인가 퇴근 30분 전부터 시계만 바라보고 있다. 일은 퇴근한 시간 전에 다 정리해 놓았다. 계속해서 시계만 바라보고 아무 일도 안 생기기를 바라는 마음만 바랄 뿐이다. '이제 퇴사를 진지하게 생각해 보자.'

그날 밤, 구글 드라이브에 'TR_2025'라는 이름의 폴더를 만들었다. 누가 보더라도 그냥 임시 폴더처럼 보이는 이름. 그 안에는 내 경력 정리표, 담당 모듈 요약서, 퇴사 준비 문서, 계약 조건 분석표, 그리고 작별 인사 초안이 들어 있었다. 저장을 누르면서도 특별한 감정은 없었다. 그냥 어느 날, 어떤 기능을 하나 완성하는 것처럼, 그렇게 자연스럽게 만든 폴더였다.

그렇게 마음을 퇴사로 굳혀 놓고 출근을 했다. 팀장님께 인사를 하고 내 자리에 앉았다. 서 팀장님은 내게 늘 진심이었다. 야근 후에도 직접 커피를 챙겨 주고, 일정 조정이 필요할 때는 회의실에 앉아 같이 시나리오를 짰다. 그 진심이 고마운 줄은 알지만, 나는 그 진심에 응답할 수 없다.

그는 팀의 성장을 원하고, 조직의 미래를 말한다. 개발자들보다 그게 우선이다. 하지만 나는 내 경력이 가장 중요하다. 그것이 그와 나의 차이다. 그가 보여 주는 헌신은 내게 '다른 세상 사람'의 이야기처럼 느껴진다. 그런 거, 난 못 한다. 아니, 안 한다. 그래서 더욱 차이가 난다. '팀장도 나와 함께할 수 있는 사람이 아니다.'

사장님과 상담을 해 봐야 하나? 잠깐 생각을 했지만 그건 좀 아닌 거 같다. 회의 시간에 한 번 본 적 있는 사장은 논리적이고 깔끔했다. 말도 조리 있고, 감정의 기복도 없다. 모두가 그를 신뢰한다고 했다. 하지만 나는 그를 한 번도 신뢰해 본 적이 없다. 얼굴을 마주칠 일도 없고, 내 이름을 기억하는지도 모른다. 그는 높은 곳에서 시스템을 설계하고, 사람을 운영한다. 나는 낮은 곳에서 코드를 짠다. 그 거리감은 절대 좁혀지지 않는다. 사장도 내 이직을 막을 수 있는 이유가 안 된다. 언제나 그렇듯이.

나는 여기서 힘들지 않다. 익숙한 일들이기 때문에 익숙하게 대응을 하면 된다. 이제는 그 어떤 사람도 그 어떤 상황도 더 이상 나를 자극하지 않는다. 그게 가장 큰 문제였다. 알게 모르게 찾아온 무기력은 분노보다 훨씬 빠르게 사직서를 만들게 했다. 그날 오후 팀장이 슬쩍 내 쪽을 쳐다봤다. 무슨 말인가 건네려는 듯한 눈빛. 나는 그 시선을 피하지도 않았고, 응하지도 않았다. 그냥 무표정하게 책상 위 커서만 바라봤다. 마치 '그만두는 것도 기능 하나 구현하는 것처럼' 그렇게 조용히, 담담하게, 계획적으로. 지금, 나는 나만의 종료 시나리오를 설계하고 있다.

감정은 없다. 단지 프로그래밍처럼… 이직을 구현하고 있을 뿐이다.

사장과의 불편한 얘기를 앞두고 있지만 낯설지는 않다. 아니, 어쩌면 지나치게 익숙하다. 몇 년 전에 첫 회사를 떠날 때도, 두 번째 회사를 접을 때도 이 순간은 비슷했다. 사장 앞에 앉아 마지막 대화를 나누는 순간. 형식적이고 건조한 인사 몇 마디. 퇴사자의 이성적인 정리. 관리자의 습관적인 배웅. 그리고 조용히 문을 닫고 나오는 것까지 아주 익숙하다.

"들어오세요."

사장의 목소리는 또렷하고 단단했다. 나는 천천히 걸어 들어가 의자에 앉았다.

"서건우 책임님, 안녕하세요."

정중한 말투. 사장실 특유의 정갈한 공기. 회의실이나 개발실과는 전혀 다른 결의 공간. 이곳은 처음 들어와 봤다. 역시 낯설다. 사장과 내가 단둘이 마주 앉은 것도 이번이 처음이다. 얘기를 직접 나눌 기회도 없었지만 그냥 사장과의 대화가 불편했기 때문이다.

"퇴사 결정, 들었습니다."

"네, 결정했습니다."

"그사이 결정의 변화는 없나요?"

"없습니다."

"혹시, 사적인 질문 하나 드려도 괜찮을까요?"

"물론이죠."

"혹시 이번 퇴사는, 이전과는 어떤 점이 다릅니까?"

"네?"

의외의 질문이었다. 이전과는 다른 점. 한동안 말이 떠오르지 않았다. 대신 머릿속에 첫 회사 사장의 얼굴이 떠올랐다. 단지 숫자로만 개발을 평가하던 사람. '프로젝트 종료 후 한 달 안에 나갈 줄 알았다'는 말을 아무렇지도 않게 하던 얼굴. 그때의 나는 젊고 서툴렀고, 조금 더 예민했다. 열심히 했던 일들에 대한 서운함도 있었지만, 사장의 말투에 분노가 더 컸다.

두 번째 회사의 사장은 그 전과는 반대였다. 너무 우유부단한 게 문제였다. 야근을 해도 알아주지 않았고, 기획팀과 싸워도 중재하지 않았고, 결국 내가 떠나는 날에도 아무 감정 없이 한마디 툭 던졌을 뿐이다. "고생했어요." 그렇게 나는 퇴사 과정에서 무뎌졌다. 회사라는 공간과 사람 관계에서 의도적으로 멀어졌다. 하지만 이번 회사의 사장은 좀 다르다. 차갑지도 않고 따뜻하지도 않다. 정확한 사람이다. 항상 객관적으로 말하고, 논리적으로 결정한다. 그리고 필요 이상으로 감정을 개입하지 않는다. 하지만 지금 이 대화는 이상하게 감정의 결이 느껴졌다. 마치 진심으로 궁금해서 묻는 듯한 톤이었다.

"이번엔 그냥, 음. 더 이상 이 회사에서 얻을 수 있는 게 없어서 나가는 거 같습니다."

내가 입을 열었다.

"기회도 충분히 받았고, 제 일도 정확히 했고, 인정도 받았죠. 그런데, 무언가 이제 여기에 더 머물러 있어야 할 이유가 남지 않았어요."

사장은 고개를 천천히 끄덕였다.

"감정적으로 지쳤다는 의미인가요, 아니면 커리어적으로 더 이상 의미를 찾기 어렵다는 의미일까요?"

나는 잠시 멈췄다.

"둘 다요. 회사는 성장을 이야기하지만, 저는 여기서 더는 성장할 수 없다고 느꼈습니다. 그리고 협업의 틈을 좁히려는 노력도 이제는 저를 소모시키는 일처럼 느껴졌습니다."

사장은 손을 깍지 낀 채 정면을 바라보며 말했다.

"그 틈을 좁히려는 시도조차 포기하게 될 정도라면, 그건 회사의 잘못일 수도 있습니다."

나는 약간 놀랐다. 그 말에서 어느 정도 진심이 느껴졌기 때문이다.

"하지만 저는 사장님과 생각이 다릅니다. 정확히는 그렇게 생각하지는 않는다는 뜻입니다. 회사는 회사대로 갈 길이 있고, 저는 제 길을 가는 것뿐이니까요."

"그러면, 한 가지만 더 물어보겠습니다."

사장이 고개를 약간 숙이며 말했다.

"앞으로 다른 회사에서도 비슷한 이유로 그만두게 될 수도 있다는 생각은 해 보신 적 있습니까?"

이 질문이 정확히 어떤 의미인지가 이해가 되지 않았다. 대답을 할 수 없었다. 사실 이번 회사도 처음엔 '머물 수 있을 거라' 믿었고, 다른 곳보다 팀장이 괜찮았고, 제품도 성장 가능성이 있었다. 그런데도 예전과 똑같이 하지만 다른 이유로 이별을 하고 있다.

"잘 모르겠습니다. 하지만 이번에는 조금 더 천천히 퇴사에 대한 결정을 한 것은 분명합니다."

내가 말했다.

사장은 잠시 나를 바라보다가 자리에서 일어났다. 그리고 내게 손을 내밀었다.

"네 알겠습니다. 서건우 책임님, 그동안 고생 많으셨습니다. 저는 당신 같은 사람이 필요하다고 생각했고, 지금도 그렇게 생각합니다. 직장 생활은 언제나 퇴사를 할 수 있습니다. 하지만 언제나 같은 이유로는 퇴사를 하지 않기를 바라겠습니다. 아무튼 그 역량이 더 잘 발휘될 수 있는 곳에서 마음 편히 일하시길 바랍니다. 그동안 감사했습니다."

악수. 짧지만 진심이 느껴졌다. 나는 고개를 숙이고 문을 나섰다. 복도를 걷는 동안 뭔가 느껴 보지 못한 이상한 감정을 느꼈다. 익숙한 작별인데, 어딘지 모르게 허전했다. 윤태준 책임의 말이 떠올랐다. "서 책임 같은 사람, 어디 가도 잘하실 거예요." 맞다. 어딜 가든 나는 나의 일을 잘할 것이다. 다만⋯ 함께 일하는 사람들과의 거리를 좁혀 나가기는 바라지 않는다. 협업이 불편하니까. 아마 달라지지 않을 거다. 지금은 사직서를 접수한 날이다. 오늘 내가 회사에서 한 행동들은 모두 마지막이다. 마지막 코드, 마지막 메모 그리고 마지막 인사다. 나는 퇴사에 집중한다.

퇴사 다음 날 아침. 나는 오랜만에 알람 없이 일어났다. 창문 너머로 햇살이 길게 들어와 침대 한가운데를 점령했다. 출근하지 않는 아침은 어쩐지 텅 빈 것 같았고, 그 텅 빈 마음을 메우기 위해 커피 머신을 켰다. 분쇄된 원두 소리가 고막을 자극하는데도 마음이 딱히 움직이진 않았다.

넷플릭스를 켜 볼까 하다 말고, 스마트폰을 집어 들었다. 습관처럼 회사 메신저 앱을 열었다. 더는 들어가지 않는 공간. 하지만 아직 탈퇴 처리가 안 된 내 이름이 회색으로 남아 있었다.

> [기획팀 요청으로 위도 로직 수정 재검토 예정. JS전자 건 다시 준비 시작. 영업 1팀 김 과장, 기술 회의 오전 10시 예정]

흘러가는 대화들 안에 이제 더 이상 나는 없었다. 예전엔 그게 너무 편했는데, 음. 아니 지금도 편하다. 내가 나간 개발팀은 아마 곧 회의를 시작했을 것이다. 윤태준 책임은 언제나처럼 먼저 와서 회의실 조명을 켰을 거고, 정수아는 어깨를 살짝 움츠린 채 노트북을 들고 우리 팀으로 찾아 와서 영업팀 김도현과 함께 이번에도 자기 논리를 앞세워 위도 확산 전략을 얘기했을 것이며, 팀장님은 또 각자의 위치에서 그들의 역할을 묵묵히 감당하고 있을 것이다. 아. 생각만 해도 피곤하다.

'자~알 그만뒀다.'

그런데 문득, 이런 상상이 들었다. 혹시 지금쯤 누군가, 나를 흉보고 있을까? 아니면 잠깐이라도 내 빈자리를 느끼고 있을까? 모르겠다. 아니, 사실 알고 싶지도 않다. 나야말로 이 회사를 떠난 게 아니라, 이 조직이라는 무의미한 집합으로부터 스스로를 분리해 낸 것뿐이다. 머리 아프게 생각 말자. 이제 나온 회사다. 다시 다른 직장을 찾으면 된다. 다시 만나지 말자. 코어테크~

Episode 6

가족의 시선

영업팀장 아내의 시선

시계는 밤 10시 30분을 막 지나고 있다. 초등학생 두 아이를 겨우 재워 놓고 난 뒤였다. 남편은 여전히 회사에서 돌아오지 않는다. 그가 지금쯤이면 집 근처까지는 와 있을 거라 생각하고, 설거지를 마친 채 소파에 앉아 있었다. 그때 문이 열렸다. 남편은 한 손에 노트북 가방, 다른 손에 편의점 봉지 하나를 축 늘어서 들고 있었다. 익숙한 장면이지만 오늘따라 짜증이 났다.

"미안, 늦었어."

그는 무심하게 말을 던졌고, 나는 대답하지 않았다.

"애들 자?"

대답 대신 나는 식탁 위에 놓여 있는 냉장고 반찬들을 바라봤다. 남편과 식탁을 번갈아 보며 남편에게 나지막이 말했다.

"오늘 준서 학원 데려다주기로 했었지?"

"아… 미안. 오늘 회사에서 JS전자 건 회의가 갑자기 생겨서."

"그만해. 진짜 이제 핑계 같아. 회사 얘기를 물어보는 게 아니야. 우리 아이 얘기를 한 거라고."

나도 모르게 거르지 않고 말들이 튀어나갔다. 그의 얼굴에 잠깐 멈칫한 표정이 스쳤다.

"당신이 열심히 일하고 있다는 걸 나도 알아. 근데, 당신은 늘 회사야. 늘 회의고, 늘 고객이고, 늘 실적이야. 도대체 당신이 뭐 하는 사람인지 모르겠어."

"그만해. 나도 지쳐. 당신은 모를 거야. 회사에서 요즘 나 너무 힘들어.

버티기도 힘들어. 실적 바닥이지, 본부장은 압박하지… JS전자도 내가 아니래. 내가 팀장이 맞나 싶어. 도대체 내가 뭘 잘못했길래."

"당신만 힘들어?"

우리 말은 끝내 서로를 향하지 않았다. 나는 나의 고됨을 이야기하고 있었고 그는 회사의 무게를 말하고 있었다. 서로의 언어는 겹치지 않고 각자의 변명만 하고 있었다. 그래서 더 쓸쓸했다.

"그래. 팀장 자리가 내 몫이 아닐지도 모르지."

그는 한참 뜸을 들인 후, 이렇게 말했다.

"근데 애들한테 부끄럽지는 않게 살고 싶었어."

나는 그 말을 듣고 더 이상 아무 말도 하지 못했다. 잠시 정적이 흘렀다. 결국 그는 말없이 식사를 하지 않고 자리에서 일어나 다시 노트북을 폈다. 나는 문을 닫고 아이들 방으로 들어갔다. 그가 점점 멀어지는 것 같았다. 그가 짊어진 회사의 무게를 알면서도, 그가 점점 '우리'가 아니라 '회사'에 가까워진다는 느낌에 서운함이 가시지 않았다. 나는 그에게 묻고 싶었다. '지금 당신이 지키고 싶은 건 대체 누구야? 회사야? 우리 가족이야?' 그러나 그 말도, 그 물음도 꺼내지 못한 채 하루는 그렇게 지나갔다. 이해를 하면서도 남편이 원망스러웠다.

오늘은 남편이 연락도 없이 일찍 들어왔다. 현관문이 열렸을 때 나는 그가 퇴근한 것이 아니라 잠깐 들른 줄만 알았다. 오늘은 유난히 날이 맑았다. 애들을 학원에 데려다주고 오는 길에 집 앞 꽃집에서 이름 모르는 꽃 몇 송이를 샀다. 그저 식탁 위에 뭔가 생기가 있었으면 하는 마음에서였다. 문을 열고 들어온 그는 평소와 달랐다. 노트북 가방도 없었고, 손에 들린 것도 없이 가볍게 들어왔다. 그런데 얼굴은 오히려 무겁게 보였다.

두려움이 있었지만 나는 조심스럽게 물었다.

"무슨 일 있어?"

그는 한숨을 쉬며 식탁 의자에 앉았다. 그리고 고개를 들어 나를 바라봤다. 그 눈빛에서 나는 '그 일'을 직감했다.

"나, 사직서 냈어."

정적이 길게 흘렀다. 나는 당황하지도 않았고, 슬프지도 않았다. 그저 물 한 잔을 꺼내 그 앞에 놓아줬다. 그리고 조용히 옆에 앉았다.

"진지하게 생각한 거야?"

조심스레 물었지만, 이미 답은 알고 있었다. 그는 작게 웃었다.

"회사에서 내가 잘하고 있다는 느낌을 잃어버렸어. 잘하고 있다는 느낌이 마지막으로 언제였는지도 이제는 기억이 잘 안 나. 아무리 해도 성과가 안 나오고 팀도 무너지고 그렇게 나도 무너질 것 같았어. 아니 벌써 무너졌나."

나는 고개를 끄덕였지만 마음은 복잡했다. 남편을 위로해야 할까, 현실적인 걱정을 해야 할까.

한편으로는 안도감도 들었다. 그가 계속 그렇게 무너져 가는 걸 보는 게 더 아팠으니까.

"그래서 앞으로는 어쩔 건데?"

나도 모르게 묻고 있었다. 언제나 그렇듯이 현실은 감정을 잠깐도 기다려 주지 않는다. 그는 아무 대답 없이 고개를 숙였다. 나는 그 모습을 보며, '영업하겠다고 했을 때 강하게 말렸어야 했나….'라는 오래된 후회를 되뇌었다. 그는 언제나 영업에 진심이었다. 사람을 설득하고 제안서를 만들고 숫자를 쫓아가며 매일을 전쟁처럼 살아왔다. 결혼 후에도 집보다 회사에서 보낸 시간이 많았고 아이들 숙제보다 회사 실적 보고서를 먼저 챙겼다. 나는 그 삶을 이해하려고 애썼고 그의 피로와 불안을 함께 짊어지고 살아왔다. 하지만 이제 그는 회사도, 팀도, 명함도 내려놓았다. 다시 시작할 용기는 있을까. 그의 결정에 따라 우리는 앞으로 어떤 하루를 살게 될까. 나는 아직 남편에게 어떤 것도 물을 수 없다. 지금처럼 딱히 위로의 말을 건넬 수 없을 때 손이라도 잡아 주면 좋겠지만 그것조차 어색했다. 그저 앞에 앉아 남편의 얘기를 기다릴 뿐이었다. 시간이 조금 지나서도 '괜찮아'라는 말이 입 밖으로 끝내 나오지 않았다. 아이들 방에서는 조용한 숨소리가 들려왔다. 남편은 한참이나 고개를 숙인 채 있었다. 나는 가만히 그의 쓸쓸하고 작은 모습을 오랫동안 바라볼 수밖에 없었다.

남편이 퇴사 후 일주일이 지났다.

"신경 쓰이게 해서 미안해, 그저 잠깐 쉬는 거야."

그 말이 남편의 입에서 나오던 날, 나는 그 말을 몇 번이나 머릿속에서 되새겼는지 모른다. '잠깐 쉬는 거야….' 그런데 나는 알고 있다. 그 '잠깐'이 얼마나 길어질지, 그 쉼이 끝나고 다시 시작할 과정이 얼마나 힘겨울지. 그래서 남편의 '잠깐'이라는 말이 나에게는 참 어려웠다.

우리는 맞벌이다. 나는 아이 둘을 키우면서 살림과 일과 육아를 분담하기도 벅찬 하루하루를 살고 있다. 남편이 퇴사하고 집에 있다는 건 아이들에겐 좋은 일일지 모르지만 가족의 생계를 생각해야 하는 나에게는 불안 그 자체였다. 한 달 수익이 반으로 줄어든다는 자체가 나에게는 무거운 현실이다. 그날도 퇴근하고 집에 들어서는데 남편이 라면을 끓이고 있었다.

"오늘은 좀 매운 거 먹고 싶어서."

힘들어도 태연한 척, 당황해도 익숙한 척. 그런 남편의 표정과 얘기가 나를 더 힘들게 했다. 나는 아무 말도 하지 않았다. 어쩌면 이런 날이 길어질 수도 있기에 미리 힘을 뺄 필요는 없었다.

 오늘은 옆집에 사는 윤지 언니와 커피를 마셨다. 늘 부러웠던 언니다. 남편은 대기업의 중간 간부이다. 아이를 늦게 가져 아직 어린 딸 아이가 하나 있다. 외국어 유치원을 다니는 아이를 돌보는 게 이 언니의 일 중 하나다. 언니는 일하지 않고 여유롭게 카페도 자주 다닌다. 말에서도 삶의 여유가 언제나 느껴지는 아주 괜찮게 살고 있는 그런 사람이었다. 그런 윤지 언니에게서 오늘은 전혀 여유를 찾을 수 없었다. 무슨 일이 있는 게 틀림없었다.

 "지영아, 나 진짜 막막해. 오늘 오빠 회사에서 구조조정 얘기 나왔어. 요즘 불경기로 회사가 아주 어려운가 봐. 이미 같은 팀 두 명 나갔고 오빠도 언제까지 버틸 수 있을지 모르겠대."

 말을 잇던 언니의 눈에 금세 눈물이 맺혔다. 나는 말문이 막혔다. '대기업은 괜찮을 줄 알았는데….' 내 속에서 무너져 내리는 어떤 착각 하나가 있었다. 나는 항상 남편의 회사가 중소기업이라 불안했고 하고 있는 일이 영업직이라 늘 불확실했다.

 요즘은 어디든 다 힘들다. 나라가 힘들고 그 나라에 살고 있는 우리 모두가 다 힘들다. 하지만 중소기업에 다니는 사람이 대기업이나 공기업에 다니는 사람들보다는 분명 더 힘들다. 그리고 우리 가족은 그 중소기업에 다니는 아이들 아빠가 가장이고 최근 회사를 그만두었다. 그리고 옆집 언니의 대기업 남편도 회사에서 쫓겨날 걱정을 하고 있다. 어떤 직장이든 누구의 인생이든 불안은 크고 작음의 문제가 아니다. 결국 '사는 일'

자체에서 오는 것이다.

"언니, 우리 그냥 현실을 제대로 보고 살아가야 하는 거네. 회사가 우릴 지켜 줄 거라 믿었는데, 그게 아니라는 걸 이제서야 알게 되네. 직장 생활 참 잔인하다. 그죠?"

윤지 언니는 고개를 끄덕이며 말했다.

"그래. 남편이 무너지면, 우리가 더 강해져서 가족을 지켜야 하는데, 나는 아무런 준비가 안 되어서 좀 불안해. 남편이 나오지 않고 조금만 더 회사에 남았으면 좋겠는데. 마음대로 안 되겠지?"

남편이 집에 있는 동안 우리의 대화는 줄어들지도, 늘어나지도 않았다. 하지만 남편은 낮아지는 자존감 속에서 아이들을 챙기고 저녁을 차리며 나를 기다리고 있다. 아이들은 아빠의 이런 모습에 너무 좋아한다. 분명 겉으로는 좋고 이전보다 더 화목한 가정이 되어 가고 있었다. 하지만 이런 생활이 길어질까 나의 알 수 없는 불안은 더 커져만 갔다.

나는 불안과 비교 그리고 후회 대신 그냥 하루하루 내가 할 수 있는 몫을 다해야겠다고 다짐을 하고, 여러 변화에 흔들리지 않아야겠다는 소박한 다짐도 하지만 불안한 마음을 지울 수는 없다. 남편과 나는 지금 현실을 살고 있다. 눈앞의 일, 손 안의 책임, 오늘의 가족이 지금 우리 앞에 서 있는 현실이다. 남편이 퇴사를 해서 나는 이제 더이상 중소기업에 다니는 가장의 아내가 아니라 중소기업 직장을 퇴사한 남편의 아내가 되었다.

개발팀장 아내의 시선

지금으로부터 거의 10년 전이다.
"여보, 나 이제 회사 접으려고."
서재 문을 열고 들어 갔을 때 책상 위에 놓인 낡은 설계도 비슷한 것과 노트북 사이를 두고 남편이 갑작스레 말했다. 목소리는 평온해 보였지만 나는 알고 있었다. 그 말이 나오기까지 얼마나 많은 밤을 고민했는지를. 언제부터인가 해야 할 일만 많고 도움도 안되는 사업을 그만둔다고 하니, 축하해 줘야 할지 모르겠다. 남편은 작은 IT 개발 회사를 혼자서 운영하고 있었다. 서울의 꽤 유명한 대학을 나와 대기업 출신들도 부러워하는 개발자 출신의 대표였다. 작은 회사였지만 창업 초기 몇 명의 구성원과 재미있게 시작했다. 하지만 언제부터인가 외부 프로젝트에 휘둘리고 파트너사의 갑질에 치이고 잠도 못 자고 주말도 없이 살아가던 그의 모습은 솔직히 말해서 안쓰러움과 안타까움을 넘어 답답함 그 자체였다.
"우선, 사업을 접는 건 잘 생각한 거야. 이제 좀 쉬어 가면서 생각하자."
나는 그의 결정이 잘된 거라고 존중했지만 마음속으로는 그만큼 무너진 남편의 자존심이 걱정되었다. 남편은 자존심이 강하다. 그런 그가 직접 설립해서 운영한 사업을 접겠다고 하는 것은 큰 상처일 것이다. 그게 가장 걱정이 되는 부분이다. 며칠 후 남편은 자신의 생각에 대해서 자세히 말했다.
"내가 전에 함께 알고 지냈던 분이 있는데… 그분 회사에서 개발팀장을 맡아 달라고 해서."
그나마 다행이라는 생각이 들었다. 하던 회사를 정리하고, 누군가에게 필요한 존재로 쓰임이 있다는 것은 남편에게도 우리 가족에게도 안정감을 줄 수 있는 기회라 생각했다. 그런데, 회사 얘기를 들었을 때 솔직히 고개를 갸웃했다.

"중소기업이야. 아직 직원 수는 많지 않은데, 기술이 괜찮아. 내가 할 일이 많을 것 같아."

나는 말은 하지 않았지만 마음속으로 되뇌었다. '아. 중소기업이구나….'

나는 남편이 원한다면 무엇이든 지지할 수 있었다. 하지만 조금은 더 안정되고 조금은 덜 치열하고 지금보다는 대우받을 수 있는 곳으로 가기를 내심 바랐다. 남편은 늘 꿈이 컸고, 무언가를 만들어내는 일에 깊은 자부심을 갖고 있었다. 그런 성향이 이해되면서도 왜 항상 가장 힘든 길을 택하는 걸까 하는 안타까운 마음이 들기도 했다.

그렇게 중소기업으로 가게 된 남편은 첫 출근부터 지금까지 회사의 개발실에 아예 눌러앉아 밤낮없이 일하고 있다. 아이와 놀다가도 외식을 하다가도 고객사 문제라면 바로 나가고 집에 와서도 회의를 진행하고, 늦은 시간 혼자서 개발 작업을 하고. 그러다 밤을 새기도 하고, 그 회사로 입사 후 나는 남편을, 아이는 아빠를 회사에 양보해야 했다.

밤 11시, 문 열리는 소리에 나는 자연스럽게 현관을 향해 고개를 돌렸다.
"여보, 나 왔어."

오늘도 그는 지친 얼굴로 돌아왔다. 하지만 그 표정 속엔 어떤 고집 같은 게 있다. '지금 내가 하고 있는 일이 회사에서 가장 중요한 일이라고'라고 외치는 것 같았다. 나는 웃으며 물었다.

"저녁은 먹었어?"
"아니, 좀 이따 라면 끓여 먹을게."

"또 라면? 씻고 나와. 밥 준비할게."

나는 남편에게 줄 밥을 준비하면서 가슴 한구석으로 조용히 생각을 밀어 넣었다 '그때 중소기업 간다고 했을 때 내가 좀 더 말렸다면 어땠을까? 아니다. 그게 문제는 아닐 거다. 이 사람은 결국 어디에 있어도 똑같이 일했을 것 같다.' 남편은 회사를 선택한 게 아니라 '일'을, 그리고 '자기 자신'을 선택한 것인지도 모른다. 나는 그런 그를 어떻게 말려야 했을까. 앞으로는 어떻게 응원해야 할까.

그렇게 열심히 하던 어느 날이었다. 현관문이 벌컥 열렸다. '오늘 무슨 날이구나.'

"여보! 됐어. 넵투, 첫 계약됐어!"

남편의 목소리가 들뜬 채로 안방까지 울려 퍼졌다. 현관에 서 있는 그의 얼굴엔 땀과 피로가 그대로 묻어 있었지만, 입꼬리는 어쩌면 그렇게도 올라가 있던지 기괴하기까지 했다. 나는 순간 이 사람이 이 회사에 입사한 이후로 이렇게 기뻐하는 얼굴을 본 적이 있던가. 아마도 처음이다.

"정말? 드디어?"

자세한 건 모르지만 방에서 거실로 걸어 나오며 물었다. 남편은 신발도 벗기 전인데 그대로 고개를 끄덕였다.

"응. 드디어 한 군데, 첫 고객. 계약서 도장까지 끝났어. 사장님이랑 고객사에 같이 가서 사인했어. 넵투, 우리 손으로 만든 그 시스템. 그게 처음으로 진짜로 팔린 거야. 고객이 드디어 우리를 인정한 거야."

그 말을 하는 그의 눈빛은 아이처럼 반짝였다. 나는 안도와 기쁨이 뒤섞인 얼굴로 다가가 남편에게 말했다.

"정말 고생 많았어. 진짜로… 고생했어. 우리 여보 정말 수고했어."

그가 입사하고 개발을 맡았다는 '넵투'는 내게도 이제는 익숙한 이름이다. 퇴근하고 들어와 식사도 하기 전에 노트북을 켜던 모습, 명절에도 설계도를 펼치던 모습, 아이가 잠든 뒤에도 버그 잡는다고 새벽까지 모니터 앞에 앉아 있던 모습들. 이 시스템이 남편에게 얼마나 무거운 무게였는지를 나는 오래전부터 알고 있다. 회사 실적이 점점 안 좋아지고 자금이 바닥나고 있다는 얘기를 그가 입 밖에 내지 않아도, 얼굴에서 읽을 수 있었다. 항상 불안했고 잘되기를 진심으로 바랐다. 그래서 오늘 이 순간 나도 누구보다 너무 기뻤다. 그가 붙들고 있었던 시간이 헛되지 않았다는 증거 같아서 더욱 가치가 있었다.

"오늘은 소주 한잔하자. 어때? 안주 없어도 돼. 축하주로, 우리 둘이."

나는 냉장고 문을 열며 말했다. 그가 말없이 웃더니 대답했다.

"그럴 수 있으면 좋겠다…."

"응?"

"근데 고객사에서 추가 요청이 들어왔어. 예상보다 빨리 도입하기로 했대. 업무 프로세스 설계 다시 봐야 해서… 사장님이랑 지금 바로 다시 미팅하러 가야 해."

말을 마친 남편은 손도 씻지 않고 가방을 챙기며 옷을 갈아입었다. 아직 끝나지 않은 분위기 같아서 아슬아슬하다. 다만 잘되기를 바랄 뿐이다. 나는 말없이 그 모습을 바라봤다.

"괜찮아. 나는. 근데 오늘만은 조금 더 기뻐해도 되지 않을까 싶었어."

남편은 미안하다는 눈빛으로 나를 보며 대답했다.

"나도 그랬으면 좋겠는데…. 이게 시작이잖아. 지금 놓치면, 또 언제 이런 기회 올지 몰라서. 완벽하게 마무리해야 해. 그게 지금 우리가 해야 할 가장 중요한 일이야."

나는 고개를 끄덕였다. 그래, 이 사람은 '일'을 놓을 수 없는 사람이다. '성취'가 아니라, '책임'으로 살아가는 사람. 그래서 때로는 기쁨조차 짧고 쉼조차 사치다. 문 앞에 선 남편에게 마음을 담아 한마디 말했다.

"그래요, 서 팀장님! 당신 정말 멋지다~"

그는 멋쩍게 웃으며 짧은 인사를 하고 집을 나섰다.

그 후로 어느덧 또 5년이라는 시간이 흘렀다. 첫 계약이 이뤄진 그날 이후로도 몇 년을 우리는 그런 비슷한 시간 속에서 살아오고 있다. 남편은 여전히 그 회사에서 열심히 일하고 있다. 그리고 아직도 팀장이다. 몇 번의 승진과 직급 변화의 기회가 있었지만 남편은 마다했다.

이 회사에서는 개발팀을 책임지고 개발을 완성하는 것을 마무리하겠다는 생각으로 개발팀장으로 남는다고 한다. 참 특이한 사람이다. 그리고 여전히 그는 하루하루를 전쟁터의 장수처럼 살고 있다. 이젠 넵투만이 아니다. AI 관련해서 어떤 제품을 개발하느라 퇴근은 더 늦어졌고, 눈빛은 더 자주 흐릿해졌다. 퇴근 후에도 아이패드를 펼치거나 개발팀 전용 메신저를 쳐다보다 한참을 멍하니 앉아 있는 모습이 요즘의 '평일 밤 풍경'이 되었다. 예전엔 그냥 하고 있는 '개발'업무 때문에 피곤했다면 요즘은 그것 보다는 '사람' 때문에 더 힘들어 보인다. 몇 명이서 일할 때와는 다르겠지만 생각했던 것보다 훨씬 힘들어하는 모습이 참 안쓰럽게 느껴진다.

"팀원들이 요즘 자꾸 부딪혀. 기술적인 방향은 분명한데, 일하는 방식에서 불협화음이 커져 가는 느낌이야 새로 들어온 팀원들이 많다 보니까 기존 멤버들과 속도나 방향들이 잘 안 맞아."

하루는 남편이 내게 그런 말을 툭 하고 꺼낸 적이 있었다. 그러면서도 자책하는 표정이었다.

"내가 리더로서 뭘 놓치고 있는 건가 싶기도 해. 팀 불화가 다 내 탓인 거 같기도 하고."

그 말이 왜 그렇게 가슴을 아리게 했는지 모르겠다. 기술 하나로 세상을 바꾸겠다는 그 의지만 붙들고 있는 사람인 줄 알았는데 이제는 조직 안에서 사람들과의 관계, 방향 그리고 책임까지 함께 짊어지고 있었다.

나는 가끔 그런 생각을 한다. '대기업에 들어갔더라면 어땠을까' 불안정한 급여, 계속 늘어나는 책임, 끊임없이 바뀌는 팀원들과의 소통, 그리고 끊임없이 밀려오는 또 다른 성장을 향한 압박. 대기업이라면 이 모든 걸 혼자 감당하지 않고 갖춰진 시스템을 활용하고 그 시스템을 성장시켰을 텐데…. 그랬다면 지금보단 덜 외롭고 덜 지치지 않았을까. 물론, 그 길을 택했다면 지금의 이 치열하고도 멋진 사투의 경험은 하지 못했을 것이다. 다시 관료 주의에 빠질 수도 있고.

혼자서 가끔 남편 회사의 기사를 찾아보곤 한다. 남편이 회사에 모든 걸 바치는 만큼 나도 그 회사에 대한 관심은 커져 가고 있다는 것을 알았다. 남편이 있는 회사는 이제 직원 수가 70명을 넘는 규모가 되었다. 이제는 더 이상 남편이 처음 합류했을 때처럼 작은 스타트업은 아니다. 하지만 아직도 무언가에 쫓기듯 달려야 하는 회사인 건 분명해 보인다. 신제품 발표를 앞두고 있을 땐 주말에도 사무실에 나가고 평일 밤엔 아이 숙제 봐달라는 말에도 "잠깐만"이라는 말만 반복하는 남편을 보면서 나는 점점 마음이 허전해졌다. 그 시간 동안 아이들은 훌쩍 커 버렸다. 예전엔 아빠 퇴근할 때까지 졸린 눈을 비비며 기다리던 아이가 이제는 알아서 불 끄고 먼저 잠이 들 줄도 알고 학교 행사에도 혼자 참여하는 데 익숙해졌다.

"아빠는 또 회사야?"

"아. 미안, 아빠가 오늘도 회사에 일이 생겼네."

이 말도 너무 자주 반복해서 이젠 아이도 더는 묻지 않는다. 남편이 그렇게 열심히 하고 있다는 걸 알지만 아이의 기억 속에 '아빠'는 늘 늦게 들어오고, 늘 피곤한 얼굴로 "오늘은 안 돼."라고 말하는 존재로 인식이 될까 봐 나는 그게 안쓰럽다. 내가 할 수 있는 건 그런 아빠를 대신해서 아이의 하루를 받아 주고 그런 남편을 위로하고 함께 저녁을 먹고 불만을 나타내지 않는 것뿐이다.

내가 잘 모르는 그가 만드는 '기술'이 누군가에게 도움이 되는 건 너무나 자랑스럽지만 그가 놓치고 있는 '가정의 시간'이 우리의 관계를 조금씩 멀어지게 만드는 건 아닐까 하는 생각에 가끔은 두려워진다.

어느 날, 식탁에 마주 앉은 남편에게 말했다.

"요즘 당신, 기술보다 사람에 더 치여 보이네."

그는 조용히 웃으며 고개를 끄덕였다.

"사람이 더 어려워. 해결책도 잘 안 보이고 그러네."

나는 그 웃음이 슬펐고 그 고백이 아팠다.

'멀어지는 자리', 그건 곧 가족의 식탁이기도 하고, 아이의 성장 기록이기도 하고, 어쩌면 나의 마음일지도 모르겠다. 그가 그 자리를 다시 가까이 좁혀 줄 시간이 올까. 아니면 나는 이 '빈자리'를 그저 익숙하게 받아들이게 될까. 아직은 잘 모르겠다. 하지만 한 가지는 분명하다. 그는 매일 책임을 다하고 있다는 것을 나는 누구보다 잘 알고 있다. 그래서 오늘 밤도 그를 믿고 기다린다.

그날 저녁도 남편은 지친 몸을 이끌고 늦게 들어왔다.

"왔어요?"

"응…. 회의가 길어졌어서 늦었어. 미안해."

내가 고개를 돌리자마자 남편의 눈 밑에는 진하게 내려앉은 그늘이 보였다. 개발팀장이라는 자리, 그게 회사에서 어떤 위치인지는 나는 여전히 잘 모른다. 그래서 그 자리에서 매일 버텨야 하는 그의 모습은 때때로 나조차도 낯설게 느껴질 만큼 외로워 보였다. 그는 식탁에 앉자마자 노트북을 펼쳐들었다. 익숙한 장면이다. 우리는 어느 순간부터 서로에게 말 수 없는 동반자가 되어 가고 있었다.

"오늘 회의는 어땠어요?"

나는 밥숟갈을 놓고 물었다. 남편은 한참을 말없이 있다가 조용히 입을 열었다.

"회의는 늘 그렇지 뭐. 개발팀은 인력 문제로 어렵다고 하고, 기획팀은 고객 니즈가 정리 안 됐다고 하고, 영업은 일단 제안부터 넣자고 하고 그러한 간격 사이에 내가 있다고 생각하면 돼."

나는 가만히 고개를 끄덕였다. 그가 감당해야 할 무게가 얼마나 큰지 이제는 말하지 않아도 느낄 수 있었다.

"당신은 늘 그걸 잘해 왔어요."

그는 눈을 들어 나를 바라봤다. 아무 말 없이 오랜 시간이 흘렀다.

"근데 요즘은… 나도 좀 지친다."

그 한마디에 나는 아무 말도 할 수 없었다. 내가 아는 남편은 '지친다'는 말을 하지 않는다. 오죽했으면 나에게 이런 말을 할까 하는 안쓰러움이 밀려왔다. 남편과 함께하는 시간 속에서 '힘내'라는 말이 얼마나 무책임한지 함부로 위로하려다 더 상처 줄 수 있다는 걸 그간의 시간 속에서 나는 배웠다. 그는 종종 내게 물어본다.

"내가 회사 그만두면, 괜찮을까?"

나는 늘 웃으며 대답했다.

"그럼, 집에서 아이랑 놀아 줘요."

그 말 속에 진심이 없었던 건 아니다. 하지만 그가 '버티는 자리' 위에 얼마나 많은 열정과 사명이 깃들어 있는지를 나는 알고 있다. 나는 요즘 스스로에게 자주 되묻는다. '나는 어떤 아내인가.'

아이를 챙기고 남편의 퇴근을 기다리고 가끔은 남편이 지고 온 무거운 하루를 대신 내려놓아 주는 일. 그게 전부인 것 같으면서도 어쩌면 그것만으로도 충분한 역할이 아닐까 싶기도 했다. 누구는 말한다.

"그렇게 늦게까지 일시키는 게 정상이야? 회사가 너무하는 거 아니야?"

또 누군가는 말한다.

"요즘은 워라밸이 중요한데, 그 회사 아직도 그래? 중소기업이라서 그런가."

나는 제대로 대답을 하지 못하는 대신 조용히 내 식탁 앞 남편의 빈자리를 바라본다. 그 자리는 늦게라도 반드시 채워질 거라는 걸 믿기 때문이다. 나는 남편을 기다리는 사람이다. 오늘도, 내일도.

당신이 버텨 온 그 자리에서 마지막까지 다하지 않으면 안 되는 책임들을 끝내고 조용히 집으로 돌아올 그 밤을 기다리는 사람이다.

언젠가 당신이 회사보다 가족을 먼저 돌아볼 수 있는 날이 온다면 나는 지금보다 더 가까운 자리에서 당신 옆에 앉아 있을 것이다. 당신이 '기술을 만드는 사람'이라면, 나는 그 기술 너머에서 당신을 지켜보는 사람일 테니까.

기획팀장 엄마의 시선

"이번 주말엔 집에 꼭 와라. 너 얼굴 본 지가 언제야?"

며칠 전 아침에 전화를 걸었더니 여느 때처럼 짧고 단호하게 말을 자르더니 전화를 끊었다.

"엄마, 나 회의 중이야. 이따가 전화할게."

그 '이따가'는 하루가 지나고 또 하루가 지나서다. 그래도 며칠이 지난 이따가에 꼭 전화는 다시 온다. 착한 딸이다. 딸은 중소기업의 기획팀장이다. 그전에는 기획팀의 막내였고, 또 그전에는 서울의 명문대를 갓 졸업한 사회 초년생이었다. 그리고 지금은 회사에서 인정을 받으며 회사 근처 원룸에서 3년째 자취까지 하면서 회사에 파묻혀 살고 있다. 나는 아직도 잘 모르겠다. 딸이 다니는 회사는 IT 회사라고 하고 부서는 기획팀이라는데, 그게 정확히 뭘 하는 일인지도 모르겠다. 처음에는 전공도 IT가 아닌데 왜 그런 회사에 들어가냐고 물었지만, 딸은 "회사 분위기가 너무 좋아요. 사장님도 사람 같아요."라고 했다. 그 말을 들었을 때, 나는 오히려 더 불안했다. 사람다운 사장이 회사를 오래 끌고 가는 경우는 드물다고 어디선가 들었기 때문이다. '사장님도 사람 같다니. 이게 뭔 말인지…. 아무튼 일하다 힘들면 그만두겠지.' 그때는 그렇게 생각했다. 중소기업이 뭐 그렇지. 직원들도 돌고 도는 거고 1~2년 다니다가 다시 옮기는 게 요즘 애들 직장 생활 아니던가. 그런데, 딸은 그 중소기업에서 벌써 6년째다. 그리고 그 회사에서 팀장이라는 자리까지 올라갔다고 했다. 말을 듣고 기특하면서도, 어쩐지 가슴이 짠하다.

나는 지금도 아이의 어릴 때를 가끔 생각한다. 우리 딸이 그렇게 오래

한 직장에서 버틴다는 게 믿기지 않는다. 자존심은 강하지만 인내심이 강한 아이는 아니었다. 어릴 때도 누군가에게 지고 돌아올 때면 "난 왜 이렇게 못해?" 하며 방으로 들어가 문을 닫고는 한참 나오지 않았다. 그런 성격에 회사라는 곳에서 6년을 버티다니. 요즘같이 다들 2~3년 안에 이직하는 세상에서 말이다.

뭔가 있는 게 분명하다. 중소기업이라 급여를 아주 많이 주는 것도 아닐 텐데. 아니면 그 회사에 정말 특별한 무언가가 있는 걸까. 그게 사람이든, 분위기든, 아니면… 딸 스스로 뭔가를 바꾼 걸 수도 있겠지. 그래서일까. 어쩐지 조금, 낯설다. 내가 알던 우리 애가 아닌 것만 같아서. 기특한 마음보다, 문득문득 불안이 더 앞서는 것도 그런 이유일지 모른다. 아이가 팀장이 되었다고 연락이 왔을 때, '중소기업에서 팀장… 그게 뭐 대단한 자리인가….' 이런 생각을 했었다. 어쩌면 딸아이보다 내가 더 성숙하지 못하고 속물 같다는 생각이 든다.

오늘은 딸이 오랜만에 집으로 오는 날이다. 서울 외곽에 있는 우리 집까지 지하철을 두 번 갈아타야 한다고 투덜거렸지만 내가 보낸 "엄마가 맛있는 거 해 놓을게."라는 카톡 한 줄에 그냥 "알았어요."라고 담담하게 답하는 딸아이다. 딸을 기다리는 동안 나는 냉장고를 열었다 닫았다 반복했다. 뭐라도 해 주고 싶었다. 어릴 땐 딸이 좋아하던 김치볶음밥 하나만 해 줘도 고개를 까딱이며 한 그릇 뚝딱 비웠던 아이였다. 지금은 어떨까. 회식도 많다던데 밖에서 먹는 음식에 익숙해져 집밥이 입에 안 맞지는 않을까. 내가 나이가 들었나 보다. 별 소소한 걱정까지도 하루 종일 머릿속을 맴돈다. '가까이 있지만 멀어진 딸아이가 보고 싶다.' 도착 10분 전이라는 딸의 메시지를 받고 나는 벌써부터 현관을 서성였다. 현관문이 열리는 소리가 들리면 아마 난 또 일부러 무심한 척 "왔냐?" 하고 말하겠지. 궁금한 게 정말 많지만 아마 나는 물어볼 수 없을 것이다. 말하지 않아도 나는 딸아이의 마음을 다 안다. 그 아이는 언제나 그렇듯이 참 부지런히 살아가고 있다. 회사 일이 얼마나 많은지 회의가 몇 번이고 제안서인가 하는 자료 하나를 만드는 데 밤새도록 앉아서 시간을 보내고 있다는 얘기를 들은 바 있다. 그리고 그런 딸아이의 열정적인 삶이 결코 가볍지 않다는 것을 나는 알고 있다. 그래서 가끔 그 힘든 어깨를 잠시라도 쉬게 해 주고 싶은 게 들춰내기 힘든 내 마음이다. '언제쯤 결혼을 할까? 이 회사는 언제까지 다닐까? 이 바쁜 삶 속에 혼자서 외로워지지는 않을까? 힘들더라도 집으로 다시 들어오라고 할까?' 걱정은 끝이 없다. 하지만 나는 그 걱정을 입 밖으로 꺼내지 못한다. 내 걱정이 단순히 우려일 수도 있고 잘하고 있는 아이에게 부담을 줄 수도 있기 때문이다. 오늘은 그냥 지하철 타고 온 딸에게 따뜻한 된장찌개와 두툼한 계란말이를 내어주고 말없이 하는 말만 들어야겠다.

"엄마, 된장찌개 여전히 맛있네. 진짜 오랜만에 집밥 먹으니 기분 참 좋다~"

딸은 반찬 하나하나를 곁들이며 천천히 밥을 먹었다. 그 모습만 봐도 속이 다 편해졌다. 하지만 그 평화로움은 딱 밥 두 숟갈 넘어갈 때까지였다.

"이번에 베트남 출장을 다녀왔어요."

"응? 베트남을 다녀왔다고? 미리 얘기 좀 하고 가지."

생각지도 못한 말에 숟가락을 들던 손이 멈췄다.

"회사 제품을 제안하러요. 위도라는 제품인데. 아 뭐 그런 게 있어요. 그걸 베트남 현지 공장에 소개하러 갔어요. 사장님이랑 다른 팀장님들 몇 분과 같이."

그 눈빛은 들뜬 듯 빛났고 목소리에는 자부심이 묻어 있었다. 나는 물을 따르며 고개를 끄덕였다.

"힘들었겠다. 우리 딸."

"아니요, 전혀요. 물론 몸은 피곤했죠. 준비 기간 동안은 거의 매일 야근하고, 팀원들이랑 제안서 방향 잡고 수정하고, 또 수정하고…. 진짜 처절하게 했어요."

딸은 알아듣지도 못하는 얘기를 신나는 듯 이어 갔다.

"베트남 공장에서는 저희 회사가 제안한 내용에 관심은 보였는데, 이것저것 꽤 까다로운 질문들도 많았어요. 아. 미안. 암튼 여러 문제가 있었지만 출장은 잘 다녀왔어요. 아. 그리고 개발팀이랑 같이 준비해 간 게 그래도 도움이 됐죠. 아직 결정은 안 났지만 가능성은 있다고 봐요."

나는 전혀 알아들을 수 없었다. 그저 "그랬구나." 하고 고개를 끄덕였다. 다른 얘기를 좀 듣고 싶지만 아이는 여전히 일 얘기만을 이어 갔다.

"아, 그리고 팀원들도 진짜 고생했어요. 특히 정수아 사원. 기획팀 막내인데 진짜 야무져요. 저보다 어린데도, 고객사 분석할 때 날카롭게 보는 시선이 있어요. 제가 오히려 배울 점이 더 많아요. 반면에 저보다 나이 많은 팀원도 있는데 그분은 진짜 꼼꼼하게 디테일 잡아 주시고…. 솔직히 기획팀은 나이가 아무 의미가 없어요. 누구나 똑같이 고생하고, 다 각자의 전문성으로 팀을 만들어 가는 느낌이에요."

나는 그 순간, 우리 딸이 진심으로 지금 하고 있는 일에 대해서 자부심을 느끼고 이 일을 사랑하고 있다는 걸 느꼈다. 다만 그 일에 대한 너무 큰 사랑이 오히려 걱정스러웠다. 사랑한다는 말속엔 그만큼 소모되고 있다는 뜻도 있으니까.

"근데 너는… 요즘 회사 말고는 뭐 없어?"

나는 무심한 듯 물었다. 딸은 잠시 웃더니 고개를 저었다.

"네? 뭐가 있어야 하나? 없어요. 지금은 회사 일만 생각하고 있어요. 근데 그게 나쁘진 않아요. 진짜로. 내가 하는 일에 의미가 있고, 또 내가 아니면 안 되는 일들이 생기니까…. 그게 버티게 해 주는 원동력이 되는 것 같아요. 지금은 이 일이 나에게 가장 중요한 부분이에요."

말은 그렇게 했지만, 나는 그 말이 못내 씁쓸했다. 밥 한 끼 먹으면서도 회사 얘기뿐인 우리 딸.

그 속엔 친구도, 연애도, 여행도 뭐도 없다. 그 흔한 '청춘'이라는 단어가 들어갈 자리는 없어 보였다.

"그래도 가끔은 쉬어야지. 엄마는 네가 몸 망가질까 봐 그게 더 걱정이야."

"걱정 마세요. 이번에 베트남 갔다 오면서 진짜 리프레시 많이 됐어요. 새벽에 혼자 호텔 수영장에서 쉬면서도 '그래도 내가 뭔가 하고 있긴 하구나' 싶더라고요."

그렇게 말하는 딸의 얼굴은 피곤했지만 단단했다. 나보다 더 강하고, 나보다 더 어른스러운 모습에 그게 대견하면서도 왠지 눈물이 날 것같이 아이가 눈이 부셨다. 식사가 끝나고 그릇을 치우며 조용히 말했다.

"그래 다 좋아. 다 좋은데…. 다음에 또 오면 일 얘기 말고 네 얘기도 좀 해 줘."

딸은 멋쩍게 웃더니 고개를 끄덕였다.

"네. 약속할게요. 미안해요 엄마. 다음엔… 엄마 얘기도 많이 듣고 내 얘기도 더 많이 할게요."

딸은 그렇게 신나게 회사 일을 얘기하다 이것저것 짐을 챙기더니 바로 잠자리에 들었다.

"엄마, 나 이제 나갈게요."

주말을 집에서 보내고 월요일 아침, 딸아이는 일찍 일어나 분주하게 출근 준비를 했다. 아직 해도 덜 떠오른 시간. 거실 창 너머로 비치는 희미한 햇살이 식탁 위에 퍼져 있었다.

"아침은 먹고 가야지. 간단하게라도…."

"괜찮아요. 회사 근처 가면 샌드위치 하나 사 먹을게요."

늘 그렇다. 항상 "괜찮아요."라는 말로 나를 안심시키고는 바쁘게 집을 나서는 딸. 현관 앞에서 신발을 신는 뒷모습을 바라보며 나는 조심스럽게 입을 열었다.

"열심히 일하는 건 좋은데, 너무 무리하진 마."

딸은 고개를 돌려 나를 바라봤다. 눈빛은 단단했고, 짧은 침묵 끝에 살짝 웃으며 말했다.

"엄마, 내가 중소기업에 다녀서 걱정 많으신 거 잘 알아요. 이 길을 선택한 게 잘한 선택이었는지는 아직도 모르겠어요. 근데 아마 후회하진 않을 거예요. 내가 만든 기획서로, 내가 했던 제안으로, 회사가 고객을 얻고, 회사가 성장해 가는 걸 보는 그 느낌. 지금은 그게 너무 좋아요."

나는 말없이 고개를 끄덕였다. 그 말에 반박할 수 없었다.

"그리고 솔직히 회사가 대단한 브랜드는 아니지만 우리 팀이, 내가 지금 함께하는 사람들이 정말 좋아요. 내가 믿을 수 있는 사람들이에요. 같이 성장하면 그걸로 충분하다고 생각해요."

딸은 신발끈을 고쳐 맸다. 어깨에 작은 노트북 가방을 둘러메고 일어서며 다시 웃었다.

"힘든 건 맞는데요, 엄마. 그래도 내가 지금 나 자신을 밀어붙이고 있다는 게 나쁘진 않아요. 그리고 언젠가는 이 시간들이 나를 좋은 곳으로 데려가 줄 거라고 믿고 있어요."

나는 그 순간, 딸아이의 어깨가 어른스럽게 보여 숨을 들이켰다.

"그래. 항상 그런 긍정적인 게 네 모습이지. 큰 힘이 될 수는 없겠지만 열렬히 응원하마."

현관문을 열며 딸이 고개를 끄덕였다.

"엄마, 고마워요. 다음 달에는… 꼭 하루 이틀 시간 내서 같이 어딘가 다녀와요. 참. 어디 아프신 곳은 없죠?"

"그래. 괜찮다. 빨리도 물어보네."

문이 닫히고 다시 집은 평소처럼 고요해졌다. 나는 거실 창문을 열고 아직 서늘한 봄바람을 맞았다. '이제는 나도 이 아이를 붙잡지 말고 밀어줘야겠다.' 그동안은 언제나 '괜찮냐'고, '너무 힘든 거 아니냐'고 걱정만 했는데, 이제는 묵묵히 그 등 뒤를 지켜 주는 것도 부모의 역할이 아닐까 생각했다. 딸은 지하철역을 향해 부지런히 걸어갔다. 그리고 나는 그 뒷모습이 보이지 않을 때까지 창가에서 서서 바라보았다. 그곳이 어디든, 딸이 가는 길이 틀리지 않았으면 좋겠다.

사장 아내의 시선

거실 한 켠에 펼쳐진 캐리어와 노트북 가방이 옆에 놓여 있다. 캐리어에 있는 노트 사이로 다 쓴 메모지들과 포스트잇이 삐죽삐죽 삐져나와 있다. 남편은 베트남 출장을 앞두고 있다. 단순한 출장이라기보다는 말 그대로 살아남기 위한 출정처럼 보인다. 저녁을 먹고 나서도 남편은 식탁 옆에 앉아 발표 자료를 다듬고 있었다. 몇 번을 수정했는지 모를 기술 소개 문서, 예상 질의응답 리스트까지. 모니터에는 워드 파일과 파워포인트가 번갈아 열렸다 닫히기를 반복한다. 나는 조용히 다림질을 하며 정장 옷을 챙겼다. 셔츠 두 벌, 양복 하나, 넥타이 하나. '베트남은 덥겠지….' 얇은 린넨 셔츠도 하나 더 챙겨 본다. 하지만 그보다 더 중요한 건, 그가 지금 머릿속으로 준비하고 있는 수십 가지의 시나리오들일 것이다. 고객이 어떤 질문을 할지, 기술 설명은 어느 정도의 깊이까지 들어가야 할지, 제안서를 어떻게 설명하고, 협상 포인트는 어떻게 끌어내야 할지. 그의 이마에는 요 며칠 사이에 깊게 팬 주름이 내려앉았다.

"이 부분은… 아니야. 이건 너무 기술적으로 들어갔고… 이건 고객이 못 알아듣겠지…."

그는 자주 혼잣말을 한다. 자신의 머릿속에서 수십 번을 연습한 발표지만, 여전히 어딘가는 부족해 보이는 듯하다. 발표는 하루, 그러나 준비는 수십 일째다.

그가 회사에서 핵심 직원들과 만든, 회사의 미래 가치를 만들어 갈 제품이 위도라는 것을 나는 알고 있다. 그리고 그 제품을 실제로 도입할 수 있을지 결정할 고객사 베트남 공장 관계자들을 만나러 가는 것이다. 어쩌면 그들의 반응 하나하나에 따라 향후 회사의 1~2년 운명이 바뀔 수도 있는 순간이다. 그래서 이번 출장은 남편에게 있어서는 단순한 해외출장이 아니다. 회사를 대표해서 전장에 나가는 그런 마음가짐일 것이 분명했다. 나는 속으로 중얼거렸다. '창업한 지 10년이 넘었는데도, 이 사람은 여전히 불안 속에서 뛰고 있구나….' 그때나 지금이나, 변한 건 없다. 창업 초창기, 고객 한 명이라도 더 만나겠다고 아침부터 밤까지 뛰어다니던 모습. 고객 미팅 후, 저녁을 함께 하며 눈치를 보던 그의 굳은 어깨 등 지금과 다르지 않다. 달라진 게 있다면 지금은 직원이 70명이 넘고, 회사의 제품도 다듬어지고, 고객사도 그때보다 늘었다. 그리고 그만큼 책임도 커졌다. 사장이 된다는 건 불안이 줄어드는 게 아니라, '더 크게 확대되는 것'임을 나는 옆에서 지켜보며 알게 됐다.

아이를 재우고 나니 밤 11시가 되었다. 그는 여전히 노트북 앞에서 베트남 고객사의 주요 생산 라인 구성도를 살펴보고 있었다. "저 공장은 센서 데이터 수집이 불가능한 노후 설비가 많습니다. 이걸 어떻게 설득할지가 관건입니다. 설비 교체는 예산이 너무 크고…. 그러면 우리가 센서를 어떻게 덧붙여서 데이터 연동을 할 수 있는지를 입증해야 합니다." 늦은 시간임에도 그는 기획팀장, 개발팀장과 부지런히 통화를 하고 있다. 그리고 수정하고 체크하기를 끊임없이 반복하고 있다. 그만큼 이번 일이 중요하고, 사장이 해야 할 일이 많다. 가끔은 그런 모든 일들이 '사장'이 직접 해야 할 일이 맞나 하는 의구심이 들 때가 있다. 실무자의 역할까지 떠안으며 뛰는 그를 보며 가끔은 속상하다. 좀 더 체계 잡힌 회사였더라면, 좀 더 분업화된 시스템 안에서 그는 지금보다 여유로웠을지도 모른다. 하지만 남편은 여전히 '창업 10년 차 중소기업' 사장일 뿐이다. 그런 생각이 들면, 어김없이 아쉬움이 찾아든다.

'그때 대기업에서 스카우트 제의가 왔을 때, 그걸 받아들였다면 어땠을까… 좀 더 나았을까? 아이와 함께하는 시간은 더 많았을까?'

그가 다시 캐리어를 닫는다. 기술 설명 자료, 제안서 인쇄본, 보조배터리, 외장 SSD까지 꼼꼼하게 챙긴다. 나는 조용히 물었다.

"이번 출장은 어때? 잘될 것 같아?"

그는 살짝 웃는다.

"쉽지는 않겠지. 하지만… 꼭 해내야지. 이번 일 잘만 되면 위도가 진짜 시장에서 의미 있는 첫발을 내딛는 거니까. 그러면 다음까지 가는 길은 지금처럼 오래 걸리지 않을 거야."

남편의 말에 고개를 끄덕였다. 사실상 이번 출장이 창업 후 가장 중요한 것이라는 걸 옆에서 지켜봐서 알고 있다. 그래서 묻지 않는다. 그의 어깨에 실린 무게가 어떤 것인지, 지금 얼마나 피곤한지도. 그저 말없이 그의 와이셔츠를 다려서 캐리어 옆에 올려놓고 내가 챙길 수 있는 출입국에 필요한 것들도 다시 한번 체크해 본다. 남편이 내일 공항으로 떠나기 전까지 나는 조용히 그를 응원할 뿐이다. 이 여정이, 다시 한번 그를 살리고, 회사를 살리고, 우리 가족을 살려 주는 데 좀 더 도움이 되기를 간절히 바랄 뿐이다.

남편이 베트남 출장을 떠난 날 집 안은 유난히 조용했다. 출근 준비하듯 차분하게 옷을 챙기고 공항으로 떠나기 전까지 아이 얼굴을 몇 번이고 쓰다듬던 그 모습이 아직도 눈앞에 선하다.

이제는 비행기 소음마저 익숙한 하늘길로 남편은 또다시 '현장'으로 떠났다. 나는 그가 떠난 날, 혼자 조용히 늦은 밤 차를 끓여 마셨다. 식탁 위에 남편이 어젯밤 쓰고 보았던 긴 회의 노트가 눈에 들어왔다. 거기에는 빼곡히 적힌 발표 흐름, 예상 질의, 경쟁사 정보, 심지어는 고객사 실무 담당자의 성향까지 메모되어 있었다. 그걸 보는 순간, 가슴이 뻐근했다. 처절하다는 말 밖에 나오지 않았다. '이 사람은, 지금까지 단 하루도 쉬지 않았구나….' 누구보다 그를 오래 지켜봐 온 내가 그 누구보다 정확히 알고 있다. 남편이 창업을 한다고 말했을 때, 나는 솔직히 나의 결혼 생활이 앞으로 어떤 시간으로 채워질지 상상조차 되지 않았다. 막연히 '고생하겠지' 하는 걱정은 있었지만 그 고생이 이렇게 지속적이고, 반복적이고, 심지어는 정점 없이 계속될 거라고는 그땐 정말 몰랐었다.

내 주변의 친구들은 창업이라는 단어를 너무 쉽게 쓴다. '내 회사'라는 말이 멋져 보여도 그 단어 하나 뒤에 숨어 있는 수천 번의 좌절과 불안을 아는 사람은 드물다. 나는 내 남편이 그 모든 걸 견디며 여기까지 왔다는 것을 잘 알고 있다. 어쩌면 아직도 모든 걸 견뎌야 하는 시간들 안에 갇혀 있을지도 모른다. 10년이었다. 그 10년 동안 남편은 회사를 지키기 위해 자신을 소진했다. 투자가 실패했을 때, 거래처에서 외면당했을 때, 좋아하던 직원이 아무 말 없이 퇴사했을 때마다 남편은 단 한 번도 나에게 힘들다고 말한 적이 없었다. 하지만 그 시간 동안 남편이 말하지 않아도 충분히 알 수 있었다. 현관문을 열고 들어오는 발소리만으로도 그날이 어떤 하루였는지를 나는 알게 되었다. 어깨의 처짐, 넥타이를 푸는 속도, 밥을 다 먹었는지, 말수가 줄었는지 등 그런 것들로 남편의 컨디션을 짐작해 왔다. 그렇게 남편의 눈치를 보면서 왔다. 그게 사장 아내로서 숙명이라는 것도 이제는 안다.

나는 남편에게 큰 도움이 되지 못했다. 가끔 야근할 때 따뜻한 찌개를 챙겨 주는 것, 잠 못 자고 일하는 남편 옆에 물 한 잔 가져다주는 것, 그게 다였다. 그런 사소한 도움들이 과연 남편에게 얼마나 의미가 있었을까. 내가 남편을 위해서 할 수 있는 일의 한계에 자주 부딪혔다. 이 사람이 짊어지고 있는 회사라는 짐은 도저히 나눠질 수 있는 성질의 것이 아니었기 때문에 속상하고 미안했다. 그래서 나는 늘 애써 괜찮은 척했다. 아니, 괜찮아야 했다. 남편보다 내가 더 흔들리면 안 되니까. 그는 버티고 있으니 나는 그를 적어도 지탱해 주어야 한다. 그렇지만 어느 순간부터는 '도대체 이 삶은 언제 끝날까'라는 생각이 들었다. 사장의 아내라는 이 이름, 언제쯤 내려놓을 수 있을지에 대한 생각도 자주 하게 된다.

그동안 회사는 조금 더 커지고 직원들도 늘어났다. 해외 사업도 생기고 제품도 발전했다고는 하지만 불안은 언제나 같은 자리에 있었다. 달라진 건 크기와 다양한 불안의 모양뿐, 감정의 깊이는 여전했다. 사실 가끔은 '이렇게 살아야 하나, 조금 더 편한 삶을 택했어야 하나' 하는 후회가 들 때도 있었다. 친구들은 남편이 대기업 다닌다며 정시에 퇴근하고 연차도 쓰고, 주말엔 여행도 간다는데… 나는 남편 얼굴 한번 보기 어려운 날들이 대부분이었다. 그렇다고 남편을 원망한 적은 없다. 남편은 그저 '자신이 할 수 있는 모든 것'을 하고 있을 뿐이었다. 누가 시킨 것도 아니고, 누구 탓도 아니었다. 그건 그만의 방식이었고 나는 그 방식을 존중했다. 하지만 그를 옆에서 지켜보는 것만으로도 때때로 나 역시 무너질 것 같을 때가 있었다. 지금도 마찬가지다. 그는 베트남이라는 낯선 나라로 출장가서, 제품을 설명하고, 고객을 설득하고, 우리 회사의 미래를 쥔 누군가 앞에서 프레젠테이션을 할 것이다. 거기엔 실수가 없어야 하고, 실패도 용납되지 않는다. 그걸 내가 누구보다 잘 안다. 그렇기에 나는 오늘도 그를 기다릴 뿐이다. 도와줄 수는 없어도, 함께 있어 줄 수는 있으니까. 그의 무게를 나눌 수는 없어도, 그 무게를 견디는 걸 응원할 수는 있으니까. 10년을 그렇게 살아왔다. 그 10년이 더 이어진다 해도 계속할 수밖에 없을 것이다.

남편이 베트남으로 떠난 지 삼 일이 지났다. 시간이 참 느리게 흐른다. 남편이 없는 집은 늘 더 조용하고 더 무겁다. 아이 앞에서는 평소처럼 밥을 차리고 학교 생활을 묻고 웃어 보이지만 속은 매일 파도처럼 흔들린다. 사장의 아내로 산다는 게 어떤 것인지 나는 결혼 후 오랜 시간에 걸쳐 배우고 있다. 단 하루도 온전히 별일 없이 '퇴근하는 남편'을 본 적이 없다. 집에 와서도 전화기와 노트북은 그의 손을 떠나지 않았고 거실 한 켠은 늘 회의와 미래를 준비하는 작은 사무실처럼 느껴졌다. 남편이 회사를 끌고 있는 게 아니라 회사를 등에 업고 살아가고 있다는 생각을 하기까지는 오랜 시간이 걸리지 않았다. 그리고 서서히 그걸 함께 감당하는 게 내 역할이라는 것도 알게 되었다.

나는 사장이 아니다. 하지만 사장의 아내로 산다는 건 그 모든 리스크와 책임이 고스란히 나에게도 전해진다는 뜻이었다. 사장이 흔들리면 가족이 흔들린다. 남편의 얼굴빛이 어두운 날이면 우리 집 식탁은 말수가 줄고 맛도 느낄 수가 없다. 남편이 힘든 날에는 아이의 사소한 실수에도 예민해지고 미래에 대한 걱정이 더욱 짙어진다. 사장이 잘못하여 회사가 망하면 직원은 직업을 잃는다. 하지만 사장의 가족은 모든 걸 잃는다. 재산도, 신용도, 명예도, 때로는 인간관계까지, 우리는 뿌리부터 흔들리는 구조 속에 있다. 그리고 그 구조는 누가 만들어 준 것도 아닌 우리가 직접 선택한 것이기에 누구에게 하소연하거나 기댈 수도 없다. 직원은 근

무시간에만 일하면 되지만 남편은 '숨 쉴 시간' 외엔 전부 일이었다. 놀러 가도, 쉬어도, 식사 중에도 그의 머릿속에는 늘 회사가 있었다. 나는 그게 참 안쓰러우면서도 위태롭고 불안해 보였다. 남편은 일상에서 사는 게 아니라 전쟁터에서 살고 있는 사람이다. 무서운 것은 그 전쟁터에 나도 함께 끌려 들어간다는 것이다. 회사의 매출이 떨어지면 회사가 곧 망할 것같이 돈을 구할 고민을 해야 하고 직원이 퇴사하면 남편은 밤잠을 설쳐 몸이 상하게 된다. 투자가 실패로 끝나면 우리 가족의 미래 계획은 무서운 미래에 맞춰 다시 설계되었다.

아무도 나에게 회사 상황을 설명해 주지 않지만 나는 잘 알고 있다. 남편의 말투 하나, 말없는 순간 하나가 무엇을 말해 주는지를 안다. 그 무거운 기류는 마치 겨울 바람이 되어 내 몸과 집 안 구석구석을 날카롭게 파고든다. 가끔 지인들이 부럽다고 말한다.

"그래도 사업가이니 자유롭잖아요. 누구 눈치 보지도 않고 스스로 일하고…."

나는 속으로 말하면서 그냥 웃는다. '그 자유가 가장 무서운 족쇄란다.' 자유라는 단어 아래 모든 책임을 떠안는 삶. 그게 사장의 삶이고, 그 옆에 있는 나의 삶이다.

사장이 무너지면 우리 가족이 무너진다. 그게 너무 당연한 구조라는 게 무서울 때가 있다. 어쩌다 이렇게 되었을까. 처음엔 우리 둘이 열심히 살면 뭐든 되지 않겠냐고 말하던 시절도 있었다. 하지만 우리 둘만 열심히 하는 것만으로는 그 자리를 지킬 수조차 없다는 게 회사라는 걸 이제는 안다.

나는 남편을 탓하지 않는다. 그가 그 자리를 포기하지 않듯 나도 나의 자리를 언제나 지킬 것이다. 이 길이 언제 끝날지는 모르지만, 적어도 그 길 끝까지는 남편이 혼자라고 느끼지 않게 해 주고 싶다.

아이가 잠든 밤. 집안은 조용하다. 부엌 식탁에는 아직 치우지 못한 저녁 그릇 몇 개가 남아 있었다. 내 남편인 중소기업 사장은 거실 한편에 앉아 노트북을 덮고 한숨을 내쉬었다. 베트남 출장을 마치고 돌아온 지 하루, 피로가 채 가시지 않은 얼굴이었다. 분명 무슨 일이 생긴 것을 표정에서 알았기에 얘기를 좀 하고 싶었다.

"당신, 나랑 얘기 좀 하지 않을래?"

나는 피곤한 남편에게 조심스럽게 말을 꺼냈다. 손에는 따뜻한 차가 담긴 머그잔이 들려 있었고, 말투는 부드러웠지만 그 안엔 오래 쌓인 무언가가 분명 있었다. 남편은 대답 없이 고개만 끄덕이고 시선을 돌렸다. 그의 옆에 있던 노트북 화면에는 오늘 낮 회의 때 정리한 내부 회의 메모가 아직 그대로 떠 있었다.

"오늘 무슨 일 있었어?"

조심스럽게 다시 물었다.

잠시 침묵이 흘렀다. 그러다 남편이 말문을 열었다.

"직원 문제로 좀 속상한 일이 있었어."

"왜 무슨 일인데?"

"우리 고객사 한 군데에서 고객을 지원하는 엔지니어가 문제를 좀 일으켰네. 미팅에 나오지도 않고 연락도 하지 않았다네. 아직 연락이 안 돼. 그 고객 대표가 내게 직접 전화하고 난리도 아니었지. 평소 잘하던 친구였는데…."

나는 아무 말없이 남편의 얼굴을 바라봤다.

"내가 또 사람을 너무 믿었나? 그렇게까지 할 사람이라고는 생각 못 했어."

순간 나는 남편의 잘못이 아님을 알고 있었지만 터뜨리듯 말했다.

"당신은 사람과 관련해서는 매번 그런 실수를 하는 것 같아."

남편은 고개를 들었다.

"사람을 너무 믿는 거 같아. 그렇게 당하면서도 또 믿어. 회사라는 게 사람 좋다고 무조건 끌고 가는 건 아니잖아. 그게 어렵지만 사장은 냉정하게 판단하고 반복이 안 되어야 한다고 생각해."

"믿어야지. 안 믿고 어떻게 함께 일해. 모든 걸 의심하면서 어떻게 회사를 운영해?"

"회사 직원들 모두를 믿지 말자는 게 아니야. 단지 문제를 일으킨 직원들에 대해서는 좀 단호하게 대해야 한다는 거지."

"내가 좀 미숙한 부분이 있지만 그럼에도 난 여전히 직원을 믿어야 한다는 것에는 변함이 없어."

"그게 당신 문제야! '믿고 싶다'는 것만으로는 안 돼. 그 믿음이 무너지면 당신은 상처받고, 결국엔 회사도 같이 흔들릴 수 있기 때문이야. 좀 더 단단해질 수 없어?"

그럴 의도는 아니었지만 어찌하다 보니 목소리가 높아졌다. 나는 손에 든 머그잔을 식탁에 내려놓으며 숨을 고르고, 남편은 말없이 한숨을 내쉬었다.

"사장이라는 자리가 뭔지 알아? 혼자 결정을 내려야 해. 누구한테도 속마음 다 못 털어놔. 그래도 함께 일하는 사람들은 믿어야 해. 그거라도 없으면 난 버틸 수가 없어."

"그런데 왜 나한테 털어놔? 당신 지금 여기서 이렇게 말하고 있잖아. 나는 가족이니까? 이건 공사 구분이야? 회사에선 믿음을 주고, 집에선 피곤함과 상처를 나누고? 그럼 우리는 뭐야?"

남편은 잠시 말을 잇지 못했다.

"당신한테 사장이란, 직원들이 믿고 따르게 만드는 사람이지? 그런데 나와 우리 아이는 항상 똑같은 자리에 서 있어. 회사에 문제가 생기면 당신이 먼저 무너지고, 그러면 가족 전체가 흔들려. 당신이 무너지면 우리도 같이 무너져. 직원들을 믿지 말라는 얘기가 아니야. 좀 더 단호하게 대응해야 한다는 얘기야."

"그래도 직원들과 함께 여기까지 왔잖아."

"그 '직원들'이란 말, 그만 좀 해. 나는 당신이 어떤 직원보다도 더 고생하고 더 헌신해 왔다고 생각해. 근데 왜 늘 당신만 상처받아야 해? 그게 당신이 언제나 외치던 리더십이야? 당신만 희생하는 게?"

침묵이 흘렀다. 남편은 무표정하게 소파에 기대 앉았고, 나는 식탁에 등을 돌린 채 서 있었다. 둘 사이에 몇 걸음밖에 되지 않았지만, 그 거리엔 감정이 가득 차 있었다.

"나는 그저…" 남편이 조용히 말했다. "직원을 믿어 주고 또 기회를 주고 그런 바탕에 회사를 끌고 가야 한다고 생각해. 그래야만 회사는 그 믿음 위에서 오랫동안 성장할 거야."

"그 잘못된 믿음이 회사와 가족을 위협한다면, 그건 책임이 아니야. 그건 고집이야."

말끝이 날카로웠다. 남편은 천천히 고개를 숙였다. 한동안 아무 말도 하지 않았다. 나도 남편도 싸움을 끝내려 했지만, 쉽게 끝나지 않는 문제라는 걸 나는 안다. 화해는 없었다. 감정은 더 깊어졌고, 그 감정은 그대로 각자의 가슴속에 무겁게 남았다. 유독 회사의 직원들 얘기에 함께 많이 다툰다. 다툰 후에는 언제나 미안한 생각이 든다. 남편은 밖에서 직접 부딪히는 사람인데, 내 감정을 너무 앞세운다는 생각 때문이다. 직원들을 믿고 신뢰해야 한다는 것을 모르지 않지만 남편이 혼자 몸을 상해 가며 일만 하는 게 다 직원들 때문인 듯하여 가끔은 속상함이 밀려올 때가 있다.

그날 밤, 침대 위 작은 등이 평소보다 훨씬 늦게 꺼졌다. 그리고 서로 아무 말 없이, 무겁게 이어지는 밤을 견뎠다. 다음 날 아침이면 다시 평소처럼 돌아가겠지만, 그 말 한마디 한마디는 마음 깊은 곳에 오래도록 남아 있을 것이다. 그것이 사장의 삶이자, 사장의 아내로서의 삶이었다.

남편과의 다툼이 있던 다음 날도 남편은 밤 11시가 넘어서야 문을 열고 들어왔다. 신발을 벗자마자 거실 쇼파로 털썩 몸을 던진다. 말은 없었다. 나는 조용히 물을 한 잔 내밀었고, 그는 고개를 숙인 채 받아 마셨다.

"오늘은 어땠어?"

입을 떼는 나조차 조심스러웠다. 하지만 그는 대답 대신, 조용히 고개를 한 번 끄덕일 뿐이었다. 그 모습이 참 측은하게 느껴졌다. 최근 몇 년 동안 내게 '남편'이라는 이름은 언제나 무거운 생각에 짓눌린 사장의 얼굴이었다. 몇 해 전 회사가 자금 사정이 극도로 나빴던, 가족이 지옥의 문턱까지 다녀온 때가 언제나 떠오른다. 당시 직원들 월급날이 다가오면 남편은 밤새 노트북 앞에서 무언가를 정리하고 해가 뜨기 전 이른 아침이면 사람을 만나기 위해 숨 가쁘게 어딘가로 뛰어나가곤 했다. 그때 나는 남편이 밤에 자는 모습을 거의 보지 못했다. 나는 아무것도 묻지 않았지만 남편이 먼저 얘기를 해 줬다.

"월급날이 다가오는데, 자금 사정이 좋지 않네. 방법을 찾아야지."

회사도 망하고 우리 집도 덩달아 망하고 사장인 남편은 실패에 좌절하는 모습을 보게 될까 그때 몇 달간은 두려워 잠도 편히 못 잘 때였다. 몸무게도 5kg이나 빠져서 두려움이 온몸을 지배하고 있었다. 간혹 SNS에 올라온 회사 직원의 화목한 가족의 모습에 분노가 치밀어 오르기도 했었다. 분명 정상은 아니었다. 그만큼 회사의 자금은 무서운 거라는 것을 나는 그때 뼈저리게 느꼈다.

그렇게 힘든 어느 날이었다. 그날도 남편이 외근을 나가고 나는 혼자 장을 보러 동네를 걷고 있었다. 익숙한 골목, 늘 지나치던 작은 숯불치킨 맥주집 창문에서 사장의 죽음을 애도하는 빽빽한 포스트잇과 가지런히 놓여 있는 국화꽃들을 보게 되었다. 그곳은 내가 사회 초년생이던 시절, 남편과 몇 번 술잔을 기울였던 곳이기도 했다. 좋은 기억이 있던 곳이다. 조용하지만 꾸준히 장사가 잘되던 곳이었다. 그런데 그날… 그 가게 주인이 스스로 생을 마감한 것을 애도하는 장면을 보게 된 것이다. 경기 불황으로 손님이 끊긴 후 버티다 못해 극단적 선택을 한 거라고 했다. 자영업자의 극단적 선택들이 간간히 뉴스에 나오긴 했어도 내가 아는 사장님이 나올 거라고는 생각도 못 했다. 나는 그 자리에 멍하니 서 있었다. 작은 가게 안에서 언제나 환하게 웃으며 "또 오셨어요?"라고 인사하던 그 사장님의 얼굴이 떠올랐다. 너무 갑작스러워서 그분의 죽음이 믿기지가 않았다. 그 순간 남편의 모습이 겹쳐졌다. 이 가게의 사장님도 지금의 남편도 말 못 하고 혼자서 모든 책임을 짊어지고 버티고 '돈'과 싸우고 있었을 것이다. 사람들은 회사를 운영하는 사장의 모든 무게가 사장의 가족이 있는 집으로 함께 흘러 들어온다는 걸 잘 모를 것이다. 사장이 힘들면 가정은 고요한 파도 속에서 매일 숨죽여야 한다. 사장이 버티지 못하면 그 가족은 그 어떤 방패도 없이 바람에 노출된 채 서 있어야 한다.

그날 이후, 나는 하루에도 몇 번씩 남편에게 무슨 일이 생기면 어떡하지 하는 생각을 한다. 가족을 위해 아무 말도 하지 못한 채 그렇게 혼자 힘들고 고통스러운 일들을 감당하고 있는 건 아닐까. 혹시 '괜찮아, 잘하고 있어'라는 한마디가 정말 필요한 순간인데, 내가 침묵하고 있었던 건 아닐까. 별의별 생각을 다 하면서 남편의 눈치를 살피고 있다. 더 무서운 건 이 불안은 아마 쉽게 끝나지 않는다는 것이다. 언제나 다음 위기는 올 것이고 남편은 또다시 싸워야 할 것이며 나는 그 전장 옆에서 무너져 내리지 않기 위해 스스로를 붙잡아야 한다.

남편이 사장이라는 건 가족이 언제나 '마지막까지 책임져야 하는 집'이 된다는 의미다.

남편이 쓰러지면, 회사가 무너지고 회사가 무너지면, 우리도 함께 무너진다. 우리가 서 있는 자리는 생존이라는 이름 아래 끝없이 시험받는 곳이다. 남편만이 아니라, 그를 지켜보는 나 역시 조용히 파도 속을 건너고 있다. 오늘도 나는 남편이 퇴근하고 돌아오면 조심스레 묻는다.

"오늘은 어땠어?"

그리고 그가 "응, 괜찮았어."라고 대답하길 기다린다. 그 한마디에 내 하루의 불안을 조금 내려놓을 수 있기에 언제나 묻는다.

"주말에 출근하지 마, 제발. 이번 주만이라도."

나는 그렇게 말했지만 남편은 고개를 돌려 나를 슬쩍 쳐다볼 뿐 아무런 대꾸 없이 옷을 챙겼다.

익숙한 패턴이다. 정장을 입는 것도 아닌데 무채색 셔츠와 청바지 위로 걸쳐 입은 남색 점퍼 그것만 보면 오늘도 사무실에 간다는 걸 안다. 잠시 후, 현관문이 닫히고 조용해진 집 안. 어느새 익숙해진 남편이 없는 토요일 오후가 된다. 나는 거실을 정리하다 말고 소파 옆 테이블 위에 덩그러니 놓인 남편의 업무 노트를 보게 되었다. 연한 베이지색 표지에 남편의 가지런한 글씨가 보였다. 뭔가를 적는 일에 철저한 남편의 익숙하지만 늘 무거운 기록이었다. 무심코 펼친 첫 장. 한 문장이 눈에 들어왔다.

[나는 사업가다.]

그 밑에 웃는 이모티콘처럼 쓴 듯한 작은 낙서도 보인다.

[사업을 하는 사람이다. ^^]

그 순간, 나는 페이지를 넘기려다 손을 멈추고 숨을 가다듬었다. 그가 내게는 결코 말하지 않았던 이야기들이 쏟아져 나왔기 때문이다.

[가끔은 꿈에서도 미팅을 하고, 아침에 일어나 그 괜찮은 꿈의 내용을 기록하고 생각하기도 하고, 토요일이면 아들과 놀면서도 문득 회사 일을 생각하게 되고, 허투로 가는 시간이 아까워 빈 시간이면 책을 읽고 뭔가의 인사이트를 찾으려 노력하고, 회사 매출이 저조하면 원인 분석과 대처를 하기 위해서 컴퓨터 앞에서 씨름을 하기도 하고…. 직원이 퇴사를 한다거나 안 좋은 일이 생기면 혼자 소주를 마시며 달래기도 하고, 고객의 불만이라도 접수되면 큰 문제로 번지지 않을까 전전긍긍

하며 점심도 잘 못 먹지만…, 그래도 많은 임직원과 함께 미래를 열어가기 위해 잠을 줄이며 전략과 비전을 만들고 고민하기 위해 일요일에도 사무실에 앉아 있는 나는, 분명 사업가다!]

나는 천천히 노트를 덮었다. 그리고 한참을 가만히 앉아서 생각했다. 그의 고단함 등을 수없이 봐 왔고 그의 굳은 턱과 퀭한 눈빛도 이제는 내게 익숙한 일상이었다. 하지만 그의 짧은 글을 보고 나니 그 익숙함이 얼마나 철저한 외로움 속에서 쌓인 것인지 비로소 느껴졌다.

사장의 아내로 산다는 건 그의 바쁜 스케줄과 고단한 삶을 묵묵히 이해해야 하는 자리라고 늘 스스로에게 주문처럼 되뇌어 왔지만 오늘만큼은 마음이 깊이 흔들렸다. 그가 겪는 어려움이 단지 숫자나 성과 때문만은 아니라는 걸 나는 알고 있다. 그건 함께 일하는 사람들의 삶에 대한 책임이기도 하고 무너지지 않기 위한 자신의 마지막 끈을 지키려는 고투이기도 하다. 남편은 나와 가족에게 약해 보이고 싶지 않아서 늘 "괜찮아."라고 말했지만 실은 아주 자주 무너졌고 아주 자주 포기하고 싶었을 것이다. 회사와 가족이라는 두 개의 세계를 동시에 짊어지고 오늘도 자기 자신과 싸우고 있는 이유를 나는 이제야 조금은 알 거 같다.

주방에 가서 따뜻한 차를 한 잔 내렸다. 그리고 조용히 휴대폰을 들어 메시지를 보냈다.

[별일 없으면 일찍 와서 집에서 저녁 먹었으면 좋겠어.]

답장은 오지 않았다. 아마도 아직 업무에 집중하고 있을 것이다. 그렇다고 섭섭하지는 않다. 그가 그렇게 살아가는 사람이라는 걸 나는 잘 알고 있기 때문이다. 나는 그저 그의 아내로서 남편이 그의 길을 걸어갈 때 이해하고 힘이 되어 줄 사람이기를 원한다. 그가 사업가라면 나는 그 사람의 옆에서 끝까지 함께 걸어 주는 사람이면 된다. 그걸로 충분하다. 그걸로 중소기업 사장 아내의 삶을 충실히 살아 낼 것이다.

마치며

 모든 이야기가 끝났습니다. 하지만 현실은 언제나 그다음 장을 요구합니다. 누군가는 떠났고, 누군가는 남았으며, 또 다른 누군가는 새롭게 들어왔습니다. 이 회사는 여전히 그 자리에 있습니다. 하루하루 새로운 의사결정과 새로운 프로젝트, 새로운 회의와 새로운 갈등, 그리고 아주 작은 성과와 위로들로 채워지고 있을 것입니다.
 소설 속 주인공인 사장, 팀장, 팀원, 그리고 가족들은 어쩌면 당신이 알고 있는, 혹은 지금 함께 일하고 있는 바로 그 사람들일지 모릅니다. 누구나 자신만의 시선으로 회사를 바라보며 그 시선 안에서 때로는 버티고, 때로는 달리고, 때로는 포기하고, 다시 일어섭니다.
 이 소설은 어떤 교훈이나 결말을 강요하지 않습니다. 사람은 누구나 자기만의 관점과 서사를 가지고 있고 회사는 그 다양한 서사들이 부딪히고 엮이며 살아 움직이는 공간이라는 것을 보여 주고 싶었습니다. 사장은 회사를 성장시키기 위해 모든 두려움과 책임을 스스로 삼키고 태연한 얼굴로 견디며 하루를 살아갑니다. 기획팀장은 아직도 "이게 맞는 길인가"

를 고민하면서도 한 장의 기획서, 제안서에 모든 전략과 진심을 담아냅니다. 개발팀장은 기술을 믿고, 사람을 안고, 회사의 미래를 설계합니다. 영업팀장은 버림받는다는 두려움과 인정받고 싶다는 욕망 사이에서 고객과 조직 사이에서 균형을 잃지 않으려 싸웁니다. 그리고 팀원들은 각자의 방식으로 현실을 살아 내며 '나는 무엇을 위해 일하는가'를 매일 자문합니다. 가족들은 말없이 그들의 뒤를 지켜 주며 지켜보는 자의 고독과 책임을 고스란히 받아 냅니다. 하지만 모두가 완벽하지는 않습니다.

어떤 사람은 이 회사에서 힘든 날들만 생각할 수도 있습니다. 또 어떤 사람은 이 회사를 '거쳐 가는 곳'으로 기억할 것입니다. 또 어떤 사람은 이 회사에서 '인생을 바꾼 날'을 떠올릴 것입니다. 그리고 또 어떤 사람은, 아직 끝나지 않은 하루를 살아가며 "내일은 더 나을 거야"라는 희망 하나로 오늘을 버텨 냅니다. 지금도 모든 어떤 사람들이 이 회사에서 살아가고 있습니다.

이야기는 여기서 끝나지만, '나는 중소기업에 다닙니다'의 이야기는 지금 이 순간도 누군가의 현실로 계속되고 있습니다. 당신도, 나도, 우리 모두가 그 이야기의 한 페이지를 쓰고 있는 중입니다.

중소기업이 완벽한 회사라고 말하기는 어렵습니다. 하지만, 진심으로 일한 사람의 기록은 언젠가 누군가의 삶을 비추는 작은 빛이 되기에 거기서도 가치를 찾아낼 수 있습니다. 그래서 각자의 시선으로 중소기업에서도 그 하루를 살아낼 수 있기를 바랍니다.

"지금도 회사는 계속 흐르고 있습니다. 당신도, 지금 그 안에서 흐르고 있습니다."

나는 중소기업에
다닙니다

ⓒ 박덕근, 2025

초판 1쇄 발행 2025년 9월 25일

지은이   박덕근
펴낸이   이기봉
편집   좋은땅 편집팀
펴낸곳   도서출판 좋은땅
주소   서울특별시 마포구 양화로12길 26 지월드빌딩 (서교동 395-7)
전화   02)374-8616~7
팩스   02)374-8614
이메일   gworldbook@naver.com
홈페이지 www.g-world.co.kr

ISBN   979-11-388-4711-7 (03810)

- 가격은 뒤표지에 있습니다.
- 이 책은 저작권법에 의하여 보호를 받는 저작물이므로 무단 전재와 복제를 금합니다.
- 파본은 구입하신 서점에서 교환해 드립니다.